grafit

Die niederländische Originalausgabe »Cleopatra« erschien 1998 bei
Uitgeverij Luitingh-Sijthoff B. V., Amsterdam

Deutsche Erstausgabe

Chemnitzer Str. 31, D-44139 Dortmund
Internet: http://www.grafit.de
E-Mail: Grafit-Verlag@t-online.de

Umschlagillustration: Peter Bucker
Druck und Bindearbeiten: Elsnerdruck GmbH, Berlin
ISBN 3-89425-504-8
2. 3. 4. 5. / 2002

Felix Thijssen

Cleopatra

Ein Fall für Max Winter

Kriminalroman

Aus dem Niederländischen von
Stefanie Schäfer

grafit

Der Autor

Felix Thijssen, geboren 1939 in Rijswijk/Niederlande, lebt mit seiner Frau seit 1970 in den französischen Cevennen in einem alten Templer-Schloss, wo er sechs Stunden täglich schreibt. Er ist Autor von ca. 60 Büchern, darunter Krimis, Western, Sciencefiction, Drehbücher für Film und Fernsehen.

›Cleopatra‹ wurde 1999 als bester niederländischer Kriminalroman mit dem ›Gouden Strop‹ ausgezeichnet.

Für Fe Mylene

1

Manche Aufträge riechen schon von vornherein nach allerlei lästigen Aufgaben für ein mageres Ergebnis. Dieser Geruch nach Routinearbeit und Paranoia hing schon in meinem Büro, bevor Bernard Meulendijk den Mund aufgemacht hatte. Sein Gesicht war undurchdringlich wie immer, doch ich kannte ihn lange genug, um die Zeichen deuten zu können. So gab mir schon die Art und Weise zu denken, wie er sich umständlich auf dem rissigen Leder meines Besucherstuhls niederließ oder wie er zögerlich – fast wie einstudiert – mit seinen knochigen Fingern am Schloss seiner Tasche herumfummelte, als sei es erst an diesem Morgen neu angebracht worden und verursache unerwartete Komplikationen.

Ich dachte mir, dass ich besser mit Marga in einen unbeschwerten Urlaub zum Beispiel nach Trinidad geflogen wäre, so dass Bernard gezwungenermaßen einem anderen seiner freien Mitarbeiter diese Mordsache, die fünfzehn Jahre zurücklag, hätte aufhalsen müssen, und zwar inklusive des ›kleinen Hakens‹, wie er es nannte.

»Was meinst du mit einem kleinen Haken?«, wollte ich wissen.

»Na ja …« Bernard hat graue Augen und die irritierende Angewohnheit, auf einen Punkt über den Augenbrauen seines Gegenübers zu starren. Sowie einen nervtötenden Mangel an Humor. Vielleicht wird man so, wenn man sein Leben lang Beamter ist, aber das ist natürlich ein Vorurteil. Ich kenne auch nette Beamte.

»Woher weißt du, dass es Mord war?«

»Was sollte es denn sonst sein? Unter einem Tennisplatz …«

»Gibt es Spuren von Gewalt? Ein Loch im Schädel? Gevierteilt?«

Bernard erkennt auch nicht den Unterschied zwischen einer echten Frage und einem Witz.

»Der Schädel fehlt«, antwortete er trocken. »Die Hände auch. Der Rest ist intakt, insofern als …«

Außerdem hat er die Angewohnheit, in unvollständigen Sätzen zu sprechen. Insofern als die Würmer, der Bulldozer oder Gottes Hand … Er ist Mitte sechzig, trägt dunkelgraue Anzüge und ist durch und durch kalvinistisch. Ein großer, nüchterner Mann mit unpassend wirkendem schwarzem Haar, das durch einen schnurgeraden Mittelscheitel in zwei Hälften an beiden Seiten des Schädels klebt.

»Hier steht alles drin, was du brauchst.«

Bernard war früher Staatsanwalt und verhält sich noch immer wie ein hoher Beamter, der von niedrigen Beamten umgeben ist. Theoretisch brauche ich keine Aufträge von ihm anzunehmen. Ich bin kein Beamter. Ich kann jederzeit nein sagen, doch heute Morgen hatte mich die Post gerade wieder daran erinnert, warum ich nicht am Strand von Trinidad lag. In einem Anflug hoch gesteckter Erwartungen hat mir meine Bank eines Tages einen Dispokredit von zehntausend Gulden gewährt. Und den schöpfe ich auch meistens aus, obwohl Bernards Firma anständig zahlt und bei den Spesen auch nicht knauserig ist; jedenfalls nicht, solange man bei der Abrechnung seine angeborene Neigung unterdrückt, einfache und gerundete Beträge einzutragen. Das Büro mag Zahlen wie 1.214,93.

Ich betrachtete die gewohnt dünne Akte in seiner Hand. Diese Akten sind immer ›vertraulich‹, genau wie mein Vertrag als freier Mitarbeiter.

»Was sagt die Polizei?«

»Zuständig ist die örtliche Kriminalpolizei …«

Ich wartete. Manchmal half das.

»Es geht um das Haus von Cleveringa«, sagte Bernard

schließlich. »Ich meine da, wo sein Tennisplatz ist. War. Die Arbeiten sind unterbrochen worden.«

Ich hatte natürlich von der Sache gelesen und verstand, was er mit dem kleinen Haken meinte. Bis die Opposition an die Regierung kam, hatte Cleveringa zehn Jahre lang das Amt des Außenministers bekleidet. Wahrscheinlich hatte er inzwischen seine diplomatische Immunität verloren, doch er wird noch immer als der ›Herr Minister‹ angesehen und spielt auch heute noch eine wichtige Rolle in der Politik. Er kennt die ganze Welt und berät halb Europa.

»Kommen die Justizbehörden nicht selbst damit zurecht?«

»Sie gehen vorsichtig damit um. Meine Firma wurde gebeten ...« Er legte die Akte auf meinen Schreibtisch.

Ich ließ sie noch einen Moment liegen. »Die Sache mit dem Kopf und den Händen erinnert mich an jemanden.«

»Da bist du nicht der Einzige.«

»Dieser Jemand sitzt allerdings schon lange hinter Schloss und Riegel. Gehe ich recht in der Annahme, dass wir einen Kunden haben, der sich nicht mit den offensichtlichen Tatsachen zufrieden geben will? Worum genau hat er die Firma gebeten?«

Bernard machte eine abweisende Handbewegung, als hege auch er in dieser Angelegenheit nicht allzu große Hoffnungen. »Der Kunde glaubt, es bestehe vielleicht eine Verbindung zu der ersten Ehefrau ...«

Ich schlug die Akte auf. Fünf oder sechs bedruckte Seiten und das Schwarzweißfoto einer hübschen Frau Anfang dreißig.

Bernard nickte. »Cleopatra Cleveringa.«

»Die ist doch bei einem Flugzeugabsturz ums Leben gekommen?«

»Das ist jedenfalls die allgemeine Überzeugung.«

Die allgemeine Überzeugung. »Wer ist der Kunde?«

Ich wusste, dass diese Frage sinnlos war. Es gibt hundert Gründe, warum das Büro, jedenfalls den freien Mitarbeitern gegenüber, seine Auftraggeber so lange wie möglich geheim hält. »Ich werde den üblichen Vorschuss überweisen und es gelten die üblichen Bedingungen.«

Er fragte gar nicht erst, ob ich Zeit hätte, denn er wusste nur allzu gut, dass er so ziemlich mein einziger Auftraggeber war, auch wenn es ihm wahrscheinlich nie in seinen kalvinistischen Sinn gekommen wäre, diesen Umstand auszunutzen.

»Die Kripo ist informiert«, sagte Meulendijk. »Sei vorsichtig. Es handelt sich um Cleveringa.«

»Ich werde Messer und Gabel benutzen«, versprach ich. »Falls er mich zum Essen einlädt, ich meine zum Diner.«

Er ging bereits zur Tür hinaus, in seiner gewohnt würdevollen Art, ohne Eile.

Vor hundert Jahren war der Vechtstreek eine äußerst idyllische Gegend, mit luxuriösen Häusern auf weitläufigen Grundstücken am Fluss, dahinter hauptsächlich Wald und Wiesen, während das gewöhnliche Volk im Amsterdamer Jordaan-Viertel oder in Wijk C in Utrecht lebte. Allerdings waren die Niederlande ursprünglich auch nur für höchstens fünf Millionen Menschen gedacht.

Die schönen Häuser gibt es auch heute noch dort, doch es sind viele neue hinzugekommen, weshalb sie um einiges dichter gedrängt stehen. Auf der anderen Seite der Straße mussten die früheren Wiesen und Wälder inzwischen großen Wohnsiedlungen weichen. Auch die Arbeitslosigkeit ist höher geworden. Menschen im Allgemeinen sind nett, aber zu viele von ihnen auf engem Raum schaffen Probleme.

Alle Häuser tragen Namen. Sie sind meistens in schmiedeeisernen Lettern an den hohen Zäunen aus ebenso feinem Schmiedeeisen mit vergoldeten Spitzen angebracht. Die Häuser heißen ›Streitlust‹, was unnötig aggressiv klingt oder – ebenso doppelsinnig – ›Landsorge‹.

›Buchenstein‹ lag hinter einer verwitterten, efeubewachsenen Steinmauer direkt am Rijksweg, von der Straße durch einen Streifen Gras und eine Anpflanzung junger Eichen getrennt. Die Torflügel standen offen. Hinter der Mauer befand sich das ehemalige Kutschenhaus, das anscheinend in eine Unterkunft für Personal umgebaut worden war. Ich hatte das Gefühl, beobachtet zu werden, doch zu meiner Verwunderung hielt mich niemand auf, als ich langsam durch das Tor fuhr und der Auffahrt mit plattgefahrenem Kies durch eine lange Allee hoher Buchen folgte.

Das Grundstück musste mindestens einen Hektar groß sein. Alles hier war alt, würdevoll und auch ein wenig kalt – die Bäume, das dünne Waldgras, die leicht vergilbten Rasenflächen, die riesigen Rhododendren. Der Bulldozer wirkte hier ebenso fehl am Platz wie eine Stripteasetänzerin bei der Abendandacht unserer strenggläubigen Evangelischen Rundfunkanstalt. Ich manövrierte meinen BMW zwischen die Buchen und spazierte zum Bauplatz hinüber.

Die Arbeit ruhte und es war niemand zu sehen. Die Umzäunung war abgerissen worden; damit hatten die Arbeiter natürlich angefangen. Neben dem aufgewühlten Rechteck des Tennisplatzes lagen unordentliche Rollen von Maschendraht. Der Bulldozer stand mit abgesenktem Schild in einem Graben von etwa einem Meter Tiefe, neben dem sich zu beiden Seiten Berge von rotem Ziegelgrus, Erde und Betonbrocken mit entzweigerissenen Moniereisenmatten auftürmten.

Ich sprang in die Grube und ging zu der Stelle, an der der Bulldozer seinen letzten Happen genommen hatte. Nach meiner dünnen Akte hatte Bauunternehmer Hendriks den Fahrer angewiesen zu stoppen, als er den Fuß eines Skeletts aus dem Erdwall ragen sah. Hendriks war so vernünftig gewesen, alles so zu lassen, wie es war, und die Polizei anzurufen.

Ich begutachtete den Rand des Grabens. Unter der alten Betondecke war ein Hohlraum zu sehen, aus der das Gerippe vorsichtig von Hand ausgegraben worden war. Über der Betonschicht befand sich eine zehn Zentimeter dicke Lage aus Sand gemischt mit grobem Splitt und darüber eine Schicht von plattgewalztem, orangefarbenem Tennisgrus.

»He!«, sagte jemand.

Ich drehte mich um. Am Rand der Grube stand ein Mann. Er war circa vierzig Jahre alt, hatte einen knochigen Schädel, kurz geschnittenes schwarzes Haar und dunkle Augen. Die Armeehose und der handgestrickte blaue Wollpulli wirkten wie Arbeitskleidung, aber er konnte die Schaufel, die er mit beiden Händen umklammerte, natürlich auch ergriffen haben, um damit Eindringlinge vom Gelände zu prügeln.

»Guten Tag«, sagte ich und ging vorsichtig auf ihn zu.

»Das ist Privatgelände, Sie haben hier nichts zu suchen!«

»Ich komme vom Büro Meulendijk«, sagte ich. »Im Zusammenhang mit, äh …« Ich zeigte hinter mich. Manchmal wirken Meulendijks unvollständige Sätze ansteckend auf mich. »Mein Name ist Winter. Wohnen Sie hier?«

»Ich?« Der Mann grinste. »Ich bin zwei Nachmittage die Woche hier. Kaffee in der Küche, die Stiefel ausziehen und auf Strümpfen reingehen. Meulendijk? Wer ist denn das?«

»Der Staatsanwalt.«

Der Mann war sofort angespannt. So geht es fast jedem, wenn das Wort ›Staatsanwalt‹ fällt, denn jeder hat irgendetwas zu verbergen. Es hat nichts weiter zu bedeuten.

»Ich dachte, Sie wären von der Presse«, sagte er mürrisch. »Ich bin Willem Hekking.«

Ich lächelte ihn an. »Waren Sie dabei, als das Skelett gefunden wurde?«

»Nein, das war an einem Dienstag.« Er trat zurück, als ich aus der Grube kletterte. »Die Polizei ist schon lange weg; es ist doch alles klar?«

»Klar? Meinen Sie ›klar und deutlich‹ oder ›klar‹ im Sinne von ›abgeschlossen‹?«

Hekking runzelte die Stirn. »Ich dachte, die Polizei wäre hier fertig. Sie haben doch jeden verhört. Mich auch.«

»Sind Sie der Gärtner?« Ich hielt ihm meine Gauloises hin, damit seine Hände etwas anderes zu tun bekamen, als nervös über den Stiel der Schaufel zu streichen, doch er verzog nur angewidert das Gesicht.

»Gärtnern ohne Gift«, sagte er in einem Ton, als gäbe er diesen Witz schon zum Besten, seit das Buch mit diesem Titel erschienen war. Allerdings ging er damals noch zur Grundschule.

»Ist Herr Cleveringa ein guter Chef?«

»Der beste, den man sich denken kann. Warum?« Er schüttelte den Kopf. »Der Minister hat mit dieser Sache nichts zu tun.«

»Warum nicht?«, fragte ich.

»Das ist doch ganz einfach. Dann hätte er doch den Tennisplatz nicht wegmachen lassen.«

»Warum lässt er ihn denn überhaupt aufreißen?«

Hekking seufzte. »Das weiß die Polizei doch! Er will ein Schwimmbad draus machen.«

»Der Minister sieht mir aber nicht gerade wie ein Schwimmfanatiker aus.«

Kurz schien seine Hand die Schaufel fester zu umklammern, als beleidige ich seinen hochverehrten Arbeitgeber.

»Es ist für seine Tochter«, erklärte er dann. »Sie ist geschieden und zieht hier ein, zusammen mit ihren Kindern. Sie wollte ein Schwimmbad draus machen. Der Tennisplatz wird sowieso nie benutzt.«

»Es war also nicht seine Idee«, stellte ich fest.

»Nein«, gab er zu. »Aber das ändert nichts. Man kann schließlich graben, wo man will.«

Hohe Fenster, schwere Möbel und hier und dort persische Teppiche auf dem dunkel gebohnerten Parkettfußboden. So sehen die Häuser von Notaren und alten, wohlhabenden Familien aus. Sie riechen nach Staub, aber es gibt keinen Staub. Es gibt Personal. Die Fernseher sind in antiken Büfetts verborgen, weil moderne Kommunikationsmittel genauso peinlich sind wie ein schwangeres Dienstmädchen. Die Zeit hat sich auf den vergoldeten Rahmen strenger Familienporträts und den ledergebundenen Büchern hinter Glas abgelagert. Niemand erhebt die Stimme.

»Mevrouw wird gleich bei Ihnen sein«, flüsterte das Dienstmädchen und schloss die schwere Eichentür hinter mir.

Ich fühlte mich unbehaglich, obwohl mich Tradition zu Tränen rühren kann und das Dienstmädchen unter ihrer gestärkten Schürze alles andere als schwanger aussah. Durch die Atmosphäre in diesem Haus kam ich mir beinahe vor wie ein Pächter, der mit der Mütze in der Hand beim Grafen auch im Namen seiner Frau und seiner acht mageren Kinderchen darum bettelt, die Räumung noch ein Jahr hinauszuschieben, weil er sein Leben ändern und nie wieder betrunken auf dem Kutschbock sitzen wolle.

Ich war Frau Hélène Cleveringa ein einziges Mal von Angesicht zu Angesicht begegnet und hatte sie danach natürlich genauso wie die übrige Bevölkerung zahllose Male im Fernsehen und in Zeitungen und Zeitschriften gesehen, meistens auf Auslandsreisen in Begleitung ihres Mannes und bei diplomatischen Anlässen oder Geburtstagen im Königshaus.

Sie sah immer schick aus, sorgfältig frisiert, raffiniert, aber dezent geschminkt – mit der stilsicheren Eleganz, die das Geheimnis alter Familien ist. Sie war fünfzehn Jahre jünger als der Minister und ein Spross der van Staveren de Waels, die in früheren Jahrhunderten halb Brabant ihr Eigen nannten, aber nach meinen Informationen ihr Vermögen bis auf ein verfallenes Landhaus während der Depression in den dreißiger Jahren verloren hatten.

Sie trug einen perlgrauen Rock und dazu eine etwas dunklere Bluse. In ihrem aschblonden Haar sah ich dagegen keine Spur von Grau. Sie war die Art von Dame, vor der man unwillkürlich eine leichte Verbeugung macht, wenn man sich ihr vorstellt, doch sie ließ ein Lachen ertönen und wehrte die Formalitäten ab.

»Kommissar Winter«, sagte sie. »Sie sind nur ein klein wenig älter geworden. Wie wir alle.«

Ich hatte die Hand schon in die Innentasche gesteckt, um den Ausweis der Firma hervorzuholen, zog sie aber schnell wieder heraus. Ihr Irrtum bot mir die unerwartete Gelegenheit, unangenehme Fragen zu stellen, ohne sofort hinausgeworfen zu werden.

»Sie haben ein fantastisches Gedächtnis«, sagte ich rasch.

Sie lächelte. Sie hatte einen wunderschönen Mund mit vollen Lippen und ich bemerkte, dass ihre Nase ein klein wenig schief stand. Vielleicht kamen die Falten um ihre strahlend blauen Augen vom Lachen. Sie musste um die fünfzig sein, doch sie besaß einen Körper, den man als Mann gerne ansah; ich fand ihn unerwartet sinnlich. Die elfenbeinfarbene Haut ihres Gesichts wirkte, als komme sie noch jahrelang ohne kosmetische Chirurgie aus, und die glatten Wölbungen im Ausschnitt ihrer Seidenbluse schufen die Illusion gesunder Fülle. Vielleicht ging sie wandern oder betrieb einen anderen Sport. Aber auf jeden Fall spielte sie nicht Tennis.

»Haben Sie den Täter damals gefasst?«

»Ja, zwei Tage später. Unter der Hotelbelegschaft befand sich ein Komplize.«

Anlässlich einer Europa-Konferenz hatte sie sich zusammen mit ihrem Mann in Amsterdam aufgehalten und war als Zeugin verhört worden, weil sie im Hotel gewesen war, als sich eine gerissene französische Hoteldiebin in der Suite des portugiesischen Ministers bedient hatte. Hélène Cleveringa hatte mich beeindruckt, weil sie als Einzige aus dem diplomatischen Publikum bereit gewesen war, Fragen zu beantworten, ohne sich hinter Sprechern, Sicherheitsdiensten oder diplomatischer Immunität zu verschanzen. Es wunderte mich, dass sie sich an den Fall erinnerte.

»Ich verstehe nur nicht, warum Sie heute hier sind.« Das Lächeln war aus ihrem Gesicht verschwunden. Ich nahm den Stuhl, den sie mir mit einer vagen Geste anbot. Sie hatte eine schöne Altstimme. Sie blieb stehen. »Ich dachte, wir hätten inzwischen genug Kriminalbeamte im Haus gehabt.«

»Ich wurde gebeten, einen ganz bestimmten Aspekt des Falls zu untersuchen«, deutete ich an.

»Einen bestimmten Aspekt?«

Ich dachte daran, wieder aufzustehen, weil ich es nicht mag, in einem tiefen Sessel zu sitzen, während eine Dame steht, und schon gar nicht diese Dame. Mir kam der Gedanke, dass sie es vielleicht mit Absicht tat. Das störte mich ein wenig.

»Damals sagten Sie, die Beantwortung meiner Fragen sei wahrscheinlich die beste Methode, mich möglichst schnell wieder loszuwerden.«

Sie stand einen Moment lang still da, als überlege sie, ob sie meine Frechheit einfach übergehen solle. »Auch Sie haben also ein gutes Gedächtnis«, sagte sie. »Aber ich glaube nicht, dass das in diesem Fall dasselbe ist. Möchten Sie Kaffee oder vielleicht Tee?«

»Nein, vielen Dank. Möchten Sie sich nicht setzen?«

Sie nahm auf der anderen Seite des niedrigen Wohnzimmertisches Platz. Louis XV, Biedermeier – ich habe keine Ahnung von Antiquitäten. Ich wundere mich nur immer darüber, welchen Preis die Leute dafür zahlen, um ungemütlich zu sitzen.

»Ein bestimmter Aspekt?«, fragte sie. »Und auf wessen Bitte hin?«

»Der Staatsanwalt ...«

Im ganzen Land wurde Meulendijk noch immer ›der Staatsanwalt‹ genannt, etwa so, wie man pensionierte Generale weiterhin mit ihrem Rang anspricht und Cleveringa ›der Minister‹ blieb. Offiziell konnte es natürlich nicht angehen, dass die Mitarbeiter von Meulendijks Firma diese Tatsache ausnutzten, indem sie das ›Ex‹ vor seiner früheren Funktion einfach wegließen. Doch sie taten es trotzdem, weil es Vertrauen erweckte und Türen öffnete. Jeder erinnerte sich an Meulendijk wegen des Medienzirkus, der vor sechs Jahren losgebrochen war, als er seinen Abschied als Staatsanwalt genommen hatte. Er weigerte sich, einen ›Deal‹ mit einem berüchtigten Gangsterboss zu akzeptieren, der straflos davonzukommen drohte, indem er als Kronzeuge auftrat. Die Presse hatte ihn als nationales Monument von Integrität bejubelt. Natürlich ist er das auch und er nutzt es zu seinem Vorteil. Die Kunden strömen ihm zu.

Ich zog mein Notizbuch heraus, in der Hoffnung, nicht noch mehr Fragen mit halben Wahrheiten und ganzen Lügen beantworten zu müssen.

»Und warum wird dieser bestimmte Aspekt nicht von Kommissar Vrijman und den anderen Kriminalbeamten untersucht?«

»Das weiß ich nicht, Mevrouw. Manchmal eignet sich ein Außenstehender eben besser für die Durchführung einer diskreten Untersuchung.«

»Diskret, sagen Sie?«

»Ja.«

»Das will ich Ihnen aber auch geraten haben«, meinte sie brüsk.

Ich presste die Kiefer aufeinander. »Ich arbeite nicht für ein Boulevardblatt!«

Sie blickte mich entschuldigend an. Ihre Stimmungen schlugen so schnell um wie Quecksilber. »Möchten Sie wirklich nichts trinken?«, fragte sie dann.

»Soll das eine Wiedergutmachung sein?«

»Ja«, gab sie zu und lachte leise. Kleine Altglöckchen.

»Hauptsache, es ist kein Tee!«

Sie stand auf und ging mit entschlossenen Schritten zum Büfett hinüber. Ich dachte, sie würde nun kleine Türen öffnen, hinter denen eine Bar verborgen war, aber so etwas gab es in anderen Häusern. Hier drückte man einfach auf einen Knopf. Ich stellte mir vor, es gäbe in der Küche einen kleinen Schrank, in dem die Nummer dieses Zimmers herunterklappte, so dass der Butler sofort durch die riesige Marmoreingangshalle hastete, weil seine Dienste verlangt wurden, doch das Zimmermädchen kam sofort herein, als habe sie hinter der Tür gewartet.

»Els, bringen Sie uns bitte etwas zu trinken.« Hélène Cleveringa taxierte mich eine Sekunde lang. »Cognac«, beschloss sie. »Und für mich Sherry.«

Das Mädchen verschwand.

Hélène kehrte zu ihrem Stuhl zurück. Sie strich sich über ihren Rock. »War das richtig?«

»Können Sie Gedanken lesen?«

»Ich weiß immer, was die Leute trinken. Und Sie erinnern mich an jemanden. Auch Cognactrinker.«

»Ein Freund?«

»Ja. Aber was Sie sind, weiß ich noch nicht.« Die Grübchen erschienen wieder in ihren Mundwinkeln. »Sie trinken also während der Dienstzeit.«

»Aber nur in Maßen«, erwiderte ich.

»Kommissar Vrijman wollte noch nicht einmal ein Glas Limonade von mir annehmen.«

»Die Tugenden werden eben willkürlich über die Menschheit verteilt.«

Els kam zurück und stellte ein Tablett mit Gläsern und Kristall ab. Keine Erdnüsse, sondern mit Anchovis und Mandeln gefüllte Oliven in einem Schüsselchen aus hauchzartem chinesischen Porzellan.

Hélène schickte das Mädchen weg und schenkte mir aus einer Kristallkaraffe Cognac ein. Sie nahm einen Schluck von ihrem Sherry, ohne mir zuzuprosten. Ich nippte am Cognac; mindestens ein *fine champagne* von Napoleon oder jedenfalls aus dessen Epoche.

Ich blickte Hélène an und fand, dass sie sich vorbildlich beherrschte für jemanden, unter dessen Tennisplatz ein Skelett ohne Kopf und Hände gefunden worden war.

»Mein Mann ist in Straßburg«, sagte sie. »Ich erwarte ihn nicht vor morgen zurück.«

Ich nickte. »Haben Sie seine erste Ehefrau gekannt?«

»Nein. Sie ist verunglückt, bevor ich Josef kennen lernte.« Sie blickte durch die hohen Fenster hinaus zu den Buchen, dem Teepavillon und dem Fluss, als wolle sie nicht an eine Vergangenheit erinnert werden, an der sie keinen Anteil gehabt hatte.

»Sie haben doch gewiss über sie gesprochen.«

»Ja, natürlich.« Sie wandte sich mir wieder zu. »Es ist lange her. Ich war noch nicht mit ihm verheiratet; es war vor meiner Zeit. Sie hat doch nichts mit dem Tennisplatz zu tun?«

Sie vermied den Namen.

»Wahrscheinlich nicht. Ich versuche nur, mir ein vollständiges Bild von der Zeit zu verschaffen, als Ihre Vorgängerin verunglückte.«

Ich sah, wie ihre Miene bei meiner Wortwahl für einen Moment frostig wurde. Es gibt keine Frau auf der Welt, die es angenehm findet, an Vorgängerinnen erinnert zu werden, und höchstens eine von zehn hadert nicht mit der Vergangenheit ihres Mannes. Während der Rosenduft-und-Mondschein-Phase demonstrieren die übrigen neun großmütiges Wohlwollen gegenüber allen vorherigen Frauen und Geliebten, deren Fotos man in der Schreibtischschublade aufbewahrt, doch schon bald wird man feststellen, dass man, um Streit und Vorwürfe zu vermeiden, am besten so tut, als käme man geradewegs aus dem Mutterschoß oder aus dem Kloster. Selbst der einen von zehn würde ich nicht trauen.

»Sie hieß Cleopatra, richtig? Sie stammte aus Twente?«

»Cleopatra Teulings. Die Teulings aus der Textilbranche.« Sie fügte nichts weiter hinzu, aber es klang wie ›Was kann man da schon anderes erwarten‹.

»Cleopatra – das ist ein seltener Name. Hatte ihr Vater eine Schwäche für die ägyptische Königin?«

Sie lächelte andeutungsweise, wieder ein wenig herablassend. »Eher für Elizabeth Taylor, glaube ich.«

Ich erwiderte ihr Lächeln. »War Cleopatra die Alleinerbin der Textilfirma?«

»Nach solchen Dingen fragen Sie besser meinen Mann, falls es überhaupt erforderlich ist, was ich bezweifle«, antwortete sie abweisend.

»Es gibt eine Tochter aus erster Ehe, nicht wahr?«

»Lonneke war acht, als ihre Mutter verunglückte. Ich habe sie großgezogen. Wir selbst haben keine Kinder. Ich fand es schön, dass Lonneke da war. Doch das hat gewiss nichts mit dem Skelett unter dem Tennisplatz zu tun.«

»Ich bin nun einmal neugierig«, sagte ich. »Und ich habe festgestellt, dass es manchmal Verbindungen zwischen gewissen Dingen gibt, selbst wenn alle Welt hoch und heilig schwört, es sei nicht der Fall.«

»Ich schwöre gar nichts«, bemerkte sie. »Ist das der Aspekt, den Sie untersuchen?«

»Ich bemühe mich nur, Ordnung in die ganze Sache zu bringen.« Ich griff nach meinem Glas, nahm einen Schluck und beobachtete sie.

»Die Polizei hat doch einen Verdächtigen?«, fragte sie.

»Nicht definitiv.« Man war sich praktisch sicher, aber wenn ich das zugegeben hätte, hätte ich sofort auf dem

Absatz kehrtmachen können. »Für Lonneke muss es ein harter Schlag gewesen sein.«

»Sie kommen wirklich immer wieder darauf zurück!«

»Ja.«

Sie seufzte. »Als ich Josef heiratete, war Lonneke ein überaus stilles und verschlossenes Kind. Wir hatten es nicht leicht mit ihr. Sie schrieb Briefe an ihre Mutter: An meine Mutter, im Himmel.«

Ich lächelte mitfühlend. »Der Tennisplatz wurde vor fünfzehn Jahren angelegt?«

»Ja, in erster Linie für Lonneke. Zuerst ein Betonplatz mit Rasen, später haben wir dann Grus aufschütten lassen.«

»Wann war das?«

»Vor zwölf Jahren. Lonneke spielte mit ihren Schulfreunden und -freundinnen und manchmal mit mir.«

»Aber Sie spielen inzwischen kein Tennis mehr?«

»Meine Gelenke begannen, mir Probleme zu bereiten.« Sie rieb sich über den Ellbogen. »Josef wurde zum Minister ernannt und hatte keine Zeit mehr. Und Lonneke ging aus dem Haus.«

»Nach ihrer Heirat?«

»Ja, vor sieben Jahren. Die Ehe ist vor kurzem geschieden worden. Sie zieht wieder hierher, zusammen mit den Kindern. Jedenfalls vorläufig. Ich freue mich schon darauf. Ich habe Lonneke sehr gern; sie ist für mich wie meine eigene Tochter.«

»Hat sie jung geheiratet?«

Sie wandte den Blick ab, als wolle sie sich der unvermeidlichen Frage nach dem Grund entziehen. »Sie war kaum zwanzig.«

»Und Ihr Mann ließ den Tennisplatz aufreißen, um stattdessen einen Swimmingpool zu bauen?«

»Ja, für Lonneke und die Kinder.«

»Hat er schon immer in diesem Haus gewohnt?«

Sie nickte. »Josef war der älteste Sohn, er hat es geerbt.«

»Ich habe den Gärtner und das Dienstmädchen gesehen. Gibt es außer ihnen noch anderes Personal?«

»Els ist erst seit ein paar Jahren hier. Drei Vormittage die Woche haben wir eine Putzfrau und die ehemalige Haushälterin Glinka wohnt bei uns. Sie hat ihr eigenes Apartment im Obergeschoss.«

»Glinka?«

»Sie stammt aus Polen, ist aber schon so lange man denken kann bei Josefs Familie.«

»Mir ist aufgefallen, dass ich ohne weiteres auf Ihr Grundstück fahren konnte.«

Sie lächelte nachsichtig. »Josef und ich möchten nicht in einer Festung leben, umgeben von Starkstromzäunen und mit Dobermännern im Garten. Tom, der Chauffeur, wohnt mit seiner Frau im Kutschenhaus. Er hält die Augen offen und nachts schalten wir eine Alarmanlage ein. Dieses Zugeständnis mussten wir machen.«

»War Tom vor fünfzehn Jahren auch schon hier?«

»Er kam, als Josef Minister wurde. Danach ist er geblieben. Mein Mann ist immer noch politisch aktiv«, fügte sie als Erklärung hinzu. »Man will ihn sogar wieder als Spitzenkandidaten aufstellen. Tom wurde, wie man heutzutage sagt, sorgfältig gescreent. Seine Frau Liesbeth war bis zu ihrer Heirat Polizistin.« Sie lächelte. »Wir sind in guten Händen.«

»Hat das Ehepaar Kinder?«

»Nein. Sie waren gerade frisch verheiratet, als Tom seine Arbeitsstelle hier antrat. Ich glaube, es gehörte zu den Bedingungen, verheiratet zu sein.«

»Also ist Glinka die Einzige, die schon zur Zeit des Flugzeugunglücks hier war?«

»Ja.«

Ich schlug mein Notizbuch wieder zu und steckte es weg. »Ich würde mich gerne mit ihr unterhalten, wenn Sie nichts dagegen haben.«

»Selbstverständlich.« Hélène stand auf und drückte

wieder auf den Knopf. »Ich kann Ihnen nicht vorschreiben, wo Sie zu suchen haben und wo nicht«, sagte sie. »Aber ich hoffe wirklich, dass die Justizbehörden recht bald die Identität dieser Dame aufklären. Dann können Sie Ihre Notizen zerreißen.«

Bevor ich ihr darauf antworten konnte, kam das Dienstmädchen herein.

»Els, der Herr möchte Glinka sprechen. Zeigen Sie ihm bitte den Weg?«

»Ja, Mevrouw.«

Ich überreichte Hélène meine Karte mit der üblichen Bemerkung, sie könne mich jederzeit anrufen, falls ihr noch etwas einfiele.

»An Ihrer Stelle würde ich nicht damit rechnen«, sagte Hélène.

Sie war einfach eine nette, äußerst wohlerzogene Dame. Ich verspürte ihr gegenüber keinerlei Anflug von Feindseligkeit. Sie schaute kurz auf die Karte, auf der nur mein Name und meine Telefonnummer sowie Fax- und Handynummer angegeben waren. Sie schien sich nicht darüber zu wundern, dass nicht ›Kriminalkommissar‹ darauf zu lesen war, als würde auch sie so etwas nicht hinter ihrem Namen stehen haben wollen. Sie legte die Karte auf das Büfett, wo die Putzfrau sie wohl wegräumen würde.

»Glinka?«, fragte ich.

»Meine Mutter liebte Musik«, erwiderte sie wenig entgegenkommend. »Aber deswegen wollten Sie mich doch wohl nicht sprechen?«

Glinka wirkte wie eine Figur aus einem Tolstoi-Roman oder auch aus der Oper ihres Namensvetters, des russischen Komponisten von: *Das Leben für den Zaren*. Ihr Alter war ebenso schwer zu schätzen wie das der zeitlosen russischen Bäuerin. Sie war groß und mollig, mit einem Busen, der üppig genug schien um neben einem Dutzend eigener Kinder auch die Sprösslinge des Gutsherrn gestillt zu haben. Sie trug ein langes blaues Kleid und als einzigen Schmuck eine silberne Brosche. Das graue Haar hing ihr in einem erstaunlich gesunden, dicken geflochtenen Zopf auf dem Rücken.

Die Küche war groß, mit einer Zimmerdecke, die auf schweren ochsenblutroten Balken ruhte und ausgestattet war mit einer ganzen Batterie gusseiserner Öfen, einem riesigen Ess- und Arbeitstisch für das Personal, Reihen von Töpfen und Pfannen, schimmerndem Kupfer an den Wänden und verschiedenen Vorratsschränken. Glinka war die Herrscherin in diesem Reich.

Nachdem ich mich vorgestellt hatte und das Dienstmädchen verschwunden war, zog Glinka einen Stuhl am Tischende ein Stück zurück und hielt die Rückenlehne mit beiden Händen fest. »Setzen Sie sich.«

»Ich werde Sie nicht lange stören«, versprach ich.

»Sie stören mich nicht.«

»Ich versuche herauszufinden, was hier vor fast zwanzig Jahren geschehen ist«, sagte ich. »Sie waren doch damals schon im Haus?«

»Möchten Sie Tee?«

»Nein, danke.«

»Von mir bekommen Sie keinen Cognac.« Glinka ließ den Stuhl los, so dass ich mich hinsetzen konnte, ohne dass mich die Hände in meinem Nacken nervös machten. »Und Klatsch werden Sie von mir auch nicht zu hören bekommen.« Sie setzte sich kerzengerade auf einen Stuhl an der langen Seite des Tischs und legte die Hände gefaltet auf die sauber geschrubbte Tischplatte.

»Es geht mir nicht um Klatsch«, sagte ich. »Aber Sie haben doch die erste Ehefrau gekannt, Cleopatra.«

»Ja.«

»Was war sie für ein Mensch?«

Einen Moment lang schloss sie die Augen und sagte dann: »Ich konnte mich nicht beklagen. Sie tat ein wenig von oben herab, anders als Mevrouw Hélène. Später wurde es besser, weil ich für Lonneke sorgte.« Bei der Erwähnung von Lonneke leuchteten ihre kastanienbraunen Augen auf.

»Sie sprechen gut Niederländisch«, bemerkte ich.

»Ich habe Kurse besucht. Vor langer Zeit.«

»Waren Sie nie verheiratet?«

Sie ignorierte meine Frage. »Ich bin eine alte Frau. Lonneke ... Ich freue mich darauf, dass sie wieder nach Hause kommt. Es ist so still hier im Haus. Ich mag auch ihre Kinder gern.«

»Aber es kommen doch sicher häufig Gäste hierher?«

»Nicht sehr oft.«

»War das früher anders? Hatte Cleopatra viele Freunde?«

»Ja.«

»Irgendwelche besonderen Freunde?«

Sie schaute mich mit ausdruckslosem Blick an. Lonneke oder Lonnekes Kindern gegenüber mochte sie vielleicht die mütterliche und humorvolle russische Bäuerin sein – mir gegenüber nicht. »Das weiß ich nicht.«

»Durch die Schwimmbecken-Idee hat es hier eine Menge Aufregung gegeben. Meneer Josef bereut es sicher, dass er den Tennisplatz hat aufreißen lassen.«

»Er war gar nicht da; er war in Rom.«

»Ach?«

»Es war eine Idee von Mevrouw Hélène und Lonneke. Sie wollten ihn damit überraschen.«

Das überraschte mich wiederum. Laut Hélène hatte der Minister die Entscheidung getroffen, das Schwimmbecken anlegen zu lassen. Aber das musste nicht unbedingt etwas bedeuten. Vielleicht war es ihr einfach nicht wichtig genug. Oder sie wollte ihren Mann schützen.

»War es eine gute Ehe?«, fragte ich. »Die erste, meine ich.«

Glinka schnupperte und ging hinüber zu einem Ofen, wo sie einen Topf auf eine weniger heiße Stelle schob.

Als sie den Deckel hob, um einen prüfenden Blick auf den Inhalt zu werfen, roch ich den angenehmen Duft von gekochten Pflaumen und Rosmarin.

»Das geht mich nichts an«, sagte sie, den Rücken zu mir gewandt.

»Cleopatra hat doch bestimmt mit Ihnen gesprochen? Sie sind schon so lange bei der Familie – da könnte ich mir vorstellen, dass sie Ihnen hier in der Küche manchmal das Herz ausschüttete.«

Der Deckel schwebte einen Augenblick reglos über dem Topf. »Sie zog mich nicht ins Vertrauen.«

»Hatte sie keine besonders enge Freundin?«

Glinka kam wieder zurück. »Sie hatte eine Freundin, die oft zu Besuch kam und mit der sie auch ausging.« Sie äußerte sich nicht weiter dazu, doch ihr Gesichtsausdruck verriet, dass ihr diese Freundin wenig sympathisch gewesen war.

»Können Sie sich noch an ihren Namen erinnern?«

»Frau Mending. Ich glaube, sie kam aus Utrecht.«

»Kennen Sie ihren Vornamen?«

»Clara.«

»Warum mochten Sie sie nicht?«

Sie runzelte die Stirn. »Das habe ich nicht gesagt.«

»Stimmt. Kam sie auch nach dem Unglück noch zu Besuch? Vielleicht wegen Lonneke?«

»Sie interessierte sich nicht besonders für Lonneke. Das Einzige, was sie interessierte, war ...« Sie zögerte einen Moment. »Jung und fröhlich sein«, sagte sie dann. »Als bliebe man immer ein Backfisch.«

»Sie kam also nicht mehr hierher?«

»Praktisch niemand kam mehr, außer Herr Scholte, ein alter Freund. Er tat sein Möglichstes, um Meneer Josef zu trösten.«

»War Cleopatras Tod ein schwerer Schlag für ihn?«

Sie presste die Lippen aufeinander und antwortete nicht.

»Hat es Streit gegeben?«, fragte ich auf gut Glück.

»Meneer Josef streitet sich nicht.«

»Außer, als sie ihm erzählte, dass sie aus heiterem Himmel beschlossen hatte, mit einer Freundin nach Teneriffa zu fliegen, nicht wahr?«

»Er war nicht gerade begeistert.«

»Wissen Sie, wer diese Freundin war?«

»Nein.«

»Nicht Clara Mending?«

»Nicht dass ich wüsste. Nein, sie kann es natürlich nicht gewesen sein.«

»Warum nicht?«

»Weil es eine Liste der Passagiere gab, die umgekommen waren. Wir hätten es erfahren, wenn sie dabei gewesen wäre.«

»Ich meine, wenn diese Clara ihre beste Freundin war, dann wäre es doch logisch gewesen, wenn sie mit ihr zusammen in den Urlaub gefahren wäre?«

»Ich weiß nicht.«

Ihre Antwort klang spröde. Irgendetwas anderes musste noch dahinter stecken, aber ich konnte nicht herauskriegen, was es war. »Haben Sie gesehen, wie Cleopatra wegfuhr?«

Ein Schatten fiel über ihr Gesicht.

»Es war das letzte Mal, dass Sie sie lebend gesehen haben«, stellte ich fest. »Hat die Freundin sie abgeholt?«

»Nein, sie nahm ein Taxi.«

»Woran können Sie sich noch erinnern?«

Sie schwieg einige Sekunden lang, als müsse sie Atem schöpfen. »Ich war in der Eingangshalle. Sie kam herunter, mit zwei Koffern. Meneer Josef lief hinter ihr her. Er wollte die Koffer für sie tragen, doch sie stellte sie vor mich hin und sagte: ›Bringen Sie sie zum Taxi.‹ Meneer Josef sagte: ›Cleo, bitte, denk doch noch einmal darüber nach.‹ Ich ging mit den Koffern nach draußen und habe nicht gehört, was sie danach noch sprachen. Ich übergab die Koffer dem Taxifahrer. Meneer Josef stand in der Tür. Er sagte nichts, aber das würde er in Gegenwart anderer Leute nie tun. Sie stieg ins Taxi und fuhr weg.«

»Sie wissen alles noch sehr genau.«

Natürlich wusste sie alles noch genau. Jedes Detail des Augenblicks, in dem sie praktisch zu Lonnekes Mutter wurde, würde für immer in ihrer Erinnerung lebendig bleiben.

»›Denk noch einmal darüber nach‹, sagte er? Worüber sollte sie denn noch einmal nachdenken?«

»Das weiß ich nicht.«

»Es klingt, als sei es um mehr gegangen als nur um eine Urlaubsreise«, sagte ich. »Was für ein Taxi war es?«

»Darauf habe ich nicht geachtet.«

»Wissen Sie, wer es gerufen hat?«

»Nein.«

»Wo war Lonneke?«

»Lonneke war in der Schule.«

»Hatte ihre Mutter sich von ihr verabschiedet, bevor sie in die Schule ging?«

»Nicht dass ich wüsste.«

Ihr vorwurfsvoller Tonfall machte mich stutzig. »Wollen Sie damit sagen, dass Cleopatra eine Urlaubsreise ins Ausland antrat, ohne ihrer Tochter etwas davon zu sagen?«

»Ja.«

Wieder diese strenge Missbilligung. »Glinka, dieser Streit mit dem Minister und die Tatsache, dass sie nicht abgeholt wurde, sondern ein Taxi nahm …«

»Ich habe doch gesagt, dass ich nichts weiß!«, fuhr sie mich plötzlich an.

»Aber Sie haben doch bestimmt darüber nachgedacht. Der Streit, das Taxi, die Tatsache, dass sie Lonneke nichts sagte – wäre all das nicht viel logischer, wenn es sich um einen Freund und nicht um eine Freundin gehandelt hätte?«

»Mevrouw Cleopatra ist tot. Es ist nicht recht, schlecht über sie zu denken. Ich kann das auch nicht glauben. Meneer Josef gab ihr alles, was sie sich nur wünschen konnte.«

Nichts Schlechtes über die Toten. »Und als Lonneke aus der Schule kam und ihre Mutter weg war …«

Ihre Missbilligung war deutlich spürbar. »Lonneke konnte ein Jahr lang nicht schlafen. Sie hatte Angst vor dem Alleinsein. Ich musste sie jede Nacht zu mir ins Bett nehmen. Nur so konnte sie einschlafen.«

Ich blickte auf ihren Busen. Schon vor zwanzig Jahren musste er eine Quelle unkomplizierten, irdischen Trostes gewesen sein. »Ist sie inzwischen darüber hinweg?«

»Sie trägt es noch irgendwie mit sich herum«, antwortete Glinka, nachdem sie kurz nachgedacht hatte. »Vielleicht kann sie deswegen einfach nicht glücklich werden.«

»In ihrer Ehe?«

Sie warf mir einen kurzen Blick zu. »Sie ist doch geschieden!?«

Richtig. »Reden Sie oft mit ihr?«

»Natürlich. Aber das sind Privatangelegenheiten.«

Es ist ein Klischee, dass Polizeibeamte Privatdetektive nicht leiden können. Klischees werden zu Klischees, weil sie wahr sind. Polizeibeamte können Kollegen nicht leiden, die ihre Uniform an den Nagel hängen und sie gegen eine üppig bezahlte Stellung in der Industrie oder als Sicherheitsberater des Präsidenten von Burkina Faso eintauschen. Natürlich beruht diese Reaktion hauptsächlich auf Missgunst, aber sie sind auch verbittert darüber, dass dieser Mann allein vorwärts kommt, während sie selbst auf der Strecke bleiben, weil bei der Polizei niemand ohne die Hilfe seiner Kollegen Karriere machen kann.

Ich habe den Vorteil, dass jeder Kriminalbeamte nachvollziehen kann, warum ich ausgestiegen bin. Polizisten gehören auf die Straße, das liegt ihnen im Blut und sie begreifen, dass ein Kollege, der angeschossen wurde, sich lieber auf eigene Füße stellt als abzuwarten, bis man einen Schreibtischposten für ihn gefunden hat. Die meisten finden diesen Entschluss richtig. Sie betrachten das Ganze als eine Art höhere Gewalt im Rahmen des Dienstes. Sie alle lesen das Polizeiblatt, die internen Lagebilder und die Berichte über Veränderungen im Kollegenstamm.

»Hey, Max, was machst du denn hier?«

Ich drehte mich um. Ich stand gerade am Empfang, wo sich eine rothaarige Beamtin strikt weigerte, mir zu sagen, wo Kommissar Vrijman war, und mir zu erklären versuchte, dass es besser sei, vorher telefonisch einen Termin zu vereinbaren.

Gert Verhagen grinste mich an. Er war molliger als der Schüler von der Polizeischule, an den ich mich erinnerte, aber er sah noch immer aus wie der schlimmste Radaubruder unserer ganzen Truppe.

»Ich versuche gerade, zu Kommissar Vrijman durchgelassen zu werden.«

»Der ist dienstlich in Den Haag.« Er wandte sich zu der Beamtin. »Schon gut, den übernehme ich.«

»Ich muss ein paar Veränderungen in der Dienststelle verpasst haben«, sagte ich. »Ich dachte, du wärst in Haarlem.«

»Das ist schon eine Weile her. Der Vechtstreek gefällt mir besser.«

»Das sieht man dir an.«

Er klopfte sich auf den Bauch. »Gesunde Luft! Und mit einer guten Köchin verheiratet. Unerwünschte Vertraulichkeiten unter Kollegen gibt's auch nicht mehr, was, Ada? Wie soll ein Mann denn da schlank bleiben?«

Die Rothaarige kicherte. »Dafür haben wir Sonderprogramme«, sagte sie. »Aber Kriminalbeamte sind sich ja zu gut dafür.« Gert fasste mich an der Schulter und nahm mich mit. »Komm, wir gehen ein Bier trinken. Ich glaube nicht, dass Vrijman heute noch zurückkommt. Sie wollen ihn von einem bestimmten Fall fern halten.«

»Dreimal darf ich raten«, sagte ich. »Cleveringa.«

Gert runzelte die Stirn. »Kommst du deswegen?«

»Hast du auch daran gearbeitet?«

»Du kannst dich doch bestimmt noch daran erinnern, dass man uns mit der Gesprächstaktik, Fragen mit Gegenfragen zu beantworten, unheimlich nerven kann.«

Ich lächelte. »Ich arbeite für Meulendijk.«

»Wow. Ich dachte, du würdest dir wegen verschwundener Töchter oder Kindern, die von ihren Vätern entführt wurden, die Füße platt laufen.« Er winkte dem Beamten an der Pforte zu, der den automatischen Türöffner für uns betätigte.

Die Wache befand sich in einem alten Gebäude am Marktplatz, in direkter Nachbarschaft zu einigen Kneipen. Gert wählte den unvermeidlichen ›Marktblick‹, wo ihn jeder kannte. Männer an der Theke hoben grüßend die Hand, als er sich an ihnen vorbeidrängte.

Der Tisch im hinteren Teil schien sein Stammplatz zu sein. Der Wirt rezitierte: »Bitterballen, Portion Käsewürfel, Pils.« Er schaute mich an. »Sie auch ein Pils?«

Ich nickte. Der Mann verschwand hinter der Theke.

»Hast du noch Probleme mit deiner Verletzung?«, fragte Gert.

»Ach was. Ich merke nur noch etwas, wenn ich die hundert Meter in zwanzig Sekunden laufen soll.«

Er schaute mich mit dem forschenden Blick des Kriminalbeamten an.

»Wie geht es dir denn? Was haben sie dir gezahlt?«

»Ich hatte die Möglichkeit, mir meine Pension auszahlen zu lassen, mit einer zusätzlichen Prämie. Damit konnte ich mich eine Weile über Wasser halten.«

»Als ich das über dich gelesen habe, dachte ich, Scheiße, das klappt doch niemals, diese Art von Privatdetektiv gibt es doch heutzutage gar nicht mehr. Ich sag das jetzt im Scherz, aber eigentlich stimmt es doch, oder?«

»Ja, das hab ich auch gemerkt. Ohne Meulendijk käme ich nicht über die Runden.«

»Ja, aber was machst du denn für den schon? Papierkram, Industrie, Computer? Ist denn zur Abwechslung auch mal was Saftiges dabei?«

»Was sagst du zu Cleveringa?«

Er runzelte die Stirn. »Wer hat denn da den Staatsanwalt eingeschaltet?«

»Keine Ahnung. Vielleicht der Minister selbst?«

Die beiden Pils und das Essen wurden serviert. »Warte noch mit den Bitterballen«, warnte Gert. »Die sind heiß.« Er spießte ein Stück Käse auf einen Zahnstocher und zog es durch den Senf. »Auf dem Fall Cleveringa klebt ein Riesensiegel«, sagte er. »Zeigst du mir mal deine Karte?« Er war einfach nur neugierig, nicht misstrauisch. Ich holte meinen Meulendijk-Ausweis hervor und schob ihn über den Tisch. Gert betrachtete ihn. »Nettes Foto«, sagte er. »Guter Text. Meulendijk garantiert strikte Vertraulichkeit?«

»Du hast doch bestimmt gehört, dass er Witman aus der Firma rausgeworfen hat, nachdem die Sache mit Detering durchgesickert war. Er ist ein komischer Typ, aber er hat keine Angst vor den Gewerkschaften und das Kleingedruckte in seinen Verträgen ist auch in Ordnung.«

»Wie kann er garantieren, dass die freien Mitarbeiter den Mund halten? Ich kann dir auf Anhieb eine Zeitung und mehrere Fernsehsender nennen, die gut bezahlen für eine Reportage über den früheren Minister beispielsweise.«

»Ich auch«, sagte ich. »Aber ich möchte Meulendijk wirklich nicht ins Gehege kommen.«

»Ich habe auch nicht an dich gedacht«, sagte er.

Ich warf ihm einen mitleidigen Blick zu. »Warum nicht? Jeder ist käuflich. Du auch. Meulendijk kann Vertraulichkeit garantieren, solange niemand eine Million bietet. Alles darunter ist das Theater nicht wert.«

Gert lachte in sich hinein.

»Meulendijk hat jedenfalls gute Kontakte und Zugang zu allem«, sagte ich. »Zumindest habe ich die Ermittlungsakte von Vrijman eingesehen. Habt ihr inzwischen die Identität der Toten feststellen können?«

»Ohne Kopf und Hände? Die einzige Chance ist ein alter Beinbruch. Damit klappern wir die Krankenhäuser ab, so was ist alles im Computer abgespeichert, kein Problem, es sei denn, sie stammte zum Beispiel aus Ungarn.«

»Weiß man, wie alt der Beinbruch war?«

»Sie war ausgewachsen, so viel konnte man feststellen. Auf jeden Fall muss es nach ihrem zwanzigsten Lebensjahr passiert sein.«

»Ich würde mich gern mal mit Hugo Balde unterhalten.«

»Mann, das ist ein Psychopath! Was willst du aus dem schon rauskriegen? Lebenslänglich plus lebenslange psychiatrische Sicherheitsverwahrung – eine einmalige Kombination. Er sitzt in Breda ein. Geh ruhig hin, aber im Grunde kannst du es dir auch sparen.«

»Warum denn?«

»Er hat alles getan. Du könntest ihm das Gerippe der enthaupteten Anna Boleyn zeigen und er würde sagen: ›Ich war's.‹«

Ich zögerte einen Moment und sagte dann: »Eine Frau verunglückt und ein paar Jahre später wird eine andere Frau unter dem Tennisplatz verscharrt.«

»Hm. Cleopatra saß aber mit Sicherheit in dem abgestürzten Flugzeug nach Teneriffa. Außerdem haben wir ihre Krankenhausakten; soweit wir feststellen können, hat sie sich nie das Bein gebrochen.«

»Aber ihre Leiche wurde nie identifiziert.«

»Die von der angeblichen Freundin auch nicht. Genauso wenig wie Dutzende Leichen anderer Passagiere. Vollständig verbrannt, die Überreste im Umkreis von einem

Kilometer verteilt. Bei Cleopatra hatten sie zumindest das Glück, dass Reste ihres Gepäcks gefunden wurden. Darüber besteht kein Zweifel.«

»Warum sagtest du ›angebliche Freundin‹?«

Er zog eine ironische Grimasse und zuckte die Schultern. »Wir haben unsere Hausaufgaben gemacht, weißt du. Und die Jungs von der Staatsbehörde auch. Es gab Streit, sehr plötzliche Urlaubspläne. Das Problem ist, dass alle die Sache mit Samthandschuhen anfassen, weil es sich um Cleveringa handelt. Jedenfalls sind wir von dem Fall abgezogen worden, egal, was für ein Tamtam Vrijman macht. Die Sache geht jetzt zu den Bonzen ganz nach oben.«

»Was sagst du denn dazu?«

»Ich kann dir sagen, wie es ablaufen wird. Die Bonzen hängen Hugo Balde, dem Brabanter Serienmörder, das Skelett an. Er war mindestens acht Jahre aktiv, bevor sie ihn vor zehn Jahren geschnappt haben. Er hatte die feste Angewohnheit, seinen Opfern Kopf und Hände abzuhacken. Meulendijk hat doch alle Informationen?«

»Ja, schon. Der Zeitraum passt, aber die Leichen hat man doch hauptsächlich in Brabant und Zeeland gefunden.«

»Hugo ist ein eiskalter Hund. Der kommt sein Leben lang nicht mehr raus, also warum sollte er uns helfen? Das Einzige, was der sagt ist: ›Ach, wisst ihr, es liegen überall welche rum‹, grinst und ist stolz drauf.«

»Das passt ja prima, findest du nicht?«

Gert nickte nachdenklich. »Vrijman regt sich auch darüber auf, aber es wird darauf hinauslaufen, dass Hugo mit einer Leiche im Kofferraum an der Vecht entlanggefahren ist und gesehen hat, wie der Tennisplatz angelegt wurde. Heute würde ihm so etwas nicht mehr gelingen, aber damals war die Bewachung noch nicht so streng. Wenn es nachts passiert ist …«

»Vor fünfzehn Jahren war die Mauer aber auch schon da. Von der Straße aus kann man den Tennisplatz nicht sehen. Der Täter muss das Haus gekannt und gewusst haben, dass der Platz angelegt wurde.«

Gert schnaubte. »Richtig.«

»Und sogar, dass am nächsten Tag betoniert werden sollte. Das schränkt den Kreis der Verdächtigen doch ziemlich ein. Hast du herausgefunden, wer der Bauunternehmer war?«

»Ich dachte, du wüsstest das alles?« Gert langte nach den Bitterballen, fühlte mit den Fingern, ob sie ausreichend abgekühlt waren, und steckte sich einen in den Mund.

»Keine Einzelheiten«, antwortete ich. »Nur, dass der Platz 1983 angelegt wurde.«

»Das ist das Erste, was wir überprüft haben«, sagte Gert. »Auch wenn es zunächst mal darum ging, den Zeitpunkt des Todes in etwa einzugrenzen.«

Wir schauten uns an und dachten dasselbe. Wenn ein Skelett gefunden wird, ist nichts schwieriger, als den Zeitpunkt des Todes zu bestimmen, jedenfalls, wenn er mehr als zehn Jahre zurückliegt und die Eiweiße unlöslich geworden sind. Die Leiche lag in trockenem Boden, unter dem Beton – es könnte zehn Jahre gedauert haben, bis sie vollständig skelettiert war. Das Alter des Menschen zum Zeitpunkt seines Todes hingegen ist mit Hilfe radioaktiver Messungen und Kohlenstoff-Tests einfacher festzustellen. Sie war etwa dreißig Jahre alt. Das Geschlecht konnte man anhand des so genannten stumpfen unteren Schambeinastes bestimmen, die Größe anhand der langen Röhrenknochen. Sie war einen Meter achtundsechzig groß.

»Und wenn sie schon fünfzig Jahre da gelegen hat?«

»Der Bauunternehmer schwört, dass das unmöglich sei, und ich glaube ihm. Als sie den Platz angelegt haben, haben sie den Boden etwa einen Meter tief ausgehoben, und wenn sie schon dort gelegen hätte, hätten sie sie garantiert gefunden.«

Gert trank einen Schluck von seinem Pils und nahm sich noch einen Bitterballen. Er kaute darauf herum, blies durch die Zähne und sagte: »Das war noch der alte Hendriks, der Vater des heutigen Bauunternehmers. Ein Witwer um die achtzig. Noch fit wie ein Turnschuh. Liest jeden Tag die Zeitung. Er dachte, ich käme, um ihn zu verhaften.«

»Hätte es denn Gründe dafür gegeben?«

»Ich habe keine gute Menschenkenntnis«, sagte Gert fröhlich, »aber es würde mich wundern. Es gab wohl ein kleines Problem beim Bau, der Platz hat etwa eine Woche offen gelegen.«

»Warum denn?«

»Sie hatten so einen fahrbaren Betonmischer bestellt, um den Boden in einem Rutsch gießen zu können. Die Vorbereitungsarbeiten waren abgeschlossen; sie hatten den Untergrund gewalzt und die Verschalung drum herum gebaut. Da erreichte sie die Nachricht, der Betonmischer könne erst eine Woche später kommen.«

»Wieso das?«

»Laut Hendriks kam das öfter vor. Der Mischer war bei einer Betonfabrik in Utrecht bestellt worden. Die hatten einen Eilauftrag auf der Kanalinsel, ein Bürogebäude. Hendriks war nur ein kleiner Kunde und ein Tennisplatz ist ja nicht gerade von höchster Wichtigkeit.«

»War die Armierung schon verlegt worden?«

»Nein, das hat auch die Utrechter Firma gemacht.« Gert fing an zu lachen. »Ich habe an alles gedacht, sogar daran, dass der Butler vielleicht so eine Art Tagebuch geführt haben könnte, in dem er genau notiert, wer die Woche über kommt und geht. Aber das gibt es nur in englischen Landhäusern, in den Büchern von Barbara Cartland, die meine Frau immer liest. Bei uns gibt es keine Butler und Glinka schaut dich nur komisch an, wenn du sie nach ihrem Logbuch fragst.«

»Die Baustelle lag also offen, aber der Boden war schon

gewalzt worden? Das bedeutet doch, dass jemand tüchtig graben musste. Hat Hendriks keine Spuren davon gesehen?«

»Soweit er sich erinnern kann, ist ihm nichts aufgefallen. Der Täter hat die Stelle offenbar wieder ordentlich glatt gestrichen.«

»Aber das Volumen der Leiche: Da muss doch Erde übrig geblieben sein.«

»Schwere Maschinen, Räderspuren, überall liegt Erde herum.« Gert schüttelte den Kopf. »Das war eine Baustelle. Ansonsten kann er es auch vor dem Plattwalzen getan haben, während oder direkt nach den ersten Grabungsarbeiten. Also vor der Woche, in der die Arbeit ruhte.«

Strohhalme. »Habt ihr sonst nichts gefunden? Ringe, Kleidung, eine Uhr?«

Er schüttelte den Kopf. »Keine Spur von Kleidung; sie war nackt. Ein paar verrottete Stücke von etwas, das nach Segeltuch aussieht. Darin war sie womöglich eingewickelt.«

2

Ich habe irgendwo gelesen, dass, wenn jemand mit einer Zeitmaschine, sagen wir, tausend Jahre zurückreisen würde und aus Versehen bei einem Hünengrab auf der Drenter Heide einen Schmetterling totträte, Napoleon die Schlacht bei Waterloo gewonnen hätte. Dann würden wir heute alle französisch sprechen, wogegen an und für sich ja nichts einzuwenden ist, jedenfalls dann nicht, wenn auch jemand mit einer Pistole zu dem Mönch zurückreisen würde, der das Passé simple erfunden hat.

Manchmal kommen solche Gedanken in mir auf. Wenn ich die Tür zwei Sekunden später geöffnet hätte. Wenn der türkische Dealer auf der Toilette gesessen hätte anstatt an einem Tisch, auf dem ein Montblanc von reinem Heroin und eine Pistole in Griffweite lagen. Wenn ich mich an jenem Morgen krankgemeldet hätte. Wenn ich meinen Partner zuerst hätte hineingehen lassen. Dann stünde hier jetzt ein neuer Renault mit Bart Simons darin, statt ein alter BMW mit Max Winter. Marga, die metaphysisch angehaucht ist, nennt das ›die Harmonie des Zufalls‹.

Die Melancholie eines schönen Juniabends lag über der Straße. Verkehrsstaub und aufgewirbelter Sand aus der Sahara hingen an den Ahornbäumen, die die Schlacht um Parkplätze überlebt hatten. Viele dieser alten Villen werden heute als Bürogebäude genutzt, zumindest zur Hälfte. Im Erdgeschoss von Nummer zweiunddreißig befindet sich ein kleines Maklerbüro, das an Immobilien von unter einer Million kein Interesse hat. Ich teile einen Seiteneingang und die Treppe mit einer Japanerin, die Geigerin im Concertgebouw-Orchester ist und im Dachgeschoss wohnt. Manchmal höre ich sie üben, aber es stört mich nicht sehr, da es sich um ein solide gebautes Herrenhaus handelt.

In meinen ursprünglichen Zukunftsplänen hatte ich natürlich ein heruntergekommenes Büro vor mir gesehen, wo Buchstaben auf Milchglasscheiben gemalt waren, Kunden hin und wieder den ganzen Laden kurz und klein schlugen und wo der Privatdetektiv mit einer Zigarette im Mundwinkel schöne, gewissenlose Witwen entlarvt oder zwischen den Lamellen seiner Jalousie hinunter auf das Verbrechen in den Straßen schaut, während er einen inneren Monolog hält und seine langbeinige Sekretärin mit hübschem Dekolleté, die obendrein sehr gescheit ist und Stella heißt, die Gerichtsvollzieher abwimmelt.

Aber so läuft es nicht mehr. Ich wüsste nicht, wovon ich Stella bezahlen sollte. Außerdem hasse ich die Stadt. Jemand gab mir einen Tipp wegen dieser Etage und ich mietete sie, weil in der Straße Bäume stehen.

Ich begann mit einer Reihe kleiner Anzeigen: *Detektei Winter, Fahndung und Ermittlung, Diskretion garantiert.*

Eine paranoide alte Dame meldete sich, die überzeugt war, ihr Sohn würde ihre Katzen vergiften, um sie dann in ein Altersheim abzuschieben, damit er sein Elternhaus verkaufen könne. Ein Versicherungsagent erkundigte sich, ob ich an der Suche nach gestohlenen Autos interessiert sei. Danach blieb es wochenlang ruhig, so ruhig, dass ich die meiste Zeit durch die Lamellen hindurch auf die Ahornbäume blickte, über besseren Anzeigentexten brütete und mich fragte, warum der Mann schräg gegenüber auf der anderen Straßenseite am Steuer seines unauffälligen Renaults tagelang Zeitung las, Brötchen aß oder in sein Handy sprach.

Ich hatte zu oft selbst mit Zeitungen, Brötchen und Handys in Autos gesessen, um nicht zu wissen, was der Mann da machte. Vielleicht war das Maklerbüro im Erdgeschoss ein Deckmantel für internationale Geldwäschegeschäfte.

Dass es um mich ging, dämmerte mir, als ich den Renault auch in meinem Rückspiegel bemerkte. Ich bat Bart Simons, das Kennzeichen des Fahrzeugs zu überprüfen, und erfuhr zu meiner Überraschung, dass es auf den Namen des Büros Meulendijk angemeldet war.

Ich ließ den Mann ein paar Tage lang seine Arbeit tun, so dass er notieren konnte, dass ich eine Stammkneipe hatte, manchmal die Nacht auf Margas Bauernhof verbrachte und dergleichen mehr. Dann reichte es mir und ich schleppte ihn in meinem Kielwasser zum schicken Firmengebäude von Meulendijk an der Prins Hendrikkade.

Zum ersten Mal machte ich Bekanntschaft mit der Gediegenheit und der Diskretion des Hauses.

Die Empfangsdame, schon mindestens fünfzig, sah aus, als habe sie, bevor Meulendijk sie abgeworben hatte, jahrelang auf tröstliche Weise die Zeremonien in einer Trauerhalle geleitet. Auch das jüngere weibliche Personal trug dezente Kostüme, die Herren gut sitzende Anzüge. Über allem hing die beruhigende Atmosphäre eines luxuriösen Sanatoriums.

Das Sammeln von Informationen geschieht schon seit langem mit Hilfe von Computern und Datenbanken. Jeder verkauft Daten und vieles wird durch Einbruch und das Knacken von Codes in anderen Rechnern erworben. Bankdaten, finanzielle Verhältnisse, medizinische Daten, Kreditwürdigkeit, politische Gesinnung, Mitgliedschaften, der Familienstammbaum, das Strafregister, ausländische Konten, geheime Telefonnummern – alles ist irgendwo registriert und kann daher gefunden werden, sobald jemand zielgerichtet danach sucht. Und zielgerichtete Suche war das, womit sich ein großer Teil der fünfzig Mitarbeiter des Büros Meulendijk in einem Saal voller Elektronik beschäftigte.

Zu meiner Beruhigung fand ich später auch einen Raum, der einem Büro der Kriminalpolizei ähnelte, mit Wänden voller Memos, Zeitungsausschnitten und dem vertrauten Chaos rauchender, Kaffee trinkender Leute, die ihre Anzugjacken über die Stuhllehnen gehängt hatten und in Hemdsärmeln und gelockertem Schlips an Telefonen und PCs saßen. Eine der fünf oder sechs Frauen war Lucy Haarmans, Ex-Polizeihauptwachtmeisterin in der Wache an der Herengracht. Sie war vor drei Jahren ausgestiegen, weil es ihr zu lange dauerte, bis sie eine Chance bei der Kriminalpolizei bekam. Außer ihr erkannte ich noch ein paar weitere Gesichter ehemaliger Polizeibeamter.

»Wenn es nichts mit einem bestimmten Fall zu tun hat, können Sie vielleicht mit dem Personalchef, Herrn van Houten, einen Termin vereinbaren. Der Staatsanwalt ist sehr beschäftigt«, sagte die Dame.

»Ich auch«, sagte ich. »Ich komme nicht, um mich zu bewerben. Ich will Herrn Meulendijk sprechen.«

Sie nahm meine Karte mit in ihr gläsernes Büro hinter

dem Empfang, wo sie diskret am Telefon überlegen konnte, ob sie eine Zwangsjacke für mich ordern sollte oder nicht. Ich lächelte der Telefonistin zu, die sehr attraktiv aussah in ihrem Kostüm, und sie lächelte freundlich zurück. Sie hatte eine schöne Stimme, aber deswegen war sie natürlich auch ausgewählt worden. »Büro Meulendijk. Guten Tag. – Ich verbinde Sie weiter.« Sie hätte zur Operette gehen können.

Ein junger Mann kam quer durch die Empfangshalle auf mich zu. »Herr Winter? Mein Name ist Hans van Tellingen. Würden Sie mir bitte folgen?«

Ich folgte Hans van Tellingen zum Lift.

Ich hatte ein paar Mal als Zeuge bei Gerichtsverhandlungen mit Meulendijk zu tun gehabt, damals, als er noch kein Monument, sondern einfach nur ein Staatsanwalt war. Einmal hatte er mich in die Staatsanwaltschaft bestellt, um mich wegen einer Diamanten-Sache um meine Meinung zu fragen. Ich bildete mir nicht ein, dass ich einen unvergesslichen Eindruck bei ihm hinterlassen hatte, und genauso wenig konnte ich mir vorstellen, dass er meine Kleinanzeigen gelesen hatte. Trotzdem tat er auf seine ihm eigene feierliche Art so, als freue er sich, mich zu sehen.

»Ah.« Er stand auf und hielt mir die Hand hin. Er hatte ein geräumiges Büro im zweiten Stock mit einer Wandvertäfelung aus dunklem Holz, dicken Polstermöbeln und schweren Gardinen, gediegenen Wandschränken und einem großen Konferenztisch. Bei den Bildern handelte es sich um gute Reproduktionen: Landschaften und ein Stillleben von Frans Hals. Nichts Außergewöhnliches – er versuchte nicht, mit Luxus Eindruck zu schinden. Er wollte seinen Besuchern lediglich klarmachen, dass sich ihre Angelegenheiten in zuverlässigen Händen befanden. »Herr Winter – Max, nicht wahr? Setzen Sie sich. Darf ich Max …?«

»Woher das Interesse?«, fragte ich ihn.

»Interesse?«

»Der Mann im Renault wurde allmählich auffällig.«

Er runzelte die Stirn. »Den hast du bemerkt …«

Ich sagte nichts.

»Wir überprüfen die Leute sorgfältig, bevor wir … Ich bekam einen Tipp vom Dienststellenleiter.«

»Bevor wir was, Herr Meulendijk?«

»Bernard«, sagte er. »Wenn wir unter uns sind. In der Öffentlichkeit hingegen …«

»Bevor wir was, Bernard?«

»Bei manchen Fällen schalten wir Außenstehende ein. Zum einen, weil wir viel Arbeit haben, und zum anderen, weil es manchmal besser ist …«

»Wegen der Verantwortung und eventueller Schadensersatzklagen?«

Er ignorierte meinen Einwurf. »Wir können später über eine feste Anstellung sprechen, falls du interessiert bist. Wir haben bisher zwei freie Mitarbeiter, du wärst der dritte. Ich kann dir keine bestimmte Menge an Aufträgen garantieren, aber wir zahlen gut und sind auch bei den Spesen nicht knauserig. Ich weiß, welche Dinge dir liegen und welche nicht. Darauf nehmen wir immer Rücksicht. Du wirst einen Vertrag unterschreiben müssen, in dem die grundsätzlichen Bedingungen festgelegt werden. Was hältst du davon?«

Sieben vollständige Sätze und es kamen noch mehr. Er konnte es, wenn es sein musste. »Ich werde darüber nachdenken«, versprach ich.

»Ich will ja kein Salz in die Wunde streuen«, bemerkte er ungerührt. »Aber du hast nicht besonders viel zu tun und deine Etage ist teuer. Du warst ein guter Kriminalbeamter und es ist schade, dass du deine Zeit und Energie mit der Suche nach gestohlenen Autos vergeudest. Ich hätte sofort einen Auftrag für dich, wenn du das hier unterzeichnest.«

Er zog drei aneinander geheftete Seiten aus seiner

Schreibtischschublade und reichte sie mir. Ein fertiger Vertrag; mein Name war schon eingetragen. Ich verspürte keinen Ärger darüber, dass sie offensichtlich alles über mich wussten, einschließlich der Tatsache, dass ich ihr Angebot kaum ablehnen konnte. Warum hätte ich mich über die Vorgehensweise des Büros Meulendijk aufregen sollen? Ich hätte einfach aufstehen und weggehen können. Aber Bernard hatte natürlich Recht.

»Lies ihn dir nebenan in aller Ruhe durch. Wenn du damit einverstanden bist, kannst du ihn unterschreiben und bei meiner Sekretärin hinterlassen. Du erhältst deine Aufträge direkt von mir und deine Berichte gehen ebenfalls direkt an mich, mündlich oder schriftlich in einem verschlossenen Umschlag. Außer mir, meiner Sekretärin und Buchhalter Kuiters, der sich um deine Bezahlung kümmert, weiß niemand hier von den freien Mitarbeitern und das soll auch so bleiben. Du wirst bald von mir hören.«

Als ich die Tür des Seiteneingangs öffnete, kam gerade Setsuko mit ihrem Geigenkasten die Treppe hinunter. Setsuko ist klein und etwa dreißig Jahre alt. Sie besitzt die typisch japanische Zierlichkeit und bewegt sich so leicht und graziös, dass man ihre Arme und Hände nie für muskulös genug halten würde, stundenlang mit den Symphonien von Mahler zu ringen. Doch wahrscheinlich sind sie sogar muskulös genug, um einem das Genick zu brechen, falls man es wagte, sie zu belästigen. Aber niemand belästigt sie. Sie ist ein Schmetterling, eine Libelle. Wir kommen gut miteinander aus. Manchmal trinke ich bitteren grünen Tee bei ihr, mit winzigen Schlückchen aus dünnem Porzellan, während sie mir erklärt, dass Setsuko ›die Keusche‹ bedeutet.

»Hallo. Was steht auf dem Programm?«

»Der Beethovenzyklus.«

»Ich habe gehört, dass man in Japan die Neunte mit achttausend Mann starken Chören aufführt.«

»Ja, komisch, was?« Ihr Niederländisch ist ziemlich gut und sie spricht es mit einem verführerischen Akzent. »Und die Steinways heißen dort Yamaha. Tschüs!« Sie lachte mit heller Stimme und rannte den Bürgersteig hinunter zu ihrem Toyota.

Ich bin verrückt nach Setsuko, aber es gibt zwischen uns ein stillschweigendes Abkommen, Komplikationen unter ein und demselben Dach zu vermeiden. Jedenfalls glaube ich, dass wir dieses Abkommen haben. Es kann aber auch sein, dass ich es nur deshalb glaube, weil sie manchmal Besuch von einem Mann bekommt, der Oboe spielt. Einmal hörte ich die Oboe auch früh am Morgen. Vielleicht sollte ich Oboe-Stunden nehmen, nur so als Experiment.

In meiner Wohnung sieht es immer unaufgeräumt aus und auch staubig, weil ich mir keine Putzfrau leisten kann. Ich habe eine Art Büro, das zur Straße hin liegt, mit einem Chaos an Büchern und Nachschlagewerken, Stühlen für Besucher, einem großen Schreibtisch, auf dem mein Computer steht, und selbstverständlich einer Jalousie.

Ich benutze den Computer nur, um Berichte zu schreiben. Er scheint noch 386 weitere Dinge zu können, aber die übersteigen mein Interesse. Wenn ich ein Problem habe, kann ich jederzeit CyberNel anrufen, eine aparte Computerspezialistin, die ich eines Tages auf einem Polizeifest kennen lernte und anschließend mit hoch gesteckten Erwartungen nach Hause in ihre mit Elektronik voll gestopfte Dachwohnung brachte. Dort stellte sich heraus, dass das Internet und andere faszinierende Dinge auf ihrem Bildschirm sie stärker erregten als meine romantischen Annäherungsversuche, so dass ich schließlich an ihrer Schulter einschlief, während sie mich von Website zu Website schleifte. Als ich morgens wach wurde, saß sie schon in Jeans und T-Shirt an einem Arbeitstisch und bastelte mit einem winzigen Lötkolben in einem Metallgehäuse voller Drähte und Leiterplatten herum.

Nel und ich sind gute Freunde geblieben und sie hilft mir gern aus der Verlegenheit, wenn ich Informationen aus fremden Datenbanken benötige und die Einrichtungen von Meulendijk nicht gebrauchen kann oder will. Nel hat sich mit einem technischen Notdienst selbstständig gemacht und entwirft spezielle Software, um Computer gegen unerwünschte Eindringlinge zu schützen. Auch die Leitstelle: Führungs- und Lagedienst, das zentrale Führungsorgan der Behörde, benutzt eines ihrer Programme.

Auf meiner Etage gibt es neben dem Büro auch ein Schlafzimmer, ein Bad mit Badewanne sowie ein ziemlich planlos eingerichtetes Wohnzimmer mit Kochnische. Das Beste daran ist die Glastür zu einem großen Balkon mit Blick auf die Gärten hinter den Häusern. Wegen der vielen Büros in der Gegend werden diese Gärten kaum mehr gepflegt, so dass sich Bäume und Sträucher ungehindert ausbreiten können und wegen der vielen Nester überall die Vögel zwitschern.

Marga hatte mir auf den Anrufbeantworter gesprochen und ich rief sie zurück. Sie hörte sich aufgeregt an, wie immer, wenn sie Besuch von Tilly und Kiki oder anderen früheren Kolleginnen von der Kunstakademie hat.

»Wir grillen, kommst du auch? Das Wetter ist herrlich!«

»Ich bin gerade erst nach Hause gekommen«, sagte ich. »Ich muss noch meine Berichte schreiben. Ich glaube nicht, dass ich es schaffe.«

»Du weißt nicht, was du verpasst.«

»Ich weiß genau, was ich verpasse.«

Ihre Stimme senkte sich zu einem Flüstern. »Dann komm doch später. Ich denke, sie werden so gegen elf Uhr wieder weg sein. I love you.«

»Ich liebe dich auch. Ich werde es versuchen.«

Ich briet mir ein Beefsteak, schnitt eine Tomate dazu und trug das Ganze zusammen mit einem Stück Baguette und einer halben Flasche Rioja auf den Balkon. Ich aß das Beefsteak, schaute bei den Flugstunden der jungen Amseln zu und dachte daran, dass es nur wenig gab, was ich in meinen Bericht hineinschreiben konnte. Ich konnte ein paar Ideen notieren, Kleinigkeiten, denen ich zu meiner eigenen Gewissensberuhigung nachgehen musste, doch es gab nur wenig Sinnvolles zu tun, solange nicht bekannt war, zu wessen Körper das unvollständige Skelett unter dem Tennisplatz gehört hatte. Ich machte mir keine Illusionen, dass ich schneller dahinter kommen könnte als die Polizei mit ihren Computernetzwerken, Krankenhausdaten und Archiven vermisster Personen. Wobei Letztere wiederum chaotisch genug waren. Dutzende von Menschen, die in Wirklichkeit tot oder vermisst sind, sind bei den Einwohnermeldeämtern nur als ›unbekannt verzogen‹ registriert, so wie all die anderen Leute, die einfach zu faul oder zu schlampig sind, sich abzumelden, wenn sie an einen anderen Ort oder ins Ausland ziehen. Als Datum ihres Wegzugs wird dann meistens der Zeitpunkt vermerkt, an dem die neuen Bewohner oder die Nachbarn beispielsweise eine Wahlbenachrichtigung zurückschicken. Das kann unter Umständen zwei Jahre später sein.

Aber wahrscheinlich war alles ganz einfach und keineswegs rätselhaft. Hugo Balde hatte eins seiner Opfer unter dem Tennisplatz verscharrt und die Frau des Hauses war zufällig ein paar Jahre vorher mit dem Flugzeug abgestürzt. *So what?* Meulendijk blieb auf der Sache sitzen, aber er musste etwas unternehmen, um sein Honorar zu rechtfertigen. Wir werden ein paar unserer besten Leute auf den Fall ansetzen, Meneer. Oder Mevrouw. Und ein paar Wochen später: Hier ist der Bericht, Sie sehen, alles in Ordnung. Sie haben nur die Flöhe husten hören.

Aber wer hatte sie husten hören?

Hélène? Cleveringa selbst? Die alte Glinka?

Moment mal.

Der Auftrag musste praktisch direkt nach der Entdeckung des Skeletts erteilt worden sein, noch bevor jemand auf die Idee gekommen war, dass es sich um das Opfer eines Serienmörders handeln könnte. Das konnte bedeuten, dass der Auftraggeber der Meinung war, er habe die Frau unter dem Tennisplatz möglicherweise gekannt. In diesem Fall kam der Auftrag nicht von außen, sondern aus dem inneren Kreis. Dem Cleveringa-Kreis.

Ich sah vorerst noch keine Verbindung zur ersten Ehefrau. Cleopatra war bei einer spektakulären Flugzeugkatastrophe ums Leben gekommen. Sie war nicht identifiziert worden, aber man hatte ihr Gepäck gefunden. Konnte es jemand anders aus dem Kreis sein? Ich kannte diesen Kreis nicht, noch weniger konnte ich wissen, ob jemand fehlte. Zwanzig Jahre zurück. Zum jetzigen Zeitpunkt konnte ich nicht mehr tun, als zum Appell zu rufen und zu überprüfen, ob alle anwesend waren oder ob, falls jemand fehlte, sein Aufenthaltsort offiziell bestätigt war – dieser zähe Prozess des Ausschließens verschiedener Möglichkeiten, mit dem Sherlock Holmes berühmt geworden war.

Ich verließ gerade widerwillig meinen Balkon, als das Telefon klingelte.

»Max Winter.«

»Cleveringa. Sie sind heute Nachmittag in Buchenstein gewesen?«

Hélène hatte meine Karte anscheinend doch nicht liegen gelassen, um sie von der Putzfrau in den Müll werfen zu lassen. »Ja, ganz richtig.«

Am Telefon klang seine Stimme aggressiver als im Fernsehen. »Ich bin morgen am frühen Nachmittag zurück. Ich glaube, es wäre gut, wenn wir uns irgendwo treffen würden.«

Ich ahnte, dass Ärger auf mich zukam. »Gern.«
»Ich bin etwa um zwei Uhr bei einem Freund von mir in Amsterdam, Scholte Verlag an der Koningslaan.«
»Ich kann auch nach Buchenstein kommen, wenn Sie wollen.«
»Nein. Koningslaan. Bis morgen dann.«
Klick.

Auch der Verlag war in einem stattlichen Herrenhaus untergebracht. Ein Mädchen mit langem flachsblonden Haar und Hornbrille öffnete die Tür und begrüßte mich, als würde sie mich schon seit Jahren kennen.
»Ah, Herr Winter. Sie kommen früh.«
Ich folgte ihr durch einen Marmorflur. Hier und dort lehnten Stapel neuer Bücher an der Wand. Türen standen offen und gaben den Blick frei auf Räume mit noch mehr Büchern, Papieren und verlassenen Schreibtischen. Wahrscheinlich waren alle beim Mittagessen. »Welche Art von Büchern verlegen Sie?«, fragte ich.
»Wissenschaft, Politik, Soziologie, Medizin. Inzwischen auch populärwissenschaftliche Werke. Nach oben, bitte.«
Sie ging mir auf der weiß gestrichenen Treppe mit dunkelrotem Läufer voraus. Sie hatte sehr dünne Beine.
Sie klopfte an eine Tür und öffnete. »Herr Winter ist da.«
»Ist gut.«
»Möchten Sie Kaffee?«
»Ja, gern. Mit Milch, ohne Zucker.«
Sie nickte und verschwand. Ihr Chef begrüßte mich mit ausgestreckter Hand. »Barend Scholte. Kommen Sie herein. Der Minister ist noch nicht da.«
Scholte war ein agiler älterer Herr von etwa fünfundsechzig Jahren, muskulös, mit kantigem Gesicht, blauen Augen und graublondem, kurz geschnittenem Haar. Er machte einen sehr männlichen, nach meinem Geschmack übertrieben vitalen Eindruck. In seinem violetten Sportblazer, fuchsiaroten Hemd und lavendelblauem Seiden-

schal im offenen Hemdausschnitt hätte er gut auf eine Yacht nach Nizza mit einem Klon von Mae West auf dem Vorderdeck gepasst.

»Haben Sie geschäftlich mit dem Minister zu tun?«

Ich sah, wie seine Augen sich ganz kurz verengten, bevor er lächelte. »Josef und ich sind alte Freunde. Geschäfte? Auch. Wir wollen seine Memoiren herausgeben.«

Ich erwiderte sein Lächeln. »Ich habe mir einen Verleger ganz anders vorgestellt.«

»Was soll ich dazu sagen? Es gibt uns in allen Variationen.«

»Wie sind Sie zu Ihrem Beruf gekommen?«

»Über Umwege. Ich habe sogar irgendwann einmal Medizin studiert, bevor ich mich auf Sprachwissenschaft verlegte. Ich bin auch Journalist gewesen.«

Ich setzte mich auf den Stuhl, den er mir anwies, und rutschte damit ein wenig zur Seite, um zu vermeiden, dass mir das grelle Sonnenlicht direkt in die Augen fiel. Das Büro war hell, voller Bücherschränke, die sowohl mit eigenen als auch mit Büchern von anderen Verlagen gefüllt waren. Überall lagen Manuskripte, Prospekte und Fachzeitschriften über Bücher und Verlage herum.

»Ich war übrigens genauso überrascht wie er, dass eine Privatfirma wegen dieser, äh … der toten Frau eingeschaltet wurde.«

Ich versuchte, seinen Blick möglichst ausdruckslos zu erwidern.

Scholte zog ein mitleidiges Gesicht, wie ein Gefängniswärter, der einem Sträfling die letzte Zigarette reicht, bevor er ihn zum Richtplatz führt. »Er brauchte nur ein einziges Telefonat zu führen. Er ist ziemlich … nun ja. Wer hat diesen Auftrag erteilt?«

»Solche Dinge werden in der Regel vertraulich behandelt.«

»Finden Sie es nicht seltsam, dass dieser Auftrag überhaupt erteilt wurde?«

»Warum sollte ich?«

»Warum?« Er gab ein verächtliches Geräusch von sich. »Ich werde Ihnen sagen, warum. Ein Skelett wird gefunden. Niemand weiß, um wen es sich handelt. Es ist doch eigenartig, dass Meulendijk eingeschaltet wird, obwohl niemand weiß, wer die tote Frau war? Das tut man doch nur, wenn man das Opfer kennt, persönlich in die Sache verwickelt ist und gute Gründe dafür hat, wissen zu wollen, was genau geschehen ist und warum.«

Das Mädchen kam herein und stellte ein Tablett mit verchromter Thermoskanne und Kaffeetassen auf den Tisch zwischen uns.

»Sie sollten Kriminalromane verlegen«, sagte ich, als sie weg war.

Er schüttelte den Kopf. »Der Mörder ist der Einzige, der weiß, wer die Tote war. Aber der würde gewiss keinen Auftrag erteilen, um das herauszufinden.«

»Da bin ich ganz Ihrer Meinung.«

»Überdies ist man sich doch so gut wie sicher, dass es dieser Serienmörder war?«

»So gut wie«, sagte ich.

»Voilà.« Er schwieg einen Moment. »Josef ist ziemlich aufgebracht, ich muss sie warnen.« Er griff zu schnell nach seinem Kaffee, so dass ein wenig über den Rand der Tasse schwappte und ein paar Tropfen auf seine Hose fielen. Ungeduldig wischte er mit der freien Hand darüber.

»Vielleicht ist noch jemand der Meinung, es sei ein merkwürdiger Zufall, dass die erste Ehefrau mit dem Flugzeug verunglückt und ein paar Jahre später eine Frau ungefähr in ihrem Alter unter dem Tennisplatz vergraben wird, ohne Kopf und Hände, so dass eine Identifizierung praktisch unmöglich ist.«

»Noch jemand?«

Gleichmütig erwiderte ich seinen Blick. »Außer mir.«

Er fragte ganz offen: »Glauben Sie, dass deshalb jemand das Büro Meulendijk für Nachforschungen engagiert hat?«

Ich zuckte mit den Schultern. »Waren Sie schon damals, als das Flugzeug abstürzte, mit dem Minister befreundet?«

»Natürlich. Aber ich bin nicht der Auftraggeber. Ich sehe da auch keinen Zusammenhang. Cleo ist verunglückt, darüber besteht keine Zweifel.«

»Waren Sie dabei, als die Nachricht kam?«

»Nein, aber ich habe Josef sofort aufgesucht ... um ihm beizustehen. Dazu sind Freunde da.«

»Haben Sie Cleopatra gut gekannt?«

Er zögerte. »Na ja, gut gekannt ...«

»Sind Sie verheiratet?«

Sein Gesichtsausdruck wurde angespannt. »Ich verstehe nicht, was das mit der ganzen Sache zu tun haben soll. Damals war ich verheiratet, ja.«

»Ich meine ja nur, dass Sie vielleicht als befreundete Ehepaare gemeinsam ins Theater oder in Konzerte gingen oder in Urlaub fuhren. Dann hätten Sie Cleopatra dadurch näher kennen können.«

Scholte holte tief Luft. »Natürlich haben wir gemeinsam etwas unternommen. Aber die Freundschaft bestand hauptsächlich zwischen Josef und mir und das hat sich nie geändert, auch nicht, als er Minister wurde. Wir sahen uns etwas seltener, das war alles.«

»Sie wissen also nicht, mit wem sie zusammen abgereist ist?«

»Josef und ich haben immer wieder darüber gesprochen. Ich habe auch hier und dort Erkundigungen für ihn eingezogen. Aber niemand hatte auch nur die leiseste Ahnung.«

»Ist das nicht eigenartig?«

»Es muss jemand völlig Fremdes gewesen sein, für uns jedenfalls. Wir kannten nicht alle ihre Freunde und Freundinnen, vor allem nicht die von früher. Josef hat sich an ihre Mutter in Twente gewandt, aber die wusste auch nichts, obwohl das nicht viel zu bedeuten hat.«

»Wieso?«

»Ach …« Er winkte mit einer viel sagenden Geste ab.

»Sie glauben also auch, dass es sich vielleicht um einen Freund handelte und nicht um eine Freundin?«

Er zuckte mit den Schultern. »Was ich glaube, hat keinerlei Bedeutung.«

»Lebt ihr Vater noch?«

»Nur die Mutter. Sie ist im Altersheim. Josef hat wenig Kontakt zu ihr, aber das war früher auch schon so.«

»Vielleicht hat sie den Auftrag erteilt, nachdem sie in der Zeitung gelesen hatte, dass unter dem Tennisplatz ihres Schwiegersohns eine tote Frau gefunden wurde?«

»Es würde mich wundern, wenn sie noch Zeitung lesen könnte.« Scholte schlug sich resolut mit beiden Händen auf die Oberschenkel und stand auf. Er ging zum Fenster und schaute hinaus. »Cleopatra ist tot. Sie hat mit der Frau unter dem Tennisplatz nichts zu tun. Sie vergeuden Ihre Zeit. Da kommt Josef. Ich hoffe, dass Sie ihn nicht zu lange aufhalten. Er hat genug um die Ohren und mir ist lieber, wenn er sich auf seine Memoiren konzentriert.«

Seine Worte klangen genau richtig, wie die eines besorgten Freundes eben. Ich wurde aus Scholte nicht richtig schlau. Vielleicht hatte Cleopatra wirklich mit dem Skelett unter dem Tennisplatz genauso viel zu tun wie Exminister Cleveringa mit dem Mord an Kennedy und ich würde mich besser zu Marga in den Garten setzen.

Aber trotzdem hatte ich dieses hohle Fahnder-Gefühl im Bauch. Irgendetwas stimmt nicht, aber man weiß nicht, was. Das Einzige, was man tun kann, ist, in alle Richtungen zu graben und zu schauen, was man zu Tage fördert. Routinemäßige Schinderei.

Das Mädchen ließ Exminister Cleveringa herein. Ich stand auf, aber er ignorierte mich und gab Scholte die Hand, der ihm seinerseits auf die Schulter klopfte. Barend. Josef. Alte Kumpel.

Ich fühlte mich ausgeschlossen.

Cleveringa ist eine beeindruckende Persönlichkeit, das weiß jeder. Er ist einen Meter fünfundneunzig groß und mager und hat eine Beule auf der linken Seite seiner hohen Stirn. Das ist der Grund dafür, dass man ihn – jedenfalls die freundlich gesinnten Kameraleute – bei Interviews meist so platziert, dass die rechte Gesichtshälfte dominiert. Das gibt den Karikaturisten die Möglichkeit, seine auffallende Habichtsnase in eine Art abgesägtes Ofenrohr zu verwandeln, das an die Wand seines Gesichts gedrückt liegt und mit einem geriffelten Knie zwischen seinen Augen verschwindet. Seine Vorfahren besaßen diese Nase wahrscheinlich auch, hielten sie aber aus den Karikaturen heraus, weil sie nicht in die Politik gingen. Trotzdem fühlt sich Cleveringa überall wohl. Er ist es gewohnt, dass man ihm zuhört, und er braucht niemandem mehr etwas zu beweisen.

»Das ist Max Winter«, sagte Scholte endlich.

»Richtig.«

Cleveringa gab mir einen schnellen Händedruck, wie Politiker ihn austeilen, wenn sie ihr Flugzeug erwischen müssen, aber auch die Wahlen gewinnen wollen. »Ich hoffe, wir können es kurz machen. Ich muss sagen, dass ich recht verwundert war, als ich hörte, dass Sie mit meiner Gattin gesprochen haben. Was mich noch mehr verwundert, ist, dass Sie kein Polizeibeamter sind, sondern eine Art Privatdetektiv.«

Ich bin nicht so bewandert in der Sprache der Diplomatie wie die politischen Journalisten, die auf die Nachricht, dass ein Außenminister verwundert ist, mit großen Überschriften auf der Titelseite melden, dass die Niederlande gerade einen Krieg mit Botswana angefangen haben.

»Sie können ja den Staatsanwalt anrufen«, sagte ich gereizt.

»Exstaatsanwalt. Ich habe Meulendijk angerufen. Er

war nicht bereit, mir seinen Auftraggeber zu nennen. Darüber bin ich einigermaßen verstimmt.«

Das klang schon mehr nach einem Krieg mit den Vereinigten Staaten von Amerika. »Das ist so üblich; die Namen von Auftraggebern werden vertraulich behandelt.«

»Sogar mir gegenüber, offensichtlich.«

»Meulendijk hat noch nie Angst vor Ministern gehabt.«

»Exminister. Was mich ungeheuer stört, ist, dass Sie sich meiner Frau gegenüber als Polizeibeamter ausgegeben haben.«

Er schaute mich an und ich erwiderte seinen Blick, obwohl es mir schwer fiel. »Ich habe mich nicht als solcher vorgestellt. Meine heutige Funktion kam nicht zur Sprache.«

»Das nenne ich Vortäuschung falscher Tatsachen!«

»Ich werde es Ihnen mit Vergnügen erklären«, sagte ich. »Je höher stehend, reicher und vornehmer die Leute, desto schwieriger ist es, sie persönlich sprechen zu können. Daher redet man als einfacher Privatdetektiv mit dem Chauffeur, bandelt mit der Haushaltshilfe an, geht mit der Sekretärin in die Sauna und das alles nur, um sie auszuhorchen. Man hört sich in den Kneipen der Umgebung um, redet mit den Nachbarn und dem Gemischtwarenhändler. Sie würden sich wundern, wie gern die Leute über andere reden und was dabei alles an Klatsch und Gerüchten an die Oberfläche kommt.«

Cleveringa verzog den Mund. Das war eine Form der Erpressung, die ich öfter anwandte, um zu erreichen, dass Leute mir Rede und Antwort stehen. Es wirkt fast immer.

»Vielleicht sollten wir uns kurz hinsetzen«, schlug Barend Scholte versöhnlich vor. Er hatte offensichtlich vor, bei dem Gespräch dabeizubleiben.

»Möchten Sie nicht lieber unter vier Augen mit mir reden?«, fragte ich.

Cleveringa wechselte einen Blick mit Scholte und sagte: »Das ist nicht nötig.«

Er ging hinüber zum Nussbaumtisch und nahm wie selbstverständlich am Kopfende Platz.

»Kaffee, Josef?«, bot Scholte an.

»Später vielleicht.«

Cleveringa wartete, bis ich auf meinem Stuhl saß, und sagte: »Ich möchte auf keinen Fall Ermittlungen behindern, egal welcher Art. Ich will nur, dass Sie sich auf das beschränken, worum es eigentlich geht, und meine Gattin aus der Sache heraushalten.«

»Aber Sie möchten doch bestimmt wissen, wer die Dame ist und wie sie unter Ihren Tennisplatz geriet?«

»Ich dachte, die Justizbehörden hätten schon erste Anhaltspunkte?«

»Ich habe ihm schon erklärt, dass es keinen Zusammenhang geben kann«, sagte Scholte. »Aber Herr Winter ist so hartnäckig, wie ein guter Detektiv eben sein muss.«

Das Gespräch ähnelte der *good-cop-bad-cop*-Taktik bei Verhören, nur dass sie auf der falschen Seite des Tisches saßen.

Ich schaute Cleveringa an. »Sie sagen, Sie wollten keinerlei Ermittlungen behindern. Ich habe ein paar Fragen. Sie sind persönlicher Art, weshalb ich sie lieber Ihnen als anderen Familienmitgliedern oder Bekannten stelle. Wenn sich kein Zusammenhang ergibt, brauche ich mich auf diese Weise später nur bei Ihnen und bei niemandem sonst zu entschuldigen.«

Diplomatische Direktheit schien mir angebracht. Ich drohte lediglich damit, alte Familiengeschichten bei unerwünschten Dritten aufzuwärmen. Das würde ich sowieso tun; aber ich glaube, er verstand, was ich meinte.

»Bitte schön.«

»Die Abreise Ihrer ersten Gattin kam für Sie völlig überraschend?«

»Abreise?«

»Sie fuhr doch plötzlich in Urlaub?«

»Das soll häufiger vorkommen.«

Ich holte Luft. »Sie müssen mir sagen, wenn ich mich irre, aber ich habe das Gefühl, dass dabei etwas Endgültiges in der Luft lag. Endgültig wurde es natürlich dadurch, dass sie verunglückte, aber ich meine schon bei ihrer Abreise.«

Cleveringa breitete die Hände auf der Tischplatte aus. Er hatte lange, spatelförmige Finger und Leberflecke auf der Haut unter den Manschetten seines blütenweißen Hemdes.

»Es war doch eine Überraschung für Sie?«, hakte ich nach.

»In gewisser Weise ja«, gab er zu.

»Haben Sie sich deswegen gestritten?«

»Das hat mit dieser Sache nichts zu tun.«

Es begann allmählich eintönig zu werden, mit all diesen Leuten, die mir versicherten, dass das alles nichts damit zu tun habe. »Ich bemühe mich nur um Vollständigkeit. Hatte sie einen Freund?«

»Das weiß ich nicht«, antwortete er.

»Gab es Anzeichen dafür, dass sie unglücklich war?«

Er wechselte wieder einen Blick mit Scholte. »Ich spreche nicht gern darüber.«

Ich wartete.

»Cleo war häufig krank, nicht richtig krank, unbestimmte Dinge, Zipperlein.«

»Sie klagte über alles Mögliche«, ergänzte Barend Scholte. »Das kann man doch so sagen?«

Cleveringa gab seinen Widerstand auf, als hoffe er, mich schneller loszuwerden, indem er persönlichere Dinge preisgab. »Ich denke, die Ärzte nahmen sie nicht besonders ernst. Es kam mir so vor, als habe sie von ihnen oft Placebos verschrieben bekommen.«

»Sie war sehr verwöhnt«, sagte Scholte.

Ich verstand nicht, warum sie versuchten, Cleopatra zu einem Fall für den Psychiater zu machen. »Sie stammte aus einer reichen Familie?«

»Die einzige Twenter Textilfamilie, die nicht Pleite gegangen ist.«

»Und sie war die einzige Tochter?«

»Das steht doch bestimmt alles in Ihren Unterlagen«, sagte Scholte schnell.

»Ist sie je in psychiatrischer Behandlung gewesen?«

Cleveringa runzelte die Stirn. »Nicht dass ich wüsste.«

»Es klingt, als sei sie nicht besonders glücklich gewesen.«

Er sah Scholte an. »Vielleicht war es ein Fehler.«

»Diese Ehe?«

Er schwieg. Ich fragte mich, wie sein Sexualleben aussah. Hélène machte mir jedenfalls keinen unglücklichen Eindruck.

»Vielleicht konnte sie nicht mit dir darüber reden«, half Scholte nach.

»Das kann sein.«

Mich beschlich das Gefühl, als wollten sie mich in einen Kokon ihres guten Willens einspinnen. »Sprach sie eventuell mit einer anderen Person, wissen Sie das? Mit ihrer Freundin, wie heißt sie noch, Clara?«

Wieder runzelte Cleveringa die Stirn. »Sie sind gut informiert.«

»Die Freundschaft war doch damals schon vorbei?«, fragte Scholte unschuldig.

Cleveringa zuckte mit den Schultern.

»Clara kam aus Utrecht?«

»Ja, sie hatte dort eine Wohnung.«

»Wie war die Adresse?«

»Faustdreef dreihundertzwölf.«

»Keine Ahnung«, sagte Scholte zur gleichen Zeit und schaute seinen Freund an. Er lächelte, aber ich sah einen Funken der Verärgerung in seinen Augen aufblitzen.

»Dass du das noch weißt!«, sagte er, um sich aus der Affäre zu ziehen.

»Ich habe sie dort einmal abgesetzt«, murmelte Cleveringa mit einem leichten Achselzucken.

»Gut ein Jahr nach dem Unglück haben Sie sich wieder verheiratet. Gab es dabei keine Probleme?«

»Nein.«

Das überraschte mich, denn Cleopatra galt offiziell nur als vermisst. Um wieder heiraten zu können, musste Cleveringa vorher einen Richter dazu gebracht haben, offiziell die Todeserklärung auszusprechen, und selbst dann brauchte er noch zusätzlich eine Sondererlaubnis, um sich gegen eventuelle Klagen wegen Bigamie zu schützen, falls die Vermisste später doch noch auftauchen sollte. Insgesamt eine zeitraubende Prozedur, selbst für einen Minister, der Cleveringa damals noch nicht einmal war.

Ich ließ es dabei bewenden und fragte: »Ihre Frau beschloss also, kurzfristig mit einer Freundin in Urlaub zu fahren. Können Sie sich noch erinnern, was sie sagte?«

»Sie hatte ihre Koffer gepackt. Sie sagte, sie führe in Urlaub und ich solle nicht versuchen, sie daran zu hindern. Ich war natürlich empört. Ich war noch viel jünger und weniger gegen solche seelischen Erschütterungen gefeit.« Sein Gesichtsausdruck war bitter. »Ich fragte, wer diese Freundin sei, und sie erwiderte, das spiele keine Rolle.«

»Und Sie dachten: Vielleicht ist es ein Freund?«

Er rieb sich über die Stirn. Seine Fingerspitzen lagen kurz auf der Beule. »Sie reiste ab«, sagte er dann und schaute Scholte an. »Ich habe sie nie schlecht behandelt. Es war nur …«

In einem seltenen Moment der Hilflosigkeit ließ er den Satz unvollendet.

Der Faustdreef erwies sich als einer der älteren Wohnblöcke von Overvecht, einem Außenbezirk von Utrecht, der auf Kosten etlicher Hektar Weideland und zahlreicher Wassergräben immer weiter nach Norden gewuchert war. Vor fünfzehn Jahren waren dies wahrscheinlich die besseren und teureren Wohnungen gewesen, doch nun sahen sie schon ziemlich schäbig aus. Die Bäume waren groß geworden, aber ringsumher atmete alles die Atmosphäre allmählichen Niedergangs, verursacht durch zu viele Bewohner und zu viele Umzüge. Das Teurere pflegt sich mit den Grenzen der Randbezirke nach außen zu verlagern.

Auf der Galerie der dritten Etage stolperte ich über Dreiräder und anderes, teilweise kaputtes Kinderspielzeug, doch neben der Eingangstür von Nummer 312 stand ein großes Weinfass mit liebevoll gepflegtem, reich blühendem Knöterich, dessen Ranken an einem Netz von da und dort an der Wand befestigten dünnen Metalldrähten die ganze Fassade bedeckten.

Ich musste eine herunterhängende Ranke beiseite schieben, um das Keramiknamensschild lesen zu können: KLAAS & JENNY & EELCO GRUYTERS.

Eine mollige Frau in Sommerbluse und Jeans öffnete die Tür. Sie hatte ein rosiges Gesicht und wirkte mindestens zwanzig Jahre zu jung, um Clara sein zu können.

»Kommen Sie wegen der Waschmaschine?«

»Nein.« Ich lächelte. »Mein Name ist Max Winter. Ich verstehe nicht viel von Waschmaschinen. Ist sie kaputt?«

»Ich habe schon dreimal angerufen. Wissen Sie, was die machen? Die warten so lange, bis die Garantie abgelaufen ist. Dann kommen sie sofort.«

»Das sind alles Schurken«, sagte ich.

Sie lachte. »Sie können ja auch nichts dran ändern. Möchten Sie zu Klaas?«

»Ich bin auf der Suche nach Clara Mending. Sie soll hier angeblich wohnen.«

»Nein.« Sie dachte kurz nach und schüttelte dann energisch den Kopf. »Diesen Namen habe ich noch nie gehört.«

»Sie muss hier vor zwanzig Jahren gewohnt haben.«

»Wir wohnen hier seit ungefähr sechs Jahren und die Leute vor uns hießen Zijlstra. Die haben sich ein Haus gekauft.«

»Haben Sie zufällig ihre Adresse?«

»Vielleicht in den alten Papieren, ich müsste sie heraussuchen, es ist schon so lange her. Wir haben ihre Gardinen und Teppiche übernommen und ihnen ein paar Mal die Post hinterhergeschickt ... Ist es wichtig für Sie?«

»Es geht um eine Versicherungspolice, die zu verfallen droht. Gibt es vielleicht Nachbarn, die schon seit zwanzig Jahren hier wohnen?«

»Das würde mich wundern ... Hier wohnen größtenteils junge Paare mit kleinen Kindern; in der Nähe ist eine Schule.« Sie verzog das Gesicht. »Für die meisten sind das hier nur Übergangswohnungen.«

Ich lächelte verständnisvoll. »Sind das kommunale Wohnungen?«

»Sie gehören einer Wohnungsbaugesellschaft. Soll ich Ihnen die Adresse auch geben?«

»Wenn Sie sie greifbar haben ...«

Sie zögerte einen Moment. »Können Sie einen Augenblick warten?«

»Natürlich.«

Sie verschwand in der Wohnung und ließ die Tür offen, als wolle sie mir zeigen, dass sie nicht beabsichtigte, mich zu beleidigen. Trotzdem hatte ich den kurzen Moment nervöser Unsicherheit bemerkt, der zu einer großen Stadt gehört und eine Folge von Drogen, Arbeitslosigkeit und zunehmender Kriminalität zu sein scheint. Es kann einen ganz traurig machen.

Jenny kehrte mit gerötetem Gesicht zurück. »Wie dumm von mir, sie stand natürlich in Klaas' altem Adressbuch, zusammen mit der Telefonnummer. Ich meine die Familie Zijlstra. Ich habe alles für Sie aufgeschrieben. Und das ist die Adresse der Wohnungsbaugesellschaft.« Sie reichte mir einen abgerissenen Briefkopf und ein Blatt aus einem Notizblock.

»Fantastisch.«

Sie lächelte mich freundlich an, als sei sie dankbar,

dass ich ihr nicht den Schädel eingeschlagen und mich mit dem Fernseher aus dem Staub gemacht hatte.

Ich parkte am nahe gelegenen Bahnhof Overvecht und rief die Zijlstras vom Auto aus an. Die Hangelei von Adresse zu Adresse macht mir nichts aus und das, was ich wissen wollte, schien mir nicht die Art von Information zu sein, für die ich einen Gehirnchirurgen brauchte.

Zijlstra nahm ab und ich tischte ihm die Versicherungsgeschichte auf.

»Tut mir Leid«, antwortete Zijlstra. »Der Name Mending sagt mir leider nichts. Die Wohnung stand leer, als wir einzogen.«

»Wann war das?«

»Im Oktober 1980.«

All diese Ereignisse, das Verschwinden der Freundin und der Flugzeugabsturz in ein und demselben Jahr versetzten mich allmählich in eine gewisse Aufregung. »Es ist natürlich lange her, aber vielleicht haben Sie damals von den Nachbarn gehört, wo Frau Mending hingezogen sein könnte?«

»Ich nicht, aber meine Frau vielleicht. Einen Augenblick bitte.«

Ich hörte das Murmeln seiner Stimme, bevor er die Hand auf den Hörer legte.

»Nichts«, sagte er kurz darauf. »Wir hatten kein besonders enges Verhältnis zu den Nachbarn. Ich kann Ihnen leider nicht helfen.«

Ich rief im Rathaus an. Einwohnerregister sind natürlich im Prinzip öffentlich, aber normalerweise hat man es lieber, wenn der Kunde persönlich am Schalter erscheint oder schriftlich um Auskunft ersucht.

»Einwohnermeldeamt.«

»Kommissar Bart Simons, Amsterdam, guten Tag, ich bin auf der Suche nach einer früheren Einwohnerin, Clara Mending. Ich habe ihre letzte Adresse am Faustdreef, aber da wohnt sie nicht mehr. Können Sie das vielleicht kurz für mich überprüfen?« Ich buchstabierte den Namen und nahm mein Notizbuch zur Hand.

Bart ist nicht nur mein ehemaliger Partner, sondern auch ein guter Kumpel. Er weiß, dass ich manchmal seinen Namen benutze. Wenn ich glaube, dass Leute zurückrufen oder nachfragen, brauche ihm nur kurz Bescheid zu sagen. Er reagiert nur gereizt, wenn ich mich in seine Angelegenheiten einmische.

»Mending, Clara Elisabeth«, meldete der Beamte durch das Telefon.

»Sie ist weggezogen.«

»Welches Datum steht dabei?«

»16. 04. 1980.«

Die Leute bei den Behörden sagen selten mehr als das, wonach man sie gefragt hat. »Steht da auch, wohin?«

»Nach Loosdrecht.«

»Haben Sie zufällig auch eine Adresse?«

»Nein, natürlich nicht. Die müssen Sie dort erfragen.«

»Das werde ich tun. Nur kurz zur Sicherheit, dass wir von derselben Dame sprechen: Sie war doch verheiratet, oder?«

»Hier ist sie als unverheiratet eingetragen. Geboren in Ypern, Belgien, am 12.02.1953, Beruf Sekretärin. Ich kann Ihnen eine Kopie schicken, aber dann müssen Sie eine Gebühr von zwölf Gulden fünfzig bezahlen, ob Polizei oder nicht.«

»Kein Problem«, sagte ich. »Das geht an Bart Simons, Polizei Amsterdam, Polizeiinspektion Herengracht, Abteilung Kriminalpolizei. Steht auch in den Unterlagen, wann sie in die Niederlande gekommen ist?«

»Moment, ich notiere. Schreiben Sie sich einfach ›Simons‹?«

»Einfacher geht's nicht.«

Er lachte nicht. »Frau Mending kam 1972 in die Niederlande. Overvecht war ihre erste Adresse.«

Ich schrieb mir auf, dass ich Bart anrufen musste, und starrte dann auf meine hastig hingekritzelten Notizen. Eine Belgierin. In den Benelux-Ländern brauchte sie nicht die Staatsbürgerschaft zu beantragen, um hier dauerhaft wohnen zu können. Also war sie wahrscheinlich immer noch Belgierin. Eine unverheiratete belgische Sekretärin, acht Jahre jünger als Cleopatra, mit der sie sich angefreundet hatte. Aus Utrecht weggezogen, kurz bevor Cleo verschwunden war.

Ich schaute auf die Uhr meines Autos und sah, dass es zu spät war, um noch das Rathaus von Loosdrecht zu erreichen, bevor es zumachte. Ich bekam die Nummer von der Auskunft und rief dort mit derselben Ausrede an. Clara Mending war in Loosdrecht seit 1980 unter einer Adresse am Wieldijk gemeldet.

Ha, dachte ich.

Es versprach, ein genauso schwüler Juniabend zu werden wie am Tag zuvor, und vielleicht könnte ich eine etwa fünfundvierzigjährige belgische Sekretärin zu einem schönen Seezungenfilet mit einem kühlen Weißwein einladen, auf einer Terrasse am Meer mit Blick auf den Sonnenuntergang.

Das Wasser glitzerte verführerisch zwischen den umgebauten Deichhäusern und den Häusern im neueren Stil, umgeben von Schilfbüscheln und Weidengestrüpp. Dann und wann hörte man Segel in der Sommerbrise schlagen. Es war einer der kleineren Seen, so dass die Segler oft Halsen und Wenden fahren mussten.

Die Sicherheitsmanie hatte hier ebenso zugeschlagen wie die Parkplatznot. Deichstraßen sind nicht für parkende Autos angelegt, und was man an Lösungen sieht, ist auch nicht immer schön. Bei Nummer 43 konnte nur der Besitzer durch ein hohes grünes Tor mit Fernbedienung auf das Grundstück fahren. Für die Autos von Besuchern war ein schmaler Streifen gedacht, der mit Erde,

Schutt und einer Lage Kies aufgefüllt war. Ich parkte den BMW mit zwei Rädern darauf und hoffte, dass in der Zwischenzeit keine Bulldozer vorbeifahren wollten. Das Tor war geschlossen, aber ich fand einen Klingelknopf neben dem Namensschild. Kurz darauf krächzte eine Stimme aus einem viereckigen Kästchen.

»Ja?«

»Max Winter. Ich möchte zu Frau Mending.«

»Zu wem?«

Nicht schon wieder, dachte ich. »Clara Mending.«

»Hier wohnt keine Clara Mending.«

»Laut Auskunft des Einwohnermeldeamtes allerdings.«

»Sind Sie vom Einwohnermeldeamt?«, fragte das Kästchen.

»Nein, ich komme im Auftrag von Mümo Meulendijk, dem Staatsanwalt.« Man kann das Wort ›Büro‹ so aussprechen, dass er über eine Sprechanlage klingt wie eine Art Vorname. Das sind kindische Tricks, durch die man manchmal hohe, geschlossene Tore überwinden kann.

»Haben Sie einen Durchsuchungsbefehl?«

»Nein, ich habe keinen Durchsuchungsbefehl. Ich bin auf der Suche nach Clara Elisabeth Mending. Sie wohnt hier oder hat hier gewohnt. Sind Sie Herr Visser? Es ist ein wenig lästig, mit diesem Kästchen zu reden.«

Es war natürlich Einbildung, dass ich das Kästchen seufzen hörte, aber es ertönte ein Klicken und das Tor öffnete sich einen halben Meter.

Es war ein geräumiges Haus mit einem Reetdach, umgeben von blühenden Sträuchern, Trauerweiden und Rasenflächen. Das Grundstück war ziemlich groß. Daneben stand ein kleines Holzhaus, das aussah wie ein Gästehaus oder ein Ferienbungalow. Als ich am Haus vorbeiging, sah ich ein Bootshaus mit Einfahrt und daneben einen breiten Holzsteg. In der Einfahrt stand ein abgetakelter BMW, der dringend eine neue Lackierung gebrauchen konnte.

Auf einem gepflasterten Streifen neben dem Haus stand ein alter Gartenzwerg in kurzer Hose, rot kariertem Hemd und nackten Füßen in Sandalen. Er hatte hellblaue Augen unter buschigen Augenbrauen, weißes Haar mit Igelschnitt und einen schneeweißen Rundbart, der genauso widerborstig aussah wie der Rest des rosigen Gesichts.

»Visser, mein Name«, sagte er. »Worum geht es?«

»Es geht um eine alte Geschichte.« Ich beobachtete seinen Gesichtsausdruck. »Frau Mending muss wahrscheinlich nicht als Zeugin aussagen, aber sie war mit jemandem befreundet, der vor einiger Zeit verschwunden ist. Ich möchte nur kurz mit ihr reden, vielleicht kann sie sich an irgendetwas erinnern.«

»Und wer war dieser Jemand?«

»Cleo Teulings.«

Ich weiß nicht, wieso ich Cleopatras Mädchennamen benutzte; manchmal kommen einem solche Dinge einfach plötzlich in den Sinn. Seine Augen wanderten unwillkürlich zum Wasser. Ich schaute auf seine Hände, die mit kurzen, ruckartigen Bewegungen über seine Gürtelschnalle rieben. Aber das musste nicht unbedingt etwas zu bedeuten haben; vielleicht litt er an Parkinson in einem frühen Stadium.

»Clara Mending hat hier ein paar Monate gewohnt, aber das ist schon lange her. Ich wusste nicht einmal, dass sie hier offiziell gemeldet war.«

»Das war im April 1980.«

Er verzog sein Gesicht, so dass er wie die faltige Karikatur seines Gartenzwergs wirkte. »Wie dem auch sei, es ist lange her. Ich vermiete das Nebenhaus häufiger. Ich kann mich nur deswegen an Clara Mending erinnern, weil sie die Miete für drei Monate im Voraus bezahlte, aber schon nach anderthalb Monaten Hals über Kopf wieder auszog.«

»Zurück nach Belgien vielleicht?«

»Nach Belgien?«

»Da kam sie her.«

»Oh. Das wusste ich gar nicht. Sie hatte keinen flämischen Akzent. Aber ich hatte auch nicht viel Kontakt zu ihr. Um Ihnen die Wahrheit zu sagen, ich weiß nicht einmal mehr, wie sie aussah.«

Mich beschlich das dumpfe Gefühl, dass er log.

»Wie ist sie an Ihre Adresse gekommen?«

»Vielleicht über den hiesigen Fremdenverkehrsverein, die wissen, dass ich vermiete.«

»Bekam sie häufig Besuch?«

»Daran kann ich mich nicht erinnern.«

»Wissen Sie, wo sie arbeitete? Sie war Sekretärin.«

Er schüttelte den Kopf.

»Haben Sie gesehen, wie sie auszog?«

»Nein. Eines Tages war sie einfach verschwunden.«

»Könnte sie von jemandem abgeholt worden sein?«

»Ich kann mich an die Frau überhaupt nicht mehr erinnern«, wiederholte er stur.

»Aber Sie erinnern sich doch daran, dass sie ohne flämischen Akzent sprach.«

Sein Bart schien sich zu sträuben. »Ich weiß auch nicht genau, wie das menschliche Gedächtnis funktioniert«, sagte er herausfordernd. »Sie vielleicht?«

»Manchmal recht selektiv«, antwortete ich. »Ich bin jedenfalls der Meinung, dass Sie sich noch sehr gut an Clara Mending erinnern können.«

»Die Gedanken sind frei. War das alles?«

»Es tut mir Leid«, sagte ich in versöhnlichem Ton. »Ich wollte Sie nicht beleidigen, aber ich muss dieser Sache nun einmal nachgehen. Wenn Sie mir helfen können, dann brauche ich mich vielleicht nicht bei den Nachbarn und in den Lokalen am Wasser nach der Dame zu erkundigen, die hier bei Ihnen gewohnt hat.«

Dicker konnte ich nicht auftragen und zu meinem Vergnügen sah ich, wie eine zusätzliche steile Falte auf seiner Stirn erschien. Ich weiß nicht, ob es etwas aufzuwärmen gab, aber noch nicht einmal Gartenzwerge können Getratsche bei den Nachbarn leiden. Ich half ihm auf die Sprünge, indem ich ihm ein Foto von Cleopatra zeigte.

»Haben Sie diese Frau hier schon einmal gesehen?«

Er schaute sich das Bild aufmerksam an. »Nein. Die ist nie hier gewesen.« Jetzt gab er sich wirklich Mühe.

»Dabei war sie ihre beste Freundin, Cleopatra.«

Er schüttelte den Kopf. »An so einen Namen würde ich mich erinnern. Es tut mir Leid.«

»Sind Sie oft weg?«

»Selten. Ich meine, wenn die Dame öfter hierher gekommen wäre, hätte ich sie bestimmt einmal gesehen.«

»Aber Sie sahen Clara doch jeden Tag kommen und gehen; hatte sie eine Arbeitsstelle hier in der Nähe?«

»Ich habe nie etwas von einer Arbeitsstelle bemerkt. Wenn Sie eine Stelle hatte, waren die dort recht flexibel mit den Arbeitszeiten.« Er fing jetzt an, sich an alles Mögliche zu erinnern. »Ich glaube nicht, dass sie überhaupt arbeitete. Wenigstens nicht, solange sie hier wohnte. Ich sah sie selten vor elf Uhr morgens herauskommen. Manchmal ging sie weg, manchmal blieb sie zu Hause.«

»Was für ein Auto fuhr sie?«

»Einen neuen Volkswagen. Weiß.«

»Hat sie nichts zurückgelassen?«

»Nichts.« Er nickte zu dem Ferienhaus hinüber. »Ich vermiete möbliert, einschließlich Bettwäsche und so weiter. Wenn sie Möbel aus ihrer früheren Wohnung besaß, hatte sie die irgendwo untergestellt. Was sie selbst mitbrachte, passte in zwei Koffer.«

»Bekam sie Besuch? Männer?«

Er kniff die Lippen zusammen. »Ich habe gelegentlich einen Mann gesehen.«

Auf der Folterbank würde er garantiert gestehen, dass er es selbst bei seiner jungen Mieterin versucht hatte. Vielleicht hatte sie ihn abgewiesen, weil sie kein Interesse an Gartenzwergen hatte. In seinem frustrierten Gehirn lag es natürlich an diesem anderen Mann. Er machte durchaus den Eindruck, als würde er nachts über seinen Plattenweg schleichen in der Hoffnung, sie würde vergessen, die Gardinen zuzuziehen, bevor sie ein Bad nahm.

»Können Sie sich noch an seinen Namen erinnern?«

»Ich bin ihm nie vorgestellt worden.«

»Wie sah er aus?«

Wieder schüttelte er den Kopf. »Ordentlich gekleidet, im Anzug. Groß. Fuhr einen Mercedes.«

»Wie groß?«

Er lachte verächtlich. »Größer als ich.«

Jeder war größer als er. Für ihn war ein Meter achtzig schon riesig.

Aber selbst wenn der Fremde einen Meter neunzig gewesen wäre wie der Exminister oder Barend Scholte, hätte das noch gar nichts bewiesen, denn davon gab es Tausende. Die Durchschnittsgröße der Niederländer wird von keinem Volk der Welt übertroffen. Laut einer Forschungsreihe sind die gute Ernährung, eine gesunde Kindheit und Wohlstand dafür verantwortlich. Eine weitere wissenschaftliche Untersuchung sieht den Grund in der Überzeugung der Niederländer, das glücklichste Volk der Erde zu sein.

»War er der einzige Besucher?«

»Soweit ich mich erinnere. Ich habe ihn zweimal gesehen, es war Abend und ich konnte sein Gesicht nicht erkennen.«

»Kann er sie abgeholt haben, als sie wegging?«

»Ich habe doch gerade gesagt, dass ich nicht da war. Eines Tages war sie weg. Ich habe nachgeschaut und sie hatte alle ihre Sachen mitgenommen.«

3

»Ich liebe deine Öhrchen. Wie kleine Perlmuttmuscheln, man kann sogar hindurchschauen.«

»Jetzt bring mich nicht durcheinander.« Marga schob ihre Fingerspitzen zwischen ihr Ohr und meinen Mund. »Auf dem Fahrrad erreiche ich mit ein bisschen Rückenwind glatt achtzig Kilometer pro Stunde. Kleine Jungs wie du haben mich schon in der Grundschule wegen meiner Ohren geärgert.«

Sie kniff mir in die Lippen. Sie hält ihre Nägel kurz, sonst würde sich Ton darunter festsetzen. Ihre Gefäße und Vasen und anderen Gegenstände stehen überall auf ihrem Bauernhof herum und auch in den Kunstgewerbeläden der Umgebung. Manchmal belädt sie ihren Volvo Kombi damit und fährt zu Kunsthandwerkermärkten oder lokalen Ausstellungen, die meistens zusammen mit den Malern und Webern aus der Gegend organisiert werden. Es sind sicherlich keine Rodins oder Michelangelos darunter, aber ich finde jedes ihrer Werke wunderschön, genauso erdverbunden und direkt wie Marga selbst mit ihrem breiten Mund, dem aschblonden Haar, den großen Brüsten und kräftigen Schenkeln, dem Schmerz in ihren Augen wegen der verdammten Kontaktlinsen, an die sie sich nie gewöhnen wird. Ich bin natürlich voreingenommen und kein Kunstkenner.

»Und das, was ist das?«

»Das ist meine linke Brust.« Sie stöhnte leise. »Ich hab zwei davon.«

»Die andere sieht ganz neu aus.«

»Das kommt daher, dass wir nicht verheiratet sind.«

Alles an Marga ist warm und weich. Sie glüht von innen; man kann den Widerschein dieser Glut wie eine sommerliche Aura im Licht sehen, das durch das große

Fenster im Reetdach ins Schlafzimmer fällt. Ihr Körper ist hundert Mal schöner als meiner – obwohl meine Mutter fand, ich sähe Clark Gable ähnlich – und wahrscheinlich hat sie auch mehr Verstand als ich.

»Würdest du mich heiraten?«

»Du bist doch schon verheiratet gewesen.«

»Aber du liebst mich doch?«

Sie sagt immer auf Englisch *I love you,* weil es auf Niederländisch zu endgültig klingt. »Und was dann? Sollen wir in deiner Wohnung wohnen, in diesem Herrenhaus in der Stadt? Mit meinen Töpfen und deinen Pfannen?«

»Ich kann auch hierher ziehen.«

»Und dann?«

»Kartoffeln ernten und Ton für dich stechen.«

»Und dann?«

»Wie meinst du das, ›und dann‹?«

»Wenn die Kartoffeln geerntet sind.«

»Dann mache ich Feuer im Kamin und lege dein Schaffell auf die Steinplatten davor und dann mache ich den ganzen Winter lang Liebe mit dir.«

»Du würdest also wieder denselben Fehler begehen.«

Wie ich schon sagte: Sie hat mehr Verstand als ich. Marga macht nicht zweimal denselben Fehler. Sie mag Männer, hat aber in ihrem Umfeld zu viel schief gehen sehen, um sich dazu verleiten zu lassen, wieder eine feste Verbindung einzugehen.

»Diese Regelung ist doch ganz angenehm«, sagt sie meistens.

Marga bereitete in der Küche das Frühstück zu und ich trug schon mal ein Tablett mit Geschirr, Besteck und Obstsaft durch ihr Atelier in der ehemaligen Tenne nach draußen. Auf der Rückseite des Bauernhofs befindet sich eine große Terrasse unter dem heruntergezogenen Reetdach. Ich trug einen Stuhl und mein Notizbuch zu einer Stelle mit idyllischer Aussicht auf die Obstgärten und erfuhr über mein Handy von der Auskunft, welche Mendings es in Ypern gab. Es wohnten einige dort, darunter sogar jemand, dessen Vorname mit C. anfing, aber dabei konnte es sich genauso gut um einen belgischen Caspard handeln.

Selten zuvor hatte ich mich mit einem so nebulösen Auftrag herumschlagen müssen. Ich wusste noch nicht einmal, wonach ich genau suchen sollte. Jemand hegte wegen irgendetwas einen Verdacht oder wollte aus einem anderen Grund wissen, was vor zwanzig Jahren geschehen war. Vielleicht wusste der Auftraggeber, wer die Frau war, oder er hatte eine Vermutung.

Er – oder sie.

Das alles hatte ich mir schon vorher mal überlegt. Das menschliche Gehirn verfällt in Wiederholungen, wenn es nichts Besseres zu tun hat.

Ich suchte die Nummer von Gert Verhagen in meinem Notizbuch. Marga kam mit frisch gekochten Freilandeiern und Brötchen vom Dorfbäcker nach draußen.

»Hallo Gert, hier Max Winter. Und, konnte die Identität der Toten inzwischen festgestellt werden?«

»Nein, nicht soviel ich weiß. Unsere Leute klappern die Krankenhäuser ab.«

»Habt ihr Fotos von dem Bruch, Röntgenaufnahmen?«

»Natürlich. Wir jagen sie über Medi-line durch die Computer, aber das Problem ist, dass sie sich das Bein schon vor zwanzig oder dreißig Jahren gebrochen haben kann, also bevor alle Krankenhäuser ihre Archive auf EDV umgestellt haben. Das bedeutet, dass man in den alten Akten herumkramen muss.«

Marga stellte sich hinter mich. Unter dem lavendelblauen Morgenmantel, den ich ihr zu Weihnachten geschenkt hatte, war sie nackt. Sie beugte sich absichtlich über meine Schulter, so dass der Morgenmantel aufging und ich einfach nicht anders konnte, als meine freie Hand unter den Wollstoff zu schieben und auf ihre Brust zu legen.

»Meinst du, ich kann eine davon haben?«

»Bestimmt auch zwei«, flüsterte Marga.

Ich knetete ihre Brust. Die Brustwarze kitzelte meine Handfläche.

»Warum?«, fragte Gert im Hörer.

»Ich habe da so eine Idee. Ich komme bei dir vorbei und erkläre sie dir. Ich kann in einer Stunde da sein.«

»Besser in zwei«, hauchte Marga in mein anderes Ohr.

Ich zog meine Hand zurück und legte das Telefon weg. »Du musst töpfern!«

Ypern ist umgeben von Viehweiden und Soldatenfriedhöfen. Das Schönste an der Stadt ist der Große Markt, der im Ersten Weltkrieg in Trümmer geschossen und später vollständig restauriert wurde. Von den Granateneinschlägen ist heute nichts mehr zu sehen. Beim Einkaufen flanieren Touristen und Einheimische über das wieder an seinen Platz gelegte Kopfsteinpflaster und sitzen auf Café-Terrassen in der Sonne. Glücklicherweise ist Ypern auch eine kleine Stadt, so dass die Mendings einander kennen, wie sich herausstellte, als ich den ersten der fünf anrief.

»Moment mal, Clara, das ist doch die Tochter von Pieter, da bin ich mir ganz sicher. Pieter wohnt in der Patteelstraat.«

Ein schmales Haus in einer schmalen Seitenstraße hinter einer katholischen Kirche. Die Rollladen waren heruntergelassen und niemand reagierte auf mein Klingeln. Ich trat zurück und schaute hinauf. Alles hermetisch abgeschlossen. Ich schellte bei den Nachbarn. Ein Auto hielt auf der Kreuzung am Ende der Straße und blieb zwei Sekunden stehen, als wolle der Fahrer den Straßennamen lesen oder suche einen Parkplatz. Doch die Straße war zugeparkt; ich hatte meinen BMW vor einer Garage abgestellt.

Eine junge Frau machte mir die Tür auf. Ich erklärte ihr, dass ich auf der Suche nach Herrn Mending sei.

»Pieter ... Oh, Augenblick mal.«

Sie ließ die Tür offen und verschwand im Haus; ich hörte sie hastig die Treppe hinaufgehen. Vielleicht hatte sie diesen Pieter auf dem Speicher versteckt. Aber sie kam allein zurück, kaum eine Minute später. »Ja, er sitzt auf der Bank«, sagte sie. »Bei so schönem Wetter wie heute sitzt er jeden Nachmittag draußen, hier direkt hinter der Kirche. Er liest in der Bibel.«

Ich dankte ihr und fuhr um den Block. Neben der Kirche lag eine Art stiller, kleiner Klosterhof mit niedrigen Buchsbaumhecken, Kieswegen und ein paar Bänken. Ich sah Mending schon auf der Bank sitzen, als ich mein Auto parkte. Niemand sonst war dort. Er war ein fast kahlköpfiger, etwas korpulenter alter Herr. Er saß dösend zurückgelehnt auf der Bank, die Hände auf der geschlossenen Bibel, die auf seinen Knien lag.

»Herr Mending?«

Er öffnete die Augen. Er hatte dicke, buschige Augenbrauen, wässrige blaue Augen, bleiche Lippen und eine schmale Nase. Er trug eine blaue Hose, die ihm um die Beine schlackerte, und einen dünnen Pulli über einem beigefarbenem Hemd. Wahrscheinlich rasierte er sich jeden Morgen mit einem altmodischen Rasiermesser, denn ich sah die Spuren dünner Schnitte auf seiner Wange.

Er räusperte sich und röchelte ein wenig.

»Mein Name ist Max Winter; ich komme aus den Niederlanden«, sagte ich. »Ich bin auf der Suche nach Ihrer Tochter Clara.«

»Clara?« Seine Stimme überschlug sich, wahrscheinlich vor Überraschung. Er blinzelte mit den Augen und starrte mich an.

»Darf ich mich setzen?«

Mending saß in der Mitte der Bank und rutschte nun mühsam ein Stück beiseite. Er wirkte verdattert. Mit den Händen umklammerte er die Bibel.

»Wissen Sie, wo ich sie erreichen kann?«, fragte ich.

Er schwieg einen Moment. »Worum geht es denn?«

Ich wollte ihn nicht mit einer Lüge abspeisen. »Wir sind auf der Suche nach einer niederländischen Frau, Cleopatra Cleveringa, die 1980 verschwunden ist. Es kann sein, dass sie verunglückt ist, aber wir wollen Gewissheit darüber haben. Ich habe gehört, Ihre Tochter Clara sei ihre beste Freundin gewesen.«

Sein Kopf wackelte auf und nieder, als würde er einnicken, aber er war keineswegs im Begriff einzuschlafen. »1980 verschwunden«, sagte er. »Und Sie suchen sie erst jetzt?«

Ich las keinen Spott in seinen Augen. »Ich weiß nicht«, sagte ich lahm. »Ich bin ja selbst nur beauftragt.«

»Von wem?«

»Vom Ermittlungsbüro eines Staatsanwalts.« Ich gab ihm meine Karte.

Er schaute sich die Karte an und wies mit dem Kinn darauf. »Eine Art Detektiv?«

»Richtig.«

»Ich kann Ihnen nicht helfen.« Wieder räusperte sich der alte Mann. »Ich habe schon seit fast zwanzig Jahren nichts mehr von ihr gehört. Das letzte Mal habe ich sie im Oktober 79 gesehen, auf der Beerdigung ihrer Mutter. Seit dieser Zeit wohne ich hier allein.«

Mit einer Kopfbewegung deutete er auf die Patteelstraat. Hinter den Gärten zog sich eine von Toren durchbrochene Mauer entlang. Deswegen musste die Nachbarin auch nach oben gehen, um den Kirchhof sehen zu können.

»Im Frühjahr 1980 hat sie ein paar Monate in Loosdrecht gewohnt«, sagte ich.

»Nie davon gehört.« Er strich über die Bibel.

Ich lehnte mich zurück, dort neben ihm auf der Bank. »Ich verstehe das nicht ganz«, sagte ich vorsichtig. »In Familien können sich natürlich alle möglichen Dinge ereignen; Eltern und Kinder können sich entfremden, aber ich kann mir einfach nicht vorstellen, dass eine

Tochter nach dem Tod ihrer Mutter zwanzig Jahre lang nichts von sich hören lässt.«

»Da sieht man's mal wieder«, sagte er gelassen.

»Haben Sie noch andere Kinder?«

»Außer Clara, meinen Sie?« Er schüttelte den Kopf. Seine Augen drückten irgendetwas aus, aber ich konnte nicht erkennen, was es war. Ärger, Schuld, Reue – es hätte alles sein können. Er strich über die Bibel. »Clara war fünfzehn, als ich Anniek heiratete. Es war meine zweite Ehe und Annieks erste.«

Ich verstand, was er damit sagen wollte. »Sie war eine ledige Mutter?«

»Richtig.«

»Und der Vater von Clara?«

»Ein Seemann. Ein Fehltritt. Verschwunden. Und selbst wenn er nicht verschwunden wäre, hätte Anniek ihn niemals geheiratet. Das behauptete sie zumindest immer. Aber ich weiß wirklich nicht, wo Clara ist.«

Wieder diese Augen, unruhiger jetzt; sie erinnerten mich an den Gartenzwerg und aus irgendeinem Grund auch an den Roman *De Metsiers* von Hugo Claus. Lust, Reue und die Bibel?

»Sie war noch jung, kaum zwanzig, als sie in die Niederlande ging«, sagte ich versuchsweise.

»Vielleicht hatte sie die Nase voll von Belgien.«

»Wie kam sie an ihre Stelle?«

»Nach der Mittelschule hatte sie eine Sekretärinnen-Ausbildung gemacht. Eine Zeit lang hat sie hier in Ypern gearbeitet, dann konnte sie diese Stellung bei einem Rechtsanwalt in Utrecht bekommen. Danach habe ich sie nur noch einmal gesehen, auf dem Begräbnis ihrer Mutter, aber sie ist gleich anschließend wieder weggefahren.«

»Hat Sie sie gehasst?«, fragte ich geradeheraus.

Er schwieg und rührte sich nicht. Eine Taube flatterte vom Kirchendach herunter und landete behutsam auf dem Kies.

Mending schaute sie an und sagte: »Ihre Mutter hat ihr die Stelle in Utrecht besorgt.« Dann spuckte er plötzlich nach der Taube. Er traf sie natürlich nicht, aber der Vogel hüpfte zu dem Speichel hin und machte eine pickende Bewegung, als hoffe er, er würde sich in Tauben-Manna verwandeln.

»Hat Clara sich je das Bein gebrochen?«, fragte ich.

Er schaute mich etwas beleidigt an, als beschuldigte ich ihn wegen irgendetwas.

»Ein Bein gebrochen? Nicht zu meiner Zeit.«

»Haben Sie je von Cleopatra Cleveringa gehört?«

»Nein, noch nie.«

Ihre beste Freundin. Acht Jahre älter als Clara. Ich fragte mich, wie sie Freundinnen geworden waren und warum. Zwischen ihnen lagen Welten, nicht nur wegen des Altersunterschieds, sondern auch aufgrund der Kreise, aus denen sie kamen, den Verhältnissen, in denen sie lebten, und so weiter. Warum fühlte sich Cleopatra zu einer wesentlich jüngeren belgischen Sekretärin hingezogen?

»Hatte Clara viele Freunde?«, fragte ich. »Freundschaften mit Jungen?«

»Ich weiß nicht; jedenfalls brachte sie nie jemanden mit nach Hause.«

Also nicht. »Eine gute Freundin vielleicht?«

»Sie war viel mit Irene Lampert zusammen.«

»Wohnt sie in Ypern?«

»Am Rijsselseweg, aber sie arbeitet im Fremdenverkehrsverein unten im Rathaus. Ich glaube nicht, dass sie Ihnen großartig weiterhelfen kann.«

»Trotzdem vielen Dank.« Als ich aufstand, flüchtete die Taube erschrocken zurück auf das sichere Kirchendach.

Im Erdgeschoss des Rathauses stand Irene Lampert zusammen mit einem jungen Mädchen hinter dem Schalter in einem gewölbeartigen Saal, zwischen Fächern und Ständern mit Urlaubsprospekten und Karten mit Routen für Exkursionen entlang der Soldatenfriedhöfe. Eine Hand voll Touristen schlenderte über den grauen Fliesenfußboden. Es roch staubig und alt wie in Kathedralen, mit derselben hohlen Akustik und dem Knirschen von Kalkstaub unter den Füßen.

Irene Lampert kam auf mich zu und ich erklärte ihr, ich sei auf der Suche nach Clara Mending, und dachte bei mir, dass sie nun auch ungefähr so aussehen könne wie mein Gegenüber – eine attraktive fünfundvierzigjährige Belgierin. Irene war dunkelblond, recht mollig und schien ein fröhlicher, extrovertierter Mensch zu sein.

Ihre blauen Augen leuchteten auf. »Sind Sie ein Freund von Clara?«

Ich gab ihr meinen Ausweis und erklärte ihr alles. Sie zog daraufhin sofort ihre Handtasche unter dem Schalter hervor. »Lassen Sie uns nebenan ein Bier trinken gehen.« Sie wechselte zwei Sätze mit dem jungen Mädchen, das abschätzig in meine Richtung blickte.

Irene ging mit mir zur höher gelegenen Terrasse eines Lokals direkt neben dem Rathaus. Sie überlegte mit dem Ober, welche der ungefähr zwanzig Sorten von belgischem Bier, von denen zehn in der näheren Umgebung gebraut wurden, sie wählte sollte. Ich nahm dasselbe wie sie. Das Bier war so dunkel wie Cola und hatte eine gelbliche Schaumkrone, schmeckte aber überraschend gut.

»Clara …«, sagte sie. »Sie ist das Rätsel meines Lebens. Mein Mann sagt immer: ›Freunde verschwinden nun einmal, genauso wie Seeleute.‹« Sie schaute mich viel sagend an. »Ihr Vater war ein Seemann. Sie hat ihn nie gekannt. Ihr richtiger Vater, meine ich. Mending ist nur ihr Stiefvater.« Sie hatte einen leicht singenden Akzent, den freundlichen Tonfall der Belgier.

»Aber sie hat seinen Namen angenommen?«

»Das war eine von Pieters Bedingungen, als er ihre Mutter heiratete. Er wollte eine, hm … eine ordentliche Familie. Damit die Leute nur nichts Schlechtes denken, ja, dafür tut man alles, Hauptsache, die Leute denken nicht schlecht über einen.«

»Vorher trug sie den Namen ihrer Mutter?«

»Ja, natürlich. Sie hieß Deleye.«

»Wann haben Sie sie zum letzten Mal gesehen?«

»Sie können ruhig Irene zu mir sagen.«

»Ich bin Max.«

Sie lächelte. »Max. Jetzt müssen Sie mir aber ganz ehrlich sagen, ob ich Clara irgendwie schade, wenn ich über sie rede.«

»Nicht, wenn Sie mit mir reden«, sagte ich.

»Ich will ihr keine Schwierigkeiten machen. Sie muss ihre eigenen Entscheidungen treffen, es ist ihr Leben.«

»Soweit ich weiß, hat sie von niemandem etwas zu befürchten«, sagte ich. »Ich versuche lediglich, einige Rätsel im Zusammenhang mit Ihrer Freundin zu lösen.«

Sie nahm einen Schluck von dem dunkelbraunen Gebräu. »Sie ist und bleibt meine Freundin, auch wenn ich nichts mehr von ihr höre. Wir kennen uns seit der Schulzeit und hatten keine Geheimnisse voreinander.«

»Dann hat sie Ihnen doch bestimmt auch von der Freundin erzählt, die sie in Holland hatte, Cleopatra Cleveringa?«

»Sie hat immer nur von Cleo gesprochen.« Irenes Gesichtsausdruck veränderte sich. »Eine reiche Dame, um einiges älter als sie. Na ja, etwa acht Jahre, glaube ich, aber mit zwanzig erscheint einem das als sehr viel älter.«

Ich dachte an das, was Glinka gesagt hatte. »Vielleicht wollte sich Cleo auch gern jünger fühlen?«

»Ja, das könnte sein.« Irene spitzte die Lippen. »Ich weiß nicht. Ich hatte so einen merkwürdigen Eindruck von der ganzen Sache. Was ich weiß, ist, dass Clara es schwer hatte im Leben. Sie ist ein Schatz, aber sie war damals ein bisschen … Sie hatte Probleme mit ihrem Stiefvater.« Sie schaute mich an. »Muss ich noch deutlicher werden?«

»Nein.«

»Das Seltsame war, dass sie sich trotzdem immer zu älteren Männern hingezogen fühlte«, sagte Irene. »Sie wollte sogar einen heiraten, das erzählte sie mir, als ich sie zum letzten Mal sah. Er war verheiratet, wollte sich aber scheiden lassen.«

»Hat sie seinen Namen genannt?«

Sie schüttelte den Kopf. »Sie wollte es mir nicht sagen; ich würde ihn dann schon auf der Einladungskarte zu ihrer Hochzeit lesen. Ich sollte ihre Trauzeugin sein. Sie nannte ihn Stakie.«

»Und, ist diese Einladung je gekommen?«

Sie schüttelte den Kopf. Der Gedanke daran machte sie traurig. »Ich habe sie nie wieder gesehen.«

»Wann haben Sie sie zum letzten Mal gesehen?«

»Im Januar 1980.« Irene griff mich plötzlich am Arm. »Wenn Sie sie finden, sagen Sie mir dann Bescheid?«

»Das mache ich«, sagte ich.

»Versprochen?«

Ich nickte und tätschelte ihre Hand. »Ich verspreche es.«

Irene nickte und schaute wieder mit verlorenem Blick vor sich hin. »Anfangs kam sie dann und wann nach Ypern, zweimal im Jahr oder so. Dann haben wir in der Kneipe oder bei mir zu Hause zusammengesessen. Sie hat immer bei mir gewohnt; sie konnte Leo, meinen Mann, gut leiden. Ich habe zwei Kinder. Clara wollte nie in der Patteelstraat übernachten, auch nicht, als ihre Mutter noch lebte. Aber sie verabredete sich mit ihr, immer irgendwo anders, auch bei mir zu Hause, ohne dass Pieter Mending etwas davon wusste. Auf der Beerdigung ihrer Mutter hat sie kein Wort mit Pieter geredet und ist sofort danach mit mir nach Hause gegangen.«

»Und beim letzten Mal?«

»Sie hatte ein brandneues Auto.« Irene ließ ein kleines Lachen hören. »Sie sagte, sie hätte in der Lotterie gewonnen.«

»Aber Sie haben ihr nicht geglaubt?«

»Nein, natürlich nicht. Es sind doch immer nur die anderen, die in der Lotterie gewinnen. Damals hat sie mir auch von ihrer Heirat erzählt. Ich glaube, sie hat das Auto von Stakie bekommen. Er war reich.«

»War es ein weißer VW?«

»Ja«, sagte sie mit überraschtem Blick.

»Was hat sie sonst noch von diesem Mann erzählt?«

»Nichts, ich würde ihn schon noch kennen lernen. Es lag Schnee. Wir blieben zu Hause am warmen Ofen. Am Kamin. So ein Einbaukamin ...« Sie machte eine Geste, um anzudeuten, dass das ja keine Rolle spiele, aber ich merkte, dass es für sie sehr wohl wichtig war. Dass das zu den kleinen Details gehörte, die ihr im Gedächtnis blieben, weil es das letzte Zusammensein mit ihrer besten Freundin gewesen war. Ihre Augen wurden feucht. »Wir haben die ganze Nacht geredet, aber nicht über Stakie.«

Wir schwiegen beide eine Weile, als würden wir von der Gruppe Demonstranten abgelenkt, die in diesem Moment mit Fahnen und Transparenten von der Straße aus zum alten Stadttor auf den Platz strömte und auf dem Bürgersteig gegenüber begann, Flugblätter auszuteilen. Den Transparenten sowie den Fetzen empörter Parolen aus den Lautsprechern auf einem Auto, das dem Zug vorankroch, war zu entnehmen, dass es um eine Protestaktion wegen der Schließung irgendeiner Fabrik ging.

»Ich weiß nicht, warum«, sagte Irene. »Aber ihr Verschwinden macht mich traurig. Ich vermisse sie. Erst dachte ich, ihr müsse etwas Schlimmes zugestoßen sein. Doch bestimmt ist gar nichts geschehen, sie ist einfach nur weggegangen. Ich verstehe nur nicht, warum sie so geheimnisvoll tat, als dürfe niemand etwas von ihrer Hochzeit wissen.«

»Woher wissen Sie, dass sie einfach nur weggegangen ist?«

»Sie hat mir Karten geschrieben.«

»Ansichtskarten?«

»Jedes Jahr eine, zu Weihnachten.«

Ich sah meine wacklige Theorie über Clara unter dem Tennisplatz in sich zusammenstürzen. »Bis heute?«

Sie schüttelte den Kopf. »Bis vor etwa acht Jahren. Vielleicht hat sie mich vergessen, so geht es nun einmal.«

Auf der anderen Straßenseite erreichten die Fahnenschwenker das Hotel Regina und verschwanden in einer Nebenstraße. Der Lärm ebbte ab. Ein blonder Mann stand auf dem Bürgersteig vor dem Hotel und schaute in unsere Richtung.

»Es stand nie ein Absender drauf«, sagte Irene.

»Woher wissen Sie dann, dass sie von ihr stammten?«

Der Mann auf der gegenüberliegenden Seite hob die Hand, als grüße er jemanden auf unserer Seite des Platzes und verschwand im Hotel. Ich schaute zur Seite, sah aber niemanden, dem er hätte zuwinken können. Vielleicht saß seine Freundin hinter einer Fensterscheibe.

»Es ist ihre Handschrift. Warten Sie …« Irene nahm ihre Tasche von dem leeren Stuhl neben sich. »Ich habe eine bei mir.« Sie wühlte in der Tasche, die groß genug schien für eine ganze Sammlung von Andenken. »Ich trage immer alles Mögliche mit mir herum«, sagte sie in einem Ton, als wolle sie sich dafür entschuldigen, dass die Vergangenheit von größerem Interesse für sie war als die Gegenwart.

Sie zog eine dicke, verschlissene Brieftasche heraus mit einem Gummi darum, das sie mit einer routinierten Bewegung herunterrollte und um ihr Handgelenk schob. Sie kramte zwischen den Fotos, Karten, Hochzeitsanzeigen und ramponierten Einladungen herum. Dann fand sie das Foto, das sie suchte, und zog es aus dem Stapel.

»Das bin ich mit Clara«, sagte sie. »Leo hat es aufgenommen, als sie zum letzten Mal hier war.«

Die beiden Freundinnen nebeneinander vor einem Fenster mit einem verschneiten Garten dahinter. Ich starrte Clara an. Leo hatte einen Blitz verwendet, um das kalte Winterlicht auszugleichen, das durch das Fenster hinter den Frauen ins Zimmer fiel. Dadurch wirkte Claras Gesicht bleicher, als es wahrscheinlich in Wirklichkeit gewesen war.

Auf die Rückseite war ein Datum gekritzelt. *Januar 1980.* Das rätselhafte Jahr, das immer wieder auftauchte. Clara war damals sechsundzwanzig. Eine schöne junge Frau; sie lächelt in die Kamera und der grellweiße Blitz verhindert, dass man mehr in ihren Augen ablesen kann. Da ist nur das Lächeln in ihrem Gesicht, das dem Fotografen oder dem Augenblick gilt. Das Bild kann keine Auskunft darüber geben, ob sie vielleicht weiß, dass dies ein letzter Moment ist, dass sie ihre Freundin nie mehr wieder sehen wird, oder ob sie vorausahnt, dass sich schon bald alles ändern wird.

»Sind Sie gleich groß?«

Irene lehnte sich zu mir herüber, um mit mir zusammen das Foto betrachten zu können. »Ich bin etwas größer, aber sie trug hohe Absätze. Clara ist einen Meter neunundsechzig.«

»Blonde Haare?«

Irene kicherte. »Nicht so blond, wie sie hier aussehen. Sie blondierte sie etwas, seit sie in Holland wohnte.«

»Gute Figur.«

»Besser als meine. Sie war immer die Schönste. Sie sieht ein bisschen aus wie Jodie Foster.«

Ich sah, was sie damit meinte. Clara besaß dieselbe runde Gesichtsform, denselben Augenaufschlag, vielleicht auch dieselbe Stimme mit dem eigentümlichen metallischen Beiklang und unter dem engem schwarzen Pullover bestimmt einen Körper, der Gartenzwerge des Nachts auf Plattenwegen in Erregung brachte.

Der sanfte Druck gegen meinen Arm ließ nach, als Irene eine abgewetzte Ansichtskarte zum Vorschein brachte. Ich sah eine Meeresbucht umringt von niedrigen alten

Gebäuden, Häusern, einer kleinen Terrasse, einem Sonnenschirm und davor ein paar kleine Fischerboote, ein Stück Anlegesteg. Ein kleines Fischerdorf an einer sonnigen Mittelmeerküste, ziemlich stümperhaft fotografiert, ohne Vordergrund, um dem Bild Tiefe zu verleihen, nicht von einem Schiff aus, sondern von einem höheren Standpunkt aus aufgenommen, wahrscheinlich von einer Seitenwand der Bucht.

Ich drehte die Karte um. Es war keine Bildbeschreibung darauf gedruckt, nur *Views from Malta.* Abgestempelt war sie in Valletta, der Hauptstadt von Malta, mit einem undeutlichen Datumsstempel. Der Tag war unlesbar, durch Abnutzung oder zu wenig Tinte, aber der Monat war 12 und das Jahr 1990. Die Adresse von Irene in einer runden, routinierten Handschrift und auf der anderen Hälfte, neben *Views from Malta,* nur zwei Worte: ›Lieb und Lück‹.

Ich blickte Irene fragend an.

»Deshalb weiß ich, dass sie von Clara kam«, sagte Irene.

Lieb & Lück.

»Halt mal deine Hand auf«, sagte sie. »So, mit der Handfläche zu mir.« Ich gehorchte und sie schlug mit ihrer Handfläche gegen meine. »Lieb und Lück«, sagte sie. »Liebe und Glück«, sagte ich.

Sie strahlte, als hätte ich eine besondere Leistung vollbracht. »Das war unser Motto, seit wir junge Mädchen waren. Es war etwas, das nur uns gehörte. Deshalb bin ich mir sicher, dass es nur Clara sein kann. Wir haben uns auch noch an dem Abend, als sie wegfuhr, so voneinander verabschiedet, draußen im Schnee, an ihrem neuen Auto. Lieb und Lück.«

»Und was stand auf den anderen Karten?«

»Dasselbe, einmal im Jahr, kurz vor Weihnachten.«

»Haben Sie nie versucht, sie aufzuspüren? Malta liegt schließlich nicht am anderen Ende der Welt.«

»Ich wüsste nicht, wie ich das anstellen sollte.« Sie wies

mit dem Kinn hinüber zum Rathaus. »Ich schaue mir Prospekte von Malta an. Die Hälfte der Bevölkerung wohnt in Valletta, das ist die Hauptstadt. Sie könnte ja auch einen anderen Namen angenommen haben. Ich sage immer zu Leo, lass uns dort doch mal Urlaub machen, mit den Kindern zusammen, man weiß ja nie. Aber er hat Recht und das ist mir auch klar. Sie will überhaupt nicht, dass ich sie besuche, sonst hätte sie mir doch ihre Adresse geschickt.«

»Hat sich Clara je das Bein gebrochen?«, fragte ich.

Sie schaute mich überrascht an. »Wie kommen Sie denn darauf?«

Ich schüttelte den Kopf. »Ein Skelett wurde gefunden, das man anhand eines Beinbruchs zu identifizieren versucht. Es lag im Garten von Cleo, der Freundin von Clara. Es bestand eine geringe Wahrscheinlichkeit … Aber diese Frau wurde dort 1983 begraben, und wenn Sie 1990 noch eine Karte von Clara bekamen, kann sie es nicht sein.«

»Diese Karten stammen von Clara«, sagte Irene. »Und Clara hat sich nie das Bein gebrochen. Ich kenne sie seit ihrem zwölften Lebensjahr, also müsste es davor passiert sein und davon hätte ich bestimmt einmal etwas gehört. Das Einzige, was sie sich einmal gebrochen hat, war ein Finger.« Irene zog am Mittelfinger ihrer linken Hand. »Als sie achtzehn war.«

Von gebrochenen Fingern hat man wenig, wenn die Hände fehlen.

Irene schaute auf die Uhr. »Ich muss jetzt nach Hause. Ich habe Ihnen alles erzählt, was ich weiß. Was wollen Sie jetzt machen?«

»Sie arbeitete doch bei einem Rechtsanwalt in Utrecht.«

»Brinkman.« Sie streckte die Hand nach dem Foto und der Ansichtskarte aus, aber ich hielt sie fest.

»Darf ich sie eine Weile behalten?«, fragte ich. »Sie bekommen sie wieder zurück.«

Sie zögerte nicht lange. »Wenn die Sachen Ihnen helfen. Werden Sie Clara suchen?«

Ich schob das Foto und die Karte zwischen die Seiten meines Notizbuchs und steckte es weg. »Ich kann noch nichts dazu sagen. Aber Sie haben mir sehr geholfen. Vielen Dank!«

Ich stand auf und gab ihr meine Karte. Irene drückte mir die Hand, beugte sich dann plötzlich nach vorne und küsste mich auf die Wange. »Bitte melden Sie sich bei mir«, sagte sie, »was immer Sie auch finden.«

Ich nickte und sie ließ mich los, winkte dem Kellner, der uns von der Tür des Cafés aus zuschaute, und ging eilig davon.

Marga stand unter der Dusche, als ich im Dunkeln den Bauernhof betrat. Dampfschwaden wallten aus der offenen Badezimmertür und über das Rauschen des Wassers hinweg hörte ich sie *Amazing Grace* singen.

Ich habe einen Schlüssel zum Seiteneingang, brauchte ihn aber wie immer nicht zu benutzen. Gelegentlich versuche ich ihr klarzumachen, dass die Zeiten von *Amazing Grace* vorbei seien und dass es für eine schöne, allein lebende Frau ratsam sei, abends ihre Haustür abzuschließen. Meistens schaut sie mich dann spöttisch an, wie sie einen Polizisten anschauen würde, der mit einschlägigen Prospekten über Verbrechensverhütung vor ihrer Tür stünde.

Natürlich rührt meine Sorge vor allem daher, dass Marga selbst das Einzige ist, das zu stehlen sich hier lohnen würde. Doch um sich vor ungebetenen Gästen zu schützen, müsste man schon den ganzen Bauernhof umbauen. Wenn irgendein Schuft hineinwollte, würden ihn ein paar verschlossene Türen nicht aufhalten. Er könnte durch alte Fenster klettern oder durch eine vergammelte Seitentür und notfalls könnte er sich auch ein Loch durch das verrottete Reetdach auf dem ehemaligen Kälberstall graben.

Deswegen hatte ich ihr zu Nikolaus eine 8-mm-Schrotpistole geschenkt, festlich verpackt und dazu eine Schachtel Patronen und ein holpriges Gedicht über liebevolle Besorgtheit. Bei der Pistole handelt es sich um eine recht simple Verteidigungswaffe, mit der man mehr Schrecken einjagen als Schaden anrichten kann, aber es ist immer noch besser, damit zu schießen, als der Versuch, einen Eindringling mit kräftigen Töpferhänden zu würgen, weil man ihm zu diesem Zweck zu nahe kommen müsste. Nach einer vergnüglichen Schießübung im Kräutergarten legte sie allerdings die Waffe zurück in ihre Schachtel und versteckte sie in einem Schrank in ihrem Schlafzimmer auf dem Dachboden, zu weit weg, um einen Nutzen davon zu haben, wenn einmal Not an der Frau war.

Ich hatte meine Kleidung schon ausgezogen, bevor ich das Bad erreicht hatte. Man konnte sich kaum etwas Angenehmeres denken, als aus Belgien zurückzukommen und zu Marga unter die Dusche zu steigen. Sie hatte ein viel zu tollkühnes Vertrauen in die Menschheit und zu wenige Hitchcock-Filme gesehen, um sich auch nur ein bisschen zu erschrecken, als ich die Riffelglastür beiseite schob. Sie breitete die Arme aus und Wasser und schäumende Seife flossen über ihre Schultern und ihre Brüste, als sie mich an sich zog. Tropfen spritzten mir ins Gesicht und zwischen unsere Lippen, sie drückte ihr Knie zwischen meine und ich fühlte, wie sich ihre Oberschenkelmuskeln um mein Bein schlossen.

Die Tür war verdammt noch mal schon wieder offen, wollte ich sagen. Weil ich dich erwartet habe, würde sie erwidern. Also hielt ich den Mund.

Sie fing an, mir den Rücken zu waschen, mit einem Schwamm, der nie aufhörte zu schäumen, und ich benutzte meine Hände für ihren Bauch und ihre Brüste, die eigentlich schon sauber genug waren, bis sie den Schwamm schließlich fallen ließ und aufhörte *Amazing Grace* zu singen.

»Meulendijk hat angerufen«, sagte sie, als sie ihre Linsen wieder eingesetzt hatte und wir mit einer Flasche Cognac in improvisierter Kleidung auf der dunklen Terrasse saßen und in die Nacht hineinschauten.

»Was hast du ihm gesagt?«

»Dass du, soviel ich weiß, nach Belgien gefahren bist.«

Schön. Ich konnte Bernard nichts von Bedeutung melden, außer dass ich Spesen für Unternehmungen berechnen würde, die bis jetzt zu nichts als zur Demontage meiner eigenen Theorien geführt hatten. Marga setzte noch einen drauf, als ich ihr von der Sache erzählte. Natürlich habe ich einen Vertrag bei Meulendijk unterzeichnet, in dem steht, dass ich keine Informationen an Dritte weitergeben darf, aber hin und wieder muss man seine Frustrationen doch einfach mal loswerden. Außerdem ist Marga keine ›Dritte‹. Sie ist eine gute Zuhörerin, aber keine Klatschbase. Es ist mir nie in den Sinn gekommen, sie mit der Bitte zu beleidigen, nicht mit dem Postboten darüber zu reden.

Sie dachte eine Weile darüber nach. »Vielleicht ist sie durch die Beziehung lesbisch geworden«, schlug sie dann vor.

»Wer?«

»Alle beide? Die viel jüngere Belgierin, die gerade eine eklige Geschichte mit dem Stiefvater hinter sich hatte, und die verwöhnte Cleopatra, die vielleicht die Wahrheit sagte, als sie behauptete, mit einer Freundin in Urlaub zu fahren.«

Ich schaute hinauf zu den Sternen. Ich weiß nicht, ob man unter gewissen Umstände lesbisch werden kann, aber es wäre eine Erklärung für die sonderbare Freundschaft. »Das Problem ist nur, dass es sich bei der Urlaubsfreundschaft nicht um Clara handelte«, sagte ich.

»Und Clara war deshalb so böse, dass sie spurlos nach Malta verschwand?«

»Ich glaube, dass sie eher froh war, als sie von dem

Flugzeugabsturz las. Außerdem ist sie nicht spurlos verschwunden, du vergisst die Karten mit ›Lieb und Lück‹.«

»Ziemlich spurlos jedenfalls. Zumindest kann sie es nicht sein, die 1983 unter dem Tennisplatz begraben wurde.«

»Du brauchst es mir nicht unter die Nase zu reiben.« Ich hatte Gert auf dem Rückweg von Ypern angerufen, damit er sicherheitshalber die Röntgenaufnahme vom Knochenbruch noch einmal durch die Mühlen der belgischen Krankenhäuser wandern ließ, mit besonderem Augenmerk auf das von Ypern, doch wenn Irenes Geschichte stimmte, würde dabei kein gebrochenes Bein von Clara Mending-Deleye herauskommen.

»Die eine ist bei einem Flugzeugabsturz umgekommen, die andere ist auf Malta oder war es jedenfalls 1990«, sagte Marga. »Außerdem kannst du jetzt sowieso damit aufhören, denn der Fall ist gelöst.«

»Überhaupt nichts ist gelöst!«

»In der Zeitung wurde behauptet, die Polizei habe offiziell erklärt, das Skelett stamme von dem Opfer eines Serienmörders.«

»Was?!?«

Im schummrigen Licht des Halbmonds konnte ich ihr Gesicht nicht erkennen, aber ich kannte die Mischung aus Schadenfreude und Mitleid, mit der sie die Augenblicke für nette Überraschungen auswählte.

»Ein Foto vom Tennisplatz war dabei, die Arbeiten können wieder aufgenommen werden, erleichterter Kommentar von der Frau des Hauses, die hofft, die ganze Sache so schnell wie möglich vergessen zu können.«

»Haben sie die Identität der Leiche festgestellt?«

»Der Mörder hat Details verraten und einen Vornamen genannt. Sie haben ihn nicht erwähnt, aus Rücksicht auf die Angehörigen.«

»Hugo Balde ist ein Irrer.«

»Kann schon sein, aber ich hatte jedenfalls den Eindruck, dass für die Polizei die Sache erledigt ist und sie auch froh darüber sind.«

Ich schwieg. Mir war klar, warum Meulendijk Kontakt mit mir aufnehmen wollte. Etwas war faul an diesem Fall, das war es von Anfang an gewesen. Ich hatte nichts, außer dem unbefriedigenden Gefühl, dass sich die verschiedenen Elemente wie aus einem abstrakten Gemälde um mich herum bewegten. Ich begann, einige dieser voneinander losgelösten Elemente wieder zu erkennen, ohne sie aber in ein Muster einpassen zu können. Dank Balde hatten die Justizbehörden jetzt offenbar eine übersichtliche Heidelandschaft darüber gemalt, zur Freude aller Betroffenen, und Meulendijk war bereit, ebenfalls einen Strich darunter zu ziehen. Er war nicht der Mann, der seine Kunden für eine sinnlose Untersuchung bezahlen ließ.

»Hast du eigentlich schon mal mit der Tochter gesprochen?«, fragte Marga.

»Lonneke? Sie war damals acht, als ihre Mutter umkam.«

»Achtjährige Mädchen sehen mehr, als du denkst.«

»Meinst du?«

»Was soll das heißen: Meinst du? Ich bin schließlich selbst mal acht Jahre alt gewesen.«

4

L. WOLFFRAAT stand auf dem Briefkasten unten an dem luxuriösen Apartmenthaus.

Ich war auf direktem Weg nach Huizen gefahren, weil ich noch eine Weile einen Bogen um meinen Anrufbeantworter mit Meulendijks Stimme darauf machen wollte. Marga vertrug keinen ständigen Mitbewohner, gestand mir aber so viel Platz in einem ihrer Schränke zu, dass es gerade genug war für eine ausreichende Menge sauberer Hemden, Socken und Unterwäsche plus einem Reserveanzug, um notfalls jederzeit frisch und sauber auf der Bildfläche erscheinen zu können.

Ich nahm den Lift in den dritten Stock mit Aussicht auf die Surfer und Segelboote auf dem Ijsselmeer.

Eine junge Frau öffnete mir die Tür. Durch ihre Körpergröße und eine feminine Version der Ofenrohr-Nase von Cleveringa brauchte ich mich nicht lange zu fragen, ob es sich um Lonneke handelte. Ihr knochiges Gesicht erinnerte mich an die dreißigjährige Meryl Streep. Man hätte sie sich aber auch in einem englischen Film beim Pferderennen vorstellen können. Sie trug ein elegantes, gauloisesblaues Ensemble mit einem knielangen Rock und passender Kostümjacke und hatte sorgfältig Makeup aufgelegt, als habe sie gerade ausgehen wollen. In der Wohnung ertönte das Geräusch eines Staubsaugers.

»Frau Wolffraat? Cleveringa?«

»Ja?«

»Mein Name ist Max Winter, ich komme vom Büro Meulendijk.«

Ihr Gesichtsausdruck veränderte sich. »Oh.«

Ich begriff, was ihre Reaktion bedeutete; es sei denn, sie hatte mit Hélène oder ihrem Vater gesprochen. »Ich würde mich gerne mit Ihnen unterhalten, über äh …«

Sie unterbrach mich. »Einen Augenblick bitte.«

Sie legte die Hand ans Gesicht und presste genau wie ihr Vater die Fingerspitzen gegen die Stirn, als müsse sie nachdenken. Sie hatte die gleiche hohe Stirn wie er, jedoch ohne die Beule.

»Sie hätten vorher anrufen sollen«, sagte sie dann. »Ich habe die Putzfrau da. Außerdem …« Sie geriet durcheinander. »Vielleicht können wir irgendwo … Um zwölf Uhr muss ich Winfried aus der Kinderkrippe abholen und Cleo aus der Schule.« Sie schaute auf die Uhr. »Ich muss jemandem absagen.«

»Wenn es Ihnen heute Nachmittag besser passt ...«

»Heute Nachmittag habe ich Winfried. Die Krippe ist nur vormittags geöffnet. Wenn Sie unten aus der Haustür kommen, ist ein Stückchen weiter auf der rechten Seite ein Lokal. Ich bin in fünf Minuten bei Ihnen.«

Es klang, als wolle sie nicht mit mir auf der Straße gesehen werden.

Ich fand das Lokal sofort und wählte einen Tisch am Fenster, hinter einem hölzernen Rankgitter mit Kletterpflanzen mit Blick auf das Ijsselmeer, diesmal jedoch auf den Boulevard und die gezähmte See. Außer mir waren keine anderen Gäste da. Die junge Kellnerin brachte mir gerade meinen Kaffee, als ich Lonneke in ihrem blauen Ensemble den Boulevard entlangkommen sah, eine Handtasche unter dem Arm. Es war etwas Resolutes und Entschlossenes in ihrem Gang, als habe sie eine Entscheidung getroffen. Ein zufälliger Passant hätte sie für die Benelux-Salesmanagerin eines großen amerikanischen Unternehmens für teure Elektronik halten können.

Ich stand auf, als sie hereinkam. Sie gab mir die Hand, als sähen wir uns hier zum ersten Mal. »Max Winter«, sagte ich hastig.

»Lonneke Cleveringa.«

»Nicht Wolffraat?«

»So heißen meine Kinder.«

»Darf ich Sie Lonneke nennen?«

Sie nickte, setzte sich und nahm die Handtasche auf den Schoß. Die Serviererin kam und Lonneke bestellte Kaffee.

»Sie machten den Eindruck, als hätten Sie jemanden vom Büro Meulendijk erwartet«, begann ich. »Hat Ihr Vater Ihnen Bescheid gesagt? Oder Ihre Stiefmutter?«

»Stiefmutter? Also bitte.«

»Dann eben Hélène.«

Sie schwieg, während die Serviererin den Kaffee vor sie hinstellte. Dann begann sie, die Zuckerwürfel aus dem

Papier auszupacken und sagte: »Ich habe sie nie Mutter genannt und böse Stiefmütter gehören ins Märchen.«

»Und da gehört Hélène nicht hinein?«

»Ganz bestimmt nicht.« Sie schwieg einen Augenblick. »Am Anfang hatte ich natürlich Probleme mit ihr. Welches Kind hätte die nicht, wenn eine andere Frau den Platz der Mutter einnimmt. Aber Hélène ist okay.«

»Die erste Frage ist noch offen.«

Sie taxierte mich mit ihren grünblauen Augen, die gut zu ihrem Kostüm und ihrem saharablonden Haar passten. Trotz der Nase war sie eine äußerst attraktive Frau.

»Mir hat niemand etwas gesagt«, erwiderte sie, als sie mit dem Taxieren fertig war.

»Also kam der Auftrag von Ihnen?«

Lonneke nickte.

»Sie haben sehr jung geheiratet«, sagte ich. »Mit zwanzig? Zweiundzwanzig?«

»Spielt das eine Rolle?«

»Das weiß ich noch nicht. Wann ziehen Sie nach Buchenstein?«

»Ich habe den Umzug vorerst verschoben.« Sie wurde ärgerlich. »Warum fragen Sie mich nicht, warum ich den Auftrag erteilt habe?«

»Warum haben Sie den Auftrag erteilt?«

Sie seufzte. »Nur fünf Minuten und Sie gehen mir schon auf die Nerven.«

Ich lächelte zurück. »Sie müssen einen guten Grund gehabt haben. Meulendijk ist nicht billig.«

»Geld ist nicht das Problem.«

»Was ist denn das Problem?«

Sie wartete kurz, als bräuchte sie Zeit, ihrer Gereiztheit Herr zu werden. »Meine Mutter«, sagte sie kurz angebunden.

»Ihre Mutter ist 1980 bei einer Flugzeugkatastrophe ums Leben gekommen.«

»Sie ist nie identifiziert worden.«

»Aber sie stand auf der Passagierliste und ihr Gepäck war an Bord. Darüber besteht kein Zweifel.«

»Stimmt.« Sie schwieg erneut. »*So what*«, sagte sie dann.

»Hugo Balde, der Serienmörder, hat ein Geständnis abgelegt.«

»Das habe ich natürlich gelesen. Und auch, dass der Mann ein Irrer ist, der stolz darauf ist, dass er mit Sicherheit die ganze Welt ausgerottet hätte, wenn man ihm nur genügend Zeit dazu gelassen hätte. Glauben Sie an diese Version?«

Die Mauer, der unsichtbare Tennisplatz dahinter, der unglaubliche Zufall ohne eine Spur von Harmonie, dazu Hugo Balde, der zu diesem Zeitpunkt auf dem Mond hätte gewesen sein können. Man hatte nur wenig Nutzen von einem Verdächtigen, der sein Bestes tat, um kein Alibi zu haben, und dessen Wege nach der langen Zeit schlichtweg nicht mehr nachzuvollziehen waren. Balde hackte Hände und Köpfe ab, aber nicht, um eine Identifikation zu erschweren, sondern aus anderen, perversen Gründen. Ihm war völlig egal, ob seine Opfer identifiziert wurden oder nicht. Balde war nur das Mittel zum Zweck, um die Sache zu einem Ende zu bringen.

Aber warum diese Verstümmelung der Leiche? Balde mochte es Vergnügen bereitet haben, aber für einen Täter, der wusste, was er tat, musste es eine grauenhafte Operation gewesen sein. Blinder Hass und Wut, ein überwältigender Drang zur Zerstörung, zur Vernichtung? Nein. Dazu war es zu präzise, berechnend, chirurgisch. Nur Kopf und Hände. Wenn es ein Wutanfall gewesen wäre, hätte auch der Rest des Skeletts Spuren von Gewalteinwirkung aufgewiesen.

Warum dann all die Mühe, wenn man den Plan hatte, die Leiche unter einem Tennisplatz zu verscharren, der, so weit man zu diesem Zeitpunkt voraussehen konnte, dort ewig bleiben würde?

Vielleicht war es ein *copycat* gewesen, ein Imitationsmörder. Zu jener Zeit waren bereits mindestens sechs Leichen ohne Kopf und Hände gefunden worden und die Jagd nach dem Mörder war in vollem Gange. Der Täter wollte die Sache dem Serienmörder anhängen.

Oder der Täter wollte zwei Fliegen mit einer Klappe schlagen. Er wollte tatsächlich eine Identifizierung verhindern und hatte zusätzlich das Glück, dass Balde als Täter in Frage kam. Vielleicht war ihm da die Idee mit dem Tennisplatz als dauerhaftes Grab noch gar nicht in den Sinn gekommen? Aber jeder in Buchenstein wusste von dem Tennisplatz.

»Jetzt ist der Kaffee aber wirklich gut durchgerührt«, bemerkte Lonneke.

Ich schrak auf und legte den Löffel weg. »Ja. Außerdem ist noch nicht mal Zucker drin.«

»Worüber denken Sie nach?«

»Das Skelett weist einen alten Knochenbruch auf. Hat sich Ihre Mutter jemals das Bein gebrochen?«

»Ich weiß nicht.« Sie sah mein ungläubiges Gesicht und fragte bissig: »Könnten Sie mit Sicherheit sagen, ob sich Ihre Mutter je das Bein gebrochen hat?«

Ich dachte an meine unternehmungslustige Mutter. »Nein, absolut nicht. Aber die Polizei hat alle Kliniken und Krankenhäuser mit den Röntgenfotos abgeklappert.«

Sie warf mir einen herablassenden Blick zu. »Das bedeutet doch nur, dass sie auch keine andere Kandidatin haben.«

Ich nickte. »Und nun die wichtigste Frage: Warum glauben Sie, dass es Ihre Mutter sein könnte?«

»Niemand glaubt mir«, murmelte sie, während sie ihre Handtasche aufstellte und öffnete. »Aber das ist eine Karte von meiner Mutter, zu meinem zehnten Geburtstag.«

Noch mehr Harmonie im Zufall. Diese rätselhaften Ansichtskarten fingen an, mir auf die Nerven zu gehen.

Bei dieser hier handelte es sich um ein verschlissenes Exemplar mit einer Abbildung des schiefen Turms von Pisa. Was sollte ich damit anfangen? Er sieht aus, als fiele er um, aber er fällt nicht? Es sieht aus, als sei ich tot, aber ich bin es nicht? Der Poststempel war deutlich erkennbar: Pisa, 12. 6.1982, adressiert an Lonneke:

›Nur noch acht Jahre, dann bist du alt genug, C.‹

»Alt genug wofür?«

»Um es zu verstehen?«

»Und, sind Sie inzwischen alt genug?«

»Nein, deswegen habe ich ja Meulendijk eingeschaltet.«

»Ist das die Handschrift Ihrer Mutter?«

»Nein.«

»Warum glauben Sie dann, dass sie die Absenderin war? Nur weil ein C. draufsteht? Haben Sie Cleopatra zu Ihrer Mutter gesagt?«

»Nein. Mama.«

»Warum steht dann da nicht ›Mama‹?«

»Ich weiß nicht.« Sie presste schmollend die Kiefer aufeinander und schaute mich ärgerlich an. »Vielleicht hat sie die Karte von einem Freund an mich schicken lassen. Vielleicht hatte sie Gründe für ihr rätselhaftes Verhalten. Aber diese Karte kam von ihr, das war mir sofort klar. Mein Vater wurde wütend, als ich nicht aufhörte, das zu behaupten. Er wollte sie zerreißen. Er wusste genauso gut wie ich, dass sie von meiner Mutter stammte, sonst hätte er nicht so reagiert.«

»Warten Sie mal«, sagte ich. »Ihre Mutter nimmt ein Taxi nach Schiphol. Sie checkt sich für den Flug nach Teneriffa ein. Ihr Gepäck geht an Bord. Im letzten Moment nimmt sie ein anderes Flugzeug oder verschwindet irgendwo anders hin. Ohne eine Spur zu hinterlassen? Benutzte sie ihren Pass?«

»Niemand hat nach ihr gesucht. Sie kann jedes Flugzeug genommen haben, von jeder beliebigen Fluggesellschaft. El Al, Varig, Kuwait Airlines.«

»Okay, in Kuwait liest sie in der Zeitung, dass sie tot ist. Aus unbekannten Gründen lässt sie diese Tatsache auf sich beruhen. Zwei Jahre später hält sie sich in Pisa auf und schickt Ihnen eine Karte und etwa ein Jahr später ist sie in den Niederlanden und wird ermordet. Klingt das wahrscheinlich?«

Ihre Wangen röteten sich. »Ohne den zynischen Unterton hört sich das für mich durchaus wahrscheinlich an, ja.«

»Und wer hat sie ermordet?«

Sie biss sich auf die Lippen. »Das sollten Sie eigentlich herausfinden.«

Ich starrte sie an. Die ganze Geschichte klang unsinnig, aber ich sah, dass sie vollkommen überzeugt davon war, ihre Mutter sei ermordet worden und nicht mit dem Flugzeug abgestürzt. Und es schien mehr dahinter zu stecken als nur die Obsession einer im Stich gelassenen Tochter.

»Sie wollen also, dass wir mit den Ermittlungen fortfahren?«, fragte ich.

»Ja, natürlich. Warum?«

»Weil ich glaube, dass Meulendijk einen Strich darunter ziehen will. Die Polizei hat ein Geständnis von Balde. Seiner Aussage nach handelt es sich um eine gewisse Irma; er kennt ihren Nachnamen nicht, aber er behauptet, er habe sie irgendwo in Gelderland aufgelesen.«

»Ich will, dass die Untersuchung fortgeführt wird, egal, was die Polizei sagt.«

»Sie waren damals acht Jahre alt. Wie ...« Ich dachte an Marga und hielt den Mund. Lonneke schaute mich mit ungefähr demselben empörten Blick an. »Okay«, sagte ich. »Können Sie sich noch daran erinnern, wie der Tennisplatz angelegt wurde?«

»Ja, natürlich. Er sollte noch vor dem Fest fertig sein.«

»Vor welchem Fest?«

»Es gab ein Fest anlässlich der Ernennung meines Vaters zum Außenminister.«

»Und, ist der Tennisplatz rechtzeitig fertig geworden?«

»Nein. Es gab Verzögerungen auf Seiten des Bauunternehmens.«

Die fahrbare Betonmischmaschine, dachte ich. Eine unerwartete Verzögerung. Vielleicht hatte der Täter den Tennisplatz zunächst gar nicht in Betracht gezogen, weil er dachte, er wäre inzwischen längst fertig gestellt. *Wenn das so war, erkannte er diese Möglichkeit erst, als er auf Buchenstein eintraf.* Kam er zu dem Fest? Mit einer Leiche im Kofferraum?

»Woran können Sie sich im Zusammenhang mit dem Fest noch erinnern?«, fragte ich.

»Es waren eine Menge Gäste da; viele davon aus der Politik, glaube ich. Kollegen meines Vaters. Ich weiß noch, dass eine kleine Kapelle spielte und dass das Ganze nicht im Garten stattfinden konnte, weil es regnete. Einige Leute hielten Reden, an die ich mich nicht erinnere; ich war ja damals erst zehn. Die Leute tanzten, trugen Smokings und wunderschöne Kleider. Ich musste um halb elf ins Bett.«

Sie schwieg und fing wieder an, in ihrer Tasche herumzukramen. »Ich habe noch etwas für Sie, aus den Papieren meiner Mutter.«

Sie gab mir eine alte Quittung, herausgerissen aus einem Block mit Vordrucken, wie man sie in Schreibwarengeschäften kaufen kann. *Govert Blink – Fahndung und Ermittlung.* Mein Text, aber mit einem anderen Namen und ohne ›diskret‹. Sein Büro befand sich in Zeist. Als Datum war der 12. September 1979 eingetragen, als Betrag fünfzehnhundert Gulden, die als Vorschuss von Fräulein C. Teulings bezahlt worden waren.

»Ein Privatdetektiv?«

»Ja. Warum sollte meine Mutter unter ihrem Mädchennamen einen Detektiv anheuern?«

»Das tun Sie doch auch«, bemerkte ich, nur um etwas zu sagen.

Lonneke stand auf. »Meine Mutter hatte das Geld. Mein Vater war bettelarm, als er sie heiratete. Er hat alles geerbt.«

Ich stand auch auf. »Verdächtigen Sie Ihren Vater?«

Sie kniff die Lippen zusammen. »Ich muss jetzt wirklich gehen.«

»Was sollten Sie erst mit achtzehn Jahre verstehen können?«

»Ich weiß nicht. Vielleicht, wie Beziehungen funktionieren?«

»Und, verstehen Sie das inzwischen?«

»Nein. Sie vielleicht?« Sie hielt mir ihre Hand hin, mit der unaufrichtigen Herzlichkeit einer Salesmanagerin. »Viel Erfolg.«

Ich ignorierte die Hand. »Was haben Sie gegen Ihren Vater?«

Sie blieb stehen. Sie stützte sich mit der Handtasche auf der Rückenlehne des Stuhls ab, beugte sich zu mir herüber und sagte leise: »Ich weiß es nicht. Ich würde es vielleicht verstehen, wenn ich wüsste, warum meine Mutter weggegangen ist.«

Ich schaute sie an. Mein Gesicht war ganz dicht an ihrem, so dass ihre Nase genauso groß wirkte wie die auf den Karikaturen von Cleveringa und ich den Kaffee und einen leichten Pfefferminzgeruch in ihrem Atem riechen konnte. »Sie wissen nicht, ob sie weggegangen ist«, sagte ich. »Und außerdem sind Sie doch selbst geschieden.«

Sie erstarrte. »Warum tun Sie verdammt noch mal nicht Ihre Arbeit?«, zischte sie. Mit ihrer Tasche riss sie den Stuhl um, so dass ich ihn festhalten musste.

Ich schaute ihr nach. Ich hatte noch hundert Fragen.

Nebenbei bemerkt hatte ich das Gefühl, dass ich nur eine kleine Rolle in einem Theaterstück spielte, dessen Intrige von A bis Z von einem achtjährigen Mädchen erfunden worden sein konnte, das den Tod seiner Mutter nicht verarbeitet hatte.

»Ich bin ein Kollege Ihres Mannes«, sagte ich.

Die Frau schaute sich meinen Ausweis an. »Das muss aber lange her sein.«

Sie schien um die siebzig zu sein, mit dünnem grauem Haar und Augen, die nicht mehr an Wunder glaubten. Am Erkerfenster in der bescheidenen Doppelhaushälfte mit Vorgarten sah ich noch eine andere Frau sitzen, die ihre Schwester hätte sein können.

»Er war doch Privatdetektiv?«

»Ja, aber er ist vor zehn Jahren an Lungenkrebs gestorben.«

»Oh. Das tut mir Leid.« Ich weiß nie, was ich in solchen Situationen sagen soll, trotz des Polizeikurses ›Reden mit Angehörigen‹. In den meisten Fällen braucht man gar nichts zu sagen, genau wie im Film, sie sehen es einem gleich an, fangen an zu weinen und man legt den Arm um sie. Es gehört zu den traurigsten Aufgaben bei der Polizei, um die ich mich damals, wann immer ich konnte, feige zu drücken pflegte.

»Ich habe zehn Jahre Zeit gehabt, mich daran zu gewöhnen«, sagte Frau Blink entgegenkommend, als erriete sie meine Gedanken. »Vorher ist er lange krank gewesen. Er hat schon 1985 aufgehört zu arbeiten. Was kann ich für Sie tun?«

Wahrscheinlich nichts. »Es geht um einen alten Fall.«

Ich zog umständlich die Quittung aus meiner Brieftasche. Sie kniff die Augen zusammen, als brauchte sie eigentlich eine Lesebrille.

»1979«, sagte sie bestätigend und gab mir die Quittung zurück.

»Ich wüsste gern, worum es bei diesem Auftrag ging, im Zusammenhang mit anderen Ermittlungen. Ihr Mann würde sich sicher auf seine Geheimhaltungspflicht berufen, aber vielleicht würde er auch einem Kollegen aus der Patsche helfen wollen, indem er mir wenigstens einen Hinweis gäbe.«

»Ich weiß nicht, was er machen würde. Ich kann ihn nicht mehr fragen.«

»Außerdem ist seine Klientin schon lange tot.«

»Oh.«

Ich schaute unzufrieden auf den gepflegten Vorgarten, wo zu beiden Seiten des Plattenwegs Staudenpflanzen wuchsen, deren verdorrte Blüten offensichtlich täglich herausgeschnitten wurden. »Ich wage es kaum zu fragen, aber vielleicht haben Sie seine alten Unterlagen noch …«

»Govert hat alles vernichtet, gleich nachdem er aufgehört hatte zu arbeiten. Das hielt er für korrekt.«

»Ja«, stimmte ich zu, »das ist es auch. Sie können sich also nicht an den Fall erinnern?«

»Doch, natürlich«, antwortete sie spöttisch.

Ich unterdrückte meine Gereiztheit. Sie sah meinen Gesichtsausdruck. »Mein Mann sagte immer, man solle grundsätzlich keine Fragen beantworten, die gar nicht gestellt worden sind.«

»Da hatte er auch völlig recht«, sagte ich, wohlwollender, als ich mich fühlte.

»Ich erinnere mich deswegen daran, weil eine Sendung im Fernsehen kam, als ihr Mann Minister wurde. Dabei wurde erwähnt, dass seine erste Frau mit dem Flugzeug abgestürzt war. Da habe ich zu Govert gesagt: ›War das nicht eine Klientin von dir?‹«

Sie lächelte wieder, etwas herausfordernd, als wolle sie im Tausch für ihre Frage eine Antwort hören.

»Hat er Ihnen erzählt, worum es ging?«

»Ja, sie dachte, ihr Mann habe ein Verhältnis.«

»Cleveringa?!?«

»Ja.«

»Hat Ihr Mann auch gesagt, mit wem?«

»Nein, ich habe keinen blassen Schimmer. Aber ich glaube, dass er das ganze Tamtam ein bisschen altmodisch fand, denn er machte einen Witz darüber. Seiner Meinung nach litt die Dame unter Verfolgungswahn.

Nun, aber jetzt ist sie ja tot. Ich rede nicht schlecht über meinen verstorbenen Mann, da möchte ich auch nicht schlecht über andere Tote reden.«

Bei Rechtsanwälten braucht man es mit dem ›Mümo Meulendijk‹-Gemurmel – in der Hoffnung, sie würden denken, man bekleide eine offizielle Funktion – erst gar nicht zu versuchen. Ein alter Fuchs wie Julius Brinkman würde einen sofort unter einem Vorwand im Wartezimmer einsperren und die Polizei rufen.

Brinkman war der älteste Partner in einer Gemeinschaftskanzlei von fünf oder sechs Juristen, die zusammen mit ihren Gehilfen und Sekretärinnen in einer üppig ausgestatteten Utrechter Villa am Wilhelminapark residierten.

Alle waren sehr beschäftigt, niemand hatte Zeit. Ich hatte keinen Termin und sah nicht aus wie ein wohlhabender zukünftiger Mandant. Also saß ich eine halbe Stunde in einem stillen Wartezimmer und blätterte alte Zeitschriften durch, bevor mich eine Sekretärin zu ihm brachte.

Brinkman musste das Pensionsalter schon um einige Jahre überschritten haben. Er war klein, recht untersetzt und trug einen dunklen Maßanzug. Er hatte graues Haar und scharf blickende, dunkle Augen, die durch eine Professoren-Brille hindurch mit angeborenem Argwohn meinen Ausweis studierten. Sein Büro sah aus wie das eines betuchten Rechtsanwalts auf dem Land, bei dem die lebenslange Beschäftigung mit Testamenten und Erbschaften eine Vorliebe für Antiquitäten hinterlassen hat. Ein hohes Fenster bot Aussicht auf den Garten. Das Sonnenlicht schien nur zögerlich hinein, als wisse es nicht recht, ob es sich zwischen den schweren Gardinen aus kardinalrotem Samt, den soliden Schränken und der Abwesenheit von modernen Geräten zur Textverarbeitung und Datenspeicherung wohl fühlen solle. Ein Tastentelefon schien die Grenze dessen darzustellen, was Brinkman an zeitgemäßer Technik akzeptierte.

»Meulendijk«, sagte er. »Der verdient mehr als wir.«

»Ein reines Herz wird manchmal belohnt«, sagte ich, nur um überhaupt etwas zu sagen.

»Nur in Ausnahmefällen.« Er lächelte nicht, schob aber die Karte wieder zu mir. »Ich habe nicht viel Zeit.«

»Ich bin mit den Hintergrundrecherchen um eine Dame betraut, die bis Anfang 1980 hier gearbeitet hat, wahrscheinlich als Sekretärin. Sie kam aus Belgien; ihr Name ist Clara Mending.«

»Das ist lange her.« Sein Gedächtnis funktionierte tadellos. »Ich erinnere mich an Clara. 1975 hat sie hier als Schreibkraft angefangen. Dann wurde sie die Sekretärin von einem unserer jüngeren Partner, Huygestee. Nun ja, damals war er noch jung. Wir werden eben alle älter.«

»Können Sie sich noch daran erinnern, ob ihr gekündigt wurde oder ob sie selbst gekündigt hat?«

»Sie hat von sich aus gekündigt. Ich glaube, sie wollte heiraten. Es kam sehr überraschend.«

»Wissen Sie, wen sie heiraten wollte?«

»Nein.«

»Gibt es hier eventuell jemanden, vielleicht eine frühere Kollegin, die sich noch daran erinnern könnte?«

»Höchstens unser Faktotum, Els de Graal. Sie ist die einzige Angestellte, die schon damals bei uns war und auch heute noch hier arbeitet. Sie macht die Buchführung.«

»Könnte ich vielleicht mit ihr sprechen?«

»Worüber?«

»Über Clara Mending.«

»Das ist mir klar, aber worum geht es bei Ihrer Untersuchung?«

Die Atmosphäre kühlte sich ein wenig ab, als habe die Sonne Recht. Vielleicht wäre ich besser auch nicht hierher gekommen, sondern stattdessen mit seiner Sekretärin in die Sauna gegangen.

»Clara Mending war mit einer Person befreundet, die vermisst wird. Nun ja, wahrscheinlich ist sie verunglückt, aber wir wollen dahingehend ganz sicher sein.«

»Und wer ist diese vermisste oder verunglückte Person?«

»Cleopatra Cleveringa.«

Brinkman schaute mich fünf Sekunden lang reglos an. »Hat das Ganze mit dem Skelett zu tun, das unter dem Tennisplatz der Cleveringas gefunden wurde?«

»Sie wissen also davon?«, fragte ich ausweichend.

»Sieht so aus, ja. Einen Augenblick.«

Ich konnte nur schweigend zusehen, wie er eine Schublade aufzog, ein kleines Buch aufschlug, den Hörer von seinem Apparat nahm und so langsam anfing, eine Nummer zu wählen, dass ich befürchtete, die Technik würde zwischendurch versagen. Telefone sind heutzutage nicht mehr für die Finger von alten Leuten gemacht und lassen einen im Stich, sobald man länger als einen Herzschlag zwischen den Zahlen pausiert.

Aber vielleicht hatte Brinkman ein besonderes Verhältnis dazu. »Hier ist Julius«, sagte er in den Hörer. »Bei mir ist gerade ein Herr Max Winter …«

Mehr war offensichtlich nicht nötig und er schaute mich stirnrunzelnd an, während er der Stimme an seinem Ohr lauschte.

»Ja, das tue ich. Du auch. Bis bald«, sagte Brinkman schließlich.

Er legte langsam auf und schob mit einem Finger seine Brille zurück auf die Nase. »Ich kann Ihnen nicht weiterhelfen«, sagte er förmlich. »Ich habe gehört, Ihre Untersuchung habe sich erübrigt, da der Mordfall gelöst ist. Es gibt nicht den geringsten Zusammenhang zwischen dieser Sache und dem Mädchen, das hier gearbeitet hat, oder der ersten Ehefrau.«

Jetzt begriff ich. Die Person, die er angerufen hatte, war nicht Meulendijk, wie ich zunächst vermutet hatte, sondern jemand, der beim Namen Julius sofort Bescheid wusste und den er gut genug kannte, um ihn zu duzen.

»Ist Cleveringa Ihr Mandant?«, fragte ich.

Er drückte auf einen Knopf.

»War er es vor fünfzehn Jahren auch schon?«, beharrte ich.

»Soweit ich weiß, hat er noch nie einen anderen Rechtsanwalt gehabt.«

Eine Sekretärin kam herein. Der Gedanke an eine kleine Chance schoss mir durch den Kopf und ich stand hastig auf, in der Hoffnung, dass Brinkman zu gut erzogen war für Bemerkungen wie: Emmy, werfen Sie diesen Betrüger hinaus.

Brinkman sagte: »Hanna, Herr Winter ist hier fertig.«

Ich lächelte breit und dankte ihm für seine Mitarbeit, bevor er die falschen Dinge hinzufügen konnte.

Die Sekretärin ließ mich höflich vorausgehen und schloss die Tür. Als ich neben ihr über den Flur ging, sagte ich: »Ich muss nur noch kurz zu Frau de Graal, Ihrer Buchhalterin, dann bin ich fertig.«

Das Mädchen zeigte nicht den geringsten Argwohn. »Da entlang bitte. Worum geht es?«

»Steuerberatung«, sagte ich. »Das übliche Theater. Die fünfjährliche Betriebsprüfung rückt näher.«

Das Mädchen klopfte an die Tür und kündigte mich an. Eine Dame mit kurzem grauem Haar umringt von Aktenschränken, Computern und Kopierern blickte auf.

»Vielen Dank, ich finde nachher schon selbst hinaus«, sagte ich zu der Sekretärin und wartete, bis sie die Tür geschlossen hatte, bevor ich auf das Faktotum zuging, um mich vorzustellen.

Els de Graal musste die fünfzig schon um etliches überschritten haben. Sie hatte ein freundliches Gesicht, fast mütterlich, aber es war ein frustrierter Ausdruck in ihren Augen. Sie sah aus wie die ewige, unverheiratete Sekretärin oder Buchhalterin, für die das Büro ihre ganze

Welt ist und die denkt, auch wenn ihr Name zu Unrecht nicht im Briefkopf steht, sei sie unersetzlich und schmisse im Grunde den Laden, jahrein, jahraus, bis zur unvermeidlichen Enttäuschung. Für Menschen wie Els de Graal ist die goldene Uhr zum Abschied so etwas wie der Todeskuss.

»Herr Brinkman sagte mir, Sie seien die Einzige hier, die mir helfen könne«, sagte ich.

Sie lächelte zuvorkommend. »Was kann ich für Sie tun?«

»Darf ich mich setzen? Ich arbeite für Staatsanwalt Meulendijk. Wir sind auf der Suche nach einer ehemaligen Angestellten von Ihnen, Clara Mending.«

Sie korrigierte mich nicht wegen des besitzanzeigenden Fürworts. »Clara? Ja, ich erinnere mich an sie. Sie hat ungefähr sechs Jahre hier gearbeitet. Ist etwas mit ihr?«

»Wir versuchen, ihren Aufenthaltsort zu ermitteln, im Auftrag ihrer Familie.«

»Aus Belgien?«

»Ja. Hat sie Ihnen erzählt, wo sie hinwollte, nachdem sie hier gekündigt hatte?«

»Nein, leider nicht. Das war Anfang 1980.«

»Sie kündigte hier, weil sie heiraten wollte?«

»Das sagte sie jedenfalls.« Sie runzelte die Stirn, als rege sie sich noch heute ein wenig über das mangelnde Vertrauen Claras auf. »Sie verhielt sich in den letzten Wochen ein wenig merkwürdig. Sie wollte noch nicht einmal sagen, wen sie heiratete. Ich würde es dann schon auf der Einladungskarte lesen. Vor dieser Zeit hatte sie nie Geheimnisse vor mir.«

»Sie wussten also auch, dass sie mit Frau Cleveringa befreundet war?«

»Die arme Frau! Man fliegt in Urlaub und …«

»Ja, eine tragische Geschichte«, unterbrach ich sie behutsam. »Wissen Sie, wie sich die beiden kennen gelernt haben?«

»Natürlich.« Ihr Gesicht hellte sich auf. »Ich selbst war mehr oder weniger die Ursache. Es war hier im Büro. Das Ehepaar hatte einen Gesprächstermin bei Herrn Brinkman. Frau Cleveringa kam nach einer Weile heraus und ging ins Wartezimmer. Da es ziemlich lange dauerte, habe ich Clara zu ihr geschickt, um zu fragen, ob sie Tee wollte. So haben sie sich kennen gelernt. Clara blieb ungefähr eine Stunde lang im Wartezimmer. Sie war aufgeregt und ganz begeistert von Frau Cleveringa, die sie sofort Cleo nannte. Sie sagte, sie sei sonntags nach Buchenstein eingeladen, dem Landhaus der Familie draußen an der Vecht.«

Ich wusste nicht, wie viel Zeit ich hatte. Brinkman brauchte nur einen Brief diktieren zu wollen und schon würde er von seiner Sekretärin erfahren, dass sie diesen netten Steuerberater zur Buchhalterin gebracht hatte.

»Herr Brinkman hat Recht, was Ihr Gedächtnis betrifft«, sagte ich. »Wissen Sie noch, worum es bei der Besprechung ging?«

»Ich glaube, um finanzielle Dinge, es handelte sich wohl um die Regresspflicht bei Schulden. Warum?«

Ich schüttelte den Kopf. »Als Sie sagten, dass Frau Cleveringa vorzeitig die Besprechung verließ, dachte ich, es hätte vielleicht etwas über ihre Stimmung ausgesagt.«

Das Faktotum schaute mich mit einem etwas vorwurfsvollen Blick an. »Clara war ein gutes Kind, ein nettes Mädchen, niemand brauchte in einer bestimmten Stimmung zu sein, um sich mit ihr anzufreunden.«

»Der Altersunterschied zwischen den beiden war doch erheblich.«

»Das hat nichts zu sagen.«

Ich zeigte ihr das Foto aus Ypern. »Das ist doch Clara?«

»O ja«, sagte sie erfreut, als sähe sie eine alte Bekannte wieder. »Wer ist denn die andere Frau?«

»Eine belgische Freundin von ihr.« Ich schwieg einen Moment. »Es muss ein schwerer Schlag für Clara gewesen sein, als sie hörte, dass Frau Cleveringa verunglückt war.«

»Ich weiß nicht.« In ihrer Stimme schwang ein abweisender Ton mit.

»Sie meinen, weil Clara hier schon weg war?«

»Nun ...« Sie zögerte. »Mit der Freundschaft war es vorbei, noch bevor Clara kündigte.«

Ich verbarg meine Überraschung. »Wie kam das denn?«

»Das weiß ich nicht. Ich merkte es daran, dass Frau Cleveringa einmal ins Büro kam, ohne bei Clara vorbeizuschauen, obwohl sie sie sonst immer besuchte. Clara erzählte mir, sie hätten sich gestritten.«

»Hat sie gesagt, worüber?«

Sie schüttelte den Kopf. »Aber wie dem auch sei, es ist eine tote Spur, nicht wahr?« Sie erschrak über ihre eigene Bemerkung und fügte hastig hinzu: »So meine ich es natürlich nicht, ich meine nur, dass Frau Cleveringa Ihnen nicht mehr helfen kann, Clara zu finden.«

Ihr Telefon begann böse zu summen. Ich bedankte mich bei ihr und machte mich rasch auf den Weg.

Die milde Form von Paranoia, die man nach einem halben Leben bei der Polizei und in speziellen Ermittlungseinheiten zurückbehält, lässt einen über die Schulter und in den Rückspiegel schauen und allerlei kindische Routinemaßnahmen erfinden. Eine davon ist, eine Büroklammer zwischen Tür und Türrahmen zu stecken, auf die Seite, wo sich die Scharniere befinden. Kein Mensch sieht sie, aber sie fällt lautlos und höchstwahrscheinlich unbemerkt herunter, wenn jemand mit Hilfe von Nachschlüsseln oder anderen fantastischen Instrumenten, mit denen Filmschauspieler ausgerüstet werden, in die Wohnung eindringt. Wenn Brecheisen verwendet wurden, sieht man es auch ohne die Büroklammer. Für gewöhnlich merkt man es sogar schon auf der Straße, an den Blaulichtern vorm Haus.

Ich sah das stumpfe Glänzen der Büroklammer auf dem goldbraunen Teppichboden im Flur. Ich schaute die Treppe zur Dachwohnung hinauf und berechnete die Wahrscheinlichkeit, ob vielleicht Setsuko die Tür mit speziellen Zen-Strahlen geöffnet hatte und drinnen wartete, um einen müden Samurai mit einer japanischen Massage zu überraschen.

Die Wahrscheinlichkeit war gleich null.

Meine Beretta lag in einer Schublade auf der anderen Seite der Tür. Ich trage sie nur in Notfällen bei mir, weil sie unhandlich und schwer ist, obwohl es sich um ein kleines Modell handelt. Im Hosenbund ist sie immer im Weg, die Hosentaschen beulen beim Tragen aus und sogar in einem Schulterholster aus weichem Leder ist sie, vor allem, wenn der Besitzer sommerliche Kleidung trägt, ungefähr so unauffällig wie ein Maikäfer in einem Glas Wodka, es sei denn, man ist sinnlos betrunken.

Ich steckte meinen Schlüssel ins Schloss und blieb seitlich vom Eingang im Flur stehen, während ich die Tür aufdrückte. Nichts geschah. Niemand ergriff die Flucht über den Balkon, niemand schoss, niemand räusperte sich oder spielte Geige in der Hoffnung, ich würde ihn für Setsuko halten.

Ich ging hinein. Es war nichts Ungewöhnliches zu sehen. Niemand hatte die Sammlung der von Marga fabrizierten Kräutertöpfe in der Kochnische durchsucht. Alle Ordner standen an ihrem Platz in meinem Büro. Es herrschte kein anderes als das normale Chaos, der Computer war kalt und die Beretta lag unberührt in ihrer Schublade.

Die Büroklammer musste von selbst herausgefallen sein. Vielleicht hatte es ein Erdbeben gegeben, wie sie offenbar auch in den Niederlanden vorkommen, bis zu einer Stärke von anderthalb bis zwei auf der Richterskala.

Mir wurde klar, dass ich das Erdbeben vergessen konnte, als ich auf den Knopf meines Anrufbeantworters drückte. Er war leer. Jemand hatte das Band abgehört und gelöscht. Es erschien mir recht unwahrscheinlich, dass nach zwei Tagen Abwesenheit und wiederholten Versuchen Meulendijks, mich zu erreichen, nichts darauf sein sollte.

Ich nahm den Hörer ab und rief Meulendijk an. Ich machte mir keine Sorgen wegen der Fingerabdrücke, weil ich davon überzeugt war, dass der Täter es bereits vor mir getan und Handschuhe getragen hatte.

Bernard war im Büro und auf seine Art ziemlich verstimmt.

»Ich hoffe, dass du einen guten Grund für deine Unerreichbarkeit hast«, begann er direkt. »Ich erwarte, von dir auf dem Laufenden gehalten zu werden, wenn du an einem Auftrag ...«

»Ich hatte bisher wenig zu melden.«

»Und du kommst nicht auf die Idee, dass ich dir vielleicht etwas zu melden hätte?«

»Das ist mir kurzfristig entfallen«, sagte ich. »Aber jetzt ist es doch schon zu spät, oder?«

»Nicht für mich. Ich bin bis sieben Uhr im Büro.«

»Hattest du mir auf den Anrufbeantworter gesprochen?«

»Mindestens dreimal. Bist du nicht zu Hause gewesen? Wo bist du denn jetzt?«

»Ich bin schon unterwegs.«

Ich zerbrach mir eine Zeit lang den Kopf über den geheimnisvollen Anrufbeantworter. Gert Verhagen, Hélène Cleveringa, ihr Mann, Barend Scholte: Ich hatte meine Karte überall hinterlassen, sogar in Ypern und Loosdrecht. Ich stand auch einfach im Telefonbuch. Vielleicht hatte es nichts mit diesem Fall zu tun, aber einen anderen Fall hatte ich nicht. Das Löschen einer liebevollen Nachricht von Marga erschien mir ein unsinniges Motiv für einen Einbruch.

Ich kontrollierte mein Faxgerät, das nichts ausgespuckt hatte, und ließ mir zur Sicherheit einen Empfangsbericht ausdrucken. Nichts stand darauf, was ich nicht tatsächlich empfangen hatte. Vielleicht verfügten sie auch über eine Technik, die zu hoch für mich war und mit der sie Empfangsberichte löschen konnten, aber vorläufig nahm ich an, dass sie nur an meinem Anrufbeantworter interessiert gewesen waren.

Die Firma Meulendijk arbeitete noch mit halber Kraft, selbst jetzt, nach Büroschluss. Der Betrieb funktionierte ähnlich wie eine Polizeiwache, mit Dienstplänen und Nachtschichten, allerdings waren die Mitarbeiter höflich und kurz angebunden am Telefon und trugen gepflegte Anzüge und enge Kostüme an Stelle von Uniformen und Schulterholstern. Alles hier war teuer: das Gebäude, die Einrichtung, die Technik und die Menschen. Ich hatte mich gelegentlich gefragt, woher ein Staatsanwalt das Kapital nahm, um so etwas aufzuziehen. Vielleicht ließen die Banken seinen guten Ruf als Sicherheit gelten.

Die fünfzigjährige Rezeptionistin hatte ebenfalls Abenddienst. Sie spielte die Rolle des Wachkommandanten und zögerte sichtlich, bevor sie mich ohne Begleitung nach oben gehen ließ.

In einem Gebäude voller Detektive und ehemaliger Polizisten bleibt niemand lange anonym und die Sache mit dem diskreten freien Mitarbeiter war natürlich nicht unentdeckt geblieben. Die Festangestellten verdienen mehr als ich und bekommen noch dazu eine Pension; deshalb können sie höchstens neidisch darauf sein, dass ich mir von Meulendijk nichts gefallen lassen muss.

»Nichts gegen Meulendijk«, sagte Lucy Haarmans in einem Anflug von Aufmüpfigkeit. »Es ist nur diese verdammte Präzision. Niemand kann hier auch nur ein ganz kleines bisschen korrupt sein.«

»Du meinst, anders als bei der Polizei?«

»Du weißt ganz genau, was ich meine. Du hast dich doch selbst davongemacht, weil du keinen Schreibtischjob wolltest.«

»Und was machst du jetzt hier?«, fragte ich.

»Recht hast du!«, antwortete sie im typischen, resoluten Herengrachtton.

Meulendijk saß aufrecht hinter seinem Schreibtisch. »Nun«, sagte er und streckte die Hand aus, aber nicht, um sie mir zu drücken, sondern als erwarte er, dass ich ihm etwas geben würde.

Ich betrachtete den weißen Streifen auf seinem Schädel, der sein pechschwarzes Haar in der Mitte teilte, als bestehe sein Kopf aus zwei zusammengesetzten Hälften. Seine Frisur verlieh ihm den völlig unpassenden Anstrich eines in die Jahre gekommenen Dandys aus der Zeit meiner Großmutter. Er hätte kahl oder grau sein müssen, aber nicht so schwarzhaarig, dass man sich fragte, ob er sein Haar färbte, was aber genauso wenig zu ihm passte. Man hätte sich ein ganzes Jahr dem Studium von Bernard Meulendijk widmen können, nur um letztendlich zu dem Schluss zu kommen, dass die Frisur das einzig Ungewöhnliche war und es außer seiner Unbestechlichkeit und seinem Beamtengehirn weiter nichts Besonderes an ihm gab.

»Kann ich jetzt deinen ...«, sagte er, als wolle er seine ausgestreckte Hand erklären.

Ich suchte in meiner Jackentasche herum und holte meine Gauloises heraus.

»Tu mir einen Gefallen«, sagte er. »Hier drin wird nicht geraucht.«

»Der Saal unten ist aber ganz verqualmt.«

»Deswegen lasse ich die Leute ja hier zu mir kommen, anstatt sie da ...«

Ich steckte die Zigaretten weg. »Ich habe nichts zu melden.«

Er schaute mich an, als bereue er im Nachhinein den Moment der Schwäche, in dem er mir die Erlaubnis erteilt hatte, ihn Bernard zu nennen. Für ihn war diese Geste wahrscheinlich der kleine Finger, den man Untergebenen reichte und sie damit ungewollt veranlasste, sich dicke Zigarren anzuzünden und die Füße auf seinen Schreibtisch zu legen.

»Wenn du dir die Mühe machen würdest, deinen Anrufbeantworter abzuhören, wüsstest du, dass ich nur noch deinen Bericht brauche, um meinem Klienten etwas in die Hand zu geben, was die Kosten rechtfertigt. Du kannst deine Abrechnung bei Kuiters einreichen. Wir schließen die Untersuchung ab.«

In meinem Kopf summte etwas. Ich wurde von einem unerklärlichen Gefühl der Traurigkeit überfallen, als blickte ich ein letztes Mal auf den Garten Eden, den schönsten Ort der Welt, während sich am Horizont ein seltsames Dröhnen näherte, das von einer Armada von Bulldozern stammte. Ich wusste nicht, wen oder was ich verlor, geschweige denn was dieser Verlust bedeutete. Es war vollkommen unerklärlich.

»Bernard, ich habe dich noch nie den Pluralis Majestatis benutzen hören«, sagte ich. »Das passt nicht zu dir. *Wir* schließen die Untersuchung ab?«

»Es ist meine Entscheidung«, sagte er. »Du hast doch nichts Wichtiges …?«

»Ist deine Klientin mit deiner Entscheidung einverstanden?«

Er starrte auf einen Punkt über meinen Augenbrauen, als wolle er sich nicht anmerken lassen, dass er über das Bekanntwerden seiner Auftraggeberin verärgert war. Es konnte aber auch sein, dass er in seinem Gehirn nach vollständigen Sätzen suchte. »Die Frau unter dem Tennisplatz ist eines der Opfer von Hugo Balde. Du hättest dir nur die Nachrichten anschauen müssen, um das zu erfahren. Dann hättest du inzwischen auch schon einen Bericht über deine Ermittlungsarbeiten verfassen können.«

»Sollen nur die Ermittlungen erwähnt werden oder auch eine Schlussfolgerung?«

»Die kann meine Sekretärin noch hinzufügen. Dass unsere Untersuchungen keinen Zusammenhang mit der verunglückten ersten Ehefrau, Cleopatra Cleveringa, ergeben haben.«

»Hatte sich diese so genannte Irma einmal das Bein gebrochen?«

»Ich glaube, wir sollten alles Weitere der Polizei überlassen.«

»Dieser andere ›Wir‹, ist das der frühere Minister?«

Ganz kurz spannte sich seine Kiefermuskulatur an. »Ich verstehe dich. Du hast bei diesem Fall nicht die erwarteten Einkünfte erzielt. Ich werde dir so bald wie möglich eine neue Aufgabe übertragen.«

»Erst weg mit den alten«, murmelte ich.

»Wie bitte?«

Ich schüttelte den Kopf. Ich war noch ein junger Polizist gewesen, als in Amsterdam eine Demonstration stattfand, an der anderthalb Millionen Niederländer teilnahmen. Am besten konnte ich mich noch an den lakonischen Text erinnern, mit dem ein Demonstrant in acht Worten die Wesensart eines ganzen Volkes ausdrückte: *»Keine neuen Atomraketen! Erst weg mit den alten!«* Doch für Humor war Meulendijk nicht empfänglich.

»Du arbeitest für mich«, sagte Bernard. »Ich hoffe, du vergisst das nicht.«

Es klang, als wären Wasser und Brot meine einzige Alternative. Wegen der Bulldozer am Horizont überfiel mich ein unerklärliches Gefühl von Verfolgungswahn und ich beschloss, weder etwas von Clara Mending noch von den Ansichtskarten oder der sonderbaren Häufung der Ereignisse im Jahre des Herrn 1980 zu erwähnen.

Ich versicherte ihm, dass mein Bericht und ganz gewiss auch meine Abrechnung ihm mit der nächsten Post zugehen würden.

5

Intermezzo

Malta. Touristenwetter und schlechter Kaffee, aber Marga war verrückt nach Überraschungsausflügen und ich liebte Marga und so waren wir gemeinsam hier gelandet.

Wäre ich ein klein wenig geistesgegenwärtiger gewesen, hätte ich das Postkartenrätsel von CyberNel mit Hilfe von Computern und dem Internet lösen lassen können, da die meisten Ansichtskarten – wenn nicht der Hersteller einfach hinten drauf angegeben ist – Nummern und Codes besitzen, durch die sie so leicht zu identifizieren sind wie ein Buch durch seine ISB-Nummer.

Die Malteserin im Touristenbüro von Valletta konnte uns sofort helfen. »Das ist eine ganz alte Serie«, sagte sie, nachdem sie ein wenig auf ihrer Computertastatur herumgetippt hatte. »Von 1963. Man findet sie höchstens noch in der Dorfkneipe.«

›*The local pub*‹ sagte sie natürlich mit dem romantischen italienisch-hebräischen Akzent der meisten Malteser.

Ich fragte sie, welches Dorf sie meinte, und sie betrachtete stirnrunzelnd die Abbildung der Bucht mit dem bescheidenen Saum eckiger alter Gebäude.

»Das ist natürlich Xlendi.«

»Natürlich.« Marga erwiderte ihr Lächeln. »Und wie kommen wir dorthin?«

»Mit der Fähre. Xlendi liegt auf Gozo.«

»Schön!«, sagte Marga. »Mit einem Boot.«

Sie hatte im Grand Harbor eine *Dghajsa* gesehen, in deren Mitte ein mürrischer alter Mann stand, der wie seine Berufskollegen in Venedig mit langem Ruder das Boot fortbewegte, während ein junges Paar auf der hinteren Bank von Familienplanung träumte.

In den Niederlanden ist Marga vernünftiger als ich, doch außerhalb der Landesgrenzen, und zwar vor allem an Orten, die nach Fischernetzen riechen und wo alles sonniger und heißblütiger aussieht, steigen gefährliche Gedanken in ihr auf, zum Beispiel über die liebevolle Produktion talentierter Söhne, die alle Alexander heißen sollen.

Sie lehnte sich an mich, warm und weich auf einer harten Bank auf der kleinen Fähre nach Mgarr. Ich blies ihr die Haare aus der Stirn, pustete die kleinen Schweißtröpfchen an und lauschte dem Brummen des Motors. Der alte Steuermann schaute aus seiner gläsernen Kabine neidisch zu mir herüber, weil ihm seine Religion verbot, seine sonnengegerbte Schmerzensfrau gegen die schöne Marga einzutauschen, die in meinen Armen schlief, eine Hand auf meinem Oberschenkel, ihre rosigen Kurven sichtbar unter dem goldbraunen Stoff ihrer halb offenen Bluse.

Ich dachte an Clara und an mein auf wenigen Tatsachen beruhendes Gefühl, sie könne ein – inzwischen als tabu geltendes – Rätsel lösen, wenn es mir gelänge, sie zu finden. Es war noch immer dasselbe abstrakte Gemälde: Ich erkannte ein paar Teile, aber nicht das Ganze. Ich machte mir vor, deswegen sei ich gar nicht hierher gekommen, sondern ich hätte lediglich aus purer Unzufriedenheit über einen nicht zu Ende geführten Auftrag den trotzigen Entschluss gefasst, mich ein paar Tage mit Marga aus dem Staub zu machen, um das ganze Theater zu vergessen. Marga war natürlich nicht darauf hereingefallen und hatte mich sofort mit der Frage in die Enge getrieben: »Schön, aber warum nach Malta?«

»Weil im Reiseführer steht, zu dieser Jahreszeit sei es dort wunderschön.«

»Sogar die Lofoten sind wunderschön zu dieser Jahreszeit«, erwiderte Marga. »Jedenfalls, wenn man ein

Auge dafür hat, ich meine, wenn man nicht mit einem Buch in der Kajüte sitzt, während einem das vollständige Mysterium des Lebens offenbart wird, wenn man sich nur einmal die Mühe macht, in das Wasser der Fjorde zu blicken.«

Dass Marga Künstlerin war, konnte man nicht überhören. »Manchmal machen mich Mysterien ganz nervös.«

Schon von weitem konnte man das Kuppeldach des Doms von Xewkija erkennen, aber wir fuhren sofort weiter in die Hauptstadt von Gozo, Victoria, in einem Bus, der, wie alles auf Malta, unter dem Schutz einer von kleinen Lämpchen erleuchteten Madonna stand.

Nicht nur von dem schönen Wetter hatte ich gelesen, sondern auch, dass man trotz der Madonna nicht mit regelmäßigen Abfahrtszeiten der öffentlichen Verkehrsmittel rechnen dürfe, so dass ich in Victoria auf dem von Bussen gemiedenen It-Tokk-Platz vorschlug, uns wie Touristen zu verhalten und die Zitadelle zu erklimmen, von wo aus uns der Reiseführer eine wunderbare Aussicht über die ganze Insel versprach.

»Ich lasse es mir gefallen, wenn du wegen des Modells der Ggantija-Tempel und dem Steinphallus dort hinauf willst, aber nicht, wenn du wegen der Frau gehst«, sagte Marga, die mir den Reiseführer aus der Hand genommen hatte.

An einem Stand auf der anderen Seite des Platzes wurden Schwertfische in Stücke gehackt und der Geruch von Flossen, Eingeweiden und anderen Fischresten, die vom Tisch hinunter auf die Pflastersteine geschoben wurden, hing schwer über dem Platz. Ich schaute mich nach einem Ort um, wo ich unser Gepäck in Aufbewahrung geben konnte. Einer der Gründe, warum meine Verliebtheit in Marga nicht nachließ, war, dass sie mit leichtem Gepäck reiste. Die meisten anderen Frauen können ohne Riesenkoffer, Hutschachteln und Beautycase noch nicht einmal ein Wochenende wegfahren.

Marga dagegen fand schon einen kleinen Koffer für uns beide sowie eine bescheidene Reisetasche übertrieben.

»Welche Frau?«

Sie wies mit dem Kinn auf den Reiseführer. »Die römische Frauenfigur aus dem ersten Jahrhundert nach Christus.«, zitierte sie. »Leider ohne Kopf.«

»Nach Christus?«

»Versuch jetzt nicht, von dem Tennisplatz abzulenken.«

»Ich bin ausschließlich wegen deines Körpers hier«, sagte ich.

Ihr sonniges Lächeln war nicht für mich bestimmt, sondern für ein staubiges Taxi, das in diesem Moment auf den Platz geschlichen kam. Auf Margas aufgeregtes Winken hin begann das Taxi, Maulesel aus dem Weg zu hupen, und nahm Kurs auf uns. Ein zahnloser Mann in einem Karohemd stieg aus und fragte: »Taxi?«

Das Vehikel sah nach Eisendraht und freiem Unternehmertum aus, aber auf dem mit Messerstichen durchbohrten Armaturenbrett aus Plastik war eine zwanzig Zentimeter hohe Madonna befestigt.

»Hotel Sankt Patrick in Xlendi«, sagte ich.

Der Taxifahrer verstaute unser Gepäck zwischen kaputten Kaninchenkäfigen und Jutefetzen in seinem Kofferraum und erklärte, dass er das Hotel Sankt Patrick in Xlendi mühelos für uns finden könne und dass es eine ideale Wahl für so ein junges Paar auf Hochzeitsreise sei.

»Kein Wort über Alexander«, murmelte ich und schob Marga vor mir her auf die Rückbank.

»Ah, Sie möchten auch nach hinten.« Der Taxifahrer nickte verständnisvoll, mit einem Blick auf Margas Schenkel, die durch die Herumrutscherei reichlich entblößt waren.

Marga zog den Rock über die Knie. Ich setzte mich auf den Sitz neben ihr und schlug die Autotür zu, wobei die Seitenscheibe mit einem Schlag heruntersackte.

Der Taxifahrer hielt an, drehte sich um und beugte sich

über die Rücklehne seines Sitzes, als hätte er Probleme mit seinem Gedächtnis.

»Hotel St. Patrick?«

»Es gibt kein anderes Hotel«, sagte ich.

»Ich trage sonntags in der Kirche einen Schleier«, bemerkte Marga tugendhaft.

»Das ist gut.« Der Taxifahrer schaute geradeaus und startete den Motor. Wir hatten Victoria noch nicht verlassen, als Marga sich nach vorn beugte und ihm auf die Schulter tippte. »Halten Sie bitte mal kurz an?«

Der Mann schaute verwundert in seinen gesprungenen Rückspiegel. Marga musste ihre Aufforderung zweimal wiederholen, bevor er seinen Wagen links an die Seite fuhr.

»Das Taxameter funktioniert nicht«, sagte Marga.

»Ich bin ja schon froh, dass der Motor funktioniert«, murmelte ich.

»Du solltest deine Reiseführer immer genau lesen.«

Der Taxifahrer hörte unserem Wortwechsel in einer für ihn unverständlichen Sprache zu. Dabei schien er mit einem Schlag auch seine Englischkenntnisse verloren zu haben.

»Se mieter!« Marga zeigte darauf. *»Sis bloody sing in front of you. The money, the fare, the Scheißding.«*

Das Gesicht des Taxifahrers hellte sich auf und er legte einen Fingernagel auf die heilige Jungfrau.

»Want to buy?«

»Allah wird dich strafen.« Marga zeigte tiefer.

Der Taxifahrer schaute sein Taxameter an, als entdecke er dieses Ding zum ersten Mal. *»O, dis?«* Er klopfte vorsichtig mit den Knöcheln darauf, als wolle er es nicht kaputtmachen.

»Alter Trick«, sagte Marga und genoss sichtlich das nun folgende Geschacher, in dessen Verlauf sie sich schließlich auf einen Preis von eins Komma dreißig maltesischen Pfund einigten. »*Old trick.* Sie haben bestimmt auch kein Wechselgeld dabei?«

Mit einem Pfund dreißig hatte der Taxifahrer bestimmt kein schlechtes Geschäft gemacht, da Xlendi meinem Gefühl nach nur zehn Minuten von hier entfernt lag.

Die Sonne brannte auf den Halbkreis gelber und weißer Gebäude, an die ich mich von der Ansichtskarte her erinnerte. Die zur Linken wirkten, als würden sie von einem kahlen, kalksteinfarbenen Felsmassiv weggedrückt, das auf der Ansichtskarte nicht zu sehen war. Auf dem stärker bewachsenen anderen Ufer der Bucht, von wo aus das Foto aufgenommen worden sein musste, waren frei stehende Gebäude und eine Art dreistöckiges Apartmenthaus zu sehen.

Ein Mann schaukelte in einem grünen Ruderboot auf den glasklaren, türkisblauen Wellen. Vier oder fünf dunkel gekleidete Frauen, die mit Stricken oder Klöppeln beschäftigt waren, saßen auf Bänken, die in einer langen Reihe am Ufer aufgestellt und von etwa einem Dutzend Tamarisken umgeben waren.

Hier bei den Alten stand die Zeit still. Die Jüngeren waren auf dem Meer zum Fischen oder hatten sich auf dem reicheren Malta oder auf noch reicheren anderen Kontinenten ein besseres Auskommen gesucht, etwas, das sie offensichtlich schon seit Jahrhunderten taten, denn – ebenso wie in Surinam – wohnten mehr Malteser im Ausland als zu Hause.

Das Hotel St. Patrick war kaum zur Hälfte belegt, obwohl die laut Reiseführer gastfreundlichste Bevölkerung der Welt sich ziemliche Umstände gemacht hatte, als ich von Valletta aus versuchte, telefonisch ein Zimmer zu reservieren. Ein Deutsch sprechendes Paar saß auf der nicht sehr großen, überdachten Terrasse vor dem Hotel. Der Rest der Touristen befand sich wahrscheinlich auf Wanderungen über die Felsplateaus.

Der stämmige, stark behaarte Hotelbesitzer, der dunkle Augen hatte und auf der Wange eine Narbe von einem Malteser Ritterschwert, führte uns die knarrenden

Treppenstufen hinauf. Das Zimmer war geräumig, mit Meerblick, schweren Schränken, einem großen Spiegel und einem Gitterbett aus Kupfer. Es verfügte auch über ein großes Bad, das in Kombination mit dem Bett der Sonne genügend Zeit zum Untergehen ließ, bevor wir ins Restaurant hinuntergingen.

Während der Wirt geduldig wartete, bis Marga aus den *Timpanas, Ravjuls* und anderen Geheimnissen auf der Speisekarte schlau wurde, zog ich wie nebenbei das Foto von Clara und Irene heraus.

»Kennen Sie diese Dame?« Ich zeigte auf Clara. »Sie ist eine Freundin von uns und muss hier in der Nähe wohnen.«

Ich wollte ihm das Foto hinüberreichen, aber dem Mann genügte offensichtlich ein Blick darauf und er rührte es nicht an. Er runzelte die Stirn und schüttelte den Kopf. Vielleicht bildete ich mir das abwehrende Aufblitzen seiner Augen nur ein.

»Das *fenech* ist sehr lecker«, sagte er zu Marga. »Es ist unsere Spezialität – Kaninchen.«

»Prima, das nehme ich«, sagte Marga. »Mit Salat und Tomaten.«

Ich hielt weiterhin dickköpfig meinen Finger auf Clara. »Haben Sie diese Dame noch nie gesehen? Sie heißt Clara Mending oder Deleye.«

Er schaute das Foto nicht mehr an. »Viele Touristen kommen hierher.«

»Aber sie ist keine Touristin. Sie wohnt schon seit ungefähr zwanzig Jahren hier.«

»Möchten Sie Wein dazu?«

»Den Verdala«, sagte Marga.

Der Mann klemmte die Karte unter den Arm und ging.

Ich schaute Marga an. »Und, was sagst du dazu?«

»Dass wir besser auf die Lofoten gefahren wären.«

»Er hat Clara Mending erkannt.«

»Ja, eben deswegen.«

Marga zog sich zu den klöppelnden Damen am Ufer zurück, während ich mit Claras Foto in den wenigen kleinen Läden und dunklen Verkaufsnischen am Wasser hausieren ging, wo die örtlichen Klöppel- und Strickarbeiten angeboten wurden. Überall erntete ich Varianten derselben Reaktion: ein Blick auf das Foto, ein leichter Schreck und dann abweisend geschüttelte Köpfe oder Gesichter, die sich wie Austern schlossen und abwandten. Ich fing an, mich wie ein kleiner Straßenverkäufer in Kairo zu fühlen, der schmutzige Bildchen feilbietet, und verlor allmählich die Geduld.

»Warum sagen Sie mir nicht einfach, wo ich sie finden kann?«, schnauzte ich eine Frau an, die eine Auswahl an Spitzendeckchen vor mir ausbreitete, als sei ich deswegen gekommen. »Ihre Familie macht sich Sorgen. Das sagt Ihnen doch etwas: Familie, oder?«

Die Verkäuferin starrte weiterhin unbewegt auf die Deckchen auf der Ladentheke, doch die mindestens achtzigjährige Frau, die neben ihr stand und wahrscheinlich ihre Schwiegermutter war, hob den Kopf. Sie hatte kohlschwarze Augen und schaute mich so vernichtend an, dass ich mich umdrehte, ohne ein Wort zu sagen, und aus der dunklen Nische floh, bevor sie mich in eine Salzsäule verwandeln konnte.

Einen Moment stand ich mit einem Schwindelgefühl im Kopf in der Sonne, die auf die Bucht brannte. Die Wasseroberfläche erschien schwarz unter den hin und her schießenden Strahlen blendenden Lichts, das wie ein zitternder Deckmantel über verborgenen Geheimnissen lag. Schwarze Magie ist Blödsinn, hielt ich mir vor Augen. Malta ist ein zivilisiertes Land, selbst wenn sie ihren im Grunde katholischen Gott mit Allah anreden. Es liegt nur an der Hitze.

Die Stimmen der Touristen kehrten zurück und auch das arabisch klingende Maltesisch der alten Frauen, schwarze Flecken vor dem glitzernden Goldsilber der

Bucht. Ein dunkelhaariger junger Mann kam mit einer schweren Kiste voller Weinflaschen aus dem Hotel St. Patrick heraus. Als er an mir vorbeiging, wurde sein magerer Körper von einem Lichtstreifen verschluckt, so dass nur sein Kopf darüber zu schweben schien. Ich starrte sein Profil an und schüttelte mich aus meiner Betäubung. Marga kam zwischen den dunklen Schatten am Ufer hervor.

Der junge Mann erreichte einen kleinen Lieferwagen, der unter einem Baum geparkt war. Er balancierte die Kiste auf einem Knie, während er mit der freien Hand die Heckklappe öffnete, um den Wein hineinzustellen. Er schloss die Klappe, stieg ein und startete den Motor. Als er zurücksetzte, konnte ich den Text auf der fensterlosen Seite lesen, bevor der Lieferwagen in einer Wolke von aufgewirbeltem Staub an der Ostseite des Ufers verschwand: IRENE HOLIDAY APTS.

Ich spürte Margas Hand auf meinem Arm. »Geht's dir gut?«

»Ja.«

»Du siehst ja aus, als hättest du das göttliche Monster gesehen.«

Ich schüttelte den Kopf. »Welches Monster?«

»Marsagharalla.« Sie kicherte. »Die sind alle katholisch getauft, verstehen Englisch und fahren links, weil sie zum Empire gehört haben, nun ja, außer den alten Damen natürlich.«

»Die fahren rechts?«

»Das Marsagharalla wohnt in einer tiefen Unterwassergrotte in der Bucht. Das bedeutet auch sein Name: Buchtgrottengott. Sie wissen genau, an welchen Tagen man besser nicht in der Bucht schwimmen gehen sollte, weil sich das Ungeheuer ein Opfer holen könnte. Meistens erwischt es einen ruchlosen Einheimischen, manchmal aber auch einen zarten Touristen, der nichts von diesen gefährlichen Tagen weiß.«

»Du meinst das tatsächlich ernst!«

»Diese Damen meinen es ernst und ich kann es ihnen nachfühlen. Hast du vielleicht etwas Besseres herausgefunden?«

»Ich bin auf ausgesprochen tiefe Feindseligkeit und böse Blicke gestoßen, sobald ich das Foto zeigte. Wurde Clara vielleicht dazu verurteilt, totgeschwiegen zu werden, weil sie hier womöglich nackt am Ufer entlanggewandert ist? Sie ist hier oder sie ist hier gewesen, da bin ich mir ganz sicher. Jeder kennt sie.«

»Wenn man sie verflucht hat, ist sie vielleicht umgezogen. So ein kleiner Fluch wäre auch für mich Grund genug, wegzuziehen. Diese Weiblein sind ganz schön unheimlich.«

Ich legte ihr meinen Arm um die Taille und ging mit ihr zu einer der Ladennischen ein Stück weiter weg, wo eine weitere Schwiegertochter Malteser Mandelgebäck, *Kinnie* und Eis verkaufte. Vor der Nische standen zwei Metalltischchen und ein paar Stühle unter einem verschlissenen blauen Sonnenschirm.

Wir bestellten Eis und ich fragte die Schwiegertochter, wo ich die Irene Holiday Apartments finden könne.

Die junge Frau lächelte und zeigte auf die linke Seite der Bucht. »Dort hinten, man kann sie von hier aus sehen. Aber wenn Sie ein Zimmer suchen, kann ich Ihnen etwas Billigeres besorgen. Mein Bruder vermietet Zimmer, gleich hier hinten, und bei ihm kosten sie nur die Hälfte. Meerblick haben sie auch.«

»Vielen Dank«, sagte ich. »Wir werden darüber nachdenken.«

Ich schaute sie an, um meinen Augen im Dunkel der Nische ein wenig Ruhe zu gönnen.

»Hast du genug vom St. Patrick?«, fragte Marga.

»Xlendi ist eine Sackgasse«, sagte ich. »Ich könnte noch tagelang mit diesem Foto von Haus zu Haus gehen und nichts herausfinden.«

Marga lächelte, den Blick auf die Bucht gerichtet, als würde ihr das blendende Licht trotz ihrer Linsen keine Probleme bereiten. »Wir haben immer noch nicht die hübschen kleinen Sandstrände gefunden, von denen im Reiseführer die Rede ist.« Sie wies mit einer Kopfbewegung zum Ostufer hinüber. »Und die schönen Felsenplateaus da oben mit den hübschen kleinen Blümchen.«

»Es ist ja nur ein Strohhalm, an den ich mich klammere, und wahrscheinlich völlig unsinnig, aber du glaubst doch auch an Übersinnliches. Ich hatte ein Déjà-vu-Erlebnis, als ich vorhin ein Auto mit der Aufschrift IRENE HOLIDAY APTS. darauf gesehen habe. Vielleicht deshalb, weil mir Irene sympathisch war.«

»Irene?«

»Die Belgierin. Claras alte Schulfreundin. Lieb und Lück.«

Marga fing an zu kichern. Ich weiß nicht, warum, aber ich ärgerte mich darüber.

»Fällt dir etwas Besseres ein?«

»Ich habe mich nur gefragt, ob ich mir so etwas aufbauen könnte. Na ja, ich meine, das könnte ich mir ja noch vorstellen.« Sie kicherte wieder. »Aber ob ich es ›Max Urlaubsbungalows‹ nennen würde?«

Die junge Frau brachte Glasschälchen mit Eis und Früchten, die mit einer cremefarbenen Sauce übergossen waren. Marga machte sich darüber her. Sie liebt Eis. Ich schaute ihr beim Futtern zu.

»Okay«, sagte ich beschwichtigend. »Es ist bestimmt nur ein merkwürdiger Zufall. Dann lass uns eben die hübschen Blümchen pflücken gehen und eine Flasche Rosé für den Strand mitnehmen.«

Ein Tropfen schmelzendes Eis fiel von Margas Löffel auf den grün gestrichenen Tisch, als sie kurz beim Essen innehielt und mich vorwurfsvoll anschaute. »Es gibt keinen Zufall«, sagte sie.

Die *Irene Holiday Apts.* lagen am östlichen Rand der Bucht, umgeben von einem Gitterzaun mit Steinpfeilern und einem Garten voller Zitrus- und Olivenbäume sowie großer Kakteen. Das Ganze machte einen freundlichen und gastlichen Eindruck, trotz des eckigen Betongebäudes.

Der Lieferwagen stand neben dem dreistöckigen, gelb gestrichenen Hauptgebäude, das in Apartments mit Balkonen zur Meerseite unterteilt war. Das Haus wirkte wie aus Beton gegossen, aber es konnte auch aus aneinander geklebten Ytong-Steinen errichtet worden sein, da ein Kupferschild neben dem Haupteingang verkündete, der Grundstein sei von Dr. Johann Metz gelegt worden, und zwar am 12. Oktober 1980.

Diese Jahreszahl begann allmählich groteske, überdimensionale Proportionen anzunehmen, ähnlich wie der Berg Kokain unter Al Pacinos Nase in *Scarface.*

Die Eingangshalle wirkte nach dem grellen Licht draußen sehr düster: viel dunkles Holz, eine breite Holztreppe, rote Steinplatten, Topfpalmen und einige kleine, erleuchtete Nischen hinter einer bierflaschenfarbenen Bleiverglasung, ein bescheidener Empfangstresen mit einem Ständer für Prospekte und Ansichtskarten darauf und Schlüsselfächern an der Wand dahinter. Ich drückte auf die verchromte Klingel und betrachtete die Postkarten. Es gab mindestens fünf verschiedene Ansichten von Xlendi, aber alle jünger und von besserer Aufnahmequalität als die Karte, die Irene erhalten hatte.

Ein älterer Mann kam die Treppe herunter. Er war gedrungen gebaut, mit dicken Händen und schweren Schultern unter einem khakifarbenen Jackett. Er hatte ein freundliches, gerötetes Gesicht mit blauen Augen und Augenbrauen, die ebenso wie sein kräftiges, kurzes Haar schneeweiß waren.

»Guten Tag. Ich bin Johann Metz. Sind Sie mit dem Taxi gekommen? Wo ist Ihr Gepäck?« Seinem Englisch fehlte der singende Tonfall der Malteser; sein Akzent klang eher deutsch. Johann.

»Im Hotel St. Patrick«, antwortete ich. »Mein Name ist Max Winter.«

Marga gab ihm ebenfalls die Hand und stellte sich vor.

Metz war verwirrt. »Pardon«, sagte er. »Ich erwarte ein Ehepaar aus London. Aber ich habe noch genug frei, falls Sie ein Apartment suchen.«

»Ich hätte nur ein paar Fragen; wenn Sie vielleicht einen Moment Zeit für uns hätten ...«, begann ich.

»Sie stammen aber nicht aus Gozo«, sagte Marga freundlich.

»Nein, aus Dortmund in Deutschland, aber das ist schon eine Weile her. Man hört es natürlich immer noch an meinem Akzent. Sie kommen bestimmt aus Holland, stimmt's?«

Marga nickte. »Wohnen Sie schon lange hier?«

»Knapp zwanzig Jahre.«

»Seit der Grundsteinlegung?«

»Ja, nun ja, schon ein halbes Jahr vorher. Sogar auf Gozo muss man sich erst mit einer Menge Papierkram herumschlagen, bevor man mit dem Bauen anfangen kann.« Er runzelte seine eckige Stirn. »Wollten Sie darüber mit mir sprechen?«

»Eigentlich sind wir auf der Suche nach einer Bekannten und kamen auf die Idee, sie könne sich vielleicht hier in Xlendi aufhalten.«

»Wer ist denn diese Person?«, fragte Metz.

Ich suchte in meiner Tasche nach dem Foto. Draußen hörte man das Geräusch eines ankommenden Wagens und das Schlagen von Autotüren.

»Die Engländer«, murmelte Metz.

Ein Mann in Shorts und schreiend buntem Hawaiihemd schleppte zwei Koffer durch die Tür, gefolgt von einer mageren Frau mit noch mehr Koffern und Taschen. Die Frau ließ ihre Last auf die Bodenfliesen fallen und blieb vor sich hin schimpfend und blinzelnd im Dunkel der Eingangshalle stehen, während der Mann auf den Empfang zukam.

Metz warf einen Blick auf das Foto, riss es mir aus der Hand, drückte es an die Brust und fing an zu weinen.

In den Niederlanden dürfen Männer ohne weiteres weinen, sie werden sogar von den meisten Psychologen ausdrücklich dazu ermuntert, doch für Engländer ist ein erwachsener Mann, der in Tränen ausbricht, wahrscheinlich noch immer ein völlig unpassender Anblick. Der Mann blieb stocksteif stehen. Seine Frau stieß einen Seufzer aus und schlug die Hand vor den Mund, mitten in einer Tirade über Malteser Taxifahrer, die zu faul waren, die Koffer zu tragen, und mit kaputten Taxametern herumfuhren, um einen besser übers Ohr hauen zu können.

Marga legte tröstend die Hand auf die Schulter von Metz. Der große junge Mann mit dem Lieferwagen kam mit viel Gepolter die Holztreppe herunter und stapfte empört zum Empfang.

»Was ist mit meinem Vater los?«, fragte er angriffslustig. »Wer sind Sie?«

Metz hob seine bebende Hand. »Ist schon gut, Hans.« Er hielt das Foto mit der anderen Hand an die Brust gedrückt, als wolle er nicht, dass der junge Mann es sähe. »Bitte bring unsere Gäste nach oben, auf zweihundertzwölf …« Er schaute Marga mit hilflos-entschuldigender Miene an und sagte, während er mit dem Kopf die Richtung andeutete: »Bitte kommen Sie mit.«

Wir folgten ihm durch den kühlen Gang, während der junge Mann hinter uns sich für die Umstände entschuldigte.

Metz öffnete eine Tür mit der Aufschrift PRIVAT und wir betraten ein geräumiges Wohnzimmer mit Aussicht auf die Bucht.

Metz blieb mitten im Raum stehen und holte tief Luft. Er schaute wieder das Foto an. »Es tut mir Leid«, sagte er.

»Aber das macht doch nichts«, sagte Marga beruhigend. »Man denkt … Bitte setzen Sie sich doch.«

»Soll ich Ihnen einen Tee kochen oder etwas …«

Metz lehnte ihr Angebot mit einer Geste dankend ab. »Ist schon wieder in Ordnung. Ich habe mich nur erschrocken. Es ist schon so lange her und ich dachte, ich sei darüber hinweg.« Er betrachtete das Foto und wieder füllten sich seine Augen mit Tränen. »Ich habe sie so sehr geliebt.«

»Clara«, sagte ich.

Metz ließ sich steif auf ein Sofa fallen. Er zog ein Taschentuch heraus und begann, sich die Augen abzutupfen.

Marga setzte sich mitfühlend neben ihn. »Sind Sie sicher, dass Sie keinen Tee möchten, oder ein Glas Wasser …«

»Lieber einen Brandy.« Er putzte sich die Nase und wies mit dem Kinn auf ein Büfett. Ich fand eine Flasche Malteser Cognac und schenkte in drei Gläser jeweils einen großen Schluck ein. Ich brachte ihm sein Glas und er trank. Dann kehrte ich zurück, um Marga und mich zu bedienen. Metz saß da und schaute still vor sich hin.

»Was ist mit ihr geschehen?«, fragte ich.

Er schaute mich plötzlich voller Misstrauen an. »Was wollen Sie hier?«

Ich gab ihm meinen Ausweis. Er runzelte die Stirn, weil er auf Niederländisch ausgestellt war. »Ich bin ehemaliger Polizist«, erklärte ich. »Ich befinde mich auf der Suche nach Clara Mending, weil sie auf Umwegen in einen Fall verwickelt ist, an dem ich arbeite. Sie war befreundet mit einer Dame, die nach einem Flugzeugunglück im Jahr 1980 als vermisst gemeldet wurde.«

Er hielt das Foto in der einen Hand und das Glas in der anderen, während er stur vor sich hin starrte. »Ich bin gerne dazu bereit, mich mit Ihnen zu unterhalten, aber ich glaube nicht, dass es Ihnen viel nützen wird. Clara war … meine Frau.«

»Im Dorf tun die Leute so, als hätten sie sie noch nie gesehen«, sagte Marga.

Metz nickte. »Aberglaube. Wie sind Sie hierher gekommen?«

Ich gab ihm die alte Ansichtskarte. »Die habe ich von Claras Jugendfreundin bekommen. Ihr Name ist Irene. Es war eine ganz schöne Sucherei, bis wir auf Xlendi kamen. Dann habe ich Ihren Lieferwagen mit dem Namen Irene darauf gesehen.«

»Der Name war Claras Idee.«

»Was meinen Sie mit Aberglauben?«, fragte Marga.

Er machte eine abwehrende Geste. »Ein böser Meeresgott. Es bringt Unglück, wenn man über seine Opfer spricht. Man darf noch nicht einmal eine Messe für sie lesen lassen, deshalb machen sie es anonym. Jeder weiß, um wen es geht, aber nie wird ein Name genannt.« Er legte das Foto und die Karte auf den niedrigen Tisch vor sich und trank in einem Zug sein Glas leer. »Wenn man hier leben will, muss man das einfach akzeptieren.«

Ich fragte vorsichtig: »Ist Ihre Frau ertrunken?«

»Es gibt eine gefährliche Strömung außerhalb der Bucht und manchmal entstehen dadurch Strudel, die einen in die Tiefe ziehen können. Daher stammt auch dieser Aberglaube. Clara war eine gute Schwimmerin, aber ...«

»Wann ist es geschehen?«

»1991«, antwortete er. »Am 13. Juli.«

Deshalb bekam Irene keine Karten mehr. »Sind Sie dabei gewesen?«

»Nein, sonst ...« Er ließ seinen Satz unvollendet. Sonst hätte er sie vielleicht retten können oder er wäre bei dem Versuch selbst ertrunken. Er lehnte sich auf dem Sofa zurück und schloss einen Moment die Augen. »Sie ging oft allein schwimmen, nachmittags, wenn Hans in der Schule war. Sie kannte die Bucht, sie wusste von der Strömung ...« Er schüttelte den Kopf.

»Hat es niemand gesehen?«

»Doch, natürlich. Die Leute haben auch das Monster gesehen. Es ist die Zeit ihrer Siesta, wenn sie getrunken haben und alles Mögliche sehen.«

»Es gab also Zeugen?«

»Auf der anderen Seite saßen Männer und angelten, die haben gesehen, wie es passierte, aber sie waren zu weit weg, um etwas unternehmen zu können, selbst wenn sie gewollt hätten.« Es klang gelassen. »Ihre Leiche wurde nie gefunden.«

»Ist das nicht seltsam?«

Er schüttelte den Kopf. »Hier nicht, nein. Die Strömungen ...«

»Hat die Polizei die Sache untersucht?«

»Für die Polizei war es eindeutig ein Fall von Ertrinken in Folge von Unvorsichtigkeit. Kein Wort über Marsagharalla.« Er schaute Marga an. »Sie denken vielleicht, ich sei verbittert, aber ich nehme es ihnen nicht übel. Es sind anständige Menschen, ich lebe gern hier, ich verstehe mich gut mit ihnen. Nur mit seinen Toten bleibt man allein, jedenfalls, wenn sie in der Bucht ertrunken sind.«

Marga legte ihre Hand auf seine.

Metz tätschelte ihre Hand, als wolle er sich bei ihr bedanken.

»Ich bin daran gewöhnt. Ich war zehn Jahre mit ihr zusammen. Dieser Abschnitt erscheint mir länger, als die Zeit danach ohne sie. Und selbst wenn ich hundert Jahre alt werde, wird er für mich immer der längste sein.«

Die Tür ging plötzlich auf und der junge Mann kam herein.

»Das ist Hans, mein Sohn«, sagte Metz.

Der Junge ignorierte meine ausgestreckte Hand. »Was ist hier los?«

»Sind die Engländer zufrieden?«

»Alle sind zufrieden, aber das ist keine Antwort auf meine Frage.« In seinen dunklen Augen schwelte es.

Der Junge irritierte mich und ich ging hinüber zum Fenster, um einen Blick auf Xlendi zu werfen, das schräg unter mir von der Sonne gebleicht wurde. Es lag genauso da wie auf Irenes Ansichtskarte, nur mit einem geringeren Höhenunterschied, als habe der Fotograf auf dem Dach von *Irene Holiday Apts.* gestanden anstatt in diesem Wohnzimmer im Erdgeschoss.

»Es ist nichts«, sagte Metz zu dem Jungen. »Ich möchte mich nur kurz mit meinen Besuchern unterhalten.«

Der Junge machte den Eindruck, als passe es ihm nicht, ausgeschlossen zu werden. Er wollte etwas sagen, aber Metz hob die Hand und sagte: »Ich werde es dir später erklären.«

Hans nickte und verließ mürrisch den Raum. Wieder sah ich sein Profil und jetzt wusste ich genau, warum er mich irritierte.

»Ihr Sohn?«, fragte ich.

»Nehmen Sie es ihm nicht übel. Er ist achtzehn, er beginnt gerade, den Betrieb zu verwalten ...« Metz schwieg abrupt, als wäre ihm der ungläubige Ton in meiner Stimme jetzt erst aufgefallen. »Warum fragen Sie?«

»Es war nur so ein Gedanke«, sagte ich vage.

»So hat es sich aber nicht angehört.«

»Ich glaube, ich weiß, wer ...«

Metz hob die Hand, um mich daran zu hindern weiterzusprechen. Er schwieg drei Sekunden lang und schluckte etwas herunter. »Hans hält mich für seinen Vater. Er ist Johann Metz junior. Clara und ich wollten es so. Ich selbst brauche auch nicht mehr zu wissen, als unbedingt nötig.«

Er schaute mich an. »Er hat doch schon seine Mutter verloren.«

Marga warf mir einen verwunderten Blick zu. Ich schüttelte den Kopf. Marga interessiert sich nicht für Politik und sieht nur selten fern. Vielleicht hatte sie einmal eine Karikatur gesehen, aber sie war Cleveringa noch nie persönlich begegnet, sonst wäre ihr die Nase direkt aufgefallen.

Die Puzzleteile fielen an ihren Platz. Claras plötzliche Kündigung, ihr Umzug nach Loosdrecht, der Detektiv, den Cleopatra angeheuert hatte, die versprochene Einladungskarte zur Hochzeit, die nie kam. Clara machte mir sehr wohl den Eindruck, als habe sie einer dürren Bohnenstange wie Cleveringa den Kosenamen ›Stakie‹ verpassen können.

»Es tut mir Leid«, sagte ich. »Es ist nicht meine Absicht, irgendetwas durcheinander zu bringen oder Ihnen noch mehr Kummer zu bereiten, als Sie sowieso schon haben. Ich wüsste gern, wie Clara hierher gekommen ist, aber wenn Sie nicht darüber reden wollen, sagen Sie es nur, dann gehen wir einfach wieder.«

Er sah, dass es mir ernst war. »Wer ist diese andere Frau, die vermisst wird?«, fragte er. »Der Fall, an dem Sie arbeiten?«

»Cleopatra Cleveringa. Hat Clara diesen Namen je erwähnt?«

»Nein.«

Es klang überzeugend genug, um die Wahrheit sein zu können. »Cleopatra ist wahrscheinlich 1980 bei einer Flugzeugkatastrophe ums Leben gekommen. Nun wurde vor kurzer Zeit unter dem Tennisplatz ihres Mannes das Skelett einer Frau gefunden, die 1983 ermordet worden sein muss. Sie konnte nicht identifiziert werden, aber die Tochter von Cleopatra glaubt, es könne sich um ihre verschwundene Mutter handeln. Die Sache ist kompliziert, aber Cleopatra war mit Clara befreundet und ich habe eine Weile die Vermutung gehabt, die Frau unter dem Tennisplatz könne Clara sein.«

Metz lächelte bitter. »Diese Möglichkeit können Sie ausschließen. Clara ist hier ertrunken.«

»Ja.«

Er schwieg einen Augenblick, um seine Gedanken zu

ordnen. »Ich habe Clara auf Malta kennen gelernt, im Sommer 1980. Ich war Dozent für Chemie an der Universität Münster, aber ich wollte aussteigen. Ich hatte eine hässliche Scheidung hinter mir, hatte mein Haus verloren, aber ungefähr fünfzigtausend Mark waren mir geblieben.« Er lächelte Marga an. »Manchmal wollen Menschen alles verändern, Grenzen überschreiten, einen ganz neuen Anfang machen.«

»Ich kenne das Phänomen«, sagte ich.

»Malta faszinierte mich. Ich hatte vor, etwas an der Küste zu kaufen und herzurichten, vielleicht ein paar Zimmer an Touristen zu vermieten. Ich machte mich mit Maklern auf den Weg und fuhr selbst herum. Dann traf ich Clara.«

»War sie allein?«

Sein Gesicht wirkte müde. »Nein. Sie war in Gesellschaft einer Freundin, so stellte sich die Frau zumindest vor, aber sie verhielt sich eher wie eine Art Leibwache. Clara konnte keinen Schritt tun, ohne dass sie ihr folgte.«

»Können Sie sich noch an ihren Namen erinnern?«

»Betty, sonst nichts. Sie war nicht sehr aufgeschlossen. Clara verabscheute sie und dieses Gefühl beruhte auf Gegenseitigkeit. Sie stritten sich andauernd.«

»Wie haben Sie sich denn dann kennen gelernt?«, fragte ich.

»Clara und ich fühlten uns sofort zueinander hingezogen. Für mich war es Liebe auf den ersten Blick, aber mir war schon klar, dass bei ihr auch noch die Tatsache eine Rolle spielte, dass sie jemanden brauchte. Aber das war nur am Anfang so, da bin ich mir ganz sicher.«

Er machte eine Pause, ein wenig herausfordernd, als sei er bereit, auf jeden loszugehen, der es wagte, seine Erinnerung zu beflecken.

»Sie wohnten im selben Hotel wie ich, drüben in Victoria. Sobald ich mit Clara allein war, war es ...« Er suchte vergeblich nach Worten. »Sie wollte mich gern auf meiner Immobiliensuche begleiten. Diese Betty kam auch zweimal mit. Dann reiste sie plötzlich ab, ohne nähere Erklärung, jedenfalls mir gegenüber. Clara sagte nur, sie hätten sich gestritten. Das war in derselben Nacht, als wir das erste Mal miteinander schliefen. Clara war erleichtert, wie befreit und sie wollte weg von Malta. Darum gingen wir nach Gozo.«

»Wussten Sie, dass sie schwanger war?«

»Ja, natürlich. Sie war im vierten Monat. Aber das war mir egal. Ich war glücklich mit ihr und mit unserem Sohn und das blieb so, die ganzen zehn Jahre. Clara hat nie an Abtreibung gedacht und ich war froh darüber. Sie hat Xlendi ausgesucht und dieses Apartmenthaus war auch ihre Idee. Ich wusste gar nicht, wie mir geschah, als sie mit mir zu einer Bank in Valletta ging, um ihr Guthaben auf ein gemeinsames Konto hier auf Gozo zu überweisen. Es war hauptsächlich ihr Geld, womit wir das alles hier aufgebaut haben.«

»Wissen Sie, wo das Geld herkam?«

»Aus der Schweiz. Crédit Suisse in Zürich. Kein Name, ich glaube, es war eins von diesen Nummernkonten. Fast vierhunderttausend Schweizer Franken. Ich nehme an, es stammte von Hans' Vater. Vielleicht war es als Beitrag für den Unterhalt des Kindes gedacht.«

»Was hat sie über seinen Vater erzählt?«

Metz schüttelte den Kopf. »Es war ein Irrtum. Ein verheirateter Mann, jemand Hochrangiges offenbar, aber sie wollte ihn vergessen, spurlos verschwinden und genau wie ich neu anfangen. Sie wollte völlig unauffindbar bleiben und deshalb konnten wir auch nicht offiziell heiraten, da wir dafür bestimmte amtliche Dokumente benötigt hätten.«

»Vielleicht war diese Unauffindbarkeit auch eine Bedingung«, bemerkte ich.

»Eine Bedingung?«, fragte er, als habe er nicht ganz genau verstanden, was ich meinte.

»Für das Geld?«

Er gab einen verächtlichen Laut von sich. »Sie werden denken, dass ich den Kopf in den Sand gesteckt habe wie ein Vogel Strauß. Aber es war Claras Vergangenheit. Ich hatte auch eine. Sie sprach nie darüber und ich habe sie nie dazu gedrängt, weil unsere Vergangenheit für sie und für mich keine Rolle spielte. Wirklich nicht. Ich war glücklich mit Clara. Ich wollte nie wissen, ob die Leibwächterin sie hierher gebracht hatte, wie man früher gefallene Frauen nach Australien schickte, oder woher das Geld kam oder wer Hans' Vater war. Hans ist mein Sohn. Das ist die ganze Geschichte.«

»Ein Märchen mit einem bösen Marsagharalla«, bemerkte Marga ohne jede Spur von Ironie.

Metz lächelte traurig. Er hatte natürlich Recht, was die Vergangenheit betraf. Sie ist ein Stachel, der zu Argwohn, unnötigen Vergleichen und Eifersucht führt, oft genug auch zur Trennung. Allerdings war das selbst gewählte Vergessen der Vergangenheit ein Kraftakt, den meines Wissens noch keiner vollbracht hat.

»Es ist eine schmerzliche Frage«, sagte ich vorsichtig. »Aber sind Sie sicher, dass es ein Unglücksfall war?«

Sein Gesichtsausdruck wurde abweisend. »Meine Frau ist ertrunken, natürlich war es ein Unfall.« Er verstand mich falsch, wie es unschuldige Menschen tun, die sich nicht jeden Abend Krimis im Fernsehen anschauen. »Selbstmord wäre ihr nie in den Sinn gekommen. Es gab nicht den geringsten Grund dazu. Wir hatten in dem Jahr ein paar finanzielle Probleme, aber wenn man bei so etwas zusammenhält, wird das Verhältnis dadurch nur noch enger.«

»Darf ich fragen, welcher Art diese finanziellen Probleme waren?«

Er machte eine abwehrende Geste. »Wir hatten einen Kredit aufgenommen. Die beiden Jahre davor war das Geschäft schlecht gelaufen und es stand eine Tilgung bevor. Es war kein riesiger Betrag, rund sechstausend Pfund, etwa zwanzigtausend Mark. Ich versuchte, den Termin zu verschieben oder unseren Kredit zu erhöhen, aber die können sich hier manchmal ganz schön quer stellen, insbesondere Ausländern gegenüber.«

»Aber Sie haben das Problem gelöst?«

»Nicht sofort. Clara versuchte zunächst, sich das Geld von einer früheren Freundin zu leihen.«

»Aus Belgien?«

»Nein, aus den Niederlanden. Ich dachte sofort an diesen Mann, aber Clara sagte, ich brauchte mir keine Sorgen zu machen. Sie wollte mir den Namen der Freundin nicht nennen, aber es ging um eine reiche Freundin, die ihr gewiss helfen würde. Sie hatte ihr im Mai schon geschrieben.«

Ich versuchte, meine Unruhe zu verbergen. Es kam nur eine reiche Freundin in Frage: Cleopatra mit ihrem Textilvermögen. Clara hatte sich hier völlig von der Welt abgesondert und wusste vielleicht nicht, dass Cleopatra bei einem Flugzeugabsturz ums Leben gekommen war. Ich konnte mir bloß nicht vorstellen, welcher irrtümliche Gedanke Clara auf die Idee gebracht hatte, Cleopatra um Geld zu bitten. Erpressung? Wie dem auch sei – es bedeutete in jedem Fall, dass ihr Brief bei Cleveringa gelandet war.

»Hat sie eine Antwort auf ihren Brief erhalten?«

»Nein, ich habe die Sache schließlich mit der Bank geregelt.«

Ich schaute zu Marga hinüber, die genug von der Sache wusste, um mein Unbehagen zu begreifen. Sie schüttelte unauffällig den Kopf, doch ich ignorierte sie und fragte Metz, ob er ein Gästebuch führe.

Er schaute mich verwirrt an. »Warum?«

»Es ist nur so eine Idee«, sagte ich vorsichtig. »Für meine eigene Seelenruhe würde ich mir gerne einmal anschauen, wer hier im Juli 1991 gewohnt hat.«

Metz sah aus, als hörte er meine Bitte mit widersprüchlichen Gefühlen, stand dann aber auf und ging hinüber zum Schrank. Seine Finger wanderten über eine Reihe dünner, in grünes Leinen gebundener Bücher und er zog eines heraus. Er gab es mir und setzte sich wieder neben Marga.

Ich studierte die Namen der Gäste vom Juli 1991. Viele Engländer, ein französisches Ehepaar, zwei Niederländer in *Apt. 206.* Ankunft 6. Juli, Abreise 13. Juli.

Ich ging mit dem Buch zu Metz und setzte mich neben ihn auf die andere Seite. »Können Sie sich an diese beiden Namen erinnern?«

Er warf einen flüchtigen Blick darauf. »Nicht besonders gut. Warten Sie ... zwei blonde junge Männer aus Holland. Sehr freundlich. Ich glaube, dass es Homos waren.« Er schaute Marga an. »Deshalb kann ich mich noch an sie erinnern. Mir ist das egal, solange sie nicht andere damit belästigen.«

»Sind sie an dem Morgen abgereist, als es passierte?«

Er nahm mir das Buch wieder aus der Hand und schaute hinein. »Ja, aber das ist normal, es war ein Samstag. Die meisten Gäste kommen und gehen an einem Samstag, da findet der wöchentliche Wechsel statt. Es ist auch der ruhigste Tag am Strand.«

»Haben Sie ihre Pässe gesehen?«

»Ich glaube nicht, ich frage nie danach.«

»Mussten die beiden nicht so ein Formular für die Polizei ausfüllen?«

»Doch, das haben sie natürlich getan.«

Und da kann man eintragen, was man will, dachte ich, solange niemand hinter einem steht und kontrolliert, ob man auch seine Passnummer korrekt abschreibt.

»Haben Sie nicht irgendwo anders noch eine Adresse von ihnen?«

Er schüttelte bedauernd den Kopf. »Es ist zehn Jahre her. Vielleicht habe ich mal eine gehabt, falls sie schriftlich gebucht haben oder über ein Reisebüro, aber wir bewahren die Papiere höchstens fünf Jahre lang auf, für die Steuer. Sie können auch einfach telefonisch reserviert haben, das kommt regelmäßig vor.« Er klappte das Buch zu und legte es vor sich auf den Tisch. »Außerdem waren sie schon lange weg, bevor es passierte. Die Apartments müssen bis um zehn Uhr geräumt sein. Sie sind wahrscheinlich um acht Uhr morgens abgereist, um die Morgenfähre zu bekommen.« Er rieb sich über die Hosenbeine und sagte tonlos: »Das hoffe ich jedenfalls. Mir ist es lieber, dass es einfach ein Unfall war. Damit kann ich leben.«

Der Sohn stand auf der schattigen Rückseite der Holiday Apts. und spritzte die Oleanderbüsche mit einem Gartenschlauch. Er wandte nachtragend den Blick ab, als wir nach draußen kamen, und reagierte nicht auf Margas fröhlichen Gruß.

Er ähnelte seinem Vater. Er war hier geboren, war hier zur Schule gegangen. Englisch war die Unterrichtssprache, aber zweifellos sprach er auch fließend Maltesisch, das man hier im Kindergarten lernte und das die Sprache seiner Freunde war. Bestimmt war er der Größte in der Klasse gewesen, ein fremdartiges Entenküken im Teich.

Draußen vor dem Tor hielt ich Marga an.

»Hast du deine Kamera bei dir?«

»Möchtest du, dass ich ihn fotografiere?«

»Ja. Aber mach es unauffällig. Warte.« Ich nahm ihr die Schultertasche ab, holte die Karte von Gozo heraus und gab ihr die Kamera. Sie machte rasch ein paar Fotos, während wir taten, als ob wir die Karte studierten, halb versteckt hinter den Gitterstäben des Zauns.

Wir folgten dem Weg, der am Hotel entlang in Richtung Küste führte. Es standen noch ein paar Häuser dort, bis dahin, wo der Pflanzenwuchs aufhörte und das Felsenplateau begann. Es roch nach Wacholderbeeren und anderen zähen Sträuchern und überall zirpten Grillen.

»Wie bist du darauf gekommen, dass Metz nicht der richtige Vater ist?«, fragte Marga.

»Ich glaube, dass Hans der einzige Mensch auf Malta ist, der mit der Nase unseres früheren Außenministers herumläuft.«

Der Weg bog nach links ab und folgte einem niedriger gelegenen Streifen unterhalb des Felsenplateaus, parallel zur Küste. Marga kletterte schweigend hinter mir her, als ich einen schmalen Pfad einschlug, der nach oben führte. Die Sonne brannte auf das Plateau, das sich fünfzig Meter über dem Meeresspiegel nach Osten erstreckte und der geborstenen Haut eines alten Elefanten glich. In den kühlen Spalten und Falten wuchsen die wunderhübschen Gozo-Blümchen.

Ich folgte dem Pfad bis ans äußerste Ende der Bucht. Er schlängelte sich an der dem Meer zugewandten Seite nach unten zu einem kleinen Strand hin, wo ein Junge in Badehose und ein Mädchen ohne Bikinioberteil auf Schilfmatten unter einem mitgebrachten Sonnenschirm picknickten.

Marga fing an, ihre Bluse aufzuknöpfen, aber ich nahm ihre Hand und zog sie mit mir über scharfes Gestein zwischen niedrigen Dornensträuchern hindurch bis an den Rand des Plateaus, hoch über der Bucht.

Ich fegte mit dem Schuh ein paar lose Steine weg und setzte mich.

»Komm mal bitte.«

Marga ließ ihre Tasche fallen und setzte sich zwischen meine gespreizten Knie. Ich schlug die Arme um sie und legte meine Hände auf ihre Brust.

»Lass mich nur mal kurz schauen«, sagte ich.

Sie lehnte sich an mich und schloss die Augen. »Du darfst es mir aber nicht übel nehmen, wenn am Ende Sex dabei herauskommt.«

Ihr Haar roch nach Sonne.

Ich konnte die linke Hälfte von Xlendi sehen und fast

die gesamte Bucht überblicken. Bäume standen auf der anderen Seite, wo die beiden Angler gesessen hatten. Das Meer war ruhig. Ich konnte keine gefährlichen Strudel entdecken. Vielleicht war das Monster nur während der Siesta aktiv.

Möglicherweise hatte Clara trotz ihrer zehn Jahre in Xlendi als Einzige nichts von den Monstern und Strudeln gewusst und ganz unschuldig versucht, von dem kleinen Strand unten auf die andere Seite zu schwimmen. Ich hatte keine Ahnung von den Strömungen hier, aber vielleicht war an dem Nachmittag Ebbe gewesen. Dann konnte eine Leiche von hier aus überallhin treiben, nach Sizilien, nach Afrika oder achtzehnhundert Kilometer westwärts nach Gibraltar und unterwegs allem, was außer Marsagharalla noch im Meer herumschwamm, als Nahrung dienen.

Ich war Clara nie begegnet, aber allmählich war sie mir fast so vertraut wie eine Verwandte geworden. Ich hatte Mitleid mit ihr. Sie mochte vielleicht durchtrieben gewesen sein, aber schließlich war sie auch als Kind missbraucht worden. Hier hatte sie endlich ihr persönliches Märchen gefunden, den Wahn vom Frieden, bis ihre eigene Unvorsichtigkeit etwas Bösartiges aus der Vergangenheit weckte, das dem Ganzen ein Ende bereitete.

Ich war mir ganz sicher.

Margas Hände legten sich auf meine, als wolle sie mich auffordern weiterzumachen. Ich hielt sie fest.

»Ich glaube nicht, dass es sehr schwer war«, sagte ich. »Sie warteten auf ihre Chance. Es musste wie ein Unfall aussehen. Sie hatten beobachtet, dass Clara praktisch jeden Tag schwimmen ging. Samstag war der sicherste Tag; die Gäste reisen ab, die Apartments werden gereinigt, der Sohn spielt Kreuzritter mit seinen Freunden im Dorf, kein Mensch weit und breit. Morgens checken sie aus, nehmen ihr Gepäck mit. Gozo ist so klein, dass sie mit einem Bus oder einem Taxi nach Victoria fahren und zwei Stunden später wieder zurück sein können. Überall gibt es kleine Wege. Sie warten hier, bis Clara auftaucht. Sie haben Schnorchel. Clara geht schwimmen, sie schwimmen hinter ihr her, ziehen sie unter Wasser und halten sie fest. Sie sind zu zweit.«

»Aber da haben doch Männer gesessen, die beim Angeln waren!«

»Ja, auf der anderen Seite. Hundert Meter entfernt und sie schauten genau in die Sonne. Vielleicht hat sie einmal kurz geschrien, bevor sie sie hinunterzogen und unter Wasser festhielten. Vielleicht hat sie auch gezappelt und die Fischer sahen den Strudel und das Monster. Clara ist tot. Die Mörder selbst bleiben mit Hilfe der Schnorchel unter Wasser, ziehen sie mit sich aus der Bucht heraus; es ist Ebbe, sie wissen von den Strömungen und lassen sie wegtreiben. Sie schwimmen irgendwo an Land, holen ihre Sachen rechtzeitig in Mgarr ab und nehmen das Fährschiff, das um halb sechs ablegt.«

Marga lag einen Moment still an mich gelehnt. Die Dinge erhalten eine ganz andere Dimension, wenn man über gewaltsamen Tod spricht, während man Leben im Arm hält, das noch dazu so aufregend ist.

»Meinst du diese beiden sanftmütigen und freundlichen jungen Homos aus den Niederlanden?«

»Ich glaube, dass sie Cleo um Geld gebeten hatte. Vielleicht drohte sie, an die Öffentlichkeit zu gehen. Normalerweise würde sich kein Mensch für einen außerehelichen Sohn interessieren, aber Cleveringa ist ein tugendhafter katholischer Minister. Er hat seiner Geliebten Heiratsversprechungen gemacht, aber als sie schwanger wurde, hat er sich von ihr losgekauft und sie gezwungen, ins Ausland zu verschwinden. Eine üble Geschichte für Cleveringa. Möglicherweise steckt auch noch mehr dahinter. Cleveringa bekommt den Brief. Er ist nicht dumm, er ist ein hoch geschätzter Minister, Witwer, ordentlich wieder verheiratet. Er erkennt sofort, dass dies ein Problem von der Sorte ist, das nur noch größer werden kann.«

»Also schickt er zwei diskrete blonde Tunten?«

»Die sich eintragen als R. Gullit und M. van Basten.«

Marga schaute mich verwirrt an. Zwar pflegte sie, den Fernseher auszuschalten, sobald etwas über Politik oder Fußball kam, aber von Marco van Basten und Ruud Gullit hatte sie zwangsläufig schon einmal gehört. Ich fragte mich, in welcher schrägen Laune sich die beiden blonden Typen ausgerechnet diese Decknamen ausgedacht hatten. Natürlich war es auf Gozo völlig egal; sie hätten sich auch Vroom und Dreesmann oder Willem Alexander und Johan Friso nennen können, ohne dass hier jemand auch nur eine Miene verzogen hätte.

»Man kann ja so manches über Ruud Gullit und Marco van Basten sagen«, bemerkte ich, »aber blonde, sanftmütige Homos sind die nie gewesen.«

6

Ich hatte gerade die Nummer von Lonneke Cleveringa herausgesucht und schon den Hörer in der Hand, als es schellte.

Zwei Männer standen vor der Tür, die aussahen wie Vater und Sohn.

Der eine musste Mitte vierzig sein, der andere knapp zwanzig, aber bei beiden fiel mir gleichermaßen der Widerspruch zwischen ihrem Körperbau und ihrem Gesichtsausdruck auf. Sie hatten die gesunden, muskulösen Körper von Maurern oder Kranführern, dazu aber die frustrierten Gesichter von Streikenden, die eine Fünfundzwanzig-Stunden-Woche mit Lohngarantie oder besser noch Lohnerhöhung fordern.

»Sind Sie Winter?«, fragte der Ältere.

»Ja.«

»Privatdetektiv?«

»Wie kommen Sie an meine Adresse?«

»Durch Ihre Anzeige in der Zeitung. Dürfen wir eintreten?«

Vielleicht waren sie Tapezierer, die die alte Tapete von einer Wand gekratzt hatten und darunter auf eine Schicht alter Zeitungen gestoßen waren. »Haben Sie keine Sekretärin?«, fragte der Ältere, als ich sie in mein Büro führte. Der Jüngere hatte noch kein Wort gesagt, sondern musterte alles mit missbilligenden Blicken.

»Das ganze Personal ist in Urlaub«, sagte ich. »Ich bin auch gerade erst zurückgekommen.«

»Wo sind Sie gewesen?«

»Hier und dort.«

»Oh.« Er runzelte die Stirn. »Wir fahren immer an die Costa Brava, in einen Ferienbungalow.«

»Was kann ich für Sie tun?«

Der Ältere ließ sich mit einem Seufzer in meinen Besuchersessel sinken. Ich entfernte die Zeitungen vom rechten Stuhl und stellte ihn für den jungen Mann daneben. Ich setzte mich auf meinen Drehstuhl hinter dem Schreibtisch und zog die Schublade ein Stück weit auf, um zu kontrollieren, ob die Pistole noch drinlag.

»Das ist mein Sohn Gerrit«, sagte der Ältere. »Er hat ein kleines Problem mit der Polizei, denn sie versuchen, ihm etwas anzuhängen.«

Ich zog einen Notizblock zu mir hinüber. »Wie ist Ihr Name?«

»Ich bin Willem de Groot. Aber es geht um meinen Sohn hier, Gerrit.«

»Worin besteht denn dieses kleine Problem?«

»Gerrit wurde letzte Woche festgenommen. Sie haben ihn am nächsten Tag wieder gehen lassen, aber er muss vor Gericht erscheinen.« Er warf seinem Sohn einen strafenden Blick zu. »Ich werde es Ihnen erklären. Es war schlichtweg ein Missverständnis.«

»Ist das die Erklärung?«, fragte ich.

»Vorläufig ja.«

Ich lachte in mich hinein. »Vielleicht kann Gerrit es mir erklären. Oder hat er einen Sprachfehler?«

»Erst will ich wissen, was es kostet«, sagte der Vater.

»Hundert Gulden pro Stunde, plus Spesen. Gelegentlich wird auch ein Festbetrag vereinbart.«

»Das ist mehr, als wir verdienen«, stellte der Vater trocken fest. »Läuft die Uhr auch, wenn Sie im Auto auf Beobachtungsposten sitzen?« Er seufzte und klopfte seinem Sohn aufs Knie. »Erklär du es ihm.«

Der Sohn zuckte mit den Schultern. »Das ist schnell erzählt. Samstagabend komm ich aus dem Kino, stehe auf dem Nieuwezijds Voorburgwal und rauche eine. Da kommt ein Mann auf mich zu, fragt, ob ich Auto fahren kann und ob ich mir hundert Gulden verdienen will. Dieser Lieferwagen müsse in den Klaprozenweg, ich bräuchte ihn nur auf dem Parkplatz neben dem alten Fabrikgelände abzustellen. Ich sage okay, steige in den Wagen und fahre los. Ich bin den Nieuwezijds noch nicht raus, da werde ich von einem Bullen und zwei Mann in Zivil angehalten und zwei Minuten später sitze ich in Handschellen auf der Wache in der Warmoesstraat.«

Ich starrte ihn ungläubig an. »Was war denn drin?«

»Wo drin?«

»In dem Lieferwagen natürlich.«

»Computer und solcher Kram. Die Sachen waren von Goos & Bering, das ist direkt dahinter in der Kalverstraat.«

»Und warum konnte der Mann nicht selbst fahren?«

»Seine Frau bekam gerade ein Baby.«

Ich schaute den Vater an. »Hat er sich das ausgedacht?«

»Wieder dieselbe Scheiße«, sagte der Junge zu seinem Vater. »Komm, lass uns gehen, wir können ja doch nichts machen.« Er stand auf. »Dann geh ich halt in den Knast, die können mich alle mal.«

Der Senior winkte seinen Sohn zurück auf den Stuhl und schaute mich durchdringend an.

»Jetzt hören Sie mal gut zu. Mein Sohn ist nicht der heilige Petrus. Aber ich bin sein Vater und ich weiß, wann er lügt und wann er nicht lügt. Es ist genauso gewesen, wie er gesagt hat.«

»Ich würde Ihnen ja gern glauben«, erwiderte ich. »Aber ich glaube, ein guter Rechtsanwalt würde ihm mehr nützen.«

»Von dem kommen wir gerade. Rechtsanwalt van Duyn, auf der Keizersgracht. Der hat uns auch seinen Tarif genannt.«

»Vielleicht haben Sie das Recht auf kostenlosen Rechtsbeistand?«

»Darum geht's nicht. Ich kann schon bezahlen.«

Ich zog eine Augenbraue hoch. »Wovon?«

»Nicht von Diebstahl, falls Sie das meinen.«

Vielleicht doch keine Streikenden, sondern harte Arbeiter, wenn sie van Duyn bezahlen konnten, ohne vorher eine Hypothek aufnehmen zu müssen. »Worum geht es also?«

»Rechtsanwalt van Duyn sagt, er könne da nichts machen. Mein Sohn wird mit einem Auto voller Diebesgut erwischt, da kann er erzählen, was er will. Die Polizei hat den Täter und was anderes interessiert die nicht.«

Ich fühlte mich im Namen meiner Kollegen in meiner Ehre gekränkt. »Hat van Duyn das gesagt?«

»Er glaubt uns unsere Geschichte nicht.«

»Unsere Geschichte?«

Willem wurde rot. »Ich meine, die Geschichte meines Sohnes. Er hat gesagt, das Einzige, was wir tun könnten, wäre, das Ganze von einem Privatdetektiv untersuchen zu lassen. Wenn der die wirklichen Täter findet, sind Sie aus der Sache raus, hat er gesagt.«

Van Duyn war für seinen Humor bekannt. Ich nahm mir vor, ihn anzurufen und mich bei ihm zu bedanken.

»Ich glaube nicht, dass sich die Polizei mit dem Fahrer allein zufrieden gibt«, sagte ich zu dem Sohn. »Sie werden umfangreiche Ermittlungen durchführen, da kannst du ganz beruhigt sein.«

»Die halten mich vierundzwanzig Stunden lang fest und das Einzige, wonach sie fragen, sind meine Komplizen«, sagte Gerrit. »Ich musste meinen Pass abgeben und darf das Land nicht verlassen.«

»Das ist so üblich.«

»Komplizen!«, sagte er spöttisch. »Welche Komplizen? Ich habe keine Komplizen!«

»Würdest du sie verraten, wenn du welche hättest?«, fragte ich ihn unvorbereitet.

Gerrit starrte mich an. »Nein.«

Für kurze Zeit blieb es still.

»Hast du irgendwelche Vorstrafen?«

Gerrit schaute seinen Vater an. Der seufzte und krümmte seine großen Hände um seine Knie. »Vor vier Jahren, da hat er eine Jugendstrafe gekriegt. Freunde vom ihm hatten den Sohn eines Polizisten zusammengeschlagen. Sie sind gerannt wie die Hasen. Sie hatten dem Typen die Nase gebrochen und Gerrit versuchte, mit einem Taschentuch die Blutung zu stillen, als ein Polizeiwagen angerast kam.«

»Der barmherzige Samariter«, meinte ich trocken zu Gerrit. »Es grenzt ja schon an ein Wunder, dass du immer gerade da stehst, wo Leute verhaftet werden.«

»Na ja«, erwiderte er eingeschnappt, »irgendetwas musste ich doch sagen.«

Ich konnte mich nicht länger halten und fing an zu lachen.

Ihr Langmut war bemerkenswert. Von Dockarbeitern hätte man normalerweise erwartet, dass sie aufgesprungen wären und mich über den Schreibtisch gezogen hätten, aber sie blieben einfach sitzen.

»Okay«, sagte der Senior gleichmütig. »Lachen Sie ruhig darüber. Sie haben Recht, er hat gelogen, dass sich die Balken bogen. Er bekam vom Jugendrichter eins auf den Deckel und das hatte er verdient. Der Junge hatte zwar nicht die Nase gebrochen, aber ein paar Rippenprellungen. Und Gerrit hat seine Freunde nicht verpfiffen. Aber diesmal lügt er nicht.«

Er schaute mich so treuherzig an, dass ich anfing, ihm zu glauben.

»Wie hat der Mann ausgesehen?«, fragte ich Gerrit.

»Der mit dem Lieferwagen? Er war dunkelhaarig. So um die dreißig. Ziemlich klein und schmächtig.«

»Würdest du ihn erkennen, wenn du ihn wieder sehen würdest?«

»Nicht, wenn ich mich zwischen zehn so Typen in einer Reihe entscheiden müsste.«

»Er meint eine Oslo-Konfrontation«, bemerkte Willem zu meiner Überraschung. Es gibt nicht viele streikende Dockarbeiter, die mit der offiziellen Bezeichnung für die Aufstellung von zehn Typen in einer Reihe vertraut waren. Ich nickte und schaute seinen Sohn an.

»Ist dir das Ganze nicht ein bisschen komisch vorgekommen?«

Gerrit erwiderte unschuldig meinen Blick. »Ich hab nicht darüber nachgedacht«, sagte er. »Später natürlich schon, als sie mich verhaftet haben. Da dachte ich, dass es mir vielleicht komisch hätte vorkommen sollen.«

Ich lachte wieder. »Hast du die hundert Gulden noch?«

»Die hat die Polizei.«

»Wegen der Fingerabdrücke?«

»Ich hab ihnen schon gesagt, das könnten sie vergessen, weil der Mann Handschuhe trug.«

»Und das ist dir auch nicht komisch vorgekommen, an einem warmen Juniabend?«

Gerrit zuckte mit den Schultern und schaute mich abwartend an.

»Können Sie da was dran machen?«, fragte der Senior.

Ich setzte ein höchst bedenkliches Gesicht auf. »Ich werde mich informieren, ein bisschen herumschnüffeln und schauen, was dabei herauskommt. Ich kann aber nichts versprechen. Geben Sie mir mal Ihre Adresse und Ihre Telefonnummer.«

Willem stand vom Sessel auf und beugte sich über meinen Schreibtisch, um die Daten aufzuschreiben. »Was wird mich das kosten?«, fragte er.

»Ich weiß noch nicht«, antwortete ich. »Jetzt warten Sie doch erst mal ab.«

Er schob den Block zurück und schaute auf die Wanduhr. »Schreiben Sie schon mal eine halbe Stunde auf«, sagte er.

»Das geht schon in Ordnung«, erwiderte ich.

»So werden Sie nie reich«, erklärte er geduldig. »Van Duyn stellt es geschickter an. Wir sind zehn Minuten bei ihm gewesen und er rechnet eine Beratung von einer Stunde ab. Der zählt garantiert noch die Zeit dazu, die wir in seinem Wartezimmer sitzen durften.« Er zog eine Brieftasche hervor, die prall mit Banknoten gefüllt war, und zupfte zwei Hundert-Gulden-Scheine heraus. Vielleicht verwalteten sie die Gewerkschaftskasse.

»Soll ich eine Quittung schreiben?«, bot ich an.

»So was brauche ich nicht. Wenn Sie alles korrekt machen wollen, mit Mehrwertsteuer und so, dann schreiben Sie einfach zum Schluss eine Rechnung. Mir ist es egal.«

»Was machen Sie eigentlich beruflich?«, fragte ich.

Willem grinste und legte das Geld auf den Schreibtisch. »Mein Sohn und ich handeln mit Automobilen«, sagte er feierlich. »De Groot Autopalast, wenn man in Richtung Monnickendam fährt, kann man es gar nicht verfehlen. Kommen Sie ruhig mal vorbei, wir haben bestimmt auch was für Sie dabei. Das ist ein Beruf mit goldenem Boden, sage ich Ihnen, jedenfalls, wenn man ein bisschen auf Zack ist. Komm, Gerrit, dann kann Herr Winter loslegen.«

Seine Hand legte sich um meine wie ein Schraubstock.

Sein Sohn schenkte mir ein gezwungenes Lächeln. »Ich möchte nicht ins Gefängnis für etwas, das ich nicht getan habe«, sagte er nervös.

Willem nahm seinen Sohn an der Schulter und schob ihn zur Tür. »Mach dir mal keine Sorgen, mein Junge, Herr Winter findet schon eine Lösung. Wir werden die Sache schon deichseln.«

Sie zogen die Tür hinter sich zu. Ich hörte, wie sie durch den Flur gingen und die Haustür öffneten und schlossen.

Es wurde sehr still; die Art von peinlicher Stille, die eintritt, wenn jemand einen Witz erzählt hat und keiner lacht. Ich konnte momentan wirklich keinen Fall der Sorte »Diverses« gebrauchen, für die jede Polizeiwache besser ausgerüstet war als ich, aber irgendwie hatte ich es nicht fertig gebracht, nein zu sagen und sie hinauszuwerfen. Ich zog das Telefon zu mir hin, um endlich Lonneke Cleveringa anzurufen.

»Hallo Lonneke, hier Max Winter.«

Sie war sauer. »Ich habe die ganze Woche versucht, Sie zu erreichen. Ich wollte Sie sprechen.«

»Ich komme gerade von einer kurzen Urlaubsreise zurück.«

»Urlaub?«, wiederholte sie in vorwurfsvollem Ton.

»Mehr oder weniger. Darüber wollte ich ja gerade mit Ihnen reden. Da Sie mich auch sprechen wollen, trifft sich das gut. Beim letzten Mal hatte ich das Gefühl, Sie würden mich auch gern bei sich zu Hause empfangen, und das ist mir ganz recht.«

»Das habe ich nie behauptet«, sagte sie gereizt, wahrscheinlich weil sie sich ertappt fühlte. »Ich kannte Sie nicht und ich hatte die Putzfrau da.«

»Sollen wir uns vielleicht irgendwo treffen? Dann können wir uns da weiter streiten. Ich hätte heute Abend Zeit. Was halten Sie von dem hübschen Restaurant an der Ecke am Wasser, in Muiden, das ist bei Ihnen ganz in der Nähe und trotzdem neutrales Terrain.«

Kurze Stille. »Sie meinen zum Essen?«

»Das macht man so in Restaurants.«

»Ich muss erst einen Babysitter ...« Sie zögerte erneut und sagte dann kurz entschlossen: »Okay. Ich weiß, welches Restaurant Sie meinen. Ich werde um sieben Uhr da sein.«

Ich wollte noch etwas sagen, aber sie hatte schon aufgelegt. Ich hatte meine Hand noch auf dem Hörer, als das Telefon wieder klingelte.

»Max Winter.«

Die Stimme klang heiser, wie gebrochen. »Herr Winter, endlich.«

»Ich war eine Woche ...«

»Hier spricht Leo Lampert; Sie haben sich vor kurzem mit meiner Frau unterhalten.«

Jetzt fiel mir der flämische Akzent auf.

»Ja, in Ypern.«

»Sie haben sie nie zurückgerufen.«

»Zurückgerufen?«

Sein Atem ging laut, ein wenig rau. »Ich würde Sie sehr gerne sprechen. Es geht um Irene ...«

Ein merkwürdiges Gefühl beschlich mich. »Was ist denn mit Irene?«

»Irene ist letzte Woche beerdigt worden.«

Mein Kopf brummte, ich konnte kein Wort herausbringen. Ich bemerkte, dass ich meine freie Hand an die Brust gedrückt hielt, als müsse ich mein Herz auffordern weiterzuschlagen.

»Was ist passiert?«, fragte ich schließlich.

Er fing an zu stottern. »Ich ... ich kann hier schlecht weg, ich weiß nicht, wenn es Ihnen nicht zu viel Mühe macht ...«

»Ich komme sofort zu Ihnen.« Ich schaute auf die Uhr. »Ich kann so gegen sechs bei Ihnen sein.« Mitten im Berufsverkehr, hätte ich beinah hinzugefügt. Rotterdam, Antwerpen, Gent – als ob sich Leo Lampert in diesem Augenblick für den Hexenkessel auf der Autobahn nach Paris interessiert hätte.

»Wir wohnen am Rijsselseweg ...«

»Ich habe Ihre Adresse. Ich bin schon auf dem Weg.«

Ich brauchte nur auf Wahlwiederholung zu drücken, um Lonneke zu erreichen. Sie war nicht begeistert von dem Aufschub und reagierte wie eine im Stich gelassene Ehefrau, als ich mich weigerte, ihr die Gründe zu nennen.

Es ging sie jedoch nichts an, noch nicht, jedenfalls.

Ich brauchte mehr als drei Stunden. Zu dem üblichen Hexenkessel kam noch eine Umleitung in der Nähe von Gent hinzu infolge eines Unfalls. Bevor die Schlange auf meiner Spur im Schritttempo vom Fahrstreifen hinuntergeleitet wurde, sah ich einen Lkw in der Leitplanke, einen umgestürzten Wohnwagen mitten auf der Fahrbahn, Autos an der Seite, ein Feuerwehrauto, die Blaulichter der Krankenwagen. Man fragt sich allmählich, warum überhaupt noch jemand das Risiko eingeht, mit dem Auto in Urlaub zu fahren oder daraus zurückzukehren.

Den Futurologen zufolge befinden wir uns, was den Verkehr betrifft, in einer Übergangsphase. Die Probleme seien eine Folge übermäßigen Wachstums – zu viel des Guten mit denselben althergebrachten Mitteln. Doch neue Möglichkeiten zeichnen sich ab: Man tippt ein Ziel in den Computer ein und das aufprallsichere Fahrzeug bringt einen schnell und gefahrlos, wohin man will. Der Mensch ist der letzte gefährliche Faktor: Holt man ihn aus der Maschine heraus, sind alle Probleme – abgesehen von Erdbeben und Überbevölkerung – gelöst.

Eine junge Frau von etwa zwanzig Jahren öffnete die Tür des frei stehenden Hauses, das von einem üppig bewachsenen Garten umgeben war. Wieder hatte ich eine Art Déjà-vu-Erlebnis, denn sie besaß dieselbe mollige

Figur wie Irene und ähnelte ihr auch vom Gesicht her. Sie schaute mich jedoch nicht freundlich, sondern traurig und reserviert an. Sie trug eine Brille; das war das Einzige, was sie, außer ihrem Alter, von Irene unterschied.

Die schlechten Augen hatte sie von ihrem Vater, stellte ich fest, als sie mich hereinließ. Leo trug eine Hornbrille mit dicken Gläsern, die seine blauen Augen stark verzerrten. Wenn sich sein Gesichtsausdruck änderte, schienen sie plötzlich aufzuleuchten und an Volumen zuzunehmen, als führten sie ein Eigenleben.

»Das ist Lieneke«, sagte Leo, »unsere Tochter. Ich habe auch noch einen zwanzig Jahre alten Sohn. Er ist gestern nach Gent zurückgefahren, er studiert da an der Universität. Er wollte eigentlich hier bleiben, aber …«

Die ganze Zeit nickte ich zustimmend. Leo war durcheinander und dann reden die Leute so – als würde jeder verstehen, was sie sagen, obwohl sie es selbst nicht verstehen. Er war einen halben Kopf kleiner als seine Tochter und Irene, und ich schätzte ihn auf Mitte fünfzig. Er hatte den Mund eines fröhlichen flämischen Schwätzers, der neugierig und an allem interessiert war und immer alles wissen wollte, doch jetzt war von Fröhlichkeit keine Spur und hinter den dicken Brillengläsern schwammen seine Augen in Seen von Traurigkeit.

»Bitte«, sagte er plötzlich geschäftig, als fielen ihm seine Pflichten als Gastgeber wieder ein. »Setzen Sie sich doch hierher auf das Sofa, das ist der beste Platz, möchten Sie vielleicht etwas essen? Wir haben …«

Er hielt inne und schaute seine Tochter an, die in der Tür stand. »Du kannst jetzt ruhig nach Hause gehen«, sagte er. »Ich komme mit Herrn Winter schon allein zurecht.«

»Max«, sagte ich.

Die junge Frau schien zu zögern.

»Bitte«, sagte Leo. »Du hast doch auch ein eigenes Leben.«

Lieneke nickte und ging zu ihrem Vater. Sie küsste ihn vorsichtig auf die Wange, als sei er ein Gefäß, das durch eine falsche Bewegung oder durch zu heftigen Trost zum Überlaufen gebracht werden könne.

»Das Essen steht in der Küche«, sagte sie.

Leo klopfte ihr auf die Schulter. Ich dachte bei mir, dass ein Vater seine Tochter bestimmt umso nötiger brauchte, wenn die Mutter nicht mehr da war. Ich weiß zu wenig über Trauer und fühle mich, wie gesagt, Angehörigen gegenüber immer unsicher und finde keine Worte. Wobei die Trauer der Menschen von unterschiedlicher Art sein kann. Wenn ein enges Verhältnis bestand zwischen Mann und Frau oder zwischen Eltern und Kind, hat die Trauer eine andere Qualität als bei dem Verlust eines Partners in einer schlechten Ehe, die sowieso schon kurz davor war, in die Brüche zu gehen. Doch selbst dann kann einen der Schock des Abrupten und Definitiven hart treffen.

Es macht einen Unterschied, wie man stirbt. Plötzlicher Tod oder langsamer Abschied. Am schlimmsten ist die absolute Ungerechtigkeit, wenn ein betrunkener Autofahrer oder eine verirrte Kugel ihr Opfer trifft.

Man kann diese Unterschiede zwar erkennen, aber man kann sich nie wirklich in eine Trauer wie die Leo Lamperts hineinversetzen. Dafür gibt es keine Ausbildung. Man kann sich einen schönen Satz ausdenken wie: »Man weiß erst, wie sehr man jemanden liebt, wenn er nicht mehr da ist.« Aber das ist nur ein Satz. Menschen wie Johann Metz und Leo Lampert schreiben aber das ganze Buch.

Leo schaute durch das Fenster seiner Tochter nach, die das Gartentor schloss und in ein kleines Auto stieg. »Sie wohnt mit ihrem Freund zusammen. Gleich hinter der Kathedrale.« Er drehte sich um. »Das ist heute eben so.«

Ich setzte mich.

»Möchten Sie vielleicht ein Bier oder etwas zu essen?«

»Ich heiße Max.«

»Gut. Ich bin Leo.« Er schob mit einer Hand seine Brille ein wenig von der Nase und rieb sich mit Daumen und Mittelfinger die Augenwinkel. Mir fiel ein, dass Flamen sich nicht so schnell duzen wie die Niederländer, vor allem, wenn sie nur wenige Kilometer von der Grenze zu Frankreich entfernt leben, wo es ebenfalls nicht üblich ist. Bei Irene war mir das auch schon aufgefallen.

»Leo, jetzt setzen Sie sich doch erst mal. Das mit dem Essen und Trinken hat doch noch einen Augenblick Zeit.«

Er blickte sich um, als sei ihm sein Haus fremd geworden und als habe er Mühe, sich einen Platz auszusuchen. Schließlich setzte er sich in den Sessel mir gegenüber, ohne die Rückenlehne zu berühren.

»Das mit Irene tut mir sehr Leid«, sagte ich. »Wie ist das denn überhaupt passiert?«

»Sie ist in den Ijzerkanal gefahren. An der Nordseite, bei den Kais, in der Nähe des Industriegebiets … Sie konnte sich nicht befreien. Sie ist ertrunken.« Leo schwieg. Er blieb kerzengerade sitzen, die Augen reglos hinter den Brillengläsern.

»Es ist bestimmt schwer, darüber zu reden«, meinte ich.

»Ich habe es schon hundert Mal erzählt und andere Leute haben es hundert Mal erklärt, während ich daneben stand. Ich will es nicht erzählen und ich will es nicht mehr hören. Aber heute Morgen bin ich wach geworden und dachte plötzlich: Es ist geschehen, es war ein Unfall, es musste so sein, du wirst dich daran gewöhnen müssen. Auch daran, darüber zu sprechen. Deswegen habe ich Sie angerufen.«

»Wann ist es geschehen?«

»Mittwoch vor einer Woche, einen Tag, nachdem sie mit Ihnen gesprochen hatte.«

»Gab es Zeugen?«

Er schüttelte den Kopf. »Es war Mitternacht; um die Zeit ist dort kein Mensch unterwegs. Vielleicht hatte sie ein paar Bierchen getrunken. Sie war auf einem Geburtstagsfest gewesen und befand sich auf dem Weg nach Hause …«

»Fuhr sie die normale Strecke?«

»Ja, sie nahm sie, wenn sie die Innenstadt meiden wollte, wo die Polizei manchmal kontrolliert. Sie fährt durch das Tor und nimmt dann diese Straße. Ich weiß nicht, sie wird müde gewesen sein, natürlich hatte sie etwas getrunken, aber sie hatte nicht übermäßig viel Alkohol im Blut.«

»Wurde eine Autopsie durchgeführt?«

Er nickte. »Tod durch Ertrinken.«

»Ist das Auto untersucht worden?«

Er wandte mir den Blick zu. »Es ist natürlich Ihr Beruf, solche Fragen zu stellen, aber an dem Auto war alles in Ordnung und es war ein Unfall.«

Ich hakte nicht weiter nach. Wahrscheinlich konnte er mit einem Unfall eher leben, genau wie Johann Metz. Vielleicht war das eine unbewusste Form der Bequemlichkeit; der Gedanke an einen Mord setzte nicht nur voraus, dass man Feinde hatte, sondern auch, dass man etwas dagegen unternehmen musste, und wenn man nicht genug dagegen unternahm, kamen vielleicht auch noch Schuldgefühle hinzu. Ich konnte ihm seine Haltung kaum verübeln.

»Warum haben Sie mich dann angerufen?«, fragte ich trotzdem.

Er zuckte mit den Schultern. »Wegen Irene. Sie hätte es so gewollt. Ihr war noch etwas eingefallen und sie versuchte, sie anzurufen … noch am selben Abend. Es war schon spät, aber Sie waren nicht zu Hause.«

»Am Abend, nachdem ich mit ihr gesprochen hatte?«

»Ja.«

Als ich Meulendijk aus dem Weg gehen wollte und

mein Bestes tat, um unerreichbar zu sein. »Worum ging es?«

»Ich weiß nicht, ob es wichtig war. Aber Irene meinte, das sei es, deshalb wollte sie, dass Sie es auch wissen. Ich denke, dass es ihr erst einfiel, als sie mit dem anderen Polizisten gesprochen hat …«

Ich unterbrach ihn. »Welcher andere Polizist?«

»Aus den Niederlanden. Sie war gerade nach Hause gekommen, als es schellte. Ich machte die Tür auf und es war ein Polizist in Zivil.«

»Wie war sein Name?«

»Van Mierlo. Er hat sich ordentlich ausgewiesen, mit einer dieser Karten mit Passfoto. Er kam aus Amsterdam, von der Kripo, sein Kollege blieb im Auto sitzen.«

»Erinnern Sie sich daran, wie er aussah?«

»Nein, nicht besonders gut. Er war so ein nordischer Typ, etwa vierzig, sehr freundlich. Er wollte meine Frau sprechen, es sei dringend. Ich sagte ihm, es passe gerade nicht sehr gut, aber dann kam Irene und ließ ihn herein. Ich habe sie beim Kochen abgelöst, damit sie in Ruhe mit ihm reden konnte. Sie hat hier eine halbe Stunde mit ihm gesessen.«

»Wissen Sie, worüber sie geredet haben?«

»Über Clara. Dieser Mann von der Kripo wusste, dass sie bereits mit Ihnen gesprochen hatte, und sagte, er würde auch selbst noch Kontakt mit Ihnen aufnehmen. Er sagte, die Ermittlungen seien praktisch abgeschlossen, sie wollten nur noch ein paar Dinge ausschließen, um absolut sicher zu sein. Er sagte auch, Irene könne die Sache getrost vergessen, da Claras Verschwinden nichts mit diesem anderen Fall zu tun habe.«

»Hat sie erzählt, dass sie Ansichtskarten von ihr bekommen hat?«

Leo nickte. »Ich glaube, sie hat alles erzählt, was sie wusste.«

»Hat sie deshalb versucht, mich anzurufen?«

»Ja ...« Er hielt inne, um seine Gedanken zu ordnen. »Nein, nicht wegen des Polizisten. Ich glaube, es war, weil sie sich so nett mit Ihnen unterhalten hatte, über ihre Erinnerungen an Clara. Sie vertraute Ihnen, es war mehr etwas Persönliches. Als wir im Bett lagen, sagte sie plötzlich: ›Das möchte Herr Winter vielleicht auch gerne wissen.‹ Sie hat Ihnen eine Nachricht auf dem Anrufbeantworter hinterlassen.«

»Was für eine Nachricht?«

»Dass sie Sie wegen dieses gebrochenen Beins sprechen wollte. Es war doch ein Skelett mit einem Beinbruch gefunden worden und Sie hatten sie gefragt, ob sich Clara je das Bein gebrochen hatte.«

Ich spürte, wie mich Aufregung überkam. »Aber Irene hat mir doch erzählt, Clara habe sich nur einmal den Finger gebrochen.«

»Ja, stimmt, aber es ging nicht um Clara, sondern um diese niederländische Freundin von ihr, Cleo. Die hatte sich einmal das Bein gebrochen, jedenfalls sagte Irene das.«

Er verstummte, als er die Zweifel auf meinem Gesicht sah.

Es klang zu unwahrscheinlich. Irene musste sich geirrt haben. Röntgenaufnahmen von der Fraktur hatten in sämtlichen niederländischen Krankenhäusern und Kliniken die Runde gemacht. Cleopatras medizinische Vergangenheit war lückenlos bekannt. Sie hatte sich niemals das Bein gebrochen.

Dennoch war jemand das Risiko eingegangen, in mein Büro einzudringen und meinen Anrufbeantworter zu löschen, weil ich Irenes Bericht über Cleo nicht hören sollte. Es konnte sich natürlich auch um eine völlig andere Nachricht handeln, aber warum war Irene dann noch nicht einmal vierundzwanzig Stunden später ihrem sicheren Tod entgegen in den Ijzerkanal gefahren?

Dieser Zufall war förmlich mit negativer Harmonie geladen. Ich habe durch eigene böse Erfahrungen gelernt, niemanden zu unterschätzen, vor allem keine Kriminellen. Manchmal kann man sich die Tatsache zu Nutze machen, dass sie sich – falls es zu lange dauert, bis sie geschnappt werden – überlegen fühlen, schlauer als die anderen, und dass sie glauben, sie seien unverwundbar. Teilweise entwickeln sie auch eine Art dreister Frechheit, die sie zu merkwürdigen, grausamen Spielchen verleitet, etwa zu dem Gebrauch von Fußballernamen in einer Sache, bei der es um einen Minister geht.

Ich dachte an das Auto am Ende der Patteelstraat und an den Mann auf dem Platz, der, als die fahnenschwenkenden Streikenden den Blick auf ihn freigaben, anfing, einer imaginären Person zuzuwinken und anschließend im Hotel Regina verschwand. Sie waren mir gefolgt und ich war es, der sie zu Irene Lampert geführt hatte. Ich wagte es kaum, Leo anzusehen.

»Wann sollte sich Cleo denn das Bein gebrochen haben?«, fragte ich.

»Ich glaube, etwa fünf Jahre, bevor sie Clara kennen lernte.«

»Woher wusste Irene das?«

»Clara hatte es ihr wohl erzählt. Sie hatte ihrer Freundin einmal vorgeschlagen, eine Woche zum Skilaufen zu fahren, aber Cleo wollte nichts davon wissen, weil sie sich dabei einmal das Bein gebrochen hatte. Stattdessen haben sie dann eine Kreuzfahrt auf dem Mittelmeer gemacht.«

»Wo hatte sich Cleo das Bein gebrochen?«

»Irene meinte, in der Schweiz. Natürlich in einem dieser schicken Wintersportorte.«

Er schaute mich besorgt an, als sei er unsicher, ob es richtig gewesen war, dass er mich wegen einer solchen Kleinigkeit durch das abendliche Verkehrschaos hatte hierher kommen lassen.

»Hat sie das auch dem Polizisten erzählt?«

Er nickte. »Deswegen wollte sie es auch Ihnen erzählen. Ich hoffe, es nützt Ihnen etwas?«

Ich lächelte den feuchten Schimmer hinter den Brillengläsern an. Ich konnte ihm unmöglich meine Vermutungen mitteilen. »Ich bin froh, dass Sie es mir erzählt haben. Eine der netten Erinnerungen, die ich an Irene habe, war dieses besondere Bier, das sie auf der Café-Terrasse für mich bestellt hat. Falls Sie es im Haus haben, würde ich jetzt gerne ein Glas davon trinken.«

Leo stand sofort auf. »Ich weiß, welches Sie meinen. Ich trinke auch eines mit.« Er blieb stehen, als fiele ihm etwas ein, und lächelte bitter. »Irene wäre bitterböse auf mich, wenn sie wüsste, dass ich Sie hier eine halbe Stunde so habe sitzen lassen, ohne …«

Er unterbrach sich mit einer unbeholfenen Geste und eilte aus dem Zimmer.

Es war bereits nach Mitternacht, als ich in meine Wohnung zurückkehrte, und ich gönnte mir den Luxus, bis zehn Uhr am nächsten Morgen auszuschlafen. Draußen hatte der Sommer inzwischen einem bewölkten, trüben Wetter Platz gemacht.

Nieselregeln rieselte auf die Gärten und ich ging hinaus auf den Balkon, um die durchnässten Kissen von den Stühlen zu nehmen und aufrecht an die hintere Wand zu lehnen, damit sie sich nicht in meinem hübschen Wohnzimmer austropfen mussten. Die Amseln hatten sich zurückgezogen.

Es war nichts Wichtiges in der Post außer der deprimierenden Nachricht, dass die prompte Überweisung der Firma Meulendijk mich kaum aus den roten Zahlen herausgebracht hatte, dank der Eskapade nach Malta. Mein Leben ist gespickt mit regelmäßig wiederkehrenden Ermahnungen vernünftiger Freunde, mir endlich einmal eine ›Reserve‹ anzulegen. Das Problem ist allerdings, dass sich fortwährend Dinge ergeben, die ich aufregender finde als eine vernünftige Geldanlage. Immer wieder, wenn ich deswegen ernsthafte Probleme bekomme, wird mir natürlich klar, dass meine Freunde Recht haben. Aber das ändert dann auch nichts mehr.

Ich notierte die Zahl 1980 und schaute sie an.

Im Juli dieses Jahres nahm Cleopatra nach einem heftigen Streit mit ihrem Ehemann ein Taxi nach Schiphol, um mit einer Freundin oder einem Liebhaber in Urlaub zu fliegen. Sie checkte ein für den Katastrophenflug nach Teneriffa. Ihr Gepäck ging an Bord. Ihr Name stand auf der Passagierliste. Jeder andere Name auf der Liste hätte ihre Freundin oder ihr Freund sein können. Wenn man ein Jahr lang Zeit hätte, würde man das vielleicht herausbekommen.

Eine andere Theorie war, dass sie es sich plötzlich anders überlegte, kurz bevor sie durch die Sicherheitsschleuse ging, und dass sie – ob mit oder ohne Freund oder Freundin – ein anderes Flugzeug mit unbestimmtem Reiseziel nahm. Das war durchaus kein undurchführbares Unterfangen. Die offizielle Passagierliste war die der Fluggesellschaft und sie beruhte auf den Angaben, die der Eincheckschalter gemeldet hatte. Um zu verhindern, dass die Stewardess in der Schleuse zum Flugzeug ihr Fehlen dem Eincheckschalter durchgeben würde, hatte Cleopatra sich im letzten Moment mit einer Ausrede bei ihr abgemeldet. Die Stewardess war zusammen mit all den anderen verunglückt und konnte niemandem mehr etwas davon erzählen.

Doch warum änderte sie ihre Reisepläne? Hatte sie es bereits von vornherein so geplant? Oder wartete ihr Liebhaber auf sie mit einer besseren Idee und Tickets nach Kuwait oder Rom, wie Lonneke zu glauben schien, weil sie zwei Jahre später eine rätselhafte Ansichtskarte aus Pisa erhielt?

Aber bis jetzt erschien mir das Jahr 1980 hauptsächlich als das Jahr von Clara.

Cleveringa fing mit der acht Jahre jüngeren attraktiven Freundin seiner Frau ein Verhältnis an. Cleopatra schöpfte Verdacht und schaltete einen Privatdetektiv ein. Vielleicht fand der Mann es nicht heraus, da die Bombe nie platzte und das Verhältnis weiterlief bis Mitte 1980. Trotzdem war es Ende 1979 aus mit der Freundschaft zwischen Cleopatra und Clara.

Die Kernfrage war: Wozu dieses ganze Theater? Wir schrieben das Jahr 1980. Sie hätten sich einfach scheiden lassen oder sich gegenseitig mit Kochtöpfen bewerfen und den Streit wieder beilegen können. Cleveringa war damals noch einfaches Parlamentsmitglied, kein Minister. Außenminister wurde er erst fünf Jahre später.

Ich dachte an Lonnekes Bemerkung, dass es Cleo gewesen war, die das Geld besaß. Vielleicht wäre eine Scheidung äußerst unvorteilhaft für Cleveringa gewesen. Vielleicht verursachte Clara die Probleme, weil sie mehr wollte als nur eine Affäre. Vielleicht hatte sie die Pille absichtlich abgesetzt, um schwanger zu werden und Cleveringa die Pistole auf die Brust zu setzen. Dann war sie vermutlich bereits schwanger, als sie ihre Arbeitsstelle aufgab und nach Loosdrecht zog. Laut Irene dachte Clara, sie hätte es geschafft: Stakie würde sich scheiden lassen, damit sie beide heiraten konnten. Doch warum hielt sie ihre Schwangerschaft vor ihrer besten Freundin geheim und erzählte auch ihr nicht, wer Stakie war?

Aber Stakie ließ sich nicht scheiden. Er kaufte sich mit einem kleinen Vermögen von Clara los und ließ sie von der Leibwache Betty ohne viel Aufhebens nach Malta abschieben, höchstwahrscheinlich mit der Auflage, dass sie für immer von der Bildfläche verschwunden bleiben müsse. Clara hatte das Glück, Johann Metz zu begegnen, wodurch sie der Bedingung leichter Folge leisten konnte. Außerdem ließ sie niemanden zurück, der sie vermisst hätte, abgesehen von ihrer Freundin Irene in Ypern.

Zehn Jahre später wurde Clara ermordet, weil sie es gewagt hatte, ihre Isolation zu durchbrechen und Cleo um Geld zu bitten. Als das geschah, 1990, war Cleveringa bereits Minister. Trotzdem erschien mir, falls es nur darum ging, eine außereheliche Beziehung geheim zu halten, Mord ein grobes und riskantes Mittel. Es musste noch mehr dahinter stecken als nur ein Flecken auf der weißen Weste eines sauberen Ministers. Etwas in der Größenordnung eines früheren Mordes zum Beispiel oder eines schweren Falls von Korruption.

Ich rief Gert Verhagen in der Polizeiwache Vechtstreek an.

»Max, du wirst doch sicher Verständnis dafür haben, dass ich den Knochenbruch nicht mehr an die belgischen Krankenhäuser weitergeleitet habe. Vrijman hat mich gefragt, ob ich verrückt geworden sei.«

»Wieso? Sind die Unterlagen aufgetaucht?«

»Ja, im Krankenhaus von Kampen ist man sich zu achtzig Prozent sicher, dass es die richtigen sind.«

»Was für ein Krankenhaus?«

Er schwieg einen Moment. »Bist du auf dem Mond gewesen, oder was?«

»Ich bin gerade erst zurückgekommen. Was ist in Kampen?«

»Da hat Irma Tilmans gewohnt, eine dreißig Jahre alte ledige Kellnerin, die seit Juni 1983 als vermisst galt. Hugo Balde hat gestanden, sie nach seinen üblichen Praktiken unter dem Tennisplatz von Buchenstein verscharrt zu haben.«

»Das ist aber ein ganzes Ende von Kampen entfernt. Warum hat er sich den Tennisplatz ausgesucht?«

»Muss ich ausgerechnet dir noch etwas über Balde erzählen? ›Ja, wisst ihr, irgendwo musste ich sie doch loswerden.‹«

Ich schnaubte ungläubig. »Wie ist er dorthin gekommen und woher wusste er, dass dort ein Tennisplatz angelegt wurde, dass die Baustelle noch offen lag und …«

»Behalt deinen Sarkasmus gefälligst für dich.«

»Bist du allein?«

»Ja. Ich sag dir mal, was ich denke. Du weißt, es gibt verschiedene Techniken, einen Verdächtigen zu verhören. Es kommt nur darauf an, was man erreichen will. Wenn man von oben schwer unter Druck gesetzt wird, die Ermittlungen endlich abzuschließen, und man hat zufällig einen Typen wie Hugo Balde an der Hand, der gern alles auf sich nimmt, dann kann man seine Fragen so stellen, dass er sie nur noch mit ja zu beantworten braucht. – ›Sie sind also mit ihr zur Vecht gefahren?‹ – ›War das an dem und dem Tag?‹ – ›Und da haben Sie von jemandem gehört, dass dort ein Tennisplatz angelegt wurde?‹ – Und wenn man das alles durchgekaut hat, wiederholt man es noch einmal und lässt dabei den Kassettenrekorder mitlaufen. – ›Wo sind Sie hingefahren?‹ – ›An welchem Tag?‹ – ›Wie sind Sie auf die Idee mit dem Tennisplatz gekommen?‹«

»Der Zeuge als gelenktes Projektil. Bist du dabei gewesen?«

»Nein. Ich kann mir allerdings gut vorstellen, dass es so gelaufen ist, weil ich weiß, dass es Druck von oben gab. Aber ich habe inzwischen andere Dinge am Hals, genau wie der Rest der Niederlande.«

Die Stille summte einen Moment im Apparat. »Wie war das mit dem Krankenhaus?«

»Irma hat sich einmal das Bein gebrochen. Die Fraktur wurde ambulant behandelt; man hat Röntgenaufnahmen gemacht, aber das war vor dreißig Jahren und deshalb nicht im Computer gespeichert. Irgendwann hat dort jemand von der Verwaltung im Archiv eine Aufnahme wieder gefunden, schlechte Qualität, Röntgenfotos verblassen wohl auch mit der Zeit, wenn sie im falschen Keller gelagert werden. Meiner Meinung nach weiß man noch nicht mal, ob es das rechte oder das linke Bein war, aber sie reden von achtzigprozentiger Sicherheit. Zusammen mit den Behauptungen von Hugo Balde macht das dann hundert Prozent Sicherheit, dass es Irma war. Zufrieden?«

»Wer ist hier sarkastisch?«

»Komm doch mal zum Essen vorbei, wenn du in der Nähe bist. Meine Frau kocht fantastisch – aber nur unter der Voraussetzung, dass wir uns nicht über Tennisplätze unterhalten.«

»Ist je von Geld die Rede gewesen? Zum Beispiel davon, dass Cleopatra das Vermögen mit in die Ehe gebracht hatte?«

»Ich dachte, Cleopatra hätten wir abgeschrieben wegen der Flugzeugkatastrophe und dem nicht gebrochenen Bein? Cleo hatte keine anderen Erben als Cleveringa und natürlich ihre Tochter, aber die war erst acht Jahre alt und da braucht man nur die Vormundschaftsgesetze ein wenig kreativ auszulegen. Du kannst davon ausgehen, dass Cleveringa alles gekriegt hat.«

»Hast du eine Ahnung, wie viel ungefähr?«

»Cleo war die einzige Erbin der Teulings. Ich denke, dass auch nach Abzug der Erbschaftssteuer noch ein paar Millionen übrig geblieben sind.«

Ich bedankte mich bei ihm und legte auf. Ich wunderte mich nicht über den Druck von oben. Es musste noch nicht einmal böse Absicht dahinter stecken: Es genügte der vage Hinweis eines Justizministers, die Sache nicht zu kompliziert zu machen und die Belastung für Cleveringa so gering wie möglich zu halten. Schließlich hatte der Mann doch nichts damit zu tun …

Mein Blick fiel auf eine weitere Notiz und ich rief im Präsidium in der Herengracht an und fragte nach Bart Simons.

»Ich habe hier Kopien liegen«, sagte Bart missmutig. »Von der Gemeinde Utrecht, über eine gewisse Mending, Clara Elisabeth.«

»Entschuldige bitte«, sagte ich und seufzte. »Ich habe total vergessen, dich anzurufen. Lass sie einfach liegen.«

»Du meinst, dass du sie nicht mehr brauchst?«

»Nein, nicht mehr.«

»Dann habe ich also für nichts und wieder nichts eine Gebühr von 12,50 Gulden von meinem ureigenen Schweizer Konto überwiesen?«

»Bart, ich weiß absolut nicht, wie ich das je wieder gutmachen soll! So, und jetzt kannst du aufhören zu meckern.«

Er lachte. »Woran arbeitest du denn im Moment?«

»Am Samstagabend haben die Leute von der Warmoesstraat einen gewissen Gerrit de Groot mit einer Ladung gestohlener Computer erwischt und festgenommen. Kannst du für mich feststellen, wer für die Sache verantwortlich ist?«

»Ist das dein Ernst?«

»Ich versuche nur, mein täglich Brot zu verdienen.«

»Ich glaube, wir zwei müssen bald mal ernsthaft miteinander reden. Warte einen Moment.«

Er legte den Hörer beiseite und ich hörte im Hintergrund die vertrauten Geräusche eines Polizeibüros voller Menschen und, etwas näher, die Stimme von Bart am anderen Telefon. Fetzen von Gelächter, die Vergangenheit: Kameradschaft und Kollegenneid, Intrigen und Rückendeckung. Man vertraut nur Gott und seinem Partner, den einzigen beiden, denen man nichts zu erklären braucht. Manchmal, bei einer Hochzeit oder einem Todesfall, bilden scheinbar alle zusammen eine eingeschworene Gemeinschaft – an anderen Tagen ist es die reinste Ellenbogengesellschaft.

Die Hintergrundgeräusche wurden ausgeblendet. »Max? Ich glaube, Koos Geerigs ist der Mann, an den du dich wenden musst. Ich habe ihm erklärt, dass du in Ordnung bist.«

Ich erinnerte mich an Geerigs, ein Baum von Mann in den Fünfzigern, mit dem ich einmal einen ernsthaften Zuständigkeitskonflikt gehabt hatte.

Er nahm sofort den Hörer ab. »Geerigs, Warmoesstraat.«

Ich nannte meinen Namen und setzte zu einer Erklärung an. Prompt unterbrach er mich. »Die Gerrit-de Groot-Sache ist ein Witz. Und dass er einen Privatdetektiv engagiert hat, ein absoluter Brüller. Haha.«

»Wenn du nichts dagegen hast, hätte ich trotzdem ein paar Fragen.«

»Nur zu, Junge.«

»Hattet ihr einen Tipp bekommen? Ihr habt ja praktisch am anderen Ende der Straße auf ihn gewartet.«

»Die Firma Goos & Bering hat einen stillen Alarm. Der ist ausgelöst worden. Wir fuhren gleich hin; schließlich sitzen wir praktisch um die Ecke. Jimmy sieht, wie der Lieferwagen ein bisschen hektisch losfährt, und da haben wir ihn angehalten.«

»Meinst du Jimmy de Keizer?«

»Ja, er saß vorne drin, neben einem von uns in Uniform.«

»Was meinst du damit, der Lieferwagen ist ein bisschen hektisch losgefahren?«

»Ich meine, dass de Groot nervös war, das ist doch normal, wenn man sich mit der Beute aus dem Staub macht.«

»Vielleicht war der Junge aber auch nur ungeschickt, weil er zum ersten Mal in diesem Auto saß?«

Geerigs war einen Moment still. »Bist du sein Rechtsanwalt oder was?«

»Was für einen Eindruck hattest du von de Groot? Hast du ihn selbst verhört?«

»Ja, klar. Er ist einfach eine linke Ratte, die mir meine Samstagnacht und einen Teil vom Sonntag versaut hat.«

»Hat die Untersuchung des Wagens etwas ergeben?«

»Außer der Beute nicht, nein. Ein Haufen alter Fingerabdrücke mit Wischflecken darüber, weil alle bei diesem Job Handschuhe getragen haben. Auf dem Türgriff, auf dem Lenkrad und dem Schaltknüppel haben wir nur die Fingerabdrücke von Gerrit de Groot gefunden.«

»Und da klingelt's nicht bei dir?«

Geerigs lachte. »Doch, der hat wohl in der Hektik vergessen, seine Handschuhe anzuziehen.«

»Und der Wagen selbst?«

»Ein Transit, gestohlen bei Horton Trucks, die haben in Werkendam ein Riesengelände voller Gebrauchtwagen und Lieferwagen. Mit so was kennt sich der Junge natürlich gut aus. Sein Vater und er handeln schließlich selbst mit Gebrauchtwagen.«

»Nicht jeder Gebrauchtwagenhändler ist per se ein Krimineller.«

Der Beamte lachte wieder. »Okay, sie kriegen alle von mir ein ›im Zweifel für den Angeklagten‹.«

Ich lachte mit. »Und wie werdet ihr jetzt weiter vorgehen?«

»Das werde ich dir bestimmt nicht auf die Nase binden«, sagte Geerigs. »Aber du warst doch früher selbst bei uns, also was glaubst du?«

»Ich werde versuchen, meinen Klienten davon zu überzeugen, dass meine Exkollegen noch weiter suchen und sich nicht einfach mit dem Fahrer zufrieden geben.«

Die kurze Stille im Hörer klang so, als wolle sich Geerigs darüber klar werden, ob das ein Kompliment war oder eine verkappte Beleidigung.

»Es wäre hilfreich, wenn er uns seine Komplizen nennen würde«, sagte er dann. »Seine Geschichte ist doch Scheiße. Dieser Parkplatz, wo er den Wagen angeblich hinfahren sollte, macht überhaupt keinen Sinn. Hinter dem Computerladen befindet sich ein Tor mit Kette und Vorhängeschloss. Die Kette war durchgeschnitten, die Zange lag hinten im Transit. Auf der Rückseite des Gebäudes ist eine Alarmanlage installiert, da, wo die Ware an- und ausgeliefert wird. Sie wurde nicht ausgelöst, vielleicht weil sie gar nicht eingeschaltet war.«

»Warum sagst du ›vielleicht‹?«

»Weil de Goos ein zerstreuter alter Kerl ist. Er schwört, er habe sie eingeschaltet. Aber er kann es nicht mit hundertprozentiger Sicherheit sagen.«

Ich lachte. »Und was ist mit dem stillen Alarm?«

»Ist über eine Zeitschaltuhr geregelt, schaltet sich automatisch ein.«

»Ich habe ein kleines Problem mit der Zeit«, sagte ich. »Wenn dieser stille Alarm losging, sobald sie durch die Tür kamen, wie können sie dann Zeit genug gehabt haben, den Wagen voll zu laden und zum Tor hinaus zu sein, bevor die Polizei überhaupt in der Nähe war?«

»Scheiße, Mann, so genau wollen wir's ja nun wirklich nicht wissen. Du kennst das doch. Es ist Samstagnacht, unsere Leute sind überall unterwegs, der Alarm geht in der Zentrale los, dann wird er an uns weitergeleitet, die beiden Streifenwagen in der Nähe haben alle Hände voll zu tun mit einer Straßenschlägerei, es wird immer später, und bis Jimmy mit dem letzten Uniformierten hier in einen Wagen springt, ist schon eine halbe Stunde vergangen.«

Das Samstagabendfieber. »Vielleicht hatten sie einen Insider.«

Geerigs seufzte. »Es gibt dort acht Mann festes Personal und zwei Zeitarbeitskräfte. Alle haben ein Alibi.«

»Wer von ihnen wusste nichts von dem stillen Alarm?«

Sein Lachen klang diesmal aufrichtiger. »Sechs von den zehn wissen davon. Deshalb konzentrieren wir uns auf die anderen vier. Die Zeitarbeitskräfte und zwei Jungs, die erst seit einem Jahr dort arbeiten.«

»Keine Vorstrafen?«

»Fehlanzeige. Nichts.«

»Geldprobleme?«

»Weißt du, was das kostet, wenn man dahinter kommen will? Auf den ersten Blick scheinen aber keine Spielsüchtigen oder krankhaften Puffbesucher dabei zu sein.«

»Du würdest mir eine Menge Arbeit ersparen, wenn ich die Personalliste einsehen dürfte«, meinte ich. »Ich meine, mit euren Anmerkungen.«

Wieder blieb Geerigs einen Moment still. »Das wäre aber eine Ausnahme und ziemlich gegen die Regeln.«

»Stimmt schon.«

»Wir betrachten Hilfe aus der Bevölkerung immer mit einem gewissen Misstrauen«, sagte er dann.

»Daran kann ich mich noch erinnern.«

»Die Leute fangen an, sich gegenseitig zu bespitzeln, und nicht viel später herrscht Terror in den Straßen.«

»Absolut richtig«, stimmte ich vollmundig zu.

»Auf der anderen Seite muss ich mich hier auch noch mit einem Doppelmord und zehn weiteren Fällen herumschlagen. Aber selbst das ...« Er überlegte einen Moment und sagte dann: »Ich muss das mit Versteeg klären. Gib mir auf alle Fälle schon mal deine Faxnummer.«

»Was wolltest du sagen mit: aber selbst das ...?«

»Sogar dieser Berg an Arbeit dürfte kein Grund sein, diese Liste an dich weiterzugeben. Ich ziehe das nur in Betracht, weil ich es wirklich zum allerersten Mal erlebe, dass es einem kleinen Einbrecher in den Sinn kommt, einen Privatdetektiv zu engagieren, um die Arbeit der Polizei noch mal zu machen.«

»Du glaubst also, Gerrit könnte unschuldig sein?«

»Oder besonders schlau. Tu dein Bestes. Ich nehme an, du hältst mich auf dem Laufenden. Ohne dich hätte der Witzbold sowieso keine Chance, ich meine, vorläufig habe ich ihn jedenfalls noch in der Zange.«

7

Lonneke war schon da. Ihre blonden Haare waren feucht vom Regen, denn sie hatte natürlich, genau wie ich, ihr Auto nur auf dem Parkplatz direkt hinter den städtischen

Uferkais abstellen können und war im Laufschritt die enge Straße entlanggerannt. Wie überall in den Innenstädten wird das Parkplatzproblem auch in Muiden mit gusseisernen, auf antik getrimmten Hindernissen bekämpft. Außer uns waren noch einige andere Gäste im Lokal, die zusammen genug Feuchtigkeit mit hereingebracht hatten, dass die Fenster beschlugen. Durch die Scheiben blickte man auf den Kanal, verlassene Uferterrassen und vertäute kleine Fischerboote der *Segelflotte Muiden.* Die braunen Segel waren um die Giekbäume gewickelt und tropften auf nasse Decks. Durch den Regen und den Dunst erschien alles genauso verzerrt und traurig wie Leos Augen hinter seinen Brillengläsern.

Schirmlampen und Kerzen brannten, um der trübseligen Dämmerung eine intime Atmosphäre zu verleihen. Ich schüttelte meine Jacke aus, hängte sie an den Garderobenständer neben der Tür und ging an einem asiatischen Paar vorbei zu Lonneke, die einen runden Tisch in der Ecke gewählt hatte. Ich begrüßte sie und reichte ihr die Hand. Ein alter Mann am Nebentisch zwinkerte mir aus unerfindlichen Gründen zu.

»Hallo«, sagte Lonneke.

Sie verhielt sich irgendwie gehemmt, als wisse sie nicht so recht, wie sie mit jemandem umgehen sollte, dem sie in einer Gefühlsaufwallung private Dinge anvertraut hatte. Es war die Art von ungeschickter Schüchternheit, die die Leute verspüren, wenn sie neben dem Unbekannten erwachen, mit dem sie in der Nacht zuvor betrunken im Bett gelandet sind.

»Ich habe schon einen Sherry bestellt«, sagte sie, als eine junge Frau mit Speisekarten zu uns an den Tisch kam.

Ich nickte. »Einen schottischen Whisky bitte, mit Eis, ohne Soda.«

Die junge Frau verschwand. Lonneke öffnete die in Leder gebundene Speisekarte, warf einen Blick darauf und sagte: »Ich bezahle selbst.«

»In Ordnung. Ich leide nicht unter übertriebenem Machismo.«

Sie lächelte nicht. »Ich war ziemlich überrascht …«, begann sie.

Überrascht zu sein war offenbar eine typische Eigenschaft in dieser Familie. »Lassen Sie uns erst bestellen, dann haben wir das schon mal hinter uns«, schlug ich vor. »Oder haben Sie es eilig?«

»Nein, aber ich finde das Ganze hier reichlich albern.« Sie starrte mit ausdruckslosem Gesicht in die Speisekarte.

Ich wollte eine Bemerkung machen, hielt mich aber zurück und studierte die Auswahl der Gerichte. Alles war teurer als im Hotel St. Patrick. Lonneke wählte als Vorspeise Räucherlachs und als Hauptgang eines der Fischgerichte, während ich mich für herzhafte Tournedos sowie eine luxuriöse Vorspeise mit *foie gras* und einen südafrikanischen Wein entschied, der garantiert nicht zu meinem Whisky passte.

Ich nahm einen Schluck von meinem Drink und fragte: »Wieso albern?«

»Ich habe einen lächerlichen Abschlussbericht von Meulendijk bekommen und dazu die Rechnung.«

»War die Rechnung übertrieben?«

»Die Rechnung war in Ordnung, aber darum geht es nicht.«

»Hat Ihnen der Bericht nicht gefallen?«

Sie erwiderte feindselig meinen Blick. »Die Ermittlungen wurden eingestellt. Warum?«

»Weil die Polizei den Täter überführt hat.«

»Ja, so steht es im Bericht, und dass keinerlei Verbindung zu meiner Mutter bestehe.«

»Sie dagegen glauben noch immer, dass es eine solche Verbindung gibt.«

»Vielleicht war Meulendijk nicht die richtige Wahl. Ich hätte mir einfach einen guten Spürhund suchen sollen, jemanden, der nicht auf Minister und Staatsanwälte hört.«

»Haben Sie Meulendijks Rechnung bezahlt?«

Sie zuckte mit den Schultern. »Natürlich.«

»Dann haben Sie mit Meulendijk nichts mehr zu tun.«

Sie schaute mich herausfordernd an. »Deswegen ist das hier einfach albern. Wenn ich mit Meulendijk fertig bin, bin ich auch mit Ihnen fertig!«

»Aber Sie wollten mich trotzdem sprechen.«

»Weil mir die Sache im Magen liegt. Weil ich einfach nicht glauben kann, dass Sie nicht mehr herausgefunden haben als das, was in dem Bericht steht! Ich hatte mehr von Ihnen erwartet!«, fügte sie in scharfem Ton hinzu.

Die Kellnerin brachte die Vorspeisen und lächelte beschwichtigend, als seien wir ein frisch verheiratetes Ehepaar, das gerade seinen ersten Streit durchmacht. Lonneke wählte das richtige Fischmesser und stach es in den Lachs.

»Sie glauben, dass Ihre Mutter nicht in diesem Flugzeug saß«, sagte ich. »Sie haben eine Karte von ihr bekommen, aus Pisa. Was Sie denken oder dachten, ist, dass das Skelett unter dem Tennisplatz Ihre Mutter war. Okay?«

»Genau. Sie brauchen mich nicht mit Samthandschuhen anzufassen.«

»Das hatte ich auch nicht vor. Ich habe diesen Detektiv aufgestöbert, der 1979 von Ihrer Mutter eingeschaltet wurde.«

Sie unterbrach mich gereizt. »Davon steht aber nichts im Bericht!«

Ich übte mich in Geduld. »Deswegen erzähle ich es Ihnen ja jetzt. Der Detektiv ist inzwischen verstorben, aber seine Frau erinnert sich daran, dass Ihre Mutter ihn engagierte, weil sie vermutete, Ihr Vater habe ein Verhältnis mit einer anderen Frau.«

Lonneke schaute abrupt von ihrem Lachs auf. Das Blut wich aus ihrem Gesicht. »Und, stimmte das?«

»Ich glaube schon. Deshalb bin ich nach Malta geflogen.«

Lonneke runzelte grimmig die Stirn.

Die Kellnerin kam und sah ihren Gesichtsausdruck. »Sind Sie nicht zufrieden?«, fragte sie besorgt.

»Alles wunderbar«, sagte ich. »Bitte warten Sie noch einen Moment mit den Tournedos.«

»Wer war diese Frau?«, fragte Lonneke, als die Serviererin weg war.

»Können Sie sich an Clara Mending erinnern, eine Freundin Ihrer Mutter?«

»Eine blonde Dame, ziemlich mollig? Vage. Ich war ja erst sechs oder sieben.«

»Clara Mending arbeitete bei dem Rechtsanwalt Ihrer Familie, Brinkman. So lernten sich die beiden kennen. Sie wurden dicke Freundinnen. Doch Ihr Vater fing ein Verhältnis mit Clara an, Ihre Mutter kam dahinter und beendete Ende 1979 die Freundschaft. Ich könnte mir vorstellen, dass der Streit sich um diese Affäre drehte, als Ihre Mutter 1980 so plötzlich in Urlaub fuhr. Clara erwartete, dass Ihr Vater sie heiraten würde. Doch stattdessen kaufte er sich von ihr los, mit einem großen Betrag, so um die vierhunderttausend Gulden ...«

»Was?« Lonneke schnappte nach Luft.

»Er ließ sie nach Malta bringen, mit der Auflage, dass sie nie wieder etwas von sich hören lassen dürfe. Sie heiratete einen Deutschen. Zehn Jahre später, 1990, ertrank sie unter mysteriösen Umständen.«

Lonneke schaute mich sprachlos an. Dann fragte sie: »Was meinen Sie mit ›unter mysteriösen Umständen‹?«

»Sie ging an einer Stelle schwimmen, wo sie schon seit Jahren täglich schwamm. Einen Monat, bevor sie ertrank, hatte sie Ihrer Mutter einen Brief geschrieben. Sie brauchte Geld.«

»Aber meine Mutter war nicht mehr da.« Lonneke schwieg ein paar Sekunden.

»Nein. Wie dem auch sei: Claras Ehemann weiß nichts von ihrer Vergangenheit. Er glaubt, es sei ein Unfall gewesen, und das glauben auch alle anderen dort.«

»Aber Sie nicht?«

Ich schüttelte den Kopf. »Ich werde es Ihnen später erklären, falls ich diesen Fall weiter verfolge. Ich arbeite auf selbstständiger Basis für Meulendijk, ich kann tun, was ich will.«

»Möchten Sie denn weitermachen?«

»Ich habe das Gefühl, dass sich gewisse Leute ziemlich viel Mühe gegeben haben, gewisse Dinge unter den Teppich zu kehren. Ich weiß nicht, ob Sie sie wieder hervorholen möchten. Es ist Ihre Familie. Vielleicht kommen dabei sehr unschöne Dinge zum Vorschein, Dinge, für die man ins Gefängnis kommt. Man hat mich schon genug in meiner Arbeit behindert und ich kann Ihnen nichts garantieren.«

Lonneke starrte in den Regen, der an die Fensterscheiben prasselte. Auf ihrem Teller war noch Lachs übrig, aber offenbar wollte sie nichts mehr davon, denn sie hatte ihr Besteck darüber gelegt. Die junge Frau brachte dem alten Herrn am Nebentisch Kaffee und kam dann an unseren Tisch, um die Teller abzuräumen.

Lonneke entschuldigte sich und verschwand mit ihrer Handtasche durch eine Tür im hinteren Teil des Restaurants, um sich ihre Cleveringa-Nase zu pudern oder was immer Frauen auch tun, wenn sie aus dem Gleichgewicht geraten. Ich zündete mir eine Gauloise an und trank von dem würzigen Wein. Der Koch brachte Schüsseln mit flambierten Kirschen und einem zischenden Feuerwerk an den Tisch der Asiaten. Ich beschloss, Lonnekes Halbbruder vorerst unerwähnt zu lassen.

Lonneke kam zurück. Sie lächelte gezwungen und setzte sich. Sie stellte ihre Tasche neben sich auf den Boden und nahm einen kleinen Schluck Wein. »Ich möchte, dass Sie mit den Ermittlungen fortfahren«, sagte sie dann.

»Egal was dabei herauskommt?«

»Selbstverständlich. Ich werde die Rechnung zahlen.«

Ich nickte. »Sie können mir dabei helfen. Ich muss zum Beispiel herausbekommen, wo Ihre Mutter früher Ski gelaufen ist. Ich glaube, es war in der Schweiz, aber ich muss es genau wissen.«

»Es gibt alte Fotos von ihr im Schnee.«

»Das muss noch vor Ihrer Geburt gewesen sein. Sie hörte mit dem Skilaufen auf, weil sie sich dabei einmal das Bein gebrochen hat.«

Sie schaute mir direkt in die Augen. Sie verstand sofort, worauf ich hinauswollte. »Können Sie das beweisen?«

»Dafür muss ich wissen, wo es war. Ihren Vater können Sie nicht danach fragen. Glinka vielleicht, aber nicht zu auffällig und nur, wenn Sie sich ganz sicher sein können, dass sie nicht mit Ihrem Vater oder Hélène darüber spricht. Sie wissen, was ich meine.«

»Ja, natürlich«, antwortete sie zögernd. »Nur würde Glinka ... Wenn man sich das Bein bricht, muss man doch vier oder sechs Wochen lang einen Gips tragen? Daran würde sie sich doch erinnern. Warum hat sie dann nichts gesagt?«

Ich ließ sie allein mit ihren Fragen ringen. Ich konnte sie ihr nicht beantworten. Die Kellnerin brachte den Hauptgang und Lonneke begann schweigend, ihre Seezungenfilets zu verzehren. Der alte Mann zahlte. Auf dem Weg zur Tür blieb er an unserem Tisch stehen. Er legte die Hand auf meine Rückenlehne und neigte sich vertraulich zu mir herunter. Er hatte ein faltiges, verwittertes Gesicht mit kleinen, stechenden Augen.

»Ich habe da so für mich allein gesessen und nachgedacht«, sagte er. »Ich bin jetzt vierundsiebzig.«

»Das sieht man Ihnen aber nicht an«, sagte ich höflich.

»Das können Sie Ihrer Großmutter erzählen. Ich war im Widerstand«, fuhr er fort. »Manchmal versuchten die Deutschen, Agenten bei uns einzuschleusen. Wissen Sie, was wir dann gemacht haben?«

»Den Scheveningentest?«, riet ich.

Er sah enttäuscht aus, weil ich ihm sein Späßchen verdorben hatte, und er wandte sich an Lonneke. »Man lässt sie das Wort ›Scheveningen‹ aussprechen. Dadurch fliegen sie sofort auf, weil sie es nicht richtig aussprechen können. Das kann kein Nichtniederländer.«

»Scheveningen«, sagte Lonneke.

Der alte Mann nickte und warf einen verstohlenen Blick hinüber zu den Asiaten. »Darüber habe ich nachgedacht«, sagte er. »Wenn man das heute verlangen würde, müsste man die halbe Bevölkerung der Niederlande an die Wand stellen.«

Er nickte Lonneke zufrieden zu und schlurfte zur Ausgangstür, wo er, wie es aussah, einen x-beliebigen Schirm aus der Sammlung wählte, bevor er das Restaurant verließ.

Lonneke starrte ihm verwundert hinterher.

»Er wollte damit sagen, dass sich vieles verändert hat«, sagte ich.

»Ja, das glaube ich auch.«

Ich schenkte ihr nach. »Was wissen Sie über die Finanzen Ihres Vaters?«

»Nicht besonders viel. Er war arm, nun ja, er hatte Buchenstein geerbt und nagte natürlich nicht gerade am Hungertuch, aber Buchenstein kostete mehr, als er sich als Parlamentsmitglied erlauben konnte. Meine Mutter dagegen war reich und sie half ihm aus seinen Problemen heraus.«

»Die vierhunderttausend für Clara …«

Sie bemerkte meine Vorsicht und schüttelte den Kopf. »Max, das ist lange her, es macht mir nichts mehr aus. Sie brauchen mich nicht zu schonen, nicht, was meine Mutter angeht, und auch nicht, was meinen Vater betrifft. Ich kann verstehen, dass er sich von seiner Geliebten mit dem Geld meiner Mutter freikaufte. Nur der Betrag erscheint mir ziemlich übertrieben. Wenn meine Mutter es entdeckt hat, war das natürlich ein guter Grund für einen Streit.«

»Ich kann leider keine Steuerberater verhören oder Bücher kontrollieren. Aber Sie haben vielleicht das Recht dazu, Sie sind doch Erbin?«

»Nun, ein bestimmter Betrag wurde für mich festgelegt. Von diesem Geld habe ich Zinseinkünfte und seit meinem einundzwanzigsten Lebensjahr kann ich damit machen, was ich will.«

»Und der Rest des Geldes? Könnten Sie das herausfinden?«

»Ich will es versuchen. Mein Vater spricht nie darüber. Ich weiß, dass er mit Barend Scholte Geschäfte macht, seinem Freund, diesem Verleger.«

»Ich habe ihn kennen gelernt. Welche Art von Geschäften?«

»Kapitalanlagen.« Sie dachte nach. »Mein Vater und Scholte haben in ihrer Studentenzeit eine kleine GmbH gegründet, mehr so zum Spaß, sie nannten sie das ›Belegte Brötchen‹. Ich glaube, sie spielten abwechselnd den Chef und trafen die Entscheidungen, welche Anteile gebzw. verkauft wurden, um festzustellen, wer den besseren Riecher hatte. Der Gewinner bekam eine Flasche Champagner. Ich glaube, die GmbH gibt es immer noch, aber inzwischen ist es natürlich kein Studentenscherz mehr.«

»Beim letzten Mal sagten Sie, Sie würden vielleicht verstehen, was Sie gegen Ihren Vater haben, wenn Sie wüssten, warum Ihre Mutter weggegangen ist.«

»Ja.« Sie schaute weg. »Wegen einer anderen Frau?«

Ich schüttelte den Kopf. »Lonneke, ich kann mir vorstellen, dass man in einem Wutanfall das Haus verlässt und mit den Türen knallt. Aber ich kann mir nicht vorstellen, dass man für immer wegbleibt, es sei denn, es steht mehr auf dem Spiel. War Ihre Mutter denn so verbittert und rachsüchtig? War die andere Frau Grund genug, um ihre eigene Tochter zu vergessen?«

Sie biss sich auf die Lippen. »Sie hat mir eine Karte geschickt.«

»Ja. ›Noch acht Jahre‹ …«

»Aber darum geht es doch?«, unterbrach sie mich dickköpfig. »Ich bekam die Karte 1982. Doch nachdem die acht Jahre um waren, habe ich nichts von ihr gehört. Ich bin mir ganz sicher, dass sie sich gemeldet hätte, wenn sie noch lebte. Aber sie konnte sich nicht mehr melden.« Sie hielt mit dem Essen inne und starrte auf die Reste ihres Seezungenfilets.

»Sie haben nur diese Karte«, sagte ich leise.

Sie nickte. »Und Sie nur den Beinbruch.«

»Da hat doch dieses Fest stattgefunden, als Ihr Vater zum Minister ernannt wurde. Gab es eine Gästeliste?«

»Ich nehme an, ja. Vielleicht hat Hélène sie aufbewahrt. Es waren viele Leute da. Ich durfte länger aufbleiben. Ich hatte ein neues Kleid bekommen.« Sie schwieg kurz und lächelte. »Ich kann mich noch daran erinnern, wie ich mit meinem Vater getanzt habe. Es kam im Fernsehen.«

»War ein Fernsehteam da?«

»Natürlich, das Ganze war ziemlich offiziell. Der Premierminister war da, der Parteivorsitzende …«

»Wissen Sie noch, von welchem Fernsehsender?«

»Nein, aber das kann ich herausfinden. Warum?«

»Vielleicht haben sie das Material noch irgendwo im Archiv.«

»Ach so.« Sie nickte. »So gesehen erledige ich wohl den größten Teil der Arbeit.«

Ich lächelte nachsichtig. »Wie gut kennen Sie Ihren Vater?«

Lonneke zögerte. »Ich war zehn, als er wieder heiratete. Ich war zwölf, als er Minister wurde. Er war nie zu Hause und Hélène begleitete ihn oft. Hélène war nett zu mir, aber großgezogen hat mich Glinka.«

»Sie haben sehr jung geheiratet. Haben Sie das getan, um von zu Hause wegzukommen?«

Sie dachte über die Antwort nach und sagte dann einfach: »Ja.«

»Aber es hat nicht funktioniert?«

Sie schnaubte. »Ich bin hier doch nicht beim Psychiater.«

»Sind Sie denn mal bei einem gewesen?«

Sie spießte ein Stück Fisch auf die Gabel und schaute es ein paar Sekunden schweigend an. »Es hat nichts mit mir zu tun«, sagte sie leise. »Als ich heiratete, dachte ich, ich sei verliebt in Gerard. Aber das war schon bald vorbei. Als ich mit Cleo in den Wehen lag, musste ihn seine Sekretärin telefonisch von einer seiner Freundinnen wegrufen.« Sie legte ihre Gabel hin und hob den Kopf, jetzt ein wenig herausfordernd. »Sie glauben sicher: Die Geschichte wiederholt sich. Aber ich bin schon seit langem darüber hinweg. Ich bin nicht einmal mehr böse auf ihn; ich habe mich ganz von ihm gelöst. Die Sache hilft mir höchstens dabei, meine Mutter ein bisschen besser zu verstehen. Haben Sie noch weitere Fragen?«

Ich wusste nicht, wie ich meine nächste Frage taktvoll verkleiden sollte, und deshalb ließ ich die Verpackung kurzerhand weg: »Glauben Sie, Ihr Vater könnte sich auf kriminelle Machenschaften einlassen?«

Ihre Augen vergrößerten sich ein wenig. Der Gedanke kam ihr natürlich nicht zum ersten Mal, aber ich erkannte, dass er sie beunruhigte.

»Kriminelle Machenschaften? Nein, eigentlich nicht. Ich hatte nur das Gefühl, dass er meine Mutter betrogen hat.« Sie biss sich auf die Lippen. »Ich bin seine Tochter. Ich habe nie geglaubt, dass er zu einem Mord fähig sein könnte.«

Lonneke hatte ihr Auto nicht an den Kais geparkt, sondern hinter den Häusern auf der anderen Seite des Kanals. Ich brachte sie bis auf die Brücke. Dort verabschiedeten wir uns unter zwei Schirmen im Regen, im ertrinkenden Licht der antiken Straßenlaternen.

Ich reichte ihr die Hand und sie hielt sie einen Moment fest. »Max, ich möchte Ihnen etwas erklären, aber ich weiß nicht so recht, wie. Ich bin nicht so kalt, wie Sie vielleicht denken, und auch nicht so selbstsicher. Ich weiß nicht, was er getan hat, aber schließlich ist er mein Vater. Ich brauchte mich nie zu entscheiden.«

»Zwischen Vater und Mutter?«

»Ich bin ihm ähnlich, das weiß ich nur allzu gut.« Sie kicherte plötzlich und berührte ihre Nase. »Meine Mutter kenne ich praktisch überhaupt nicht; ich weiß noch nicht einmal, ob ich auch ihr ähnlich bin. Aber ich habe sie vermisst und ich vermisse sie noch heute. Ich habe keine Geschwister. Die vermisse ich auch. Ich bin mir oft schmerzlich bewusst, dass ich mit allem allein fertig werden muss. Ich weiß gar nicht, was es bedeutet, eine richtige Familie zu haben.«

»Ich kann Sie gut verstehen«, sagte ich.

»Nein. Können Sie nicht. Er ist mein Vater und er ist das Einzige, was ich noch habe. Ich werde ihn immer beschützen. Aber ich will trotzdem die Wahrheit wissen.«

»Es könnte ein Punkt kommen, an dem Sie ihn nicht mehr beschützen können.«

»Ja, das stimmt«, gab sie zu. »Aber vielleicht werde ich es trotzdem versuchen. Deshalb müssen Sie im Zweifelsfall dafür sorgen, dass ich keine Gelegenheit dazu bekomme.«

Sie schaute mich mit fragendem Blick an. Ihre Augen wirkten so nass wie der Regen, alles war nass, die Tropfen prasselten auf ihren roten und meinen schwarzen Schirm, meine Schuhe quietschten vor Nässe.

»Versprechen Sie mir das?«

Sie wartete gerade so lange, bis ich zustimmend nickte, dann drehte sie sich um und rannte die Brücke hinunter.

Ich dachte nicht mehr lange über ihre merkwürdige Einstellung zu der Sache nach, weil der Regen um mich herum in Strömen niederrrauschte. Ich lief eilig zurück, von der Brücke hinunter, und hastete im Laufschritt am Restaurant vorbei und durch die dunkle Straße. Ein Auto überholte mich. Ich flüchtete auf den Bürgersteig, um dem Spritzwasser zu entgehen, und rannte dicht an den Häusern entlang.

Ich hatte gerade noch Zeit, meinen Regenschirm loszulassen und die Hände vors Gesicht zu schlagen. Für den Bruchteil einer Sekunde erkannte ich das ausgestreckte Bein, das aus einem Hauseingang hervorgeschnellt kam. Im selben Moment schlug ich vornüber aufs Pflaster. Bevor ich den Schmerz fühlen konnte, wich mir wegen eines harten Trittes die Luft aus den Lungen. Ich versuchte mich auf den Händen abzustützen, aber einer trat mir auf die Hand und ein anderer versetzte mir mit der Kante seines Schuhs einen Tritt gegen den Kopf. Mir war schwindelig, mir brummte der Schädel, ich hatte das Gefühl, mein Ohr blutete, alles war klebrig, alles brannte und stach. Das Rauschen des Regens verschluckte jedes Geräusch, das ich von mir gab.

Sie waren zu zweit. Sie packten mich und zerrten mich in den Hauseingang, wo es vollkommen dunkel war. Sie schmissen mich an die Wand neben einer Haustür. Ich konnte mich nur noch zusammenkauern und meinen Kopf einigermaßen schützen, während sie mit Fäusten und Fußtritten den Rest meines Körpers bearbeiteten.

Der Schmerz war mehr, als ich ertragen konnte, und ich spürte, dass ich kurz davor war, das Bewusstsein zu verlieren. Ich hielt mir vor Augen, dass sie mich nicht töten würden. Wenn sie das gewollt hätten, hätten sie es direkt getan. Sie hätten eine Kugel in mich hineingejagt und wären davonspaziert. Das waren Profis.

Endlich waren sie der Meinung, dass ich genug hatte. Ich wollte durch meine Finger hindurch zu schauen, aber ich erkannte nur undeutlich Schuhe und Hosenbeine, die das schwache Straßenlicht abschirmten.

Für einen Augenblick blieb es still. Normalerweise musste jetzt die Botschaft an mich kommen; üblicherweise handelte es sich dabei um die Warnung, sich nicht weiter in eine bestimmte Sache einzumischen. Doch diese Jungs brauchten keine Worte zu verschwenden. Sie wussten, dass nur eine Sache in Frage kam und dass sie mir das nicht zu erklären brauchten.

Der letzte Rest von Licht verschwand, als einer von ihnen meinen Schirm von der Straße aufhob und ihn wie einen Schutzschild über mich legte. Seine Stimme war nicht mehr als ein Flüstern. »Sie heißt doch Marga, richtig? Draußen auf dem kleinen Bauernhof?«

Ich konnte mich nicht rühren. Ich merkte noch nicht einmal, dass sie weggingen. Ich saugte Sauerstoff in meine Lungen. Meine Nerven jagten Schmerzwellen in mein Gehirn und von da aus in sämtliche Teile meines Körpers. Ich hörte mich selbst stöhnen und wollte bewusstlos werden, um dem Schmerz zu entfliehen. Dann wurde es heller um mich, weil jemand eine Tür geöffnet hatte und den Schirm von mir wegzog.

»Allmächtiger«, hörte ich einen Mann sagen.

Eine Frau schnappte hörbar nach Luft. »Hab ich's dir nicht gesagt?«

»Ja, aber was sollte ich denn machen? Mich zusammenschlagen lassen?«

»Vielleicht sollten wir die Polizei rufen.«

»Es geht schon wieder …« Meine Stimme funktionierte; sie klang wie ein Reibeisen. Ich versuchte mich aufzurichten.

»Warten Sie – mein Gott, Sie sehen ja furchtbar aus!« Ich fühlte seine Hände unter meinen Achseln.

»Einen Krankenwagen vielleicht«, schlug die Frau vor.

Ich taumelte gegen den Mann. »Lassen Sie mich nur …«

»Hilf mir mal«, sagte der Mann.

Es gibt noch barmherzige Samariter; altmodische Christen, die meistens in kleinen Städten oder Dörfern wohnen. Sie halfen mir in ihre Wohnung und scherten sich dabei nicht um den Matsch und das Blut. Jede Bewegung tat mir weh, aber zum Glück war nichts gebrochen.

»Wir saßen gerade vor dem Fernseher, als ich etwas gehört habe …«

»Gonnie, geh und hol dem Mann mal etwas zu trinken. Ein Gläschen Genever vielleicht, setz auch Kaffee auf, lass mich mal …«

Sie kamen mit trockenen Handtüchern, setzten mich auf einen Stuhl, halfen mir aus meinem Jackett und meinem nassen Hemd, betupften die Blutergüsse und Prellungen. Gonnie traten die Tränen in die Augen, als sie mir den Genever reichte.

»So was sieht man sonst nur im Fernsehen, aber nicht vor der eigenen Haustür«, sagte der Mann, der Fons hieß. »Warum wollen Sie nicht, dass wir die Polizei rufen?«

Der Genever brannte sich seinen Weg in den Magen. »Ich weiß noch nicht einmal, wie sie ausgesehen haben«, sagte ich. »Da kann die Polizei nichts machen, es wäre nur Zeitverschwendung. Ich war früher selbst Polizist. Ich muss so schnell wie möglich wieder los.«

»Geben Sie mir doch auch Ihre Hose, dann stecke ich das alles mal kurz in den Trockner«, sagte Gonnie.

Ich kämpfte mit dem Gürtel. »Warten Sie, ich helfe Ihnen«, bot Fons an. »Tut Ihnen Ihr Ohr weh?«

Er zog vorsichtig meine Hand weg und beugte sich zu meinem Ohr, um es von nahem zu kontrollieren. »Ich kann nichts Ernstes erkennen.«

Diese Mistkerle wussten natürlich genau, was sie taten: ein Stoß mit der Kante des Schuhs gegen das Ohr, um einen schwindelig zu machen und einzuschüchtern, ohne einem dabei erkennbare Verletzungen zuzufügen. Die sichtbaren Prellungen und Blutergüsse wurden von der Kleidung verdeckt.

»Darf ich die Taschen leer machen?« Gonnie hielt mein Jackett hoch.

»Haben sie Sie ausgeraubt?« Fons drapierte mir ein Handtuch um die Schultern.

»Ihre Brieftasche ist noch da«, meldete Gonnie.

»Das waren einfach Schlägertypen«, sagte ich. »Ich kam gerade aus dem Restaurant an der Ecke. Vielleicht haben sie etwas gegen Touristen.«

»Wir haben nichts gegen Touristen.« Er brachte mir die Brieftasche und ich gab ihm meine Meulendijkkarte, um ihn zu beruhigen.

»Sie sind Detektiv? Hatte das mit Ihrer Arbeit zu tun?«

»Bestimmt nicht.«

Eine halbe Stunde später hatte ich meine verhunzten, aber trockenen Kleider wieder an und trank mit meinen Rettern Kaffee. »Ich weiß gar nicht, wie ich Ihnen danken soll«, begann ich.

»Sie brauchen sich nicht bei uns zu bedanken«, sagte Gonnie. »Das hätte doch jeder getan.«

»Haben Sie es noch weit? Soll ich Sie fahren?«, fragte Fons besorgt.

Ich konnte zwar Auto fahren, kam aber erst mitten in der Nacht, seelisch und körperlich völlig am Ende, auf Margas Bauernhof an. Mein Verstand versuchte mich mit dem logischen Gedanken zu beruhigen, dass Marga nichts fehlen würde, weil sie erst der nächste Schritt ihrer Drohungen war. Erst tun wir dies, und wenn du nicht brav bist, machen wir jenes.

Trotz meiner inneren Stimme schaltete ich die Scheinwerfer aus, bevor ich die Einfahrt erreichte, und parkte so leise wie möglich unter dem alten Apfelbaum gleich hinter dem Zaun. Ich nahm den Reifenheber, den ich für Notfälle unter dem Vordersitz aufbewahre, und näherte mich vorsichtig dem Bauernhof. Diese Maßnahmen waren im Grunde überflüssig, da ich in meinem Zustand noch nicht einmal einen alten Dorfbriefträger hätte in die Flucht schlagen können.

Ich hörte keine verdächtigen Geräusche. Das ganze Haus war dunkel. Alles war durchgeweicht, aber es regnete nicht mehr. Ich lief um den Hof herum, platschte durch den Schlamm und das hohe Gras, das höchstens zweimal im Jahr für zehn Gulden die Stunde von einem Schüler gemäht wurde. Ich trat unter die trockene Überdachung auf der Rückseite und drehte an dem Ring, mit dem man die Stalltür öffnete. Die Riegel waren nicht vorgeschoben und ich konnte ohne weiteres hinein.

Ich lief durch den dunklen Teil des Gebäudes zum Vorderhaus und lauschte unten an der Treppe. Marga lag oben und schlief. Niemand anders war auf dem Bauernhof, das spürte ich ganz deutlich. Ich schaltete das Licht ein und begann, mich auszuziehen.

Ich stand unter der Dusche, als Marga ins Badezimmer kam. »Ich wusste doch, dass ich jemanden gehört habe.«

»Ja, und es hätte Gott weiß wer sein können«, sagte ich gereizt.

Sie zog die Riffelglaspaneele auf und starrte mich mit offenem Mund an. »Was ist denn mit dir passiert?«

»Nichts.« Ich drehte den Hahn zu. Sie schaute mich besorgt an, im Morgenmantel und mit strubbeligen Haaren. »Ich habe eine Warnung gekriegt, mich von Cleveringa fern zu halten.«

Sie nahm ein Handtuch und kam zu mir. »Wo tut's denn weh?«

»Nur wenn ich lache. Gott sei Dank habe ich nur wenig zu lachen. Vielleicht wäre es besser, wenn du für eine Weile weggehen würdest.«

»Warum sollte ich? Komm mal her.«

Ich zuckte vor Schmerz zusammen, als sie das Handtuch genau auf den Punkt an meiner Schulter drückte, wo mich einer der Tritte getroffen hatte.

»Sie wissen, wer ich bin, und sie wissen, wo ich bin«, sagte ich. »Der nächste Schritt ist die Frau. Das bist du. Kriminalität ist doch ein einziges Klischee.«

»Wollen sie damit erreichen, dass du die Ermittlungen einstellst?«

»Mir scheint, da wird jemand allmählich nervös.«

»Ich dachte, du hättest den Fall schon abgeschlossen. Gestern hast du mir doch von den beiden lustigen Autohändlern erzählt, Vater und Sohn.«

»Man hat mich gebeten, damit weiterzumachen, dafür werde ich bezahlt, und zwar von Lonneke Cleveringa.«

»Dann sollen sie der doch das Fell über die Ohren ziehen.«

Ich ging nicht auf ihre Bemerkung ein. Sie wusste, dass ich weitermachen würde. Das wusste sie schon seit Malta. Ich nahm ihr das Handtuch ab, weil das Abtrocknen weniger wehtat, wenn ich es selbst machte.

»Ich hole Salbe«, sagte sie. »Soll ich auch meine Pistole holen?«

»Jetzt warte doch mal.«

Sie blieb stehen. »Max, I love you. Aber ich kann nicht jedes Mal, wenn du an einem Fall arbeitest, für einen Monat woanders hinziehen. Was soll ich denn machen, meine Töpferscheibe und meine Öfen in Els' provisorischer Garage aufstellen oder zwischen den Bildern von Kiki? Ich gehe hier nicht weg. Ich habe diese wunderschöne Pistole von dir mit dem ganzen Schrot drin und ich habe keine Angst, das weißt du ganz genau. Außerdem ist das nicht meine Welt.«

Genau da lag das Problem: Sie hatte keine Ahnung davon, wie die Welt wirklich war. Der Vorschlag, Freunde einzuladen, damit sie wenigstens nicht allein war, war genauso sinnlos. Ihre Welt bestand aus Menschen wie sie selbst, Malern, Webern und Töpfern, der *Fall-out* der sechziger Jahre, des Wassermann-Zeitalters, den Michaels und Gerdas und Jacobs, die als Leibwache ungefähr so effektiv waren wie philosophierende Vogelscheuchen.

Ihre Töpferinnenhände wurden weich wie Samt, als sie mich auf dem Bett von der Seite auf den Bauch und dann auf den Rücken drehte, um die Blutergüsse und Prellungen mit einer nach Eukalyptus duftenden Salbe einzureiben. Alles klebte, aber der Schmerz ebbte ab und ich wurde schläfrig.

»Vielleicht brauchst du eine Garage.«

»Eine Garage«, wiederholte sie ungläubig.

»Ja, weißt du, zwischen den Sträuchern hinter dem Apfelbaum, darüber haben wir doch schon oft geredet.«

»Mit mir hast du nicht darüber geredet.«

»Dein Volvo rostet vor sich hin, er steht in Wind und Wetter, vom Regen ganz zu schweigen. Ein einfacher Carport, dafür brauchst du noch nicht einmal eine Baugenehmigung. Pfähle, Seitenbretter und Schilfmatten, ein Dach aus Brettern und Teerpappe oder Dachschindeln. Ich habe da schon ein hübsches und ziemlich kunstvolles Modell im Kopf.«

»Verlegst du dich jetzt auf Architektur?«

»Ein geschickter Handwerker kann dir so ein Ding leicht in ein paar Wochen aufbauen.«

Marga hörte auf, mich zu massieren. »Wovon redest du überhaupt?«

»Von einer Garage«, murmelte ich.

»Vielleicht hast du doch was am Kopf abgekriegt«, sagte sie, bevor ich einschlief.

Marga war mit ihrem Kombi zum Einkaufen ins Dorf gefahren und ich zeichnete gerade an einem Entwurf, als ein weißer Mercedes auf der Straße anhielt und dann, nachdem der Fahrer die zwischen Brombeerranken versteckte Hausnummer entdeckt hatte, die Einfahrt heraufkam. Ich hinkte unter der Reetüberdachung hervor, als der Mercedes neben meinem BMW unter dem Apfelbaum parkte. »Ein netter kleiner Bauernhof«, sagte Willem de Groot.

»Romantisch«, pflichtete ihm sein Sohn bei. »Hast du den selbst umgebaut?«

»Er gehört meiner Freundin. Ihr habt ja nicht lange gebraucht.«

»Es ist ja nur fünfzehn Kilometer von uns entfernt. Bist du die Treppe runtergefallen?«

Ich ging mit ihnen unter die Überdachung, lud sie mit einer Geste ein, sich auf die Gartenstühle zu setzen, und fragte, ob sie Zucker und Milch in den Kaffee nähmen.

»Beides.« Willem setzte sich in einen Stuhl und betrachtete zufrieden die Idylle ringsumher.

Als ich mit dem Kaffee zurückkam, saß er noch immer dort, hielt aber inzwischen meine Skizze in der Hand. »Was soll denn das sein?«

»Eine Garage.«

Willem schaute seinen Sohn an. »Ein Leonardo da Vinci ist er nicht gerade.«

»Wer ist denn das ?«, fragte Gerrit.

Willem seufzte. »Dieser moderne Schulunterricht!«

»Was gibt's Neues?«, fragte Gerrit. »Hast du schon was rausgefunden?«

»An dem Fall wird hart gearbeitet. Ich durchleuchte gerade das Personal der Firma, weil ich glaube, dass einer, der dazugehört, irgendwie daran beteiligt war. Das wird noch eine Weile dauern.«

»Und dein Zähler läuft.«

»Deswegen wollte ich euch vorschlagen, dass ihr im Gegenzug etwas für mich tut. Es ist allerdings fast so etwas wie ein Freundschaftsdienst. Wisst ihr, ich beschäftige mich auch noch mit einem anderen Fall und da habe ich es mit ein paar ganz üblen Typen zu tun.«

»Hinkst du deshalb so komisch?«

Ich erklärte ihnen die Sache, ohne Namen zu nennen. Die beiden sahen im Gegensatz zu Marga fern und begriffen den Ernst der Lage daher besser als sie.

Gerrit langte zur Seite und nahm die Skizze vom Tisch.

»Sieht ein bisschen mickrig aus«, sagte er. »Für eine Garage.«

Ich schaute Willem an. »Mir ist auf die Schnelle niemand anders eingefallen. Ihr müsst euch natürlich um euer Geschäft kümmern, ich weiß, aber vielleicht kennt ihr jemanden, der sich ein paar Wochen Zeit nehmen und auch nachts hier bleiben kann, wenn ich mal nicht da bin.«

Willem betrachte mit kritischem Blick den Schuhsohlenabdruck auf meiner Hand. »Vielleicht ist es besser, wenn du auch da bist.«

»Wenn einer von uns nicht kann, schicken wir Joop«, sagte Gerrit. »Das ist einer von unseren Mechanikern. Die Autos werden immer gründlich gewartet, bevor sie in den Showroom kommen. Joop ist Junggeselle und außerdem Gewichtheber.«

Marga kam mit einer Tasche voller Einkäufe nach Hause. Sie schaute Willem und Gerrit verwundert an, die aufstanden, um ihr die Hand zu schütteln. Gerrit nahm ihr höflich die Tasche ab.

»Sie sind also die Töpferin«, sagte Willem anerkennend. »Ich glaube, ich würde das gerne mal sehen, wenn wir gerade nichts zu tun haben, ich meine, wie Sie töpfern.«

Gerrit wedelte mit der Skizze. »Ein Betonboden ist ja wohl das mindeste.«

Willem nickte. »Und Schilfmatten sind Unfug. Und die Wände sollten wir besser aus Verschalungsbrettern bauen. Dick mit Gartenzaunimprägnierung streichen, das hält ein Leben lang.« Er schaute seinen Sohn an. »Wenn du so lange hier bleibst, schicke ich Joop mit dem kleinen Lastwagen zu Stuts, das Material holen. Der hat bei uns noch eine Rechnung offen.«

»Lass uns aber erst alles ausmessen und eine Liste machen. Er soll mir meinen Schlafanzug mitbringen. Sie haben doch ein Gästezimmer?«

Marga schaute entgeistert von einem zum andern. »Was soll denn das alles?«

»Ach, nichts weiter«, sagte Willem. »Wir werden Ihnen einen hübschen kleinen Autopalast bauen.«

»Im Schlafanzug?«

»Jawohl, Mevrouw«, sagte Willem. »Kost und Logis inbegriffen.«

8

Meulendijk rief an, während ich gerade dabei war, mir das Schulterholster umzuschnallen. Es erschien mir ratsam, etwas Wirksameres bei mir zu haben als nur den Reifenheber unter meinem Vordersitz.

»Es hat ein bisschen gedauert«, sagte Bernard in den Hörer. »Aber ich habe hier eine neue Aufgabe für dich, in Antwerpen. Ich könnte in einer halben Stunde ...«

»Vielen Dank, Bernard, aber im Moment kann ich unmöglich nach Antwerpen fahren.«

»Aber du arbeitest doch nicht mehr an dieser ...«

Einen Moment lang war ich in Versuchung, es ihm zu sagen. Bei dem Lonneke-Auftrag handelte es sich um eine Verlängerung einer Meulendijk-Untersuchung. Ich hätte die Sache leicht über den ein oder anderen Umweg wieder zu Meulendijk zurückschleusen können, mit allen Vorteilen, die dessen elektronische Ermittlungsmöglichkeiten mit sich brachten. Doch ich erinnerte mich an seine Verbindungen zur Männerseilschaft und beschloss, diese Idee fallen zu lassen.

»Nein, nein«, antwortete ich stattdessen eifrig, »ich habe einen anderen Fall, ein gewisser Gerrit de Groot, der des Computerdiebstahls verdächtigt wird. Er wurde vor kurzem verhaftet und von Koos Geerigs in der Warmoesstraat vernommen.« Ich nannte ihm absichtlich einige Details. Falls Meulendijk misstrauisch wurde, würde er die Sache überprüfen und herausfinden, dass meine Geschichte stimmte.

»Das klingt ja nicht gerade nach einem Fulltimejob.«

»Stimmt schon, aber es wäre meinem Klienten gegenüber unfair, wenn ich mich jetzt nach Antwerpen verdrücken würde. Lässt sich die Sache nicht verschieben?«

Das ließ sie sich natürlich nie und nach einigem Nörgeln ließ er mich in Ruhe. Ich spähte zwischen den Lamellen der Jalousie hindurch hinunter auf die Straße. Alles sah ganz normal aus: Autos und Menschen. Unten versuchten die Makler, teure Häuser zu verkaufen. Oben war alles still. Die Büroklammer hatte an ihrem Platz gesteckt, und soweit ich feststellen konnte, wurde ich nicht observiert. Vielleicht waren sie aber auch einfach nur gut – wer immer *sie* sein mochten.

Das Telefongespräch mit Meulendijk brachte mich auf die Idee, dass ich auch an anderer Stelle etwas Druck aus dem Kessel lassen könnte, indem ich so tat, als sei ich vollauf mit etwas ganz anderem beschäftigt als mit Cleveringa. Ich fummelte die Büroklammer zurück an ihren Platz und ging zu einem Taxistand. Ein Taxi ins Zentrum ist kaum teurer als das ganze Theater mit Parkhäusern und viel billiger als das Entfernenlassen von Radkrallen oder die Neuanschaffung von Scheiben und Autoradios. Hin und wieder blickte ich mich unauffällig um. Wenn sie gut waren, mit mehr als einem Wagen und Fußgängern mit Ohrstöpseln arbeiteten, hätte man jedoch in der Innenstadt herumgucken können, so lange man wollte, ohne sie jemals zu bemerken.

Vom Dam aus spazierte ich zum Nieuwezijds Voorburgwal und dann zum Hinterausgang von De Goos & Bering. Das Gittertor stand offen und auf dem breiten gepflasterten Streifen waren vier Pkw mit der Front zu einer Backsteinwand geparkt. Neben der Metalltür, auf der MAGAZIN stand, warteten Stapel von leeren Kartons und Verpackungsmaterial aus Styropor darauf, weggeräumt zu werden. Über der Tür befand sich ein kleines Fenster und darüber ein größeres mit einem Rollo davor – wahrscheinlich das Büro auf der ersten Etage. Ich sah keine Kameras.

Ich drückte auf den Klingelknopf und die Tür klickte auf. Dahinter befand sich ein Raum mit Regalen, in denen massenweise Computer, Monitore, Scanner, Drucker, Software in Kartons und eine chaotische Menge von losen Ersatzteilen gelagert waren. Ein Mann in einer braunen Stoffjacke machte Kreuzchen auf einem Klemmbrett. An der Tür drehte ich mich um und suchte nach den Spuren einer Alarmanlage.

Der Mann kam auf mich zu. »Ich glaube, Sie sind falsch hier.«

»Das glaube ich nicht. Ich arbeite an dem Einbruch von letzter Woche.«

»Oh, Entschuldigung, sind Sie von der Polizei?«

Ich gönnte ihm einen wohlwollenden Blick. »Ich nehme an, Sie sind Herr van Tiel?«

Ich zog ein Stück Papier hervor, eine Kopie der Personalliste, jedoch ohne die Anmerkungen der Polizei. Jan van Tiel war der Chef der kleinen Reparaturabteilung und verwaltete zugleich das Magazin. Er hatte ein wasserdichtes Alibi und schien, nach den Notizen von Geerigs zu urteilen, am wenigsten als Komplize in Frage zu kommen. »Ich hätte da noch ein paar Fragen«, sagte ich beiläufig. »Wenn Sie vielleicht einen Moment Zeit für mich hätten?«

»Haben Sie schon etwas herausgefunden?«

»Es gibt vier Leute, die nichts von dem stillen Alarm wussten. Unseren Informationen zufolge sind das diese vier …«

Ich zeigte auf die letzten vier Namen.

Er schaute fassungslos auf die Liste. »Ja glauben Sie denn, dass einer von uns etwas damit zu tun hat?«

»Na ja, Sie sind doch auch gefragt worden, wo Sie am Samstagabend waren?«

»Ja, aber …« Er schwieg beunruhigt.

»Sie kommen nicht in Frage, sonst würde ich mich nicht mit Ihnen unterhalten. Diese vier haben auch ein Alibi, aber sie wussten nichts von dem stillen Alarm. Deswegen überprüfen wir sie ein wenig genauer. Was meinen Sie?«

Er fuhr sich mit der Zungenspitze über die Oberlippe. »Das sind Kollegen; ich glaube nicht, dass einer von denen etwas damit zu tun hat. Vor zwei Wochen waren wir noch alle zusammen auf Bootstour, auf Betriebsausflug. Die Zeitarbeitskräfte waren auch dabei. Unser Chef organisiert solche Sachen. Ein gemeinsames Essen nach der Hektik des Weihnachtsgeschäfts ...«

»Was ist mit Theo Ranks?«

»Der arbeitet noch nicht so lange hier, aber er ist ein grundehrlicher Kerl und außerdem Zeuge Jehovas.«

»Und die stehlen nicht. Okay, Liesbeth de Ruiter?«

»Betty?« Er schüttelte den Kopf.

Ich runzelte die Stirn. Der Name ließ irgendetwas in meinem Gehirn klicken wie ein Relais unter Spannung. »Und die Zeitarbeitskräfte?«

»Es würde mich wundern. Die Arbeitsatmosphäre hier ist gut, man fängt ganz von selbst an, sich mit dem Geschäft zu identifizieren. Sogar Leute, die hier nur eine Weile gearbeitet haben, schauen hin und wieder noch herein, sind ja auch meistens Computerfreaks und wir geben ihnen Rabatt.«

»Kommt das oft vor? Und kennen Sie sie alle noch?«

»Natürlich kenne ich sie alle noch. Ich sage Ihnen doch, es ist so eine Art Club. Am Samstag war noch einer von ihnen hier, der hatte ein Problem mit seiner SCSI-Karte, die braucht man für ein externes Laufwerk ...«

»War das einer von den Zeitarbeitskräften?«

»Ja, Bruno. Er wurde von Hermes geschickt, hat hier im Frühjahr ein paar Monate als Vertretung gearbeitet.«

»Bruno und wie weiter?«

»Bruno Kalman.« Er schaute mich an. »Warum?«

»Haben Sie ihn auch wieder weggehen sehen?«

Sein Gesichtsausdruck wurde abweisend. »Ach, hören Sie doch auf. Ja, ich habe ihn weggehen sehen. Er ging vorne raus, durchs Geschäft.«

»Und dann hinaus auf die Straße?«

»Das konnte ich natürlich nicht sehen. Ich muss ja hier bleiben. Er ging durchs Geschäft raus, weil er auch den anderen kurz guten Tag sagen wollte.« Er klang ärgerlich und ungeduldig, als könne er Zweifel am guten Ruf des Freundeskreises der Mitarbeiter nicht vertragen.

»Sie schließen um sechs Uhr. Wäre es möglich, dass jemand nach Geschäftsschluss zurückbleibt und sich versteckt?«

Er schüttelte den Kopf. »Wir behalten die Kunden schon im Auge. Ihre Kollegen haben uns das auch schon gefragt. Alles in allem hat jeder von uns die anderen weggehen sehen, auch die Zeitarbeitskräfte.«

Ich bedankte mich bei ihm und ging durch das Geschäft hinaus. Im kurzen Flur befanden sich eine Tür, die in den Keller führte, und eine Toilette für das Personal, die nicht besonders gut als Versteck geeignet war, aber ein gewandter Kerl, der sich hier auskannte, hätte sich sogar unter oder hinter den Ladentheken oder den Regalen im Geschäft selbst verstecken können. Sobald der eiserne Rollladen sich geschlossen hatte, hätte er herauskommen, seine verkrampften Muskeln lockern, die normale Alarmanlage ausschalten und mit dem Zusammenpacken der Beute beginnen können.

Eine halbe Stunde, hatte Geerigs gesagt.

Der stille Alarm ging los, als der Insider die Hintertür für seine Komplizen mit dem Lieferwagen öffnete. Der stand wahrscheinlich schon rückwärts vor dem Ausgang bereit. Die Tatsache, dass sie nur zwanzig Minuten gebraucht hatten, um einzuladen, das Gittertor zu schließen und ein Stück weiter weg auf dem Nieuwezijds zu parken, wies ebenfalls auf einen Insider hin, der an dem Bruch beteiligt war.

Schleierhaft war mir allerdings, warum sie das Risiko eingegangen waren, einen x-beliebigen Passanten als Fahrer anzuheuern. Das war es, was Gerrits Geschichte auch für die Kollegen in der Warmoesstraat so absolut unglaubwürdig machte. Sie waren raus, das Tor war zu – warum fuhren sie nicht einfach selbst mit der Beute davon?

Allerdings hätten sie den Lieferwagen bestimmt keine Sekunde lang aus den Augen gelassen, nicht mit einem Fremden am Steuer. Das bedeutete, dass sie ein Verfolgerauto bereitstehen hatten. Der mickrige Typ, wie Gerrit ihn beschrieben hatte, sieht ihn wegfahren und steigt in sein eigenes Auto, um ihm hinterherzufahren. Aber wo war jetzt der Insider? Auch im Verfolgerauto?

Zweifelsfrei fest stand jedenfalls, dass sie hinterhergefahren sein mussten und aus sicherer Entfernung zuschauten, wie die Sache in die Hose ging.

Die Sonne brach durch die Wolkendecke und Amsterdam sah wieder für kurze Zeit aus wie die schönste Stadt der Welt. Straßenmusikanten spielten auf dem Dam und Straßenjungen verkauften Tütchen mit Futter an die Touristen, damit diese sich mit flatternden Tauben auf Händen und Schultern fotografieren lassen konnten.

Im Café an der Ecke bestellte ich Kaffee und rief CyberNel an. Ihre Dachwohnung lag hier ganz in der Nähe, im Dirk van Hasseltsteeg. Ich sagte, ich hätte Arbeit für sie, und bat sie, ins Café zu kommen, dabei aber unauffällig so zu tun, als habe sie mich dort zufällig entdeckt. Ich rief die Zeitarbeitsfirma Hermes an und erreichte eine freundliche Dame, der ich mich als Jan van Tiel von der Firma De Goos & Bering vorstellte.

»Ich suche die Adresse von Bruno Kalman, der hat ein paar Monate hier bei uns gearbeitet. Wir veranstalten ein Betriebsfest und möchten ihn gerne einladen. Er kam doch von Ihnen, oder?«

»Die Adresse müssten Sie doch in Ihrer Kartei haben?«, fragte die Dame.

»Ja, aber da müssten wir ins Büro vom Chef und dann müsste ich ihm erklären, warum ich sie haben will, und das geht leider nicht, denn es soll eine Überraschung für ihn sein.«

Die Leute fallen auf die unmöglichsten Geschichten herein, wenn man sie ihnen nur in einem absolut selbstverständlichen Ton präsentiert. Ich notierte mir Kalmans Adresse in Tuindorp Oostzaan hinten auf der doppelt gefalteten Personalliste. Stirnrunzelnd schaute ich mir die Adresse an, die sich in günstiger Nähe zum Klaprozenweg befand.

Ich trug meinen Kaffee zu einem Tisch im hinteren Teil des Cafés und faltete die Liste auseinander, um die Adressen der übrigen Mitglieder des Personals zu überprüfen.

Mein Blick fiel auf den Namen Liesbeth de Ruiter und plötzlich wusste ich, warum das Relais in meinem Kopf geklickt hatte, als van Tiel sie Betty nannte. Es war eine dieser typischen Kleinigkeiten, wie man sie gern übersieht.

Ich sah CyberNel hereinkommen und im Dunkel des Cafés mit den Augen blinzeln. Sie ist zierlich gebaut, höchstens Kleidergröße sechsunddreißig, hat kurz geschnittenes rehbraunes Haar, intelligente grüne Augen und Sommersprossen auf der Nase. Sie ist nicht auffallend hübsch, weil sie auf modische Kleidung und Makeup keinen Wert legt, so dass man zweimal hinschauen muss, um festzustellen, dass sie einen sehr schönen Körper hat. Als ich sie kennen lernte, hatte sie gerade die Scheidung von einem Verkehrspolizisten hinter sich. Wäre der Mann beim technischen Überwachungsdienst gewesen, hätte die Ehe vielleicht länger gehalten.

Nel tat zunächst so, als wolle sie sich an einen anderen Tisch setzen, doch dann entdeckte sie mich und stieß einen demonstrativen Überraschungsschrei aus. Das halbe Café hob den Kopf, als ihre Unauffälligkeit wie eine Bombe einschlug.

»Max! Nein, so was! Ist das ein Zufall!«

Ich stand auf und küsste sie auf die Wange. »Du brauchst aber keine Staatsaktion draus zu machen.«

»Gib ruhig zu, dass du dich freust, mich zu sehen.«

»Ich freue mich, dich zu sehen.«

Es stimmte. Nel brachte mich immer in eine gute, fröhliche Stimmung, selbst wenn aus unserem Verhältnis nie mehr geworden war als Freundschaft. Oder vielleicht gerade deswegen.

Ich bestellte Kaffee für sie. »Du siehst gut aus.«

»Na klar. Sind sie hinter dir her?«

»Ich wollte nicht riskieren, dass mir jemand zu deiner Wohnung folgt.«

Sie grinste. »Du machst dir doch nicht etwa zufällig Sorgen um mich?«

»Mehr um meine Geheimwaffe.«

»Aha, dachte ich mir doch, dass die Sache einen Haken hat. Erklärst du es mir oder kriege ich nur die Aufträge?«

Ich wartete, bis der Kellner den Kaffee gebracht hatte, und skizzierte ihr in groben Zügen, was los war.

»Das habe ich im Fernsehen gesehen«, sagte sie. »Dieses Haus an der Vecht, wo sie das Skelett gefunden haben, und dass sie den Täter geschnappt hätten. Das stimmt also nicht?«

»Ich habe eine Klientin, die glaubt, dass es nicht stimmt, und ich glaube, dass sie Recht hat.«

»Ist sie nett?«

»Ich kann kaum meine Hände bei mir behalten. Erregt dich das?«

CyberNel lachte. »Mach du nur.«

Ich gab ihr meinen Zweitschlüssel. »Könntest du meine Wohnung noch heute auf Wanzen kontrollieren, das Telefon und so?«

»Mach ich. Kein Problem.« Nel lehnte sich zurück, um den Schlüssel in die Tasche ihrer engen Jeans zu zwängen.

»Wenn du die Tür aufmachst, fällt auf der rechten Seite am Türrahmen eine Büroklammer raus«, sagte ich. »Steck sie bitte wieder rein, bevor du gehst.«

Sie zog mitleidig ihre Stupsnase kraus. »Eine Büroklammer? Ist das alles, was dir einfällt?«

»Es funktioniert.«

»Ich könnte dir …« Sie schüttelte den Kopf. »Was sonst noch?«

»Zwei Namen.« Ich holte den Zettel mit den Daten aus meiner Brieftasche. »Ich will alles über ihre Finanzen und ihre geschäftlichen Aktivitäten wissen.«

Sie schaute auf die Notizen. »Das ist ja unser früherer Außenminister.«

»Genau. Ich brauche dir wohl nicht zu erklären, dass du vorsichtig sein musst. Der andere ist sein bester Freund, ein Verleger. Sie haben irgendwann mal zusammen eine GmbH gegründet, unter dem Namen ›Belegtes Brötchen‹.«

»GmbHs sind einfach.« Nel verzog das Gesicht. »›Belegtes Brötchen‹?«

»Studentenhumor. Was du da noch siehst, ist der Name seines Rechtsanwalts, in Utrecht, ich weiß nicht, ob du da drankommen kannst. Ich könnte mir vorstellen, dass man bei ihm Kopien von Eheverträgen findet, sowohl von der ersten als auch von der zweiten Heirat und vielleicht auch Einzelheiten zu Testamenten. Eigentlich ist so etwas zwar Aufgabe eines Notars, aber Brinkman bearbeitete die kompletten juristischen Angelegenheiten Cleveringas.«

»Ansonsten kann ich über ihn an den Notar rankommen. Wer ist sein Steuerberater?«

»Keine Ahnung. Aber ich habe noch etwas, falls du in die Polizeicomputer reinkommst. Ich glaube, du müsstest in den Personaldaten nachschauen, vielleicht aber auch anderswo. Es geht um eine frühere Polizistin. Wenn es nicht klappt, muss ich Bart Simons darum bitten.«

»Man soll keine schlafenden Hunde wecken. Ich komme schon rein, über die Codenummer von meinem Ex oder von jemand anderem. Und bei der Leitstelle: Führungs- und Lagedienst habe ich mir ein Hintertürchen offen gelassen. Was glaubst du denn, schließlich läuft bei denen mein Programm.«

»Der Name der Frau ist Liesbeth de Beus. Ihr Mann ist der Chauffeur des Ministers und sie sorgt für die Bewachung. Sie wohnen im Kutschenhaus. Ich kenne ihren Mädchennamen nicht, aber vielleicht war sie auch schon verheiratet, als sie noch bei der Polizei war.«

»Weißt du, in welcher Abteilung?«

»Keine Ahnung. Das Ehepaar hat 1983 oder 84 die Stellung bei Cleveringa angetreten. Ich hätte gern ihren Taufschein oder besser noch, den von allen beiden, aber vor allem muss ich wissen, was sie bei der Polizei gemacht hat und warum sie den Dienst quittierte. Ein Foto aus dieser Zeit wäre auch ganz nützlich.«

Nel hatte einen ramponierten Bleistiftstummel hervorgeholt und machte sich auf der Rückseite meines Zettels Notizen. »Das wird dich teuer zu stehen kommen.«

»Ich habe eine reiche Klientin. Wenn du in den Computer der Leitstelle reinkommst, vertiefe dich doch bei dieser Gelegenheit auch gleich mal in die Decknamendatei. Ich glaube zwar nicht, dass dabei etwas herauskommt, aber versuche es mal mit Gullit, van Basten und van Mierlo.«

Sie lachte in sich hinein. »Ist das dein Ernst?«

»Ja.«

»Kannst du mir mehr Informationen über sie geben?«

»Zwei blonde junge Männer waren unter dem Namen Ruud Gullit und Marco van Basten in der zweiten Juliwoche 1991 auf Malta.«

»War das, als Clara ertrunken ist?«

»Ja. Ich denke, sie müssen am fünften oder sechsten Juli hingeflogen sein, vielleicht mit Air Malta.«

»Das herauszufinden, würde an ein Wunder grenzen.« Nel schrieb es trotzdem auf. »War das alles?«

»Im Augenblick ja.«

Sie faltete den Notizzettel zu einem kleinen Viereck und stopfte ihn zusammen mit dem Bleistiftstummel in ihre schwer zugängliche Hosentasche. Ihr Kaffee war inzwischen kalt geworden, aber sie rührte trotzdem darin herum und nahm einen Schluck.

»Möchtest du etwas anderes trinken?«

»Nein, ich habe zu Hause ein paar Programme laufen. Muss ich mir Sorgen machen?«

»Warum?«

»Ich sehe dir an, dass du dir Sorgen machst. Glaubst du, die Malta-Jungs waren dieselben Typen wie die in Muiden? Oder aus demselben Stall?«

Ich zuckte mit den Schultern. »Der Deckname van Mierlo wurde vor kurzem in Ypern benutzt, bevor meine dortige Informantin ertrank.«

Nel wurde ernst und schüttelte den Kopf. »Ich verstehe das alles nicht.«

»Da bist du nicht die Einzige.«

Sie stand auf. »Diese Leute geben sich außergewöhnlich viel Mühe, etwas unter den Teppich zu kehren. Halt dich fern von dunklen Gassen. Das ist ein guter Rat von CyberNel.«

Sie kam um den Tisch herum, fasste mich an der Schulter, rieb über mein Jackett und spürte den Riemen meines Holsters. »Na ja, wenigstens etwas«, murmelte sie, gab mir einen flüchtigen Kuss, drehte sich um und verließ rasch das Café.

Was man am meisten vermisst, wenn man sich selbstständig macht, ist ein Partner. Es ist vorbei mit der Quatscherei im Dienst und man vereinsamt schnell, wenn keiner mehr da ist, dem man seine Gedanken mitteilen oder mit dem man Ideen austauschen kann. Wenn ein Fall bedrohliche Ausmaße annimmt, wird es außerdem riskant, andere mit hineinzuziehen. Marga wusste schon mehr, als mir mittlerweile lieb war. Sie konnte in große Gefahr geraten, nicht nur, weil sie meine Freundin war, sondern auch, weil sie zu viel wusste.

Bei CyberNel war es etwas anderes. Nel hatte Ahnung von der Arbeit der Polizei und ich verließ mich felsenfest auf ihren gesunden Menschenverstand. Sie würde nie unnötige Risiken eingehen und außerdem konnte sie ihre Arbeit nur erledigen, wenn sie wusste, was los war und wonach sie suchen sollte. Trotzdem war ich mir bewusst, dass ich sie vor allem deshalb ins Vertrauen zog, weil sie mir so als Ersatz für einen Partner dienen konnte, der mir Gehör schenkte.

Ich fühlte mich wie der alte Mann und das Meer: In einem ramponierten Fischerboot sitzend, alle Angeln ausgeworfen, die meisten Haken ohne oder mit falschem Köder daran. Wenn dann irgendwann der gigantische Fisch anbeißt, geschieht es ebenso unerwartet wie bei dem alten Mann.

Eines war allerdings ganz sicher: Es musste mehr dahinter stecken als nur die kleinen Fische ehelicher Untreue und die Sorge um den guten Ruf und die Reputation eines Mannes. Wenn ich an dem falschen Haken zöge, würde der Fisch möglicherweise für immer in die Tiefe abtauchen und ich würde noch nicht einmal sein Skelett in den Hafen bekommen, um beweisen zu können, wie groß er wirklich war. Wenn ich aber an keinem einzigen Haken zöge, würde ich nie dahinter kommen. Mir schwebte vage ein Plan für einen der Haken vor, aber ich konnte nichts unternehmen, solange ich nicht Gewissheit über ein paar kleine Details hatte. Und die konnte ich nur von CyberNel bekommen oder von Lonneke.

Ich observierte seit ungefähr einer Stunde das bescheidene Einfamilienhaus von Bruno Kalman in Tuindorp Oostzaan und kam zu dem Schluss, dass Bruno nicht zu Hause war, es sei denn, er lag im ersten Stock und schlief. Ich sah nur eine ältere Frau, die hin und wieder im Wohnzimmer erschien, um dort nicht erkennbare Dinge zu tun.

Ich stieg aus meinem Auto aus und überquerte die Straße. Dingdongtöne schallten durch den Flur, als ich auf die Klingel neben dem Namensschild B. KALMAN drückte.

Die Frau machte auf. Ich schätzte sie auf um die fünfzig. Sie hatte ein freundliches, aber energisches Gesicht. Für die Frau eines Mannes, der für eine Zeitarbeitsfirma arbeitete, schien sie mir ein bisschen alt.

»Guten Tag, Mevrouw, ich bin Jan Vestdijk. Ist Bruno zu Hause?«

»Nein, der ist auf der Arbeit.«

»Sind Sie seine Mutter?«

»Nein, ich bin die Wochenbetthilfe.«

Mein Unterkiefer klappte herunter.

Sie lachte. »Die beiden haben gerade ein Baby bekommen. Seine Frau liegt im Bett, sie ruht sich aus, aber wenn es etwas Dringendes ist, können Sie sie kurz sprechen.«

»Nein, ich muss mit ihm persönlich reden.«

»Meistens ist er so gegen sechs Uhr zu Hause.«

»War es am Samstag?« Ich sah, dass sie mich nicht verstand. »Die Geburt?«

»Ach so, ja, besser gesagt am Sonntagmorgen, es war eine schwere Geburt, im Krankenhaus. Frau Kalman ist erst seit drei Tagen wieder zu Hause.«

Ich versuchte, meine Verwirrung zu verbergen, aber sie hatte geübte Krankenschwesteraugen. »Ist irgendwas?«

»Nein, nein«, sagte ich. »Im Gegenteil, ich bin froh, dass alles gut gegangen ist. War Bruno noch rechtzeitig da?«

Sie lächelte zurück. »Ja. Es kam eine Woche zu früh. Soll ich ausrichten, dass Sie hier gewesen sind?«

Ich schüttelte den Kopf. »Ich rufe ihn später an.«

Sie nickte freundlich und ich ging eilig zurück zu meinem Auto. Ich stieg ein, schlug die Autotür zu und nahm, immer noch einigermaßen verwirrt, mein Autotelefon in die Hand.

»Merde«, sagte Marga. »Ich habe Ton an den Händen. Ja, hallo, hier ist Marga.«

Töpferinnen melden sich mit ihrem Vornamen. »Wie geht's denn so bei dir?«

»Willem sitzt bei mir im Atelier, er will lernen, nackte Frauen zu töpfern. Zwei andere Männer graben im Garten.«

»Was gibt's denn da zu graben?«

»Anscheinend muss ein Fundament gegossen werden. Es scheint so, als würden sich ihre Autos ganz von selbst verkaufen, jedenfalls haben alle Zeit genug. Joop hat hier übernachtet, artig im Gästezimmer. Ich denke, sie haben sich gegenseitig gewarnt, dass sie die Finger von der Frau des Hauses lassen müssen, weil Gerrit sonst lebenslänglich hinter Gitter wandert. In der Küche habe ich auch nichts zu tun, wir bestellen chinesisches Essen, Joop natürlich mehr als ich. Er ist ein wandelnder Kleiderschrank, so einer wie Jerommeke, du weißt schon. Er ist auch mal Radrennfahrer gewesen, wahrscheinlich auf einem Spezialfahrrad.« Sie kicherte.

»Ich werde also nicht vermisst«, stellte ich fest.

»Ich bespreche mein Liebesleben mit Willem im Atelier. Er hat eine ganz schlichte Meinung dazu: Der ganze Zirkus ist das Theater nicht wert. Wenn man sein Gehirn anstelle gewisser anderer Organe benutzt, muss man zugeben, dass er Recht hat.«

»Absolut. Ist Gerrit in der Nähe?«

»Gerrit gräbt den Garten um. Bist du für ihn unterwegs?«

Die Wochenbetthilfe schob ein Mofa durch das Gartentor der Kalmans, setzte einen Helm auf und fuhr los, wobei sie mit den Pedalen den Motor antrat. Ich konnte keine Spur von der jungen Mutter entdecken, die jetzt mit ihrem neugeborenen Baby allein im Haus sein musste. Ich schaute auf die Autouhr. In weniger als einer Stunde würde Bruno Kalman nach Hause kommen.

»Ich hoffe, dass du es hinkriegst«, sagte Marga. »Das sind nette Jungs. Vielleicht bescheißen sie die Steuer oder die Bank, aber sie würden auch dafür geradestehen, wenn es herauskäme.«

»Aha, sie gehören wohl schon fast zur Familie?« Meine Worte gingen ins Leere, weil Marga bereits den Hörer neben den Apparat gelegt hatte. Ich hörte sie von ferne rufen.

Kurze Zeit später hatte ich Gerrit am Telefon.

Ich erklärte ihm, dass ich ihn in Windeseile in Tuindorp Oostzaan brauchte und wo er mich finden konnte. Danach fuhr ich los, bog in eine andere Straße ein, parkte am Rand des Wohnviertels, blieb im Auto sitzen und wartete. Eine halbe Stunde später hielt ein großer Renault hinter mir. Gerrit war nicht allein. Der Mann, der auf der Beifahrerseite ausstieg, entsprach ganz der Beschreibung von Marga.

Gerrit sah, dass ich die Stirn runzelte. »Mach dir keine Sorgen. Mein Vater ist bei ihr geblieben. Er hat meine Mutter angerufen und Bescheid gesagt, dass es spät werden kann. Das ist Joop Dekker.«

Joop gab mir die Hand. Er war praktisch viereckig. Der Hand nach zu urteilen, bestand er hauptsächlich aus Muskeln. Auf seinem Kleiderschrankkörper saß ein spitzer, etwas ältlich wirkender Kopf mit cleveren Augen und einem Zweitagebart.

»Polizeiarbeit ist mal was anderes«, sagte er, beugte sich auf der Fahrerseite an mir vorbei ins Auto und schaute auf den Kilometerzähler. Er nickte zufrieden.

»Der hält noch eine Weile. Du musst ihn nur immer schön pflegen.«

Ich nahm mein Fernglas vom Armaturenbrett und schloss den BMW ab. »Wir nehmen euren Wagen, meiner wurde in der Straße schon gesehen.«

Joop kroch auf die Rückbank, Gerrit setzte sich ans Steuer. Ich saß neben ihm und zeigte ihm den Weg. Die Uhr auf dem Armaturenbrett zeigte Viertel vor sechs.

»Ich habe einen Bruno Kalman ausfindig gemacht«, sagte ich. »Er kommt gleich nach Hause. Ich möchte nur, dass du ihn dir kurz anschaust und mir sagst, ob du ihn wieder erkennst.«

»Warum glaubst du, dass er es ist?«, fragte Gerrit.

»Hier links ab. Weil Bruno als Zeitarbeitskraft bei De Goos & Bering gearbeitet hat und an dem besagten Samstagnachmittag seine früheren Kollegen besuchte.«

»Tja«, sagte Joop auf der Rückbank.

»Und dazu kommt noch, dass seine Frau Samstagnacht ein Baby bekommen hat«, sagte ich.

Gerrit machte eine überraschte Bewegung und ich griff ins Lenkrad. »Halt mal hier an.«

Joop lachte. »Dieser blöde Vorwand?«

»Verdammt!« Gerrit schaltete den Motor aus. »Ich hätte schon fast selbst geglaubt, dass es nur ein Vorwand war.« Für einen Moment sagte er nichts.

»Was machen wir, wenn er es ist?«, fragte Joop.

Gerrit biss sich auf die Lippen. »Dieser Scheißkerl hat ein Kind. Ich habe eine Schwäche für Kinder.«

»Ja, aber er ist trotzdem ein Scheißkerl«, sagte Joop. »Wir schnappen ihn uns.«

»Vielleicht sollten wir ihn uns erst mal nur anschauen«, schlug ich vor.

Gerrit schaute durch das Fernglas und stellte es scharf ein auf das Gartentor. Er wurde unsicher. »Ich hab dir ja gesagt, es war dunkel. Ich konnte ihn nicht besonders deutlich sehen«, erklärte er. »Vielleicht erkenne ich ihn gar nicht wieder.« Er ließ das Fernglas auf das Lenkrad sinken und hielt es mit beiden Händen fest.

»Du brauchst ihn ja nur ein kleines bisschen zu erkennen«, sagte Joop. »Der Rest stimmt doch?«

Gerrit drehte sich halb zur Seite. »Wir tun, was Max sagt, okay?«

Joop nickte abwesend. »Das Baby ist zu früh gekommen«, sagte er. »Sonst würde man an dem Tag doch keinen Bruch machen.«

»Dann muss er ein Handy dabeigehabt haben«, sagte Gerrit.

»Handys liegen in dem Laden ja genug herum«, sagte Joop und lachte.

»Nein, das kann nicht sein«, sagte Gerrit. »Wenn das Baby zu früh kam, hat man ihn angerufen, also hatte er garantiert sein eigenes bei sich.«

Ausgezeichnete Schlussfolgerungen. Ich verschränkte die Arme und ließ sie reden.

»Willst du ihm das mit den Schlössern jetzt sagen oder nicht?«, fragte Joop.

Ich schaute Gerrit fragend an.

»Er meint, bei deiner Freundin«, sagte Gerrit.

»Sie ist eine nette Frau«, meinte Joop. »Aber ein paar vernünftige Schlösser hier und da könnten wirklich nicht schaden. Man könnte bei ihr Tag und Nacht an fünf verschiedenen Stellen mit zwanzig Mann einfach so rein- und rausspazieren.«

Ich seufzte. »Ich weiß.«

»Vielleicht ist sie einfach zu gut für diese Welt«, meinte Gerrit.

»Da kommt jemand!«

»Solche Menschen findet man heutzutage kaum noch«, murmelte Joop. »Die einfach glauben, die Welt sei noch in Ordnung.«

Ein kleiner Nissan hielt vor Kalmans Haus. Gerrit nahm das Fernglas, als der Fahrer ausstieg. Er ließ es sofort wieder sinken und sah mich mit einem Blick an, als hätte ich den Verstand einer Garnele. »Der hier sieht aber eher aus wie Mike Tyson.«

Ein kräftig gebauter, farbiger Mann schloss die Autotür ab, ging dann durch das Gartentor in Richtung Haustür und öffnete sie mit seinem Schlüssel.

»Ich glaube, er ist Surinamer«, sagte Joop freundlich. »Kleiner Irrtum, was?«

Einen Moment lang war ich sprachlos über meine eigene Dummheit. Alles hatte auf Bruno Kalman hingedeutet, inklusive der Geburt in der Nacht von Samstag auf Sonntag. Das Einzige, was ich vergessen hatte zu fragen, war, wie der Mann aussah.

»Es lag an der verdammten Geburt«, murmelte ich. »Ich dachte mir, wenn das stimmt, stimmt die ganze Geschichte.«

Gerrit hörte sich nicht böse an, nur ein wenig traurig. »Und jetzt glaubst du nicht mehr, dass sie stimmt?«

Ich machte eine ungeduldige Handbewegung. »Tut mir Leid, okay?« Ich war eher wütend auf mich als auf ihn. »Lass mich mal nachdenken.«

Gerrit schnaubte und startete den Motor des Renaults.

»Vielleicht sollten wir einen Schnaps trinken gehen«, sagte Joop beschwichtigend. »Wir fahren unterwegs beim Chinesen vorbei, holen was zu essen und einen Kasten Pils. Dann kann Willem gleich nach Hause fahren und wir spielen mit Marga noch ein bisschen Mah-Jongg.«

Gerrit lenkte den Renault auf die Fahrbahn und vergaß in seiner Enttäuschung, in den Spiegel zu sehen, so dass er wegen eines VW eine Notbremsung machen musste, der trotzdem nur knapp seiner vorderen Stoßstange entkam. Der Fahrer hatte den Beinahe-Zusammenstoß noch nicht einmal bemerkt, aber Gerrit war völlig außer sich, so dass er den Motor abwürgte und der Renault durch sein Eigengewicht gegen den Bordstein zurückrollte.

»Ganz ruhig«, sagte Joop. »Ist ja nichts passiert.«

Gerrit starrte durch die Windschutzscheibe.

Der VW hatte fünfzehn Meter weiter angehalten, und da kein Parkplatz mehr frei war, stellte der Fahrer den Wagen neben den von Kalman in die zweite Reihe und stieg aus.

»Wohl doch sauer«, murmelte Joop.

Gerrit riss mir das Fernglas aus der Hand. Der Mann blieb neben der offenen Autotür stehen und schaute über das Dach seines VW hinweg hinüber zum Haus von Kalman. Dann bückte er sich und drückte ungeduldig auf die Hupe.

»Das ist er!«, sagte Gerrit. »Dieser Penner vom Nieuwezijds!«

»Bist du dir sicher?«

Ich guckte mir den Mann genauer an. Er war mager und ziemlich schmal gebaut, trug ein Karohemd, eine Sommerhose und Turnschuhe. Ungeduldig beobachtete er immer noch das Haus von Kalman.

Gerrit wollte die Tür aufmachen, aber ich fasste ihn am Arm. »Warte!«

Bruno Kalman kam aus dem Haus. Er nagte an einem gebratenen Hühnerbein, schlenderte zum Gartentor und machte mit der Hühnerkeule eine abwehrende Gebärde, als habe er keine Zeit. Er zwängte sich an der vorderen Stoßstange seines eigenen Wagens vorbei durch die parkenden Autos, bis er dicht neben dem mageren Mann stand.

Ich drehte mein Fenster herunter und hörte, wie Joop hinter mir dasselbe tat. Wir konnten nicht verstehen, was sie sagten, aber der magere Mann wirkte ungeduldig und unzufrieden und ging sichtbar gereizt zu seinem Auto zurück.

»Er haut ab!«, flüsterte Gerrit alarmiert.

»Wir folgen ihm«, sagte ich. »Warte, bis er losgefahren ist und Kalman reingeht, bevor du den Motor startest.«

»Und wenn wir ihn verlieren?«

»Ich habe sein Kennzeichen.«

»Du wirst ihn schon nicht verlieren, Junge«, sagte Joop.

Wir konnten die aggressive Stimme des mageren Mannes hören, während er seinen Wagen anließ. Kalman grinste ungerührt, drehte sich um und ging zwischen den geparkten Autos hindurch wieder zurück. Der magere Mann fuhr los.

»Auf geht's«, sagte ich.

Gerrit startete den Motor und setzte den Renault in Bewegung. Kalman war schon an seinem Gartentor angelangt, blieb aber stehen, als er das Geräusch unseres Motors hörte. Er schaute uns nach, als wir vorbeifuhren, bemerkte aber wahrscheinlich nichts Verdächtiges. Er warf das abgenagte Hühnerbein in einen Busch und ging zur Haustür.

Wir folgten dem VW, der das Wohnviertel verließ.

»Wir müssen anscheinend nicht mit ihm ins Zentrum von Amsterdam«, bemerkte Joop.

Der VW erreichte den Meteorensingel, nahm aber nicht den Cornelis Douwesweg in Richtung Innenstadt, sondern Kurs auf den Tunnel. Das passte gut.

»Kannst du ihn überholen?«

Gerrit gab sofort Gas und zog auf die linke Spur.

»Dräng ihn im Tunnel ab. Ich steige zu ihm in den Wagen und wir folgen euch bis zu dem Parkplatz neben der alten DSM-Fabrik. Das ist hier ganz in der Nähe.«

»Du und ich folgen Gerrit, okay?«, korrigierte Joop gleichmütig.

Wir überholten den VW. »Er ist ein kleiner Einbrecher, kein Mörder«, sagte ich. »Du kannst mitkommen, wenn du mir das Reden überlässt. Du stellst dich auf seine Seite, ich steige neben ihm ein und dann setzt du dich auf die Rückbank. Kapiert?«

»Na klar. Er wird gar nicht wissen, wie ihm geschieht. Den Warnblinker an, Gerrit.«

Der VW war direkt hinter uns, als Gerrit in den kurzen

Tunnel hineinfuhr und im selben Moment den Warnblinker einschaltete und bremste. Die Vorderfront des VW machte eine starke Nickbewegung, als der Fahrer in Panik auf die Bremse trat.

Joop sprang aus dem Renault heraus, noch bevor der Wagen ganz zum Stehen gekommen war. Hinter dem VW bremste ein anderes Auto und hupte. Joop tauchte neben dem Renault auf der Seite des mageren Mannes auf. Der kurbelte sein Fenster herunter, um zu fragen, was los sei. Ich erreichte die Beifahrerseite, winkte beschwichtigend dem ungeduldigen Autofahrer hinter uns zu und öffnete die Beifahrertür. Der Mann war völlig überrascht und dachte erst an seinen Türknopf, als es bereits zu spät war. Ich zog meine Pistole und richtete sie unauffällig auf ihn. Joop stieg hinten ein.

»Folgen Sie diesem Auto.« Ich wies mit dem Kinn auf den Renault. Gerrit schaltete die Warnblinkanlage aus und fuhr los.

Der magere Mann saß wie gelähmt hinter dem Steuer und fing an zu stottern. »Was soll das, wer seid ihr?«

Joop beugte sich nach vorn. »Du hältst den Verkehr auf.«

»Nur eine nette kleine Unterhaltung, mehr nicht«, sagte ich. »Fahr jetzt diesem Auto hinterher.«

Der Mann gehorchte. Seine Hand auf dem Schaltknüppel zitterte. Er fuhr aus dem Tunnel hinaus und bog links ab, dem Renault hinterher. Ich steckte meine Pistole zurück ins Holster. Der Wagen hinter uns raste geradeaus weiter, Richtung Dock 5 am Ij.

»Du brauchst dir keine Sorgen zu machen.« Ich öffnete sein Handschuhfach. Es war voll gestopft mit dem üblichen Krimskrams: Papiertaschentücher, halb volle Tüten Lakritze und Pfefferminzbonbons, ein verschlissenes Mäppchen mit den Autopapieren. Ich schlug es auf. Der Wagen war auf den Namen eines gewissen J. van Lier registriert. Er war achtundzwanzig und wohnte in Nieuwendam.

»Steht das J für Jan oder für Jeremia?«

»John.«

Ich schaute Joop an: »John van Lier.«

»Hab ich's mir doch gedacht«, sagte Joop Unheil verkündend.

Van Lier leckte sich nervös über die Lippen. Seine Angst schien sich noch zu vergrößern, als Gerrit vor uns rechts abbog und an der verlassenen Fabrik vorbeifuhr.

»Wohin fahren wir?«, fragte er mit gepresster Stimme, als Gerrit auf den mit Unkraut überwucherten Parkplatz hinter dem einsamen Gebäude einbog. Es war ein idealer Ort.

»Halt mal hier an«, sagte ich.

Van Lier gehorchte. Gerrit stand mit dem Renault auf einem Grasstreifen ein Stück weiter weg. Ich wandte mich an Joop. »Sag Gerrit, er soll noch einen Moment warten; ich unterhalte mich erst mal mit diesem Herrn.«

Joop stieg aus dem Auto und schlenderte zum Renault hinüber. Während ich meine Hand in der Innentasche behielt, schaute ich van Lier mit unbewegtem Gesicht an.

»Ihr wollt wohl versuchen, uns zu verarschen?«, fragte ich abrupt.

Er war verwirrt. »Wieso verarschen?«

Schon von Clausewitz war der Meinung, die beste Taktik sei, den Feind zu verwirren.

»Wo wolltet ihr mit den Sachen hin?«

»Wer seid ihr?«

»Was glaubst du denn, wer wir sind?«, schnauzte ich ihn an. »Ich habe zwei Mann bei Bruno sitzen. Krieg ich jetzt von dir denselben Mist zu hören? Du hast doch den Wagen besorgt?« Ich nahm meine Pistole wieder in die Hand und hielt ihm die Mündung ans Knie.

Er schaute die Waffe an. »Ich weiß nicht«, sagte er tonlos.

»Ich dachte, die Ware sollte hierher gebracht werden?«

Er nickte stumm.

»Jemand hat hier herumgestanden und umsonst auf euch gewartet«, sagte ich. »Rate mal, wer das war?«

Er schaute mich verängstigt an. »Jemand von Holtrop … Sind Sie Holtrop? Hat Bruno es Ihnen denn nicht erklärt?«

»Ich stehe mir hier mitten in der Nacht die Beine in den Bauch«, sagte ich noch einmal. »Das ist nicht witzig.«

»Ich konnte nichts dafür! Wir waren gerade fertig, da kriegt Bruno einen Anruf, dass das Baby zwei Wochen zu früh kommt und er ins Krankenhaus muss.«

»Während ihr hinter De Goos & Bering gestanden habt?«

»Wir sind aus dem Magazin raus und Bruno sollte den Lieferwagen fahren.«

»Und du, hast du etwa zwei linke Hände?«

»Aber ich musste doch mein eigenes Auto fahren! Wie sollte ich denn sonst von hier wieder wegkommen? Ich kann es nicht ändern! Das Tor war zu und Bruno sagt, gib dem Jungen da doch ein paar Scheine und lass ihn für uns fahren. Du fährst hinter ihm her und alles läuft wie geschmiert.«

»Wie geschmiert!«

»Der Typ muss uns verraten haben, sonst wär' das nie passiert. Du musst dich mit ihm unterhalten, nicht mit mir.«

Ich reichte hinüber zu seinem Lenkrad und drückte kurz auf die Hupe. »Habe ich schon gemacht«, sagte ich. »Guck mal, wer da kommt.«

Gerrit und Joop stiegen aus dem Renault und kamen langsam in unsere Richtung. Van Lier starrte perplex durch die Windschutzscheibe und kniff die Augen zusammen, während er verzweifelt in seinem Gedächtnis nach einem undeutlichen Gesicht auf dem dunklen Nieuwezijds Voorburgwal kramte. Dann wurden seine Augen größer. Er stieß einen Fluch aus, riss die Autotür auf und sprang so schnell aus dem Wagen, dass ich ihn nicht mehr festhalten konnte.

Joop reagierte als Erster, überraschend behände für einen Mann seiner Statur. Während van Lier über die Pflastersteine des Parkplatzes rannte, brach Joop wie ein Bulldozer quer durch das Gebüsch, um ihm den Weg abzuschneiden. Gerrit lief ihm durch peitschende Zweige hindurch hinterher.

Ich steckte meine Pistole weg, stieg aus dem Renault und wartete ab. Mein Handy piepte.

»Max Winter.«

»Hier ist Lonneke. Ich bin auf Buchenstein. Ich habe die Information aus der Schweiz.« Sie sprach gedämpft und hastig, als habe sie Angst, belauscht zu werden.

»Gut. Kann ich Sie heute Abend anrufen?«

»Lieber nicht, ich übernachte heute zusammen mit den Kindern hier.« Lonneke schwieg einen Moment und flüsterte dann: »Alle Fotos sind verschwunden, aber Glinka sagt, sie sei immer in denselben Ort gefahren. Das war noch vor meiner Geburt … Sie fuhr immer nach Grächen. Ich habe auf der Karte nachgeschaut, man fährt durch das Rhônetal, bei Visp in Richtung Süden durchs Mattertal …«

»Mir ist schon klar, dass es nicht um die Ecke liegt«, sagte ich. Ich sah keine Spur von den Jungs und dachte bei mir, dass es John van Lier umso schlechter ginge, je länger sie wegblieben.

»Das letzte Mal ist sie vier oder fünf Wochen da gewesen«, sagte Lonneke. »Dabei fuhr sie meistens nur für zwölf Tage oder so.«

»Wann war das?«

Endlich sah ich sie am anderen Ende des Gebüschs auftauchen. Joop hatte seine Schraubstöcke um die Handgelenke von van Lier geklemmt und ihm die Arme auf den Rücken gedreht. Gerrit ging auf der anderen Seite neben ihm und klopfte seine Kleidung ab.

»Im Februar 1972. Sie wohnte im Hotel Grächer Hof.«

»War dein Vater nicht dabei?«

»Nein, Glinka sagt, er habe sie nur einmal begleitet, 1970, als sie gerade frisch verheiratet waren. Danach fuhr sie immer allein. Sie können mit dem Flugzeug nach Locarno fliegen und von da aus einen Mietwagen nehmen«, sagte Lonneke. »Ich glaube, so geht es am schnellsten.«

»Ja, ja ...«

»Ich erstatte Ihnen die Kosten.«

»Vielen Dank, aber ...«

»Ich wurde im August 1972 geboren«, sagte Lonneke. »Sie war also im dritten Monat schwanger mit mir.«

Ich beendete das Gespräch und starrte die drei Männer an. Van Lier sah aus, als sei er aufs Gesicht gefallen und Joop mit seinem gesamten Gewicht auf ihn. Er wandt sich vor Schmerzen, sagte aber nichts.

»Wer war das?«, fragte Joop und zeigte auf mein Handy. »Die Polizei?«

Ich schüttelte den Kopf. »Das ist eine zivile Verhaftung«, sagte ich zu van Lier. »Wir bringen dich jetzt zur Polizei. Da kannst du eine Erklärung abgeben ...«

»Das macht er bestimmt«, unterbrach mich Joop. »Nicht wahr, John? Sonst erwarten wir dich, wenn du wieder rauskommst, und dann machen wir gemeinsam einen kleinen Spaziergang.«

»Vielleicht sollten wir den Spaziergang sofort machen«, meinte Gerrit. »Erst versucht er, mich reinzureißen, und dann will er abhauen. Bist du verheiratet?«

Van Liers Blick wanderte verschreckt von ihm zu mir. Er ähnelte immer mehr der Beschreibung Gerrits eines mickrigen Typen. »Nein.«

»Warum hast du dann gesagt, deine Frau würde ein Baby bekommen?«

»Das habe ich nicht gesagt«, wehrte sich van Lier nervös. »Ich habe gesagt: die Frau des Fahrers.«

»Jetzt lüg doch nicht, Mann«, sagte Gerrit. »Wenn du ›die Frau des Fahrers‹ gesagt hättest, hätte ich dich gefragt: ›Warum fährst du nicht selbst, Blödmann?‹«

»Gerrit, jetzt warte mal.« Ich hob die Hand und schaute van Lier an. »Die Polizei kann dich vierundzwanzig Stunden lang festhalten, dann wirst du dem Haftrichter vorgeführt. Sie werden sich bestimmt auch für Holtrop interessieren.«

Joop nahm beide Handgelenke von van Lier in eine Hand und ließ die andere schwer auf seiner Schulter ruhen. »Wer ist Holtrop?«

»Der Abnehmer«, flüsterte van Lier.

»Er meint den Hehler«, sagte ich. »Du tust dir selbst einen Gefallen, wenn du das alles hübsch erklärst. Waren noch mehr Leute dabei außer dir und Bruno Kalman?«

Van Lier schüttelte den Kopf.

»Sollen wir Kalman auch kurz abholen?«, schlug Joop vor.

»Kalman kriegt sowieso Besuch von der Kripo, mach dir darum mal keine Sorgen. Wir bringen jetzt diesen Typen weg, sorgen dafür, dass er seine Geschichte erzählt, und den Rest überlassen wir der Polizei. Meine Arbeit ist getan. Gerrit ist aus der Sache raus und darum ging es ja schließlich.«

»Das war aber schnell verdientes Geld«, fand Gerrit.

Es war schon Mitternacht, als ich nach Hause kam. Ich war noch auf einem Umweg bei Marga vorbeigefahren, wo ich die weitere Bewachung geregelt hatte. Die Jungs hatten keine Probleme mit ihrer Aufgabe und Marga genauso wenig, vorausgesetzt dass Willem ihren Volvo in Ruhe ließ.

»Ich werde kein Wort mehr darüber verlieren«, versprach Willem, »obwohl ich ihn zu einem so guten Preis in Zahlung nehmen würde, dass du diesen hübschen Jeep Cherokee praktisch umsonst kriegen würdest.«

Die Büroklammer saß ordentlich an ihrem Platz und auf dem Tisch lag eine Nachricht mit den Worten: *Alles, was hier rumliegt, ist dein eigener Müll, N.*

Auf Schiphol hatten die Schalter noch geöffnet und nach drei Anrufen gelang es mir, für den nächsten Tag einen Flug mit Swiss Air nach Genf zu buchen und mir dort einen Mietwagen reservieren zu lassen. Die Strecke von hundertfünfzig Kilometern, größtenteils über die Autobahn, die durch das Rhônetal führte, schien mir ein schnellerer Weg zu sein als die touristischen Umwege über Mailand und Locarno, die mir Lonneke aus unerfindlichen Gründen vorgeschlagen hatte. Vielleicht war sie doch nicht so gut als Salesmanagerin für die Benelux-Staaten geeignet.

Ich dachte über verwendbares Beweismaterial nach, während ich das Röntgenfoto in einen großen Umschlag steckte und in das Außenfach meiner Reisetasche schob. Ich packte ein paar Kleidungsstücke ein, legte meine Toilettensachen zurecht, stellte den Wecker und ging zu Bett.

9

Ich liebe die Schweiz im Sommer. Alles ist grün, die Wiesen blühen, braune Kühe grasen glockenläutend an den Hängen, überall rauscht Wasser, und wenn man hinaufschaut, in das unwirklich transparente Licht zwischen den hochgelegenen Schluchten und den glitzernden Felswänden der Alpengipfel, wird alles Menschliche unbedeutend.

Weder Touristen noch Vorurteile haben dieser Postkartenidylle etwas anhaben können. Dies ist die Ewigkeit. Gletscher wanderten durch das Land und formten seine Berge und Täler, als die Urahnen der Menschheit sich gerade erst im Stadium von Einzellern befanden.

Grächen lag in sechzehnhundert Metern Höhe an einem der Hänge des Nikolaitals. Autos durften nicht weiter fahren als bis zum Parkplatz, der wie eine Muschel ins Zentrum des Dorfes eingebettet war. Handkarren der verschiedenen Hotels standen bereit, um den Touristen das leidige Kofferschleppen so weit wie möglich zu ersparen, doch noch bevor ich meinen Kofferraum geöffnet hatte, stand schon ein aufgeweckter Dorfjunge mit einer Kiste auf alten Fahrradrädern da. Er nahm meine Reisetasche entgegen, warf einen Blick auf mein Genfer Nummernschild und sagte: »Grüß Gott.«

Die Rückseite des Grächer Hofs lag zum Parkplatz hin, die Vorderseite schaute auf das Nikolaital. Es gab noch einige andere Hotels, kleine Läden mit Skizubehör, Mode für das Après-Ski, Souvenirs und drehbaren Ständern mit Ansichtskarten. Ein schmaler Weg führte an den Läden vorbei hinauf zu einer kleinen Kirche mit einem ummauerten Friedhof und hier und dort lagen am Hang ein paar Chalets mit Balkonen voll blühender Fuchsien und Geranien. Ein Sessellift transportierte Wanderer hoch über den blühenden Skihängen schwebend nach oben. Alles ging langsam, ländlich und bedächtig vonstatten – der größte Vorteil der Schweiz im Sommer.

Ich nahm meine Tasche aus dem Karren und gab dem Jungen ein Trinkgeld, der sofort wieder in Richtung Parkplatz davontrabte. Ich blieb in der Tür stehen und betrachtete das von dunklem Holz dominierte Interieur des Grächer Hofs. Das Haus erweckte den Eindruck eines ländlichen Mittelklassehotels, in dem man bequem wohnen konnte ohne aufzufallen.

In all dem steckte eine gewisse Ungereimtheit. Das ganze Dorf wirkte ruhig, unauffällig und gemütlich, ein wenig abgelegen, weit weg von den mondänen Skiorten, wo Filmstars, Popmusiker und Textilmagnaten sich ein Stelldichein gaben. Ich konnte diesen Ort absolut nicht mit dem Bild in Übereinstimmung bringen, das ich mir von Cleopatra gemacht hatte.

Es waren noch Zimmer frei und ich wählte eins im ersten Stock mit Aussicht auf das Nikolaital. Ich nahm eine

Dusche, zog ein sauberes Hemd an und gönnte mir eine Zigarette auf dem kleinen Balkon. Danach steckte ich den Umschlag mit dem Röntgenbild unter mein Jackett und ging hinunter.

Die junge Schweizerin, bei der ich das Zimmer gemietet hatte, saß am Empfang in der verlassenen Eingangshalle und las in einer Zeitschrift. Ihr Englisch war besser als mein Schwyzerdütsch.

Ich erklärte ihr, dass ich an der Biografie einer mittlerweile verstorbenen niederländischen Schriftstellerin arbeitete, die hier in Grächen im Februar 1972 mehrere Wochen lang an ihrem wichtigsten Roman, *Die weiße Rose der Versöhnung*, gearbeitet habe.

»In unserem Hotel?«, fragte sie fasziniert.

»Ich glaube ja«, antwortete ich. »Ich bin mir sicher, dass es in Grächen war, und Ihr Hotel ist typisch für eines, in dem sie sich wohl gefühlt hätte und das für sie eine Quelle der Inspiration gewesen wäre. Aber ich muss natürlich ganz sichergehen, um es in meiner Biografie erwähnen zu können.«

Dieser Gedanke gefiel ihr sichtlich. »War sie eine bekannte Autorin?«

»Ihr Werk wurde in viele Sprachen übersetzt. Ihr Name ist Cleopatra Cleveringa, aber vielleicht hat sie auch ihr Pseudonym Cleopatra Teulings benutzt.«

»Ich kenne nur Cleopatra von Ägypten.«

Ich erwiderte ihr Lächeln. »Existieren noch Gästebücher aus dieser Zeit?«

Sie überlegte kurz. »Im Keller vielleicht. Ich gehe es gerne für Sie suchen.«

Ich dachte an das alte Sprichwort ›Kein Geld, keine Schweizer‹, aber dieses Klischee galt wohl seit der Zeit der Söldnertruppen nur noch für die Bankiers, denn als ich meine Brieftasche zückte, wurde sie ganz verlegen.

»Aber nein, ich bitte Sie … Es ist nur so, dass es eine Weile dauern kann und ich Sie nicht warten lassen will … Ich müsste es erst heraussuchen. Möchten Sie vielleicht später noch einmal wiederkommen? Aber Sie brauchen wirklich nicht dafür zu bezahlen.«

Ich steckte die Banknote wieder zurück und bedankte mich bei ihr. Ich beschloss, mich anderswo nach einem Krankenhaus zu erkundigen, weil ich nicht auf Anhieb wusste, wie ich meine inspirierte Autorin mit jemandem in Einklang bringen konnte, der sich von einem Beinbruch erholt. »Grüß Gott!«, rief mir die junge Frau fröhlich nach, als ich hinausging.

In einem Souvenirladen erfuhr ich, dass es in Grächen kein Krankenhaus gab, wohl aber eine Privatklinik, geleitet von einem Doktor Grüber. Dort sei alles Nötige vorhanden, um gebrochene Beine zu behandeln, ja, was glauben Sie denn, schließlich sind wir hier in einem Wintersportort. Hals- und Beinbruch.

Ich folgte dem Weg, den man mir beschrieben hatte, die Anhöhe hinauf, an der Kirche vorbei. Die Klinik befand sich in einem niedrigen Steingebäude, das modern aussah und jünger als ein Vierteljahrhundert wirkte. Daneben stand ein Chalet aus Holz, wahrscheinlich das Wohnhaus des Doktors.

Hinter einer Glastür befand sich ein kleiner Empfang. Eine streng aussehende Dame um die sechzig sprach gerade mit der Rezeptionistin. Sie trug einen weißen Kittel.

»Grüß Gott«, sagte ich. »Sind Sie Doktor Grüber?«

»Es gibt zwei Doktoren Grüber, Herrn Heinz und Frau Elaine Grüber.«

Sie war also Elaine. Ich fragte sie, ob sie 1972 auch schon hier gearbeitet habe.

»Ich selbst war noch nicht fertig mit dem Medizinstudium, aber mein Mann praktizierte bereits. Ich assistierte ihm allerdings. Warum fragen Sie?«

Ich zog den Umschlag hervor und erklärte ihr, dass ich versuche, einen Beinbruch zu identifizieren, der sehr wahrscheinlich hier behandelt worden sei.

»Stimmt denn damit etwas nicht?«, fragte sie, prompt auf der Hut. Auch in der Schweiz kannte man natürlich Schadenersatzforderungen gegenüber Ärzten und Krankenhäusern.

»Nein, alles in Ordnung«, beruhigte ich sie. »Aber Ihr Mann kann mir möglicherweise bei einer Identifizierung helfen, darum geht es.«

Elaine Grüber zögerte einen Augenblick und sagte dann: »Mein Mann ist nicht da, aber kommen Sie doch bitte mit mir.«

Sie führte mich in ein modernes Behandlungszimmer und bat mich, auf einem Stuhl aus Chrom und Leder Platz zu nehmen. Ich legte den Umschlag auf ihren Schreibtisch.

Sie rührte ihn nicht an. »Was möchten Sie genau?«

»Ich habe hier eine Röntgenaufnahme von einem Beinbruch und ich möchte gerne wissen, ob er mit einer Fraktur übereinstimmt, die hier im Februar 1972 behandelt wurde.«

»Medizinische Daten dieser Art unterliegen normalerweise der ärztlichen Schweigepflicht ...«

»Es handelt sich lediglich um ein gebrochenes Bein, Frau Doktor. Die Sache liegt fünfundzwanzig Jahre zurück und die Dame ist schon lange tot«, sagte ich.

»Und was genau haben Sie damit zu tun?«

Ich erzählte ihr, ich arbeite im Auftrag der Angehörigen, die hofften, dass es sich bei einem kürzlich gefundenen Skelett nicht um ihre seit langem vermisste Mutter handele. Ich überreichte ihr meine Karte von Staatsanwalt Meulendijk, was mir die schnellste Möglichkeit zu sein schien, ihr Vertrauen zu gewinnen.

»Warum hoffen diese Leute denn, dass es nicht ihre Mutter ist? Sie wurde doch vermisst? Ist es dann nicht besser, Gewissheit zu haben?«

»Die Frau, die man gefunden hat, wurde ermordet und das Skelett kann nur anhand dieses Knochenbruchs identifiziert werden. Die Unterlagen waren nirgends in den niederländischen Krankenhäusern zu finden, doch jemand erinnerte sich daran, dass sie sich 1972 beim Skilaufen ein Bein gebrochen hatte, hier in Grächen. Die Frage ist natürlich, ob damals Röntgenaufnahmen gemacht wurden und ob sie noch existieren.«

»Wir fertigen von jeder Fraktur Röntgenaufnahmen an«, sagte sie, beinahe ein wenig beleidigt. »Wie war noch der Name dieser Dame?«

»Cleopatra Cleveringa.«

Frau Doktor Grüber kam offenbar zu dem Schluss, dass Informationen über ein gebrochenes Bein weniger streng gehütet werden mussten als das Schweizer Bankgeheimnis. Sie nahm das Bild aus dem Umschlag, hängte es vor eine Leuchttafel an der Wand und schaute es sich einen Moment an.

»Vielleicht bei den Negativen … Einen Augenblick bitte.« Sie verschwand in einem angrenzenden Raum und kehrte zehn Sekunden später mit einem schwarzen Klemmordner wieder zurück.

»1972, Februar …« Sie blätterte transparente Seiten mit Negativen durch und studierte die Namen und Codes. Schließlich hob sie den Kopf. »Ich habe hier einen Beinbruch vom sechsten Februar«, sagte sie. »Aber ich denke, Sie können die Familie beruhigen. Diese Aufnahme stammt nicht von Frau Cleveringa.«

Sie nahm das Negativ aus der Mappe und legte es in einen Apparat ein, der es neben das Röntgenfoto auf die Leuchttafel projizierte. Sie schaute vom Foto zur Projektion und wieder zurück. »Es ist schwer zu sagen, ohne Analyse … Es ist eine Frage des Aufnahmewinkels …«

»War das der einzige Beinbruch in diesem Monat?«

»Nein, aber der Einzige bei einer Frau«, antwortete sie abwesend. »Ich kann der Sache nachgehen. Vor zehn Jahren haben wir die älteren Verwaltungsdaten alle in den Computer eingegeben.«

Vermutlich sind die Schweizer die gründlichsten Archivare der Welt. Frau Doktor Grüber öffnete einen Schrank und holte eine Schachtel mit Disketten heraus. Sie wählte eine aus und schob sie in den Computer auf ihrem Schreibtisch.

»Voilà«, sagte sie nach kurzer Suche. »Niemand mit dem Namen Cleveringa. Das hier war eine Frau Boerman. Sie war mit ihrem Ehemann hier, Herrn Jean-Marie Boerman. Sie gaben eine Adresse in Südfrankreich an, in La-Grande-Motte. Er bezahlte die Rechnung mit einem Scheck der Crédit Lyonnais. Das Bein wurde gerichtet, es war kein komplizierter Bruch.«

Wieder runzelte Frau Doktor Grüber die Stirn, dann hellte sich ihr Gesicht auf. »Ah ... jetzt wird mir einiges klar. Der Gips wurde auch hier entfernt. Das ist nicht üblich; die Feriengäste fahren normalerweise mit dem Gips nach Hause und lassen ihn dort abnehmen, aber ich sehe hier, dass Frau Boerman im dritten Monat schwanger war. Ich nehme an, dass mein Mann ihr geraten hat, sich ruhig zu verhalten, denn bei einer Fraktur hat man ja doch einen tüchtigen Sturz hinter sich.«

Kein Zweifel möglich, dachte ich. »Ist es normal, dass Frauen Ski laufen, wenn sie im dritten Monat schwanger sind?«

»Das ist gar kein Problem, wenn es sich um eine gesunde junge Frau handelt«, sagte sie, als hätte ich sie persönlich beleidigt. »Bergbewohnerinnen stehen oft noch bis wenige Tage vor der Geburt auf den Brettern.«

Ich lächelte entschuldigend. »Ist ihr Vorname angegeben?«

»Nein«, sagte sie. »Nur ein C.« Sie blickte auf und runzelte die Stirn. »Derselbe Buchstabe, aber ... Seit wann wurde die Frau vermisst?«

»Erst viel später«, antwortete ich. »Sie verschwand zehn Jahre danach. Ich kann mir vorstellen, was Sie denken.«

Es war sonnenklar. Wenn Cleopatra als vermisst gelten wollte, war es logisch, dass sie einen falschen Namen benutzte. Allerdings konnte zu der Zeit, als sie sich hier das Bein brach, von vermisst noch keine Rede sein. Bis zu dem Tag des Flugzeugunglücks 1980 war sie ganz einfach Frau Cleveringa gewesen.

Der Blick von Frau Doktor Grüber wanderte wieder zwischen Foto und Projektion hin und her. »Es sieht aus, als sei es derselbe Bruch«, sagte sie. »Natürlich ist zwischen den Aufnahmen einige Zeit vergangen. Die eine zeigt den frischen Bruch, während der auf der anderen mindestens zehn Jahre älter aussieht. Gewebe … Nun ja. Das Problem besteht vor allem im unterschiedlichen Aufnahmewinkel.«

»Warum?«

»Wenn eine Fraktur eindeutig identifiziert werden soll, fertigt die Polizei Aufnahmen aus verschiedenen Winkeln an. Das Bild, das sie in den Krankenhäusern herumgehen lässt, ist normalerweise das, das dem wahrscheinlichsten Aufnahmewinkel bei der jeweiligen Fraktur entspricht. Meist wählt man eine Frontalaufnahme; sie reicht in der Regel für eine vorläufige Identifikation. Ein solches Bild haben Sie mitgebracht. Unseres weicht etwa dreißig Grad von Ihrer Aufnahme ab. Es könnte sein, dass die Frau – aus welchem Grund auch immer – auf der Seite oder halb auf die Seite gedreht lag, das Bein ein wenig nach hinten gestreckt, als mein Mann die Aufnahme machte. Jedenfalls ist eine hundertprozentige Identifikation nur durch eine Aufnahme aus exakt demselben Winkel möglich. Doch die müsste es eigentlich geben und ansonsten könnte sie angefertigt werden.«

»Das muss natürlich in den Niederlanden geschehen«, sagte ich. »Könnte ich das Bild mitnehmen?«

»Das Negativ?« Sie schüttelte den Kopf.

»Natürlich, es muss in Ihren Unterlagen verbleiben. Falls wir es als Beweisstück brauchen, ist es sowieso besser, wenn es offiziell angefordert wird. Aber ein Abzug sollte für eine vorläufige Identifikation genügen. Ich übernehme natürlich gern die dabei entstehenden Kosten.«

Frau Doktor Grüber dachte einen Moment nach. »Ich nehme an, in diesem Fall ist es in Ordnung«, beschloss sie dann und schaute auf die Uhr. »Morgen früh um neun liegt es für Sie bereit. Sind Sie damit einverstanden?«

»Natürlich. Ich hätte auch sehr gern die Angaben über Frau Boerman und ihre Adresse in Südfrankreich ... Ich versichere Ihnen, dass wir sie vertraulich behandeln werden.«

Sie reagierte mit einer ironischen Miene auf meine Beteuerungen, wandte sich aber zu ihrem Computer und schaltete den Drucker ein. Kurz darauf überreichte sie mir den Ausdruck. »Ich bin der Meinung, dass es sich um eine andere Dame handeln muss«, sagte sie. »Aber wenn es dieselbe Frau ist, will sie vielleicht gar nicht gefunden werden. In den Niederlanden ist man doch immer so sehr für das Motto ›Leben und leben lassen‹?«

»Wenn es um Mord geht, sind wir etwas weniger tolerant«, versicherte ich ihr.

Ich spazierte zurück zum Hotel. Die Sonne ging gerade hinter dem Rothorn und dem Schwarzhorn unter und die Zeit der harten, dunklen Schatten kam von unten aus dem Tal heraufgekrochen.

Ein Rätsel, dachte ich. *Herr* Boerman?

Ich konnte mir vorstellen, dass Cleo, falls sie 1980 nicht verunglückt war und sich jahrelang versteckt gehalten hatte, nicht allein geblieben war, sondern sich einen Geliebten oder einen Freund zugelegt hatte. Doch es war weit weniger selbstverständlich, dass sie einen Liebhaber hatte, mit dem sie fünf oder sechs Wochen in einem abgelegenen Schweizer Wintersportort verbrachte, nach-

dem sie erst zwei Jahre verheiratet und mit ihrem erst Kind schwanger war.

Das machte jedoch die Wahl von Grächen logisch Hier hatte nicht die Gefahr bestanden, auf der Piste nem ihrer Bekannten über den Weg zu laufen. Aber w stand es mit der Kommunikation? Wenn Glinka wuss in welchem Hotel Cleopatra wohnte, hatte es Cleverin wahrscheinlich auch gewusst – oder etwa nicht? Wenn im Grächer Hof anrief, hätte er bestimmt nicht nach Fr Boerman gefragt, sondern nach Frau Cleveringa. Und Cleopatra sich das Bein brach, hatte sie doch vermutli wenigstens ihrem Mann Bescheid gesagt: Josef, ich blei noch ein paar Wochen hier, bis der Gips entfernt werd kann.

In diesem Fall hatte Cleveringa von der Fraktur g wusst. Warum hatte er dann geschwiegen, als die Poli sich über den Beinbruch den Kopf zerbrach?

Oder wusste er wirklich nichts davon? Zum Beispi weil Cleopatra es nicht für nötig gehalten hatte, ihn a zurufen? Und hatte er sie vielleicht auch gar nicht ang rufen, weil die Ehe damals schon zerrüttet war? Ka deshalb nach dem ersten Kind kein zweites mehr? Hat sich Cleopatra etwa deshalb geweigert, mit Clara Skila fen zu gehen – nicht, weil sie sich dabei einmal das Be gebrochen hatte, sondern weil es sie an einen Geliebt erinnerte, der sie möglicherweise im Stich gelass hatte?

Mir wurde klar, dass ich nie ein stimmiges Bild vo Cleopatra erhalten würde und dass ich mich damit a finden musste, einfach, weil sie schon so lange tot war. gab niemanden mehr, der sie wirklich gekannt hatt Clara war tot und von einer Tochter, die damals gerad einmal acht Jahre alt gewesen war, konnte man nur we nig erwarten. Der Einzige, der mir eventuell helfe könnte, war Cleveringa, aber ich war wohl so ziemlic der Letzte, den er ins Vertrauen ziehen würde.

Die junge Schweizerin im Hotel führte gerade ein Gespräch mit zwei anderen Gästen, winkte mich aber zu sich. Sie hielt die Hand auf ein altes Register, während sie einem deutschen Ehepaar den Zimmerschlüssel reichte und ihnen einen angenehmen Aufenthalt wünschte. Ein Liftboy nahm ihre Koffer und folgte ihnen zum Aufzug.

»Ich habe sie leider nicht finden können«, sagte die junge Frau bedauernd, als wir allein waren. »Hier ist es, Februar 1972 … das ist die Handschrift meiner Mutter, ich ging damals noch in den Kindergarten.«

»Darf ich einen kurzen Blick darauf werfen?«, fragte ich. »Vielleicht ist sie ja unter einem anderen Pseudonym abgestiegen.«

Sie drehte das Buch um und ich studierte die in Kästchen für Tage und Wochen eingeteilten Seiten des Monats Februar. Ich fand die Boermans sofort. Sie waren am zweiten Februar angekommen, hatten in einer der Suiten im zweiten Stock gewohnt und offenbar ursprünglich für zwei Wochen gebucht, denn in dem Kästchen für den fünfzehnten Februar war das Wort ›Verlängerung‹ eingetragen, gefolgt von einem langen Strich, der bis zum achten März auf der nächsten Seite durchlief.

Ich klappte das Buch zu und machte ein enttäuschtes Gesicht.

»Schade, nicht wahr?«, sagte sie mitfühlend.

Ich dankte ihr und konnte sie mit etwas Mühe dazu überreden, zwanzig Franken von mir anzunehmen.

Von meinem Zimmer aus rief ich CyberNel an. Ich erklärte ihr, wo ich war.

»Glückspilz,« sagte sie missmutig. »Hier gießt es wie aus Eimern.«

»Das ist meine Methode, um dich am Computer zu halten.«

»Pünktlich bezahlen ist schon Methode genug«, erwiderte sie schnippisch. »Ich arbeite an Brinkman und dem

Rest. Liesbeth de Beus war Polizistin in Utrecht, bei der Kripo, Drogenfahndung. Damals hieß sie noch Barends. Sie hat im Januar 1980 gekündigt, aber irgendetwas ist faul daran. Ich glaube, dass es eine erzwungene Kündigung war, du weißt ja, wir machen um gewisse Dinge nicht so viel Aufhebens, wenn der Betreffende unverzüglich kündigt. Ich habe eine Freundin in der Personalabteilung, die sucht die Informationen für mich heraus.«

»Weiß die Freundin, wozu du sie brauchst?«

»Natürlich nicht, was denkst du denn? Aber ich sitze bis über beide Ohren in der Arbeit mit dem ›Belegten Brötchen‹. Die GmbH wurde in den sechziger Jahren von drei Studenten gegründet, die dafür ihr Geld zusammenlegten.«

»Drei Studenten?«

»Ja, der dritte war ein gewisser Matthieu Boerman, aber der ist 1971 ausgestiegen oder wurde ausgezahlt.«

Aufgeregt fragte ich: »Matthieu? Bist du ganz sicher, dass er nicht Jean-Marie hieß?«

Ein wenig gereizt erwiderte sie: »Nein, er hieß ganz sicher Matthieu. Sobald er draußen war, gründete das ›Belegte Brötchen‹ eine Reihe von Tochtergesellschaften; damals waren solche Gründungen ja noch kein Problem. Diese Töchter wurden vor allem dazu gebraucht, die Sache so undurchsichtig wie möglich zu machen.«

»Kannst du eine Verbindung zu Cleopatra erkennen?«

»Die große Startinvestition wurde mit ihrem Geld getätigt. Das ist einfach nachzuvollziehen, weil ihr Textilerbe nahezu vollständig liquidiert wurde.«

»Liquidiert?«

»Ich meine damit, dass alle festen Anlagen, Anteile und Immobilien zu Geld gemacht wurden und nach dem ordnungsgemäßen Abzug der Steuern auf einem Gemeinschaftskonto gutgeschrieben wurden – auf dem gemeinsamen Konto von Josef und Cleo. Von dort aus wurde es in großem Stil über das ›Belegte Brötchen‹ investiert. Rund eine Million wurde ins Ausland transferiert, wahrscheinlich auf ein Privatkonto von Cleo.«

»Das ist aber kompliziert.«

»Ja. Eine Sache ist mir allerdings vollkommen schleierhaft. Cleveringa besaß nichts außer seiner heruntergekommenen Villa, Cleopatra hingegen war steinreich. Trotzdem hat sie ihn in Gütergemeinschaft geheiratet, und zwar in einer Form, die Notare gern als maßgerechte Regelung bezeichnen und die darauf hinauslief, dass er mit ihrem Geld tun und lassen konnte, was er wollte. Kannst du das verstehen?«

»Das ist wahre Liebe«, sagte ich.

»Oder totale Verblendung. Manche Leute machen das auch, damit sie keine Erbschaftssteuer zu zahlen brauchen, wenn einer von beiden stirbt. Möchtest du noch mehr Börsenberichte hören?«

»Erspare sie mir«, sagte ich. »Ich habe hier einen Jean-Marie Boerman.« Ich gab ihr meine Daten über den Skifreund von Cleopatra durch, inklusive Bankverbindung und Wohnort.

Nel pfiff ins Telefon. »Dass du auf einen Boerman stößt und ich auf einen anderen, ist aber ein merkwürdiger Zufall.«

»Was weißt du über diesen Matthieu?«

»Warte mal ...« Ich hörte Papier rascheln. »Geboren 1950 in Lille, nicht das französische Lille, sondern ein Dorf in Belgien, in der Nähe von Antwerpen. Er war mit großem Abstand der jüngste der drei Teilhaber. Als sie die GmbH ›BB‹ gründeten, war er Student der Anthropologie im ersten Semester an der Freien Universität von Amsterdam und wohnte in einem Zimmer zur Untermiete. Weiter habe ich nicht nachgeschaut.«

Belgien, dachte ich, und fragte mich, ob das etwas zu bedeuten hatte. Ich sah keine Verbindung zu Ypern, selbst wenn ich mich noch so sehr anstrengte, an den kosmischen Zusammenhang aller Dinge zu glauben.

Antwerpen und Ypern lagen weit voneinander entfernt und außerdem wurde das ›Belegte Brötchen‹ 1969 gegründet, während Clara erst in den siebziger Jahren in die Niederlande gekommen war.

»Ich rufe dich morgen früh an und frage nach, was du über Jean-Marie gefunden hast«, sagte ich.

»Willst du diesen Mann aufsuchen?«

»Wenn es notwendig ist, sollte ich es besser so bald wie möglich tun. Ich glaube nicht, dass unsere Gegner im Moment wissen, wo ich mich aufhalte«, sagte ich. »Außerdem bin ich mehr oder weniger in der Nähe.«

»Das ist relativ.«

»So ist das ganze Leben.«

Sie schwieg einen Moment und fragte dann: »Weißt du denn inzwischen, wer die Gegner sind?«

»Ich habe keine blasse Ahnung. Es gibt sie, das ist alles, was ich weiß. Wer sie sind, wissen wir erst, wenn wir dahinter kommen, was sie so unbedingt unter Verschluss halten wollen.«

»Du meinst Mord?«

»Ich glaube eher, dass der Mord eine Folge davon war, dass etwas geheim gehalten werden musste. Genau wie die Morde an Clara und Irene.«

»Sei bloß vorsichtig«, sagte Nel.

Ich nahm ein köstliches Schweizer Frühstück in der holzverkleideten Stube des Hotels ein und spazierte durch den kristallklaren Morgen hinauf zur Klinik. Keiner der Doktoren Grüber war in Sicht, doch bei der Rezeptionistin lag ein Umschlag für mich bereit, zusammen mit einer gepfefferten Rechnung, die ich mit meiner Kreditkarte bezahlte.

Der Umschlag vermittelte mir ein Gefühl der Genugtuung. Endlich hatte die lästige Routinearbeit ein erstes, greifbares Beweisstück erbracht. Ich zweifelte keinen Moment daran, dass sich Cleopatras Beinbruch als identisch mit dem des Skeletts unter dem Tennisplatz erweisen würde.

CyberNel meldete, dass Jean-Marie Boerman ein fünfundsiebzigjähriger, sehr wohlhabender Flame sei, der ursprünglich aus Antwerpen stammte. Er besaß dort diverse Immobilien und nannte eine Yacht in Monaco sowie das Luxushotel Azur in La-Grande-Motte sein Eigen.

»Ein wesentlich älterer Geliebter«, bemerkte Nel. »Als Cleo in der Schweiz war, war sie fünfundzwanzig und er um die fünfzig.«

»Ihr Vater war zwei Jahre vorher gestorben«, gab ich zu bedenken. »Vielleicht suchte sie eine Vaterfigur.« Ich notierte Adressen und Telefonnummern.

»Ich weiß nicht, wo sich Boerman im Moment aufhält. Ich habe nicht dort angerufen, um keine schlafenden Hunde zu wecken.«

»Gut. Hast du irgendeine Idee, wann oder bei welcher Gelegenheit er und Cleo sich kennen gelernt haben könnten?«

»Nein. Die einzige Verbindung ist dieser Matthieu. Ich habe bei seiner Geburtsadresse in Lille angerufen. Seine Mutter wohnt noch dort. Sie ist die Witwe eines Bruders von Jean-Marie. Matthieu war also sein Neffe. Matthieus Vater ist früh gestorben und nach Aussage seiner Mutter hat *oncle* Jean-Marie sich immer viel um Matthieu gekümmert, ihm das Studium finanziert und so weiter.«

»Was heißt das, er *war* sein Neffe?«

»Matthieu ist Anfang der achtziger Jahre an Krebs gestorben.«

»Reichlich viele Tote«, bemerkte ich.

CyberNel gab mir Adresse und Telefonnummer. »Ich arbeite am Rest deiner Liste«, sagte sie schließlich. »Was die Gegenpartei betrifft, kann ich dir jetzt schon sagen, dass im Decknamenbestand der Leitstelle: Führungs- und Lagedienst und des Zentralen Kriminalpolizeilichen Informationsdienstes keine Gullits und van Mierlos vorkommen. Entweder sind das saubere Jungs ohne Strafregister oder aber sie haben die Decknamen nur für diese spezielle Gelegenheit benutzt.«

»Letzteres wahrscheinlich«, sagte ich. »Ich bezahle dich, sobald ich wieder zurück in Amsterdam bin. Du bist ein Schatz.«

»Haha«, spottete Nel und legte auf.

Ich schaute auf meine Uhr. Wenn ich mich beeilte, konnte ich gegen Mittag in Genf sein, aber ich konnte keinen Flug buchen, bevor ich nicht wusste, wohin es gehen sollte. Ich musste zunächst herausfinden, wo Boerman sich aufhielt.

Ich wählte die Nummer des Hotels Azur im architektonischen Wunder La-Grande-Motte und übte mein Französisch an der Rezeptionistin, die mich schließlich mit einem Sekretär verband. Dieser erwies sich als zweisprachiger Belgier.

»Herr Boerman ist zurzeit nicht anwesend«, sagte er.

»Kann ich ihn in Monaco erreichen?«

»Worum geht es denn?«

»Wir wollen eine Reportage über Yachten bringen und die von Herrn Boerman soll unseren Informationen nach eine der schönsten sein. Außerdem spricht er Niederländisch, da müssten wir den Bericht nicht mit Untertiteln unterlegen.«

»Eine Reportage über Yachten«, wiederholte der Sekretär unbeeindruckt. »In wessen Auftrag, sagten Sie?«

»Für den Sender VARA, eine freie Produktion ...«

»Sie können sich die Mühe sparen«, sagte der Sekretär. »Herr Boerman gibt keine Interviews und erscheint auch nicht vor der Kamera.«

Er unterbrach die Verbindung. Ich hatte auf die Eitelkeit reicher Belgier gesetzt, aber dieser hier war womöglich so reich, dass er auf Eitelkeit verzichten konnte.

Ich brütete über einem neuen Ansatz und rief auf der Yacht *Aurora* an.

»*Bonjour?*«, sagte eine weibliche Stimme fragend.

»Ici Max Winter ...«

Sie hörte prompt meinen Akzent. Franzosen können kein W aussprechen. »Sie können ruhig Niederländisch sprechen.«

»Vielen Dank. Ist Herr Boerman an Bord?«

»Er hat ein Gespräch auf der anderen Leitung. Ist es geschäftlich?«

»Nein, es ist persönlich.«

»Ich bin seine Sekretärin und ich glaube nicht, dass er viele Geheimnisse vor mir hat«, sagte sie mit einem kleinen Lachen. »Wenn Sie mich nicht davon überzeugen, dass es wirklich wichtig ist, kommt er garantiert nicht ans Telefon.«

»Ich führe Ermittlungen im Auftrag von Angehörigen durch ...«

Ich hatte das Gefühl, als höre sie mir nicht zu. »Einen Augenblick bitte ...«

Der Hörer wurde zugehalten. Ich erwog, die Verbindung zu unterbrechen und einfach hinzufahren, doch dann hörte ich eine heisere Stimme, die wie die eines kranken alten Mannes klang. »Hallo?« Die Stimme klang auch, als sei er böse.

»Herr Boerman?«

»Waren Sie das, der in La-Grande-Motte angerufen hat?«

»Mein Name ist Max Winter. Ich würde mich sehr gerne mit Ihnen unterhalten. Es ist dringend und es hat nichts mit dem Fernsehen zu tun.«

»Ich glaube, Sie verschwenden meine Zeit.«

»Es geht um Cleopatra Cleveringa bzw. Teulings. Ich befinde mich in der Nähe von Genf, ich könnte gegen Abend ...«

»Ich habe kein Bedürfnis nach einem Gespräch über Cleo.«

»Ich muss ständig nur gegen Rätsel um sie ankämpfen«, sagte ich.

»Die kann ich nicht für sie lösen. Da ich mich auf einer Yacht befinde, habe ich den Vorteil, dass ich niemanden an Bord lassen muss. Sparen Sie sich die Mühe.«

»Aber sie hat sich doch bei Ihnen versteckt, nach diesem Flugzeugunglück?«

»Wird dieses Gespräch aufgezeichnet?«

»Nein. Ich befinde mich momentan im Grächer Hof.«

Das brachte ihn für einen Moment zum Schweigen. »Warum sind Sie dort?«

»Sie war 1972 mit Ihnen zusammen hier. Sie brach sich beim Skilaufen ein Bein. Sie haben die Rechnung bezahlt. Dieser Beinbruch stimmt mit dem eines Skeletts überein, das unter dem Tennisplatz in Buchenstein gefunden wurde, dem Haus ihres Mannes.«

Sein Atem ging hörbar.

»Sie ist 1983 ermordet worden«, sagte ich. »Kopf und Hände fehlten, deshalb war es so schwer, sie zu identifizieren.«

»Ich will nicht darüber sprechen«, sagte er. »Cleo und ich sind Ende 1982 auseinander gegangen und seitdem habe ich nichts mehr von ihr gehört.«

»Hatten Sie Streit?«

»Das geht Sie nichts an.«

Es klang wie eine Bestätigung. »Wo haben Sie sie kennen gelernt?«

»Mein Gedächtnis lässt mich im Stich. Es ist zu lange her.«

»Sie hat 1970 geheiratet. Kannten Sie sie damals schon?«

»Wir waren Freunde.«

»Hatte sie schon vorher geplant, nicht mit diesem Flugzeug nach Teneriffa zu fliegen?«

»Sie sind sehr hartnäckig, aber ich werde jetzt auflegen. Sie wollte verschwinden; das war ihre Angelegenheit. Ich habe ihr geholfen. Das ist alles. Ich werde hier den Auftrag erteilen, Sie nicht mehr durchzustellen. Ich werde noch nicht einmal auf Vorladungen reagieren. Es tut mir Leid, dass sie tot ist, aber diese Sache liegt hinter mir und ich will nicht mehr daran erinnert werden. Guten Tag.«

Er klang wie ein Mann, der sachlich zu bleiben versuchte, aber verbittert und noch immer voller Grimm über ein Verhältnis war, das zwölf Jahre lang gedauert hatte und im Streit auseinander gegangen war. Ich hätte mir alles Mögliche ausmalen können. Die Gedanken sind frei, doch man kann keine Rätsel allein mit dem Verstand lösen, wenn die Informanten entweder tot sind oder sich in Schweigen hüllen.

Der Taxifahrer musste in Lille zweimal das Fenster herunterkurbeln und in schnellem flämischen Dialekt nach dem Weg fragen, bevor er die freundliche Sackgasse fand, an deren äußerstem Ende sich das Haus von Frau Boerman befand. Er hatte ein spannendes Buch dabei und erklärte sich gern bereit, eine halbe Stunde zu warten.

Es war ein frei stehendes, ziemlich großes Holzhaus im norwegischen Stil, umgeben von einem gepflegten Garten.

Frau Boerman machte einen bemerkenswert rüstigen Eindruck für eine Dame, die in den Siebzigern sein musste. Sie hatte ein Großmuttergesicht mit roten Apfelbäckchen und hellen Augen, die den Optimismus einer Person ausstrahlten, die gedachte, hundert Jahre alt zu werden, ohne dabei zu verbittern. Anstandslos führte sie mich in ihr geräumiges, holzverkleidetes Wohnzimmer.

»Ein schönes Haus«, sagte ich. »Wohnen Sie hier ganz allein?«

»So lange ich es noch kann«, antwortete sie. »Ich habe halbtags eine Haushaltshilfe und meine Tochter wohnt hier in der Nähe. Ich will versuchen, die Altenpflege noch möglichst lange hinauszuschieben. Kann ich Ihnen eine Tasse Tee anbieten?«

Ich erklärte, dass mein Taxi vor dem Haus warte und ich sie nicht lange stören wolle.

»Sie stören mich nicht. Es hat auch schon eine Dame bei mir angerufen. Warum interessieren sich denn so plötzlich alle für Matthieu?«

»Diese Dame ist eine Mitarbeiterin von mir«, sagte ich. »Die Sache ist ziemlich kompliziert.«

Ich schaute ihr in die Augen und fragte sie: »Fällt es Ihnen schwer, über Ihren verstorbenen Sohn zu sprechen?«

Ohne lange darüber nachzudenken antwortete sie: »Nein, überhaupt nicht. Es ist traurig, es ist lange her, ich war seine Mutter, es war Krebs und das war furchtbar. Er war noch so jung. Er war gerade erst frisch verheiratet und hatte eine Stelle an der Genter Universität.«

»Er hat in Amsterdam studiert?«

»Ja. Sein Onkel Jean-Marie hatte es ihm damals vorgeschlagen. Mein Schwager hat keine Kinder. Er hat Matthieu schon von Kind an sehr gern gehabt, und als mein Mann starb, wurde er eine Art zweiter Vater für ihn. Jean-Marie ist ein guter Mensch. Manche Leute sind sehr reich und haben trotzdem ein Herz.«

»Sagt Ihnen der Name ›Belegtes Brötchen‹ etwas?«

»Ja, natürlich.« Ihr Gesicht wurde plötzlich ernst.

»Haben Sie keine guten Erinnerungen daran?«

Sie seufzte. »So, wie die Sache sich abgespielt hat, war es eine Enttäuschung für Matthieu. Offenbar stand in den Statuten, dass eine Mehrheit die Minderheit dazu zwingen kann, ihren Anteil abzutreten. Die beiden anderen wollten offensichtlich große Geschäfte machen und dabei konnten sie Matthieu nicht gebrauchen. Sie haben ihn ausgezahlt, das muss 1972 gewesen sein, glaube ich.«

»Die beiden anderen waren Barend Scholte und Josef Cleveringa?«

»Ja. Der ist ja dann später Minister geworden«, fügte sie ein wenig bitter hinzu.

»Hat Matthieus Onkel nichts dagegen unternommen?«

Sie schüttelte den Kopf. »Jean-Marie sagte: Finde dich

mit deinem Verlust ab und steig aus. Mach keine Geschäfte mit Leuten, denen du nicht vertrauen kannst.«

»Konnte man ihnen denn nicht vertrauen?«

»Ach ... bei manchen Leuten ist das doch so: Je mehr Geld sie wittern, desto weniger sind sie bereit zu teilen. Erst ging es nur um kleine Beträge; es war mehr eine Art Wettbewerb. Sie trugen abwechselnd die Verantwortung, kauften kleine Anteile, um zu sehen, wer der Geschickteste war ... Deshalb hat ihnen Jean-Marie anfangs auch geholfen. Er fand, es sei eine gute Gelegenheit für seinen Neffen, Erfahrungen mit Anteilen und Kapitalanlagen zu sammeln.«

»Wie hat er ihnen denn geholfen?«

»Man brauchte, glaube ich, damals in den Niederlanden um die vierzigtausend Gulden für die Gründung einer GmbH. Matthieu besaß kaum etwas und die anderen beiden behaupteten, sie kämen zusammen nur auf zwölftausend Gulden.«

»Das behaupteten sie?«

»Im Nachhinein vermute ich, dass sie ihn ausgenutzt haben, weil sie herausgefunden haben, dass Jean-Marie reich war. Für Jean-Marie war dieser Betrag nur eine Kleinigkeit und er liebte seinen Neffen. Er hat den vollständigen Betrag vorgeschossen, damit sie noch etwas übrig behielten, um direkt anfangen zu können. Ihm machte es nichts aus und er freute sich darüber, dass sein Neffe so begeistert davon war. Warten Sie mal ...«

Sie holte ein Fotoalbum aus einem Weichholzbüfett hervor. Sie blätterte es durch und legte es mir auf den Schoß. »Jedes Jahr gingen sie von dem Gewinn in einem Restaurant in Amsterdam essen. Das ist Matthieu.«

Sie zeigte auf einen mageren jungen Mann mit intensivem Blick in einer Gruppe von sechs Personen an einem gedeckten Tisch mit Gläsern, Speisen und Kerzen. »Und das ist Jean-Marie.«

Sie tippte mit dem Zeigefinger auf den Ältesten in der

Gesellschaft, aber mein Blick fiel direkt auf die junge Frau, die neben ihm saß.

»Cleopatra Cleveringa?«

»Damals noch nicht«, sagte Frau Boerman. »Sie war seine Verlobte; das Foto wurde 1969 aufgenommen. Josef und Barend waren damals mit dem Studium schon lange fertig und Matthieu befand sich im letzten Semester. Das andere Mädchen war, glaube ich, die Freundin von Barend Scholte.«

So hatten sich Cleopatra und Boerman also kennen gelernt. Ich studierte ihre Gesichter, aber ich konnte nicht ablesen, ob damals bereits ein besonderes Verhältnis zwischen ihnen bestanden hatte. Sie saßen nebeneinander und Boerman hatte den Arm auf die Rückenlehne von Cleopatras Stuhl gelegt, aber diese Haltung wirkte ganz selbstverständlich und unschuldig, weil die Gesellschaft die Stühle hatte zusammenrücken müssen, damit alle auf das Foto passten. Cleveringa saß auf der anderen Seite von Cleo, die Nase geradeaus in die Kamera. Neben seinem nüchternen, kalvinistischen Gesicht wirkte Scholte wie ein junger, sorgloser Bonvivant.

»Haben Sie Cleopatra gekannt?«, fragte ich.

»Nein, und die anderen auch nicht. Ich bin nie dabei gewesen. Jean-Marie hatte ja indirekt mit der Sache zu tun und ging deshalb zu diesen alljährlichen Essen. Damit war es natürlich vorbei, nachdem Matthieu ausgezahlt worden war.«

»Könnte es sein, dass Ihr Schwager danach noch Kontakt zu Cleopatra hatte?«, fragte ich so arglos wie möglich.

»Ich glaube nicht. Warum sollte er?« Es klang absolut aufrichtig. Boerman hatte seine Schwägerin offenbar in Bezug auf sein Verhältnis mit Cleopatra nie ins Vertrauen gezogen.

»Haben Sie noch häufig Kontakt zu ihm?«

»Kaum. Seit dem Tod von Matthieu eigentlich gar nicht mehr. Er wohnt in Südfrankreich und ist sehr beschäftigt ... Er ist alt, er kommt überhaupt nicht mehr hierher.« Sie spürte, dass ihre Worte möglicherweise den falschen Eindruck erweckten, und fügte hastig und im Brustton der Überzeugung hinzu: »Aber er wäre sofort zur Stelle, wenn ich ihn brauchte, da bin ich mir ganz sicher.«

Ich nahm den Zug von Antwerpen nach Amsterdam und fuhr von dort aus nach Schiphol, wo mein BMW stand. Vom Auto aus verabredete ich mich für den nächsten Morgen mit CyberNel.

Gegen Mitternacht traf ich schließlich auf dem Bauernhof ein.

Willem und Marga hatten kleine Gläser zwischen sich stehen, philosophierten über das Leben und freuten sich beide, mich wieder zu sehen. Willem blieb sitzen und schaute geduldig zu, wie Marga mir überschwänglich um den Hals flog und mich auf den Mund küsste. Das Vorderhaus war blau verqualmt von Willems Stinkezigarren und Marga schmeckte ungewöhnlich.

»Genever?«

»Das ist es, was das Volk trinkt«, sagte Willem. »Gebrauchtwagenhändler, du weißt schon.«

»Wie geht es mit der Garage voran?«

Willem lachte. »Deine – wie soll ich sie nennen? – töpfert noch zwei Köpfe, die rechts und links aufs Dach kommen, einen weißen und einen schwarzen, um Unheil abzuwenden. Der weiße stellt den Engel, der schwarze den Teufel dar.«

»Das klingt ja mittelalterlich.«

»Gut und Böse gibt es heute noch. Darüber haben wir uns gerade unterhalten.«

Marga schenkte mir ein Glas Genever ein. »Extra eingekauft, für das Volk. Du siehst müde aus.«

»Wenn du nichts dagegen hast, gehe ich jetzt gleich unter die Dusche und ...« Ich schaute Marga an.

»Ich verstehe schon«, sagte Willem und leerte sein Glas.

»Warte noch einen Moment«, sagte ich und setzte mich ihm gegenüber auf den Korbstuhl. »Ich bin dir sehr dankbar dafür, dass du das tust und dass ihr da seid.«

»Wir haben bis jetzt wenig Gefährliches bemerkt.«

»Die Sache ist aber noch nicht ausgestanden.«

Ich schaute Marga an. Sie sagte nichts. Sie hatte Probleme mit der Vorstellung gehabt, dass sie Bewachung brauchte, doch nun, wo die Männer hier waren, fand sie es offensichtlich nett.

»Ich bin froh über das, was du für Gerrit getan hast«, sagte Willem.

»Das war doch gar nichts. Manche Fälle kann man in einem Tag lösen. Dieser andere dagegen zieht sich scheinbar endlos hin.«

»Vielleicht musst du mal richtig Dampf machen, so wie ihr es mit diesem Penner vom Nieuwezijds gemacht habt.«

»Daran habe ich auch schon gedacht.« Ich schaute in seine Augen, die manchmal aussahen wie Werkzeuge zum Streikbrechen. »Wenn es hart auf hart kommt, brauche ich vielleicht Hilfe.«

Willem grinste und stand auf. »Du brauchst nur Bescheid zu sagen. Ich wünsche den beiden Turteltauben eine gute Nacht.«

»Du kannst nach Hause fahren, wenn du willst.«

Er schüttelte den Kopf. »Das Gästezimmer gefällt mir sehr gut und Joop bringt morgen früh die Bretter für die Seitenwände. Gerrit kümmert sich um den Laden, ich mache Ferien.« Er blieb in der Tür stehen und schaute mich an. »Mach dir bloß keine Sorgen wegen uns, auch wenn es etwas länger dauern sollte. Wir können ruhig auch noch einen Hühnerstall bauen, wenn wir mit der Garage fertig sind.«

»Und was sagt deine Frau dazu?«

Willem lachte. »Die hat mich schon seit dreißig Jahren um sich. Manchmal sind das ungefähr zehn Jahre mehr, als ihr lieb ist!«

10

Die Klänge von Setsukos Geige schwebten von der Dachwohnung herab. Die Büroklammer steckte nicht an ihrem Platz, aber ich roch Kaffee, etwas, womit einen Mörder nur dann erwarten, wenn sie etwas besonders Gemeines im Sinn haben. CyberNel saß an meinem Schreibtisch und schloss gerade ein Modem an meinen Computer an. Ich freute mich, sie zu sehen. Auch wenn sie eine Ballerina gewesen wäre oder vielleicht Kunstturnerin: Schlafwandlerisch sicher hätte sie nie einen falschen Schritt getan oder wäre vom Schwebebalken abgerutscht. Man konnte hundertprozentig auf sie zählen. Sie war intelligent und strahlte Wärme aus, und zwar nicht nur eine physische, sondern auch diese andere Art von Wärme, die bewirkte, dass man gern in ihrer Nähe war.

Ich beugte mich über sie, um ihr einen freundschaftlichen Kuss auf die Wange zu geben. »Was machst du da?«

»Ich stelle eine vorübergehende Verbindung zu meiner Dachwohnung her«, sagte sie. »Macht dich diese Geige nicht manchmal wahnsinnig?«

»Nur wenn sie Schostakowitsch übt. Soll ich dir Kaffee einschenken?«

»Gerne. Schwarz, ohne Zucker. Wie war die Reise?«

»Boerman hat damals das Geld für diese GmbH vorgeschossen, um seinem Neffen einen Gefallen zu tun. So hat er Cleopatra kennen gelernt. Ich könnte mir denken, dass sich die beiden anfreundeten und später mehr daraus wurde. 1972 haben die zwei anderen den Neffen rausgeschmissen.«

»Ich glaube, das war eher Ende 1971«, sagte CyberNel.

»Kann schon sein. Seine Mutter meinte, sie wollten groß investieren und konnten Matthieu dabei nicht gebrauchen.«

Nel nickte. »Josef war damals schon mit Cleopatra verheiratet. Kurz nach der Hochzeit hat das ›Belegte Brötchen‹ einen Haufen Geld in ein Neubauprojekt in Italien, an der Adria, gesteckt.«

»Einen Haufen Geld?«

»Mindestens drei Millionen. Cleos Geld. Ein paar Jahre später sind sie dann damit Pleite gegangen.«

Ich blieb auf dem halben Weg zur Kaffeemaschine stehen. »War das eins dieser großen Investitionsprojekte?«

»Eines der ersten, als das Ganze noch aussah wie ein Huhn, das goldene Eier legt, mit klangvollen Namen im Aufsichtsrat, einer schicken Bank, wunderhübschen Farbprospekten, Besichtigungsreisen vor Ort, die Baustelle in voller Aktion. Aber dann kamen zwei oder drei geschickte Jungs, die sich genau im richtigen Augenblick verdünnisierten und wütende Bauunternehmer und betrogene Investoren zurückließen. Ich glaube, Cleopatra war nicht daran beteiligt.«

Ich dachte nach und schüttelte den Kopf. »Bestimmt nicht, aber das war nicht der Grund für Cleos Verschwinden.«

»Warum nicht?«

»Weil es viel zu früh war. Ich weiß nicht viel über Cleopatra, aber wenn sie wütend genug war, ihren Mann sitzen zu lassen, warum hätte sie dann zehn Jahre damit warten sollen?«

»Vielleicht geschah zehn Jahre später noch einmal so etwas und das war dann der Tropfen, der das Fass zum Überlaufen brachte.«

»Das Einzige, was zum Zeitpunkt von Cleos Verschwinden eine Rolle spielte, war, soweit wir wissen, das Problem Clara. Clara bekam ein Kind von ihrem Mann.

Aber ich glaube nicht, dass Cleopatra das wusste. Meiner Meinung nach hat Cleveringa sich gerade deshalb von Clara freigekauft und sie nach Malta eskortieren lassen, weil er verhindern wollte, dass Cleo Wind von der Sache bekam.«

Nel machte ein nachdenkliches Gesicht. Manchmal hatte sie wirklich große Ähnlichkeit mit einer Katze.

»Was hat Boerman gesagt?«

»Boerman gibt zu, dass er ein Verhältnis mit Cleopatra hatte und dass sie nach dem Flugzeugabsturz zusammengelebt haben bis Ende 1982. Die Beziehung ging in die Brüche und Cleo verließ ihn. Wohin sie ging, weiß er nicht, und ich hatte das Gefühl, dass es ihn auch nicht interessierte. Für ihn war es aus und vorbei.«

»Dieses Flugzeugunglück kam ihr also sehr gelegen?«

»Es bot ihr die Möglichkeit, spurlos zu verschwinden. Boerman ist reich, also hatte sie auch keine Geldsorgen. Jedenfalls so lange nicht, bis sie auch ihn verließ. Wie kommst du an die Daten zu den Kapitalanlagen?«

»Aus den Computern von Brinkman. Von dort aus habe ich das ›Belegte Brötchen‹ über dic Handelskammer bis in den Computer von Barend Scholte weiterverfolgt.«

»Den Computer im Verlag?«

»Nein, einen Privatcomputer.« Sie grinste, als sie mein ungläubiges Gesicht sah.

»Es war ein ziemlicher Umweg und ich musste ein bisschen Geld für Deep Data und Stalker ausgeben …«

»Der Kunde zahlt.«

»Dabei bin ich an die Nummer eines geheimen Telefonanschlusses gekommen, an den das Modem des Computers permanent angeschlossen ist. Die Verwaltung von BB, ich meine die wirkliche Verwaltung, liegt in den Händen von Barend Scholte. Meiner Meinung nach wollen sie in diesen Computer auch dann hineinkommen können, wenn sie sich anderswo aufhalten, wobei ich vermute, dass Barend und Josef die Einzigen sind, die

Zugang dazu haben. Ich weiß noch nicht einmal, wo dieses Ding steht.«

»Wahrscheinlich bei Scholte zu Hause.«

»Das muss nicht sein; es kann überall stehen. Sie brauchen nur einen Laptop mit einem Modem und den geheimen Telefonanschluss, um hineinzukönnen.«

»Wie bist du reingekommen?«

»Mit Hilfe eines Assoziationsprogramms für Passwörter. Du möchtest bestimmt nicht wissen, wie das funktioniert.«

»Ich bin schon einmal eingeschlafen bei einem deiner Versuche, mir etwas zu erklären.«

Ihre Augen funkelten. »Das war ein Test.«

»Aha.«

»Jede Frau hat ihre eigene Methode.«

»Aber du hast trotzdem Frühstück für mich gemacht.«

Sie schenkte mir das Lächeln einer launischen Katze. »Manche Menschen sind unbegabt, aber trotzdem nett.«

Ich lachte und ging zur Kaffeemaschine. Das Telefon klingelte. Nel nahm den Hörer ab und sagte: »Detektei Winter & Co.«

Ich drehte mich um. »Nein, das war nur ein Scherz«, sagte Nel und reichte mir den Hörer. »Wache Warmoesstraat.«

Es war Kommissar Geerigs, der mir berichtete, dass das Problem de Groot gelöst sei, und sich bei mir bedankte: »Ich möchte ja nicht unbedingt wissen, welche Methoden ihr angewandt habt, aber van Lier arbeitet auffallend brav mit. Wir haben Bruno Kalman bereits verhaftet und van Lier wird uns schön weiterhelfen, damit wir auch den Hehler noch drankriegen.«

»Es war einfach Glückssache«, sagte ich. »Ist Gerrit jetzt wirklich aus der ganzen Sache raus?«

»Natürlich.«

»Hat er auch wieder eine weiße Weste? Du weißt schon, was ich meine. Er hat eine Verhaftung in seinen Akten und dadurch könnte er später Schwierigkeiten bekommen, selbst wenn klein gedruckt dahinter steht, dass das Verfahren gegen ihn eingestellt wurde und ihr ihn heilig gesprochen habt.«

Geerigs sagte einen Moment lang nichts. »Ich werde mein Bestes tun, um alles zu löschen, okay?«

»Danke.«

Ich legte auf und schaute Nel an. »Was hatte das ›& Co.‹ denn zu bedeuten?«

»Das hat der Beamte mich auch schon gefragt. Nur ein kleiner Scherz. Ich komme ja höchstens einmal im Jahr hierher, um deinen alten Mac zu warten.«

Ich schenkte Kaffee ein und brachte die zwei Tassen in mein Büro.

»Also«, sagte ich. »›BB‹ hat das ganze Geld verloren. Cleos Geld. Was haben sie dann gemacht?«

»Von dem Moment an wird es undurchsichtig«, sagte CyberNel. »Es handelte sich natürlich nicht um das gesamte Geld, das Cleo besaß; sie war Erbin eines großen Vermögens. Es wird auch noch etwas dazukommen, denn ein Teil des Gesamterbes ist festgelegt, solange ihre Mutter noch lebt, die in einem Altersheim in Hengelo wohnt. Wenn die Mutter stirbt, fällt der Rest ebenfalls an Cleopatra beziehungsweise an ihre Erben.«

»Cleveringa?«

»Ja, und Lonneke. Aber Cleveringa wird schon dafür sorgen, dass er das ganze Geld verwaltet, darauf kannst du wetten.«

»Und was hat die GmbH sonst noch gemacht?«

»Wie gesagt, das ist nicht so ganz klar. Ich glaube, dass sie äußerst vorsichtig geworden sind. Vermutlich haben sie von allen Vorgängen Kopien gemacht und sie von der Festplatte gelöscht, denn in ihrem Computer werden alle Einträge nach 1982 sehr undeutlich. Offiziell tätigt das ›Belegte Brötchen‹ nur noch Kapitalanlagen und erzielt kaum Gewinn. Ich glaube aber, dass in Wirklichkeit sehr viel Gewinn gemacht wird und dass diese Gewinne über die Tochtergesellschaften und mit Umwegen über diverse Banken nach Südafrika verschwunden sind.«

»Südafrika?« Ich verlor den Faden.

»Meiner Ansicht nach sind Cleveringa und Scholte da unten Großgrundbesitzer. Südafrika ist auf dem besten Wege, ein beliebtes Reiseziel für Touristen zu werden. Die beiden haben schon vor der Regierung Mandela mit dem Erwerb von Grundstücken begonnen, als man dort Immobilien für ein Butterbrot kaufen konnte, weil viele Weiße Angst hatten und versuchten wegzukommen. Cleveringa saß im Auslandsausschuss und wurde später Außenminister. In seiner Position wusste er natürlich, dass der Rest der Welt in Südafrika niemals den Ausbruch von Stammeskriegen wie in Ruanda oder Zaire zugelassen hätte. In Südafrika zu investieren war für ihn so, als kaufe er Aktien und wüsste schon vorher, dass sie rasant steigen werden.«

»Und woher kam das Geld?«

Sie schüttelte den Kopf. »Ich weiß es nicht. Drogen oder Waffen?«

»Drogen kann ich mir bei diesem streng kalvinistischen Cleveringa nicht vorstellen.«

Sie schaute mich spöttisch an. »Dann vielleicht Waffen? Als Außenminister könnte er die entsprechenden Kontakte geknüpft haben. Als Mittelsmann für Waffenlieferungen an Aufständische und Freiheitskämpfer kann man noch immer ein Vermögen verdienen.«

»Das wird ein Kind mit einem Wasserkopf«, sagte ich verdrossen.

»Aber du kannst beides nicht trennen. Das Motiv sitzt im Wasserkopf.«

Sie schaute mich an. »Nicht im Kind.«

Ich dachte an den mürrischen jungen Mann in Xlendi. Cleveringa wusste natürlich, dass seine Geliebte einen Sohn geboren hatte, aber hatte er sich je für ihn interessiert? Hatte Cleopatra von ihm gewusst?

»Cleos Geld«, fiel mir ein. »Du hast doch gesagt, es habe noch ein persönliches Konto existiert.«

»Ja, es gibt noch ein Schweizer Konto, ein altes Konto, das Cleopatra gehört haben könnte. Vielleicht brauchte sie es, nachdem sie Boerman verlassen hatte. Ich komme aber nicht dahinter ohne Scholtes Computer.«

»Ich dachte, du wärst schon drin gewesen?«

Sie schaute mich mitleidig an. »Wenn alles so einfach wäre und wenn Max Winter mir nur einmal richtig zuhören würde. Falls diese Information da drinsteckt, bekomme ich sie mit viel Glück vielleicht heraus, wenn ich persönlich an diesem Ding sitze. Wenn sie nicht drinsteckt, ist sie auf Backup-Disketten gespeichert und in dem Fall muss ich die erst mal finden.«

»Hast du bei Brinkman einen Ehevertrag über die Verbindung Cleveringas mit Hélène van Staveren gefunden?«

»Natürlich.« Nel grinste. »Cleveringa braucht nur dann keinen Vertrag, wenn der andere alles besitzt und er nichts. In diesem Fall hat er alles, also gibt es einen Vertrag. Er behält jeden Cent.«

Sie trank ihren Kaffee, lehnte sich zurück und tippte auf der Tastatur herum. Da der Bildschirm zu ihr gedreht war, konnte ich nicht sehen, womit sie gerade beschäftigt war.

»Was willst du mit dem Röntgenbild anfangen?«, fragte sie nach einer Weile.

»Ich habe daran gedacht, es Meulendijk zu übergeben.«

»Und dann?«

Ich seufzte. »Dann wird es ein paar reizende Komplikationen geben. Hugo Balde wird für verrückt erklärt, was keine Überraschung wäre. Die Familie von Irma Tilmans aus Kampen erhält die unangenehme Nachricht, dass sie das Skelett der falschen Person beerdigt haben. Ist das eigentlich inzwischen geschehen?«

Nel nickte. »Die sterblichen Überreste wurden vor zehn Tagen freigegeben. Sie müssten also wieder exhumiert werden. Und dann?«, wiederholte sie hartnäckig.

»Dann ist es offiziell, dass Cleopatra ermordet und unter dem Tennisplatz verscharrt wurde, und man braucht nur noch den Mörder zu finden.«

»Genau das meine ich«, sagte Nel. »Das ist kein gewöhnlicher Mord. Es ist ein Mord mit einem Wasserkopf. Denken wir an Cleveringa?«

Ich stand frustriert auf und ging zum Fenster, schob meine Finger zwischen die Lamellen und schaute auf die normale, sonnige Welt draußen. Ich konnte mir Cleveringa immer noch nicht als Mörder vorstellen, aber ich hatte keinen anderen Verdächtigen. Und warum? Was war geschehen? »Cleveringa oder Scholte oder alle beide?«

Ich hörte meinen Bürostuhl quietschen, als Nel ihn in meine Richtung drehte. »Bei diesen Typen steht eine Menge auf dem Spiel«, sagte sie. »Sie haben wichtige Interessen und du hast selbst gesehen, dass sie über Handlanger verfügen, keine Fehler machen und vor fast nichts zurückschrecken. Mord auf Gozo, Mord in Ypern, Malheur in Muiden.«

Trouble in Trinidad, dachte ich. Aber diese Art von Büchern hatte Nel vermutlich nie gelesen.

»Das Röntgenbild ist ihr einziger Schwachpunkt«, sagte Nel, »und das nur, weil sie nicht wussten, dass Cleopatra sich in der Schweiz das Bein gebrochen hatte. Sie wissen nicht, wo dieser Bruch herkam, denken aber momentan, sie wären fein raus, weil das Krankenhaus in Kampen den Bruch mit dieser Irma in Verbindung gebracht hat.«

»Okay«, gab ich zu. »Könnte sein.«

»Außerdem glaube ich, dass diese Kerle ihre finanziellen Ziele im Großen und Ganzen erreicht haben. Sie nennen in Südafrika einen Landbesitz ihr Eigen, der so groß ist wie der Krüger-Nationalpark, ihr Geld liegt auf Konten bei sicheren Banken, und wenn sie wollten, könnten sie sich mir nichts, dir nichts bei Nacht und Nebel aus dem Staub machen. Ich denke nicht, dass es ein großes Problem für sie darstellt, eine andere Identität anzunehmen. Cleveringa kann sich sogar eine andere Nase kaufen. Mit Geld kann man auf dieser Welt ...«

Ich unterbrach sie mit einer ungeduldigen Handbewegung.

»Ich wollte dir damit nur sagen, dass sie auf gepackten Koffern sitzen.«

Ich sah sie an und erkannte, dass sie felsenfest davon überzeugt war. Möglicherweise hatte sie Recht. »Dieses Röntgenbild ist mein einziger Trumpf«, sagte ich.

»Ja, und du weißt genauso gut wie ich, dass das nicht genug ist. Wenn du heute damit zu Meulendijk oder zum Richter gehst, sind sie morgen früh verschwunden. Darauf würde ich einen ziemlich hohen Betrag wetten.«

»Ich kann die Aufnahme nicht mehr allzu lange zurückhalten«, sagte ich. »Sonst laufe ich wirklich Gefahr, wegen Verdunkelung ins Gefängnis zu wandern.«

»Also musst du schnell jemanden auftreiben, der Dampf hinter die Sache macht, oder diesen Computer finden und mich darauf loslassen. Oder besser noch beides.«

Ich nickte. Wie Willem schon gesagt hatte: Dampf machen.

Der geschlossene Lieferwagen hielt pünktlich an der verabredeten Stelle. Joop und Gerrit stiegen aus. In ihren dunklen Trainingsanzügen sahen sie aus wie Gangster aus einem B-Movie. Ich dachte, dass Joop bestimmt ziemlichen Eindruck machen würde, vor allem, wenn er sein ältliches Gesicht unter der Sturmhaube verbarg, die nun zusammen mit ein paar weiteren Gegenständen an seinem Gürtel hing. Sie schauten zu CyberNel hinüber, die in Jeans und schwarzem T-Shirt aus meinem Auto ausstieg. Joop kniff die Augen zusammen, als er im matten Schein einer Straßenlaterne ihr Gesicht betrachtete. »Wer ist das?«

»Ich bin Nel«, sagte Nel. »Bist du Joop?«

Joop schaute mich an. »Bist du dir sicher?«

»Dass sie Nel heißt?«

»Sie riecht nach Polizei.«

Nel kicherte.

»Ich rieche auch nach Polizei«, sagte ich. »Den Geruch kriegt man so schnell nicht mehr weg.«

»Aber dich kennen wir.«

»Was soll ich denn sagen?«, fragte Nel. »Du riechst nach Gangster?«

»Das ist ein ganz alter Geruch«, erwiderte Joop gleichmütig. »Aus der Zeit, als dieser Geruch noch ein bisschen angenehm war.«

Sie musterten sich ein paar Sekunden lang.

»Wenn wir eine Frau dabeihaben, wird sich dieses Weib zu wohl in seiner Haut fühlen«, sagte Joop schließlich.

»Sie wird Nel nicht zu Gesicht bekommen«, erwiderte ich beschwichtigend. »Nel bleibt unten. Und bevor sie mich sieht, hat sie eine Augenbinde um, und wenn's geht, bitte keine gebrochenen Beine.«

»Ich will nur vermeiden, dass es unangenehme Überraschungen gibt«, sagte Joop.

»Wird es nicht geben«, sagte Nel. »Ihr Mann ist mit seinem Chef unterwegs und sie werden erst morgen Abend wieder zurückerwartet.«

»Und wohin sind sie gefahren?«

»Das wissen wir nicht.«

»Kriegst du kalte Füße?«, fragte Nel.

»Hört jetzt auf mit dem Quatsch«, sagte ich. »Alles ist bombensicher, sie werden nicht nach Hause kommen, es gibt keine Hunde, die Alarmanlage ist am Tor und am Haupthaus installiert und dahin wollen wir nicht.«

Ich drehte mich um und ging zum BMW. Nel stieg neben mir auf den Beifahrersitz und ich schlug die gepflasterte Straße ein. Im Rückspiegel sah ich die Abblendlichter des Lieferwagens.

»Er hat natürlich Recht«, sagte Nel.

»Kriegst du auch kalte Füße?«

Sie lachte. »War Lonneke nicht neugierig?«

»Ich habe eine Ausrede erfunden.«

Nel hielt sich die Hand vor die Augen, als sie vom grellen Licht eines entgegenkommenden Autos geblendet wurde. Manche Autofahrer vergessen einfach immer, das Abblendlicht einzuschalten, oder denken zu spät daran. »Ich hoffe, deine Theorie erweist sich als richtig«, sagte Nel.

»Ich auch.«

»Ich meine, Computerleute würden das tun, Backup-Kopien machen, meine ich, als Rückversicherung. Aber ob Leibwächter das auch tun?«

Ich gab ein Zeichen mit meinem Blinker und wurde langsamer. Zwischen dem Gitterzaun des angrenzenden Landguts und der Mauer von Buchenstein hatte ich einen schmalen, unbefestigten Weg entdeckt, wahrscheinlich eine Durchfahrt für die Wasserbehörde Rijkswaterstaat oder andere Behörden, die an das Ufer der Vecht gelangen mussten. Durch die Buchen, deren Zweige über die Mauer von Buchenstein hingen, und die hohen Sträucher, die durch den Gitterzaun des anderen Grundstücks hindurchgewachsen waren, war der Weg kaum zu erkennen.

In der Ferne näherte sich ein Fahrzeug, aber es war noch weit genug weg. Ich trat mehrmals vorsichtig auf die Bremse, ordnete mich in die Mitte der Fahrbahn ein und bog mit dem BMW in den Weg ab. Er war mit hohem Gras bewachsen und Zweige schleiften am Auto entlang. Im Rückspiegel sah ich, wie Gerrit auf dem unbefestigten Straßenrand anhielt und mit ausgeschaltetem

Licht rückwärts in den Weg hineinfuhr. Die Lichter des Autos, das uns entgegengekommen war, huschten vorüber. Ich fuhr weiter bis in die Nähe des Ufers, wo genug Platz zum Wenden war. Mit eingeschaltetem Standlicht fuhr ich die Hälfte des Weges zurück. Dort schaltete ich alles aus.

Nel und ich stiegen aus dem BMW aus. Der Lieferwagen stand drei Meter von uns entfernt. Joop öffnete die Heckklappe.

Im Nachbarhaus bellte ein Hund. Wir blieben alle stehen und lauschten. Marga hat eine Theorie über Hunde: Wenn einer anfängt zu bellen, steckt er alle anderen an und eine halbe Stunde später müssen die Russen in Moskau ihre Köter mit Wodka zum Schweigen bringen.

Dieser Hund war nicht ansteckend und hörte nach einer halben Minute wieder auf. Es wurde sehr still. Hin und wieder bahnte sich ein kurzer Widerschein von Licht den Weg durch die Bäume und Sträucher, wenn auf der Straße ein Auto vorbeifuhr. Niemand würde uns hier bemerken.

Joop und Gerrit holten Alu-Ausziehleitern aus dem Lieferwagen und stellten eine an die Mauer. Gerrit kletterte hinauf und packte ein Polster aus zusammengefaltetem Sackleinen auf die eingemauerten Glasscherben. Er zog die zweite Leiter hoch, ließ sie auf der anderen Seite hinunter und band das Kissen mit einem Strick an den obersten Sprossen der beiden Leitern fest, um es an seinem Platz zu halten. Wir kletterten über die Mauer. Auf der anderen Seite hob Joop Nel spielerisch an den Hüften von der letzten Leitersprosse und ließ sie erst wieder hinunter, als sie ihm einen Tritt ans Knie versetzte. Jetzt hätten wir alle ins Gefängnis wandern können, nicht nur wegen des Tatbestands der Verdunkelung, sondern auch ganz einfach wegen Hausfriedensbruchs.

Der Mond war nicht am Himmel zu sehen, es war bewölkt. Wenn alles seine Ordnung hatte, befanden sich

Hélène, Haushälterin Glinka, Lonneke und ihre Kinder im großen Haus, einem undeutlichen Koloss hinter Buchenstämmen. Nirgendwo brannte Licht. Der umgegrabene Tennisplatz war nicht zu sehen. Ich hatte keine Ahnung, in welchem Stadium sich die Bauarbeiten befanden.

Ich spürte Nels Hand auf meiner Schulter, als ich im Schein meiner abgeschirmten Taschenlampe der Innenseite der Mauer folgte. Wir erreichten die Rückseite des Kutschenhauses. Auch hier waren alle Fenster dunkel.

Nel wartete zwischen den Sträuchern, von wo aus sie das geschlossene, schmiedeeiserne Eingangstor, die Einfahrt und das große Haus im Auge behalten konnte, während ich Gerrit und Joop zur Hintertür brachte. Ich leuchtete kurz mit der Lampe durch eines der vier kleinen Fenster im oberen Teil der Tür. Auf der Innenseite steckte kein Schlüssel.

Joop ging vor dem Schloss in die Hocke und ich leuchtete ihm ein paar Sekunden, so dass er einen Blick darauf werfen konnte. Es war ein altmodisches Schloss und er schnaufte leise, als wolle er andeuten, dass das kein Problem für ihn sei. Er legte zwei Fingerspitzen auf das Schloss und die andere Hand vorn auf meine Taschenlampe. Ich schaltete das Licht aus. Mit der freien Hand wühlte Joop in der Tasche an seinem Gürtel herum und spritzte zwischen seinen beiden Fingern hindurch ein paar Tropfen Öl ins Schloss. Ich hörte ein paar kurze Kratzgeräusche, als er ein Instrument hineinsteckte und ein paar Sperren damit löste.

Joop nahm einen Putzlappen, um seine Fingerabdrücke von dem Schloss zu wischen, und legte den Lappen auf den Türknauf, bevor er die Tür öffnete. Wir blieben stehen und lauschten. Wir hörten keine verdächtigen Geräusche. Ich gab ein kurzes Signal mit der Lampe und Nel schloss sich uns an.

Wir hatten das Ganze vorher mehr oder weniger geübt: Nel unten und außer Sicht, ich im Flur, Joop und

Gerrit rein ins Schlafzimmer. Sie zogen sich die Sturmhauben über den Kopf, während ich meine noch in der Hand hielt. Neben ein paar Handschellen hatte ich auch meine Pistole mitgenommen, beabsichtigte allerdings nicht sie zu benutzen. Gerrit hatte einen Gummiknüppel und Joop seine Hände. Er hatte zwar behauptet, er könne an eine Maschinenpistole herankommen und gemeint, so ein Ding mache einen größeren Eindruck, doch mir war es gelungen, ihn davon zu überzeugen, dass seine Hände für eine schlafende Blondine um die vierzig genügen müssten.

Wir schlichen durch die Küche in den Flur. Nel verschwand im Dunkeln. Ich schaltete kurz meine Taschenlampe ein, damit wir die Treppe erkennen konnten. Wir nahmen immer jeweils zwei Stufen auf einmal, dicht an den Seiten, um ein Knarren zu vermeiden.

Oben gab es vier Türen, zwei auf jeder Seite. Eine von ihnen stand offen. Ich ging auf Zehenspitzen hin und roch bereits, um welchen Raum es sich handelte, bevor ich meine Taschenlampe einschaltete. Badezimmer kann man immer riechen. Es war ein großes Bad mit einer geschlossenen Tür zum angrenzenden Raum. Das musste das Schlafzimmer des Ehepaares sein.

»Ihr durch den Flur, ich durch diese Tür«, flüsterte ich und zog meine Sturmhaube über den Kopf.

Ich ging ins Bad hinein, legte mein Ohr an die Zwischentür und meine Hand auf den Türknauf.

Ich öffnete die Tür, als ich das Klicken der Flurtür hörte. Gerrit schaltete die Deckenlampe ein. Joop war im Bruchteil einer Sekunde beim Doppelbett. Ich stieß einen unterdrückten Fluch aus, als ich den nackten Mann sah, der zusammengerollt hinter Liesbeth de Beus lag. Der Mann war sofort hellwach und brauchte keine Sekunde, um sich auf den Rücken zu drehen, die Knie anzuziehen und beide Füße, halb ins Laken verheddert, wie Vorschlaghämmer gegen Joops Brust zu rammen. Im selben

Augenblick rollte Liesbeth de Beus, ebenfalls nackt, von ihrer Seite des Bettes auf den Fußboden und sprang geschmeidig wie ein Panther auf.

Joop taumelte rückwärts und stolperte gegen die Wand. Ich zog meine Pistole. Liesbeth de Beus fing an zu schreien. Gerrit schwenkte seinen Knüppel. Ich richtete meine Waffe auf den Mann, der sich wieder auf dem Bett abstützte, aber Joop ließ sich nicht noch einmal überraschen. Er sprang auf ihn, verpasste ihm einen Faustschlag auf den Kopf und drückte ihn mit seinem vollen Gewicht auf die Matratze.

Der Mann kämpfte wie ein Besessener, um Joop von sich abzuschütteln. Er hatte den Körper eines Sporttrainers, und weil Joop ihn kaum unter Kontrolle halten konnte, stellte ich mich rasch neben das Bett und hielt ihm den Lauf meiner Pistole an die Schläfe. Der Mann begriff, was das war, und verhielt sich sofort mucksmäuschenstill.

»Scheiße«, knurrte Joop. Er zog den Mann herum und ich ergriff seine Handgelenke und fesselte ihn mit den Handschellen.

Joop richtete sich schimpfend auf. »Ich erwische aber auch immer den Falschen!«

Er schaute bedauernd Betty an, die bewusstlos auf der Seite neben dem Bett lag. Gerrit hockte mit erhobenem Knüppel neben ihr. Ich suchte unter dem Kopfkissen des Mannes, fand aber keine Waffe, auch nicht unter Bettys Kissen. »Okay, weg mit ihnen«, sagte ich.

»Alle beide?«

»Was willst du denn sonst mit ihm machen?«

Der Mann versuchte den Kopf zu drehen, aber Joop drückte ihn grob zurück aufs Kissen. Ich hob eine Pyjamahose vom Boden auf, warf sie Joop zu und bedeutete ihm mit einer Geste, er solle sie dem Mann um die Augen binden.

Ich ging um das Bett herum. Gerrit saß da, die Arme

auf die Knie gestützt, und betrachtete durch den Schlitz seiner Sturmhaube die ohnmächtige Betty. Sie war relativ zierlich, hatte aber den Körper einer durchtrainierten Sportlerin, die die hundert Meter unter zehn Sekunden lief.

»Wo hast du sie getroffen?«

Gerrit tippte an seine Schläfe. Ich tastete Bettys Kopf ab, sah aber kein Blut, die Beule würde erst noch kommen. Sie hatte kurze blonde gelockte Haare, ohne eine Spur von Grau. Sie musste über vierzig sein und kess genug, um sich einen Liebhaber zu halten. Der Mann schien im selben Alter wie sie zu sein und in mindestens ebenso guter Kondition. Wir hatten Glück gehabt, dass sie fest geschlafen hatten.

Gerrit half mir, Betty aufs Bett zu legen. Allmählich kam sie wieder zu sich. Ich winkte Gerrit ins Badezimmer und er kam kurze Zeit später mit einem Glas Wasser zurück. Ich hatte mit der linken Hand ihre blonden Locken gepackt und schob ihr eine Tablette in den Mund, als ich sie mit den Augen blinzeln sah. Ich hielt ihr das Glas an die Lippen: »Trink!«

Sie war zu weggetreten, um sich zu weigern. Wenn die Tablette so wirkte, wie es die Packungsbeilage versprach, würde Betty im Nu einschlafen und erst Stunden später desorientiert wieder erwachen.

Joop drückte den nackten Mann mit einer Hand im Nacken und mit der anderen an den gefesselten Händen aufs Bett. Der Mann atmete schwer, weil die Pyjamahose fest um seinen Kopf gebunden war und auch seine Nase bedeckte. Ich bedeutete Joop mit einer Handbewegung, er solle warten, und winkte Gerrit zu mir in den Flur.

Unten brannte Licht und Nel kam die Treppe herauf.

»Alle Gardinen sind zugezogen. Was war das für ein Krach?«

»Die Dame hatte einen Liebhaber bei sich.« Ich schaute Gerrit an. »Wir müssen ihn auch festhalten. Ist das ein Problem?«

»Müssen sie getrennt werden?«

»Das wäre besser.«

Er dachte einen Moment nach. »Kein Problem.«

Ich schaute Nel an. »Wir nehmen sie so mit, wie sie ist, aber such bitte ein paar Kleidungsstücke für sie zusammen. Du kannst reingehen, aber kein Wort.«

Nel ging ins Schlafzimmer, fand in einem Schrank eine Reisetasche und begann, Unterwäsche und Kleidung für Betty einzupacken.

Die Kleider des Mannes hingen über einem Stuhl. Ich durchsuchte sein Jackett, nahm die Brieftasche heraus und steckte sie in meine Innentasche. Er hatte nur wenig in den Taschen, ein Portemonnaie mit etwas Kleingeld, ein Feuerzeug, Taschentuch, Autoschlüssel und ein Reservemagazin mit 9-mm-Munition.

Ich fand die Pistole unter seiner beigefarbenen Hose auf dem Stuhlsitz. Eine Walther. Vielleicht war er auch bei der Polizei gewesen.

Als Nel aus dem Zimmer gegangen war, reichte ich Joop die Walther, erlöste danach den Mann von den Handschellen und zog ihm den Pyjama vom Kopf. Er zog rau atmend Luft in die Lungen.

»Du kannst dich anziehen«, sagte ich.

Der Mann sah nur Sturmhauben und Pistolen. Er ging hinüber zum Stuhl und begann sich anzuziehen. Seine Nacktheit schien ihn nicht im Mindesten zu stören, als sei er mit derartigen Situationen vertraut. Er war zahm wie ein Lamm, aber mir war klar, dass er nur auf eine Chance wartete. Er stellte eine ärgerliche Komplikation dar.

»Wo ist dein Auto?«

»Nicht hier.«

Vielleicht ging er frühmorgens unauffällig zu Fuß zu einer Bushaltestelle oder zum Motel Loenen, wo er sein Auto auf dem Parkplatz abgestellt hatte.

»Deine Hände«, murmelte ich, als er fertig angezogen war. »Nach vorne.«

»Ich muss pissen.«

»Später.«

Das war nur ein Versuch gewesen. Er drehte sich um und streckte mir seine Handgelenke entgegen. Er wusste genau, warum. Ich fesselte ihm die Hände von vorn, weil ich keine andere Möglichkeit sah, wie wir ihn sonst über die Mauer bringen sollten.

Ich übernahm die Walther von Joop und wies mit dem Kinn auf Betty. Joop ging zum Bett, wickelte die schlafende Frau geschickt in ihr Laken und fesselte sie mit zwei Stricken. Dann packte er Betty an den Hüften und warf sich das Bündel über die Schulter.

Gerrit fasste den Mann am Oberarm. Ich nahm die Reisetasche, die Nel an der Tür abgestellt hatte, und folgte ihnen. Nel hielt sich außer Sichtweite, als wir das Haus verließen. Joop bewegte sich mühelos. Ich schätzte Bettys Gewicht auf fünfzig bis sechzig Kilo, aber sie schien Joop nicht mehr zu belasten als ein angenehm weicher Sack Zement.

Wir erreichten die Mauer ohne einen Zwischenfall. Die Leiter knarrte, als Joop mit Betty über der Schulter hinaufkletterte. Er hielt sich mit einer Hand an dem Sackleinenkissen im Gleichgewicht, während er ein Bein über die Mauer schwang und mit dem Fuß nach der Leiter auf der anderen Seite tastete.

Wir warteten, bis wir die Tür des Lieferwagens hörten. Dann kletterte Gerrit hoch und ich bohrte dem Mann die Pistole in den Rücken, damit er ebenfalls hinaufstieg.

»Das geht nicht mit den Handschellen.«

Ich versetzte ihm einen Stoß und leuchtete ihm. Er gehorchte und erkletterte die Leiter ohne große Probleme. Ich folgte ihm, als er rittlings auf der Mauer saß. Joop und Gerrit erwarteten ihn auf der anderen Seite.

»Du wirst jetzt zwei Tabletten schlucken«, sagte ich, als ich neben dem Mann stand.

»Was ist das?«

»Wenn ich dich umbringen wollte, hätte ich dich schon längst erschossen. Mund auf.«

»Ich kann ohne Wasser keine Tabletten schlucken.«

»Mir reicht's jetzt mit deinen Ausreden. Mund auf!«

Er öffnete den Mund und ich warf die Pillen hinein. Ich leuchtete im ins Gesicht, um zu kontrollieren, ob er sie auch hinunterschluckte.

Ich schloss die Handschellen auf.

»Dreh dich um.«

Er gehorchte. Als er mit dem Gesicht zum Weg stand, fesselte ich ihm die Hände wieder auf dem Rücken. Danach zog ich mir rasch die Sturmhaube aus und stülpte sie ihm verkehrt herum über den Kopf, so dass er nichts sehen konnte. Der Mann fluchte.

»Halt's Maul«, sagte Joop.

Wir bugsierten ihn neben Betty auf die Ladefläche. Ich schloss die Tür. Joop zog sich die Sturmhaube vom Kopf und schnaufte in die kühle Nachtluft. Gerrit folgte seinem Beispiel.

»Schafft ihr das?«

»Ich setze mich hinten rein«, sagte Joop. »Gib mir mal die Pistole.«

»So war das aber nicht abgesprochen.«

»Der Mann war auch nicht abgesprochen.«

Ich seufzte. »Kannst du damit umgehen?«

Joop gab keine Antwort und ich reichte ihm die Pistole. Er öffnete die Tür und stieg nach hinten in den Lieferwagen.

Ich gab Gerrit die Reisetasche. Er wollte schon losfahren, aber ich legte ihm die Hand auf die Schulter. »Der Mann schläft gleich ein. Sie bleiben mindestens sechs Stunden bewusstlos. Ich möchte nicht, dass sie wissen, wie lange sie gefahren sind und wo sie sich befinden. Gib ihr keine Kleidung, nur das Laken, und nimm ihr die Stricke ab.«

»Vielleicht wird ihr kalt.«

»Dann wirf ihr eine Decke über. Ich will sie so weit wie möglich aus dem Gleichgewicht bringen. Sie sehen mir nicht aus wie Schreihälse, aber ich hoffe trotzdem, dass euer Versteck so schalldicht ist, wie ihr behauptet.«

»Man könnte noch nicht mal eine Sirene hören.«

»Wenn wir hier fertig sind, schiebe ich die Leitern da zwischen die Sträucher.«

»Ich hole sie ab, bevor es hell wird.«

Ich nickte und kletterte zurück über die Mauer.

Das Kutschenhaus schien in erster Linie nach praktischen Gesichtspunkten eingerichtet zu sein. Alle notwendigen Gebrauchsgegenstände waren vorhanden, aber dabei hatten es die Bewohner auch bewenden lassen. Einige Reproduktionen an der Wand waren wohl weniger aus ästhetischen Gründen aufgehängt worden als aus dem Gefühl heraus, dass irgendetwas an die Wand gehörte. Nur das Haus selbst verbreitete eine gewisse Atmosphäre, weil es nun einmal ein altes, umgebautes Kutschenhaus war, mit schweren Balken unter der Decke, einer schönen Holztreppe und anderen soliden Erzeugnissen der Zimmermannskunst. Ich fand Nel an einem Computer im ersten Stock in einem kleinen Zimmer gegenüber dem Schlafzimmer. Wie ich trug sie Handschuhe. Unser Plan sah vor, dass wir keinerlei Spuren zurückließen.

»Wenn wir Betty eine Chance geben wollen, müssen wir das Bett machen und die Alarmanlage am Tor ausschalten. Glaubst du, dass du sie finden kannst?«

»Ich kann alles finden, aber dieses Ding hier bringt uns überhaupt nichts.«

Der Raum wurde offensichtlich als Arbeitszimmer genutzt. Der Computer stand auf einem Schreibtisch aus grauem, mattem Metall und es gab ein paar Regale und Fächer mit Büchern und einigen Ordnern sowie einen Archivschrank aus Holz, in dem sich hauptsächlich Zeitschriften befanden. Ich ging die Ordner durch und fand sowohl für Tom als auch für Betty Waffenscheine sowie einen Arbeitsvertrag mit Cleveringa aus dem Jahr 1983, in dem ihre Aufgaben mit ›Fahrdienst und Sicherheitsaufgaben sowie allgemeine Assistenz‹ beschrieben wurden.

Es gab auch Zeugnisse aus derselben Zeit von Tom, der durch und durch überprüft worden war und den Segen der niederländischen Staatsschutzbehörde sowie der Polizei für seine Vertrauensstellung beim Minister hatte. Tom war Sergeant bei der Marine gewesen, bevor er 1980 über eine Einheit der Straßenpolizei bei der Spezialtruppe für die Bewachung ausländischer Würdenträger gelandet war. Seine Arbeitspapiere waren makellos. Das war zu erwarten. Das Schicksal eines Ministers legt man nicht in die Hände einer Person, die nicht durch und durch vertrauenswürdig ist.

Der Rest war unwichtig. Ein wenig Privatpost, Briefe von Toms Mutter, die sich fragte, wo die Enkelkinder blieben, Einladungen zu Marinesoldatentreffen, Kontoauszüge, Gehaltsabrechnungen, Haushaltskostenaufstellungen und Fixkostenbelege sowie eine ordentliche Finanzbuchhaltung. Wenig Persönliches von Betty, außer nichts sagenden Ansichtskarten aus diversen exotischen Ländern von einer Stewardess bei der KLM.

»Hat deine Freundin in der Personalabteilung eine Möglichkeit gefunden, Informationen über Betty zu bekommen?«, fragte ich Nel.

Sie schüttelte den Kopf. »Vielleicht gibt es die inzwischen nicht mehr.«

»Du meinst, dass jemand die Akte vernichtet hat?«

»Oder du irrst dich.« Nel hob herausfordernd den Kopf. »Möglicherweise hat sie einfach den Dienst quittiert, weil sie anderswo mehr verdienen konnte. Oder sie wollte höher hinaus, genau wie du.«

Ich lachte in mich hinein. »Betty hat Tom 1983 geheiratet, kurz bevor er die Stelle bei Cleveringa antrat.«

»Das ist mir nicht entgangen. Und wer ist dieser Liebhaber?«

»Cornelis van Berkel, Sicherheitsberater.« In der Brieftasche befanden sich ein Führerschein, eine Kreditkarte von der ABN-Bank und ein wenig Bargeld. Keine losen Papierchen, keine alten Rechnungen, keine Fotos. Cornelis konnte jederzeit von der Polizei angehalten und durchsucht werden. Wenn es etwas Ungesetzliches gab, befand es sich in seinem Kopf und nicht an seinem Körper – außer der Walther, aber für die besaß er zweifellos einen Waffenschein.

»Sicherheitsberater!« Nel schnaubte. »Steht da nicht bei welcher Firma?«

Ich schüttelte den Kopf.

»Wenn Betty absichtlich mit Tom verkuppelt wurde, ist sie nicht so dumm, hier etwas Persönliches aufzubewahren.«

Meiner Erfahrung nach hoben Kriminelle manchmal gewisse Dinge als Rückversicherung auf – Akten, Bandaufnahmen oder Briefe, mit denen sie zurückschlagen konnten, wenn sie von ihrem Chef übers Ohr gehauen wurden oder ihr Leben in Gefahr geriet.

»Vielleicht irgendwo anders«, schlug ich wenig überzeugend vor.

Nel schaltete den Computer aus. »Was hältst du von Tom? Wenn er eine völlig weiße Weste hat, gab es keinen Grund für ihn, sich mit Betty verkuppeln zu lassen.«

Ich zuckte mit den Schultern. »Er brauchte es doch nicht unbedingt zu wissen. Betty ist sexy genug. Wetten, dass sie sich schon in der Zeit kennen gelernt haben, als Tom für diesen Posten ausgewählt wurde? Hélène ist der Meinung, sie hätten extra wegen der Stelle geheiratet. Verheiratet zu sein gehörte zu den Bedingungen.«

Nel nickte. »Könnte sein. Tom möchte die Stelle gern haben, aber er muss verheiratet sein. Da taucht ein nettes Mädchen auf, noch dazu mit Polizei-Erfahrung, genau das, was er sucht. Zack, bumm. Und hier werden wir nichts finden.«

11

Das alte Kühlhaus stand hundert Meter vom De Groot Autopalast entfernt in einem kleinen, verwilderten Obstgarten, der an einer wenig befahrenen Seitenstraße lag. Es gehörte Willem, weil es sich nun einmal auf dem Grundstück befand, das er damals gekauft hatte, um seine riesige Autohalle darauf zu errichten.

Viele Dörfer besaßen früher solche Kühlhäuser, als die Bauern und andere Landbewohner noch keine Kühltruhen in der Waschküche stehen hatten. Man konnte einzelne Kühlfächer mieten, um seine tiefgefrorenen Stangenbohnen und Schweinekoteletts darin aufzubewahren. Meistens handelte es sich um kleine, fensterlose Backsteingebäude, in denen sich eine Reihe gekachelter Kühlräume befand sowie ein Mittelgang mit kleineren Fächern für die Privatbenutzer. Diese Kühlhäuser sind inzwischen größtenteils abgerissen worden, aber hier und dort steht noch ein vergessenes Exemplar in der Landschaft herum, aus dem die Kühleinrichtung und die Fächer natürlich längst entfernt wurden. Manchmal werden sie als Schuppen oder Schweinestall benutzt.

Ich parkte meinen BMW in Höhe des Autopalasts und spazierte hinüber. Das Gebäude lag zwanzig Meter von der Straße entfernt und war zwischen den verwilderten Brombeersträuchern und halb abgestorbenen Apfelbäumen kaum zu erkennen.

Gerrit saß auf einem Klappstuhl in der Sonne und hielt Wache, ausgerüstet mit einer Thermoskanne Kaffee und einer Autozeitschrift.

»Ihr habt mir wirklich nicht zu viel versprochen«, sagte ich.

Er öffnete die schwere Tür und ließ mich hinein. Wir betraten einen breiten, rechteckigen Raum, in dem sich früher die einzelnen Kühlräume befunden hatten. Die rechte Außenmauer bestand aus grauen Backsteinen mit kleinen Fenstern aus dickem, undurchsichtigem Glas, durch die ein schwacher, kalter Lichtschein fiel. In die Wand gegenüber waren schwere Tresortüren mit kleinen Kontrolllämpchen und vertikalen Handgriffen eingelassen, die an altmodische Kühlschränke erinnerten. Neben einer dieser Türen stand die Reisetasche mit Bettys Kleidung.

»Der Mann ist da drin.« Gerrit wies mit einer Kopfbewegung auf eine andere Tür weiter hinten und gab mir die Sturmhaube zurück, die ich van Berkel übergestülpt hatte. Ich zog sie mir wieder über den Kopf, bevor ich zu der Tür ging und durch die Glasscheibe hineinschaute. Der Raum wurde von einer Lichtquelle an der Decke beleuchtet. Van Berkel saß auf einer zusammengefalteten Decke in der Ecke, die Arme um die Knie geschlungen. Er wirkte ungerührt und gleichgültig, falls man das von jemandem behaupten konnte, der schlief.

Gerrit hatte sich ebenfalls die Sturmhaube übergezogen und wartete vor Bettys Tür. Ich vertraute ihm meine Pistole an und er reichte mir seinen Klappstuhl. »Lass dich kurz sehen, dann weiß sie, dass wir zu mehreren sind«, sagte ich.

Betty sprang geschmeidig auf, als Gerrit die Tür öffnete und mich hineinließ. Die Decke glitt ihr von den Schultern, aber sie ergriff das Laken und zog es fest um sich. Unten schauten ihre bloßen Füße und Knöchel heraus.

Gerrit hatte den Fußboden gekehrt, eine Matratze hingelegt und für einen Plastikeimer mit Deckel gesorgt. Die weißen Kachelwände waren schmutzig und an der Decke hingen Spinnweben, wobei man sich unwillkürlich fragte, wie die Spinnen hier hereingekommen waren. Die Zelle war drei Meter lang und etwas weniger breit. Sie hatte keine Fenster. Wie in der Zelle des Mannes befand sich auch hier eine Lampe hinter einem Gitter an der Decke. Darunter waren verchromte Stangen angebracht, an denen früher halbe Schweine an Fleischerhaken gehangen hatten. An einer Wand stand ein Pappkarton mit zwei Plastikflaschen Wasser, Papierbechern und einer Tüte mit trockenen braunen Brötchen. Wasser und Brot.

»So, Betty«, sagte ich. »Das ist doch mal was anderes als Malta.«

Ich sah, dass sie darauf reagierte, aber sie hatte sich schnell wieder unter Kontrolle. »Malta?«

»Im Sommer 1980? Das Jahr der großen Ereignisse?«

Wahrscheinlich hatte sie vor zwanzig Jahren auch schon so wachsam und gefährlich ausgesehen, was Johann Metz zu der Beobachtung veranlasst hatte, sie habe eher einer Leibwache geähnelt als einer Gesellschafterin.

»Ich weiß nicht, wer du bist, aber das hier wird dich teuer zu stehen kommen«, sagte Betty.

»Nun, vielleicht sollten wir mit dem Abrechnen noch ein bisschen warten. Setz dich.« Ich deutete auf ihre Matratze. »Wie die Chinesen sagen: Wer auf dem Boden schläft, kann nicht aus dem Bett fallen.«

Ich klappte den Stuhl auf und hielt ihn mit beiden Händen fest. Ich sah, dass sie einen Hechtsprung erwog. »Wir können es auch auf die nette Art regeln«, sagte ich. »Du kannst es dir aussuchen.«

»Ich will mich waschen und anziehen.«

»Du bist Liesbeth de Beus, geborene Barends, und du bist lange genug im Geschäft, um die Regeln zu kennen. Erst reden wir, und wenn ich mit unserem Gespräch zufrieden bin, bekommst du deine Kleidung. Vielleicht darfst du sogar wieder nach Hause, ob mit deinem Freund Cornelis oder ohne. Tom kommt heute Abend ahnungslos nach Hause. Wo ist Betty? Vielleicht haben wir ein paar hübsche Fotos gemacht, bevor ihr wach geworden seid, aber dir ist wahrscheinlich klar, dass es hierbei nicht in erster Linie um dich geht. Was mich betrifft, kannst du von mir aus bei deiner kranken Mutter gewesen sein. Setz dich.«

»Wenn es nicht um mich geht, was mache ich dann hier?«

»Ich kann mir nicht vorstellen, dass dir das nicht längst klar ist.«

Ich sah, wie sie fieberhaft überlegte. Dann lachte sie spöttisch und ließ das Laken demonstrativ ein Stückchen von ihrer Schulter gleiten, während sie gelenkig in die Hocke ging und sich auf die Matratze setzte.

Ich lächelte unter meiner Sturmhaube und sagte: »Aus diesem Grund bist du jedenfalls nicht hier.«

Sie bedeckte ohne Eile ihre nackte Brust. Ich stellte den Stuhl hinter mich und setzte mich darauf. Dann steckte ich die Hände in die Taschen meines Jacketts und schaltete mit der rechten unauffällig einen Minirekorder ein.

»Es ist eine Art Quiz«, sagte ich. »Und die meisten Antworten kenne ich bereits.«

»Dann weißt du mehr als ich.«

»Wie dem auch sei: Es ist aus – mit den Geschäften, den netten GmbHs, Scholte und den Jungs mit den merkwürdigen Decknamen.« Ich lachte in mich hinein. »Möglicherweise wird Tom als Einziger unbeschadet aus der Sache herauskommen. Wäre das nicht ein Witz?«

Sie lachte kurz und verächtlich, aber ich erkannte, dass ich ein paar Mal ins Schwarze getroffen hatte, auf jeden Fall, was Tom anging.

»Wir können es auch so regeln, dass du ziemlich lange hinter schwedische Gardinen wanderst«, sagte ich wohlwollend.

»Du tust ja verdammt noch mal so, als wärst du von der Polizei!«

»Du hast ja auch so getan, als wärst du bei der Polizei, als du noch jung und unverdorben warst und noch kein Zubrot in Nebenjobs gesucht hast. Aus deinen Akten ist zwar mittlerweile alles verschwunden, aber die Leute, die darüber Bescheid wissen, sind noch nicht tot. Doch das ist Schnee von gestern. Quizfrage«, sagte ich abrupt: »Der Name des Chefs deines Freundes?«

»Meinst du Henkelman? Das ist eine Sicherheits- und Wachdienstfirma ...«

»Ich weiß, wer Henkelman ist. Cornelis ist also ein Kollege von dir?«

»Henkelman hat mir diesen Job besorgt.«

»Hat Cornelis auch so einen hübschen Decknamen wie ›Gullit‹ oder ›van Mierlo‹?«

Sie schaute mich überrascht an. »Ich weiß nicht, wovon du redest.«

»Und unter der Leitung von Henkelman arbeiten wir alle für ...?« Sie sah mich verwirrt an. »Das ist wieder eine Quizfrage«, sagte ich langsam. »Der Preis ist eine Jeans.«

Sie schnaubte. »Ich dachte, du wüsstest so viel.«

Ich lehnte mich nach vorn und stützte die Ellbogen auf die Knie. »Ich glaube, du hast ein kleines Problem mit deinem Verstand«, sagte ich. »Vielleicht liegt es an der Tablette, die wir dir heute Nacht gegeben haben. Davon schläft man zwar gut, aber man ist hinterher auch noch ein Weilchen etwas benebelt. Vielleicht sollten wir dir lieber eine Spritze geben, das ist guter Stoff aus Bulgarien. Nach der Injektion dauert es ein bisschen, bis du den Mund aufmachst, aber dann gibt es kein Halten mehr, die Schleusen von Ijmuiden sind gar nichts dagegen. Und danach bist du zwei Wochen krank. Ich meine, richtig krank.«

Ich sah, wie ihre Nasenflügel bebten. Sie war keine ängstliche Frau, aber sie saß hier nackt unter einem Laken in einer gekachelten Zelle, die sich auch unter dem Schloss von Graf Dracula hätte befinden können. Sie war eine halbe Nacht lang bewusstlos gewesen und noch gehörig desorientiert. »Wie soll ich das verstehen?«

»Dass du keine Zeit zu verlieren hast. Je länger wir dich hier festhalten, desto schwieriger wird es für dich werden, deine Abwesenheit zu erklären. Tom kannst du vielleicht mit einer Ausrede abspeisen, aber was ist mit deinen Bossen? Drei Wochen weg gewesen und kein Wort von sich hören lassen? Ich denke nicht, dass sie dir das glauben werden. Ich glaube eher, dass sie dich sofort aus dem Verkehr ziehen lassen.«

Sie zog das Laken straffer um sich und musterte meine Sturmhaube. Sie hatte starke Hände. Meine Bemerkung über ihre Bosse hatte sie getroffen.

»Was uns angeht, ist das kein Problem«, sagte ich. »Wir haben dein Bett gemacht, du wurdest zu einer dringenden Aufgabe abberufen. Wenn du früher zu Hause bist als Tom, brauchst du natürlich überhaupt nichts zu erklären.«

Sie biss sich auf die Lippen. »Wie spät ist es?«

Ich stand auf. »Weißt du was? Denk mal einen Tag drüber nach.« Ich nahm meinen Klappstuhl und ging zur Tür. »Jetzt warte doch mal!«, rief sie wütend. »Ich arbeite für Scholte, aber ich brauche nichts anderes zu tun, als den Laden im Auge zu behalten!«

»Weiß Cleveringa davon?«

»Nein.«

»Und Tom?«

»Tom hat von gar nichts eine Ahnung.«

Mir wurde warm unter der Sturmhaube. In einer Kühlzelle ohne Kühlung konnte es ganz schön stickig werden. In der Decke befand sich zwar ein Gitter für die Luftzufuhr, aber es hätte mich nicht gewundert, wenn die Elstern sich inzwischen ein Nest darauf gebaut und damit die Frischluftversorgung abgeschnitten hätten.

»Man hatte dir bei der Polizei noch nicht gekündigt, da hast du schon für Henkelman gearbeitet«, sagte ich. »Und ein paar Monate später vertraute man dir die Aufgabe an, Clara Mending nach Malta zu eskortieren.«

»Das ist kein Verbrechen.«

»Ich rede von Mord und blonden Männern mit Decknamen.«

Sie erwiderte ungerührt meine Blicke. »Mit Mord habe ich nichts zu tun.«

»Und vor kurzem, bei Irene Lampert in Ypern, wurde wieder einer von diesen Decknamen gebraucht: van Mierlo. Er war ungefähr genauso blond wie dein Cornelis.«

»Ich kenne keine Irene Lampert«, sagte sie schnell. »Und Cornelis arbeitet nicht mehr für Henkelman, er hat schon seit drei Jahren eine ähnliche Stelle wie Tom, bei einem Direktor von Hoogovens. Wenn er dieses Wochenende nicht dorthin zurückkehrt, bekommst du Schwierigkeiten.«

»Ich?«

»Ich würde Cor nicht wütend machen«, schnauzte sie mich an. »Er hat nicht den geringsten Grund über diese Aktion hier den Mund zu halten. Er weiß, wer ich bin. Er braucht nur ein Wort zu Henkelman zu sagen, dann kriegt Scholte Wind von der Sache. Und dann ist es völlig egal, ob ihr mein Bett gemacht habt oder nicht.«

Ich biss mir auf die Lippen. Ich konnte Betty unter Druck setzen und unter Kontrolle halten. Gegen Cornelis dagegen hatte ich nichts in der Hand. Er war zu alt, um einer von den blonden Mördern Claras sein zu können.

»1980 musstest du im Auftrag von Henkelman Clara nach Malta bringen. Stammte dieser Auftrag ursprünglich von Scholte?«

»Ja. Cleveringa weiß nicht, dass ich es war.«

»Aber er war der Grund für Claras Abreise.«

»Sie war schwanger von ihm. Er hat ihr Geld gegeben, das ist alles.«

»Woher stammte dieses Geld?«

»Von einem Schweizer Konto. Doch das habe ich erst später erfahren.«

»Von wem?«

»Von Cleopatra.«

»Was?!?« Ich räusperte mich. »Das musst du mir näher erklären.«

Sie schüttelte den Kopf. Ihr Selbstvertrauen kehrte zurück. »Nicht, bevor ich weiß, wer du bist und was genau du von mir willst.«

»Ich will, dass du mir dabei hilfst, den Mord an Cleopatra aufzuklären.«

Sie starrte mich an. Ihre Stimme überschlug sich ein wenig, als sie mich fragte: »Bist du sicher, dass Cleo ermordet wurde?«

Cleo? Ich verlor den Faden. »Cleo wurde Mitte Juni 1983 ermordet und unter dem Tennisplatz vergraben. Ich habe unwiderlegbare Beweise dafür.«

Ich sah, dass sie mir glaubte. »Gib mir einen Schluck Wasser«, sagte sie.

Ich stand auf und brachte ihr eine der Flaschen. Sie verschüttete ein wenig, als sie das Wasser in einen kleinen Becher goss.

»Wie hast du Cleopatra kennen gelernt?«, fragte ich.

Sie biss sich auf die Lippen. Ihre Stimmung schien ganz plötzlich umgeschlagen zu sein, als wäre ihr ein Unheil verkündender Gedanke gekommen. »Ich sage nichts, es tut mir Leid. Wenn ich mich zwischen Wasser und Brot von euch und einer Kugel von jemand anderem entscheiden muss, dann nehme ich eben Wasser und Brot.«

Sie war kein Genie, aber auch nicht zurückgeblieben. »Du willst damit sagen, dass du Cleo nach der Flugzeugkatastrophe lebend gesehen hast«, spekulierte ich. »Du hast nichts von mir zu befürchten.«

»Mit einer unbekannten, maskierten Person lasse ich mich auf nichts ein.«

Betty hatte Recht und mir wurde klar, dass ich kaum ein Risiko einging. Sie konnte mich unmöglich verraten, ohne sich selbst in Gefahr zu bringen. Ich griff in den

Wollstoff und zog mir die Mütze vom Kopf. »Mein Name ist Max Winter. Ich bin Privatdetektiv. Ich arbeite für Lonneke Cleveringa – ich untersuche den Mord an ihrer Mutter.«

»Scheiße.« Sie starrte mir ins Gesicht, das durch die Wärme rot angelaufen war. Ich rieb mir über die Wangen, die von der Wolle juckten.

»Scheiße«, sagte sie noch einmal.

»Unsere Absprache gilt weiterhin«, sagte ich. »Nur kommt jetzt noch hinzu, dass ich unter gewissen Umständen nur den falschen anonymen Anruf tätigen muss.«

»Ich habe deine Drohungen allmählich satt bis obenhin«, antwortete sie. »Du denkst wohl, ich bin verrückt. Ich habe weniger Angst vor dir als vor den Folgen dieser bescheuerten Entführung. Hast du einen Ausweis?«

Ich gab ihr meine Meulendijkkarte.

»Ich habe Lonneke manchmal zur Schule gebracht«, sagte Betty, nachdem sie sich die Karte angeschaut und sie mir wieder zurückgegeben hatte. »Sie war ungefähr zehn Jahre alt und wollte einfach nicht glauben, dass ihre Mutter mit dem Flugzeug abgestürzt war. Sie hatte eine seltsame Ansichtskarte bekommen mit dem Turm von Pisa und sie dachte, sie stammte von ihrer Mutter.«

»Sie glaubte auch, das Skelett unter dem Tennisplatz sei das ihrer Mutter. Und es ist tatsächlich so. Wir sollten keine Zeit verlieren. Es ist elf Uhr morgens.«

Sie sah überrascht und ein wenig erleichtert aus. »Ich habe gedacht, es sei schon viel später«, murmelte sie.

»Das ist so, wenn man einsam in einer Zelle eingesperrt ist.«

Ich hämmerte an die Tür und Gerrit machte auf. In seinen Augen im Sehschlitz der Sturmhaube sah ich seine Überraschung über mein entblößtes Gesicht.

»Ist schon okay,« sagte ich. »Behalte du deine Mütze auf, sie braucht nicht zu wissen, wer du bist, aber gib mir mal bitte ihre Tasche und bring mir eine Schüssel Wasser oder etwas Ähnliches, damit sie sich frisch machen kann. Wir müssen sie so bald wie möglich wieder zurückbringen.«

»Und was ist mit dem anderen?«

»Das weiß ich noch nicht.«

Gerrit gab mir die Reisetasche und schloss die Tür.

Ich stellte die Tasche neben Betty und setzte mich wieder auf meinen Stuhl. »Du kannst dich jetzt anziehen. Wenn du willst, schaue ich gern so lange in eine andere Richtung, aber ich habe dich schon nackt gesehen.«

Sie studierte mein Gesicht. »Ich habe dich doch schon mal gesehen«, sagte sie.

»Vielleicht im Traum.«

Sie suchte in der Tasche, stand auf und warf das Laken von sich. Sie schlüpfte in einen weißen Slip und zog einen BH an, ein einfaches Exemplar aus weißer Baumwolle ohne Bügel – die brauchte sie nicht. Sie bewegte sich resolut und selbstbewusst, ohne eine Spur von Scham.

»Jetzt erzähl mal. Wie ist Cleo an dich geraten?«

Sie zog eine schwarze Jeans über ihre wohlgeformten Beine. »Sie ist auf mich zugekommen. Eines Tages erhielt ich einen Anruf von einer gewissen Frau Boerman.«

»Wann war das?«

»Ende 1982; ich wohnte noch in Utrecht. Sie rief bei mir zu Hause an. Sie habe einen Vorschlag, wie ich mir etwas Geld verdienen könne. Sie lud mich ein, sie in einem Hotel in den Ardennen zu treffen. Sollten wir uns nicht einig werden, würde sie mir für meine Umstände zweitausend bar auf die Hand bezahlen. Ich dachte mir, was soll's, ich habe nichts zu verlieren.«

»Kanntest du Tom damals schon?«

Betty nickte. »Tom arbeitete gelegentlich auf freiberuflicher Basis für Cleveringa. Es war bekannt, dass er Minister werden würde. Cleveringa verstand sich gut mit

Tom. Er bot ihm eine feste Stelle an, mit Unterkunft im Kutschenhaus, am besten zusammen mit einer Ehefrau, die für die Bewachung von Buchenstein sorgen könnte, wenn sie im Ausland waren und so weiter. Ich war bei der Polizei gewesen und arbeitete für eine Sicherheitsfirma.«

»Und du wurdest auf Tom angesetzt und hast dich sofort in ihn verliebt?«, informierte ich mich wie nebenbei.

»Für mich war das kein Problem. Ich wurde dafür bezahlt und Tom ist ein netter Mann. Ich tat mein Bestes.«

Es klang nüchtern. Sie zog den Reißverschluss ihrer Hose zu und schaute die kalte Kachelwand an. Eine Weile herrschte eine Stille, in der Gedanken an Liebe und Liebhaber und vielleicht auch ein wenig Reue mitschwangen. Ich beschloss, das Thema auf sich beruhen zu lassen.

»Was wollte Cleopatra von dir?«

»Informationen.«

»Sagte sie dir sofort, wer sie war?«

Sie zog ein verächtliches Gesicht. »Jetzt hör aber auf. Sie war Frau Boerman. Sie hatte Papiere auf diesen Namen. Ich erhielt eine Postfachadresse, an die ich Informationen und Berichte darüber schicken sollte, was sich auf Buchenstein abspielte. Erst bei unserem dritten Treffen verriet sie mir, wer sie war.«

»Und du hast ihr sofort geglaubt?«

»Ich habe es schon viel früher gewusst. Einen Monat nach unserem ersten Gespräch zog ich nach Buchenstein und dort zeigte mir Lonneke als Erstes ein Foto von ihrer Mutter. Sie trug dieses Foto immer bei sich.«

»Du hättest Cleopatra auch für eine Menge Geld an deine Chefs verraten können.«

Betty erwiderte ungerührt meinen Blick und sagte: »Ja, das hätte ich.«

»Aber?«

»Sie bezahlte mich gut und es war das Risiko nicht wert. Sobald ich wusste, was los war, war mir auch klar, dass es aus mit ihr wäre, wenn sie entdeckt würde. In diesem Fall wäre auch mein Leben keinen Pfifferling mehr wert gewesen und das galt damals so gut wie heute. Ich war die Einzige, die mit Sicherheit wusste, dass sie noch am Leben war.«

Ich erhob mich, als ich die Tür aufgehen hörte. Gerrit reichte mir einen Eimer Wasser, ein Stück Seife und ein Handtuch hinein. Er schaute durch den Sehschlitz seiner Sturmhaube zu Betty herüber und flüsterte: »Soll ich den Lieferwagen holen?«

Ich nickte. »Stell ihn mit dem Heck an die Eingangstür.«

»Nehmen wir den Mann auch mit?«

»Das weiß ich noch nicht.«

Die Tür schloss sich mit einem typischen Kühlschrankgeräusch und ich brachte den Eimer zu Betty. Sie legte sich das Handtuch über die Schultern und fing an, sich mit den Händen Wasser ins Gesicht zu schöpfen.

»Wie ist Cleopatra gerade auf dich gekommen?«

Betty prustete und griff nach dem Handtuch. »Sie hatte mich über Clara Mending ausfindig gemacht.«

»Was? Aber sie wusste doch gar nicht, dass Clara auf Malta war!«

Betty hielt sich das Handtuch vors Gesicht. »Cleo hatte ein Bankkonto in der Schweiz. Es gehörte ihr, aber Cleveringa konnte offenbar auch darüber verfügen. Cleo wusste von Clara, aber sie wurde fuchsteufelswild, als sie entdeckte, dass ihr Mann seiner Geliebten fast eine halbe Million von ihrem Geld gegeben hatte. Sie forderte ihr Geld zurück und wollte die Gütergemeinschaft annullieren lassen, aber ihr Mann lachte sie aus und sagte, dazu habe sie juristisch gesehen überhaupt keine Handhabe. Deswegen packte sie ihre Koffer und tat so, als fahre sie mit einer Freundin in Urlaub.«

Ein triftiger Grund für einen Streit. »Hatte sie damals schon geplant zu verschwinden?«

»Nein, aber sie flog nicht nach Teneriffa. Sie hatte diesen Flug gebucht und einen Koffer aufgegeben, ja, sie hatte sogar dafür gesorgt, dass sie in Teneriffa abgeholt wurde, um Verwirrung zu stiften. Sie befürchtete, dass Cleveringa ihr hinterherfliegen würde. Sie verschwand mit einem Freund nach Monaco und hatte eigentlich vor, dort nur für ein Weilchen zu bleiben und die Scheidung einzureichen. Aber dann erfuhr sie von dem Flugzeugabsturz und dass sie offiziell tot war.«

»Wie hat sie Clara ausfindig gemacht?«

»Indem sie der Spur des Geldes folgte. Sie setzte die Schweizer Bank unter Druck; ich denke, dass ihr Freund den nötigen Einfluss hatte. Sie kam dahinter, dass das Geld in Malta auf dem gemeinsamen Konto von Clara und Johann Metz gelandet war.«

»Wusste sie, dass Clara schwanger gewesen war?«

»Nein, aber es überraschte sie nicht, als ich es ihr erzählte. Warum hätte Cleveringa sie sonst mit einer halben Million abspeisen und verschwinden lassen sollen? Er war damals schon ein hohes Tier in der christdemokratischen Politik und er konnte sich keine Geliebte mit Kind leisten.«

Allmählich passte alles zusammen. Betty nahm die Seife und wusch sich Arme und Hände. Sie hatte kleine blonde Härchen unter den Achseln. »Cleopatra suchte Clara auf, als sie in einer niederländischen Zeitung las, dass Cleveringa sich wieder verheiraten wollte. Sie fuhr nach Malta und lockte Clara unter einem Vorwand nach Valletta.«

»Das wird sicher ein Schock für sie gewesen sein.«

»Für Clara schon. Sie dachte, Cleo sei verunglückt. Aber Cleo war nicht gekommen, um sich zu rächen, sondern sie wollte lediglich Informationen von ihr, die sie gegen Cleveringa verwenden konnte. Clara erzählte ihr auch von mir und Cleo brauchte nur mit irgendeiner Geschichte bei Henkelman anzurufen und sich nach

Betty Barends zu erkundigen, um zu erfahren, dass ich kurz davor war, die Firma zu verlassen und den Chauffeur des zukünftigen Außenministers zu heiraten. Als sie das hörte, war ihr natürlich klar, dass sie mich gut gebrauchen konnte.«

Wieder fiel ein Puzzleteilchen an seinen Platz. Als Clara 1990 den Brief mit der Bitte um Geld schrieb, wusste sie, dass Cleo noch lebte. Doch sie richtete den Brief natürlich an Cleveringa persönlich. Sie konnte ihn zwingen, ihr zu helfen, weil sie wusste, dass er in Bigamie lebte. Clara ahnte nicht, dass Cleo ermordet worden war, und konnte unmöglich die Panik voraussehen, die ihr Brief bei Cleveringa auslöste.

Inzwischen ging es nämlich nicht mehr nur um Bigamie, sondern um Mord, und dieser Mord musste, koste es, was es wolle, unter dem Deckmäntelchen des Flugzeugabsturzes verborgen gehalten werden. Es war klar, dass Cleveringa bei jedem Problem den Kopf in den Sand steckte und Scholte alles überließ. Scholte zog Henkelman zu Rate und dieser schickte seinerseits zwei blonde Touristen.

»Wann hat Cleopatra Cleveringa wissen lassen, dass sie noch am Leben war und es ihm heimzahlen wollte?«, fragte ich. »Ich nehme doch an, dass es auch zu ihrer Rache gehörte, ihn tüchtig ins Schwitzen zu bringen?«

Betty war aufgestanden und hüllte sich in ein Hemd aus glänzendem Stoff in dunklen Grün- und Rottönen. Sie ließ ein bitteres kleines Lachen hören. »Sie rief ihn am Vorabend seiner Hochzeit mit Hélène van Staveren an, um ihm mitzuteilen, dass seine Frau doch nicht in diesem Unglücksflugzeug gesessen hatte und dass er ab morgen in Bigamie leben würde. Sie fragte ihn auch, ob er sich die Mühe gemacht habe, mit dieser schönen Hélène einen vernünftigen Ehevertrag zu vereinbaren. Es bereitete ihr großes Vergnügen.«

»Der süße Geschmack der Rache.«

»Sie sorgte dafür, dass er wusste, dass er eine Doppelehe einging«, sagte Betty.

Ich schüttelte den Kopf. »Aber er hätte sich einfach dumm stellen können. Sie hatte mehr gegen ihn in der Hand als nur Bigamie, wenn sie eine solche Bedrohung für ihn darstellte, dass sie ermordet werden musste.«

»Das hatte sie auch.«

»Hast du ihr die nötigen Mittel in die Hand gegeben?«

»Nein, ich hielt sie nur auf dem Laufenden. Von mir wollte sie auch alles über Lonneke wissen und wie es ihr ging. Ich glaube, dass sie ihre kleine Tochter sehr vermisste.«

»Aber …«

Sie sah meine Verwirrung. »Sie hatte Zugang zum Computer von Scholte. Es hatte mit dieser alten GmbH zu tun, dem ›Belegten Brötchen‹. In diesem Computer war alles drin, die Buchhaltung und die Zahlungen an Henkelman für die Drecksarbeit in Italien. Sie behauptete, sie habe genug in der Hand, um die Karriere des neuen Ministers zu beenden und ihn hinter schwedische Gardinen zu bringen.«

Ich lehnte mich zurück. »Ich fange an zu verstehen, warum du so gerne mit ihr zusammengearbeitet hast«, sagte ich spöttisch. »Abgesehen von dem Geld natürlich.«

»Na und?« Betty war eine praktische Frau. »Ich sichere mich eben gerne ab. Tom geht kein Risiko ein, er weiß von nichts. Ich dagegen gehe Risiken ein. Ich habe für sie gearbeitet. Kein Mord, nie im Leben. Aber wenn die Sache schief geht, möchte ich auch lieber auf der richtigen Seite stehen.«

»Du könntest sie auch warnen.«

Sie erwiderte gleichmütig meinen Blick. »Ich weiß sehr genau, was ich kann und was ich nicht kann«, erwiderte sie nüchtern. »Wenn ich sie warne, versprechen sie mir ein Vermögen für den Tipp. Und wenn ich dann komme, um mir das Vermögen abzuholen, kriege ich eine Kugel in den Kopf. Warum sollten sie Cleo ermorden und mir die Möglichkeit geben, es zu verraten?«

Sie hatte natürlich Recht.

»Wann hast du Cleopatra zuletzt gesehen?«

»Im Mai 1983. Ich war ihre einzige Kontaktperson, da entsteht doch schon so etwas wie …«

»Freundschaft?«

Sie biss sich auf die Lippen. »Na ja, sagen wir mal, es wird etwas persönlicher.«

Ich beobachtete sie. Das Verhältnis der beiden müsste mir etwas über Cleopatra verraten können, die für mich noch immer eine große Unbekannte war. Cleo hatte sich mit Clara angefreundet, was in vieler Hinsicht ungewöhnlich war, also warum nicht auch mit Betty? Vielleicht hatte Cleopatra nie richtige Freundinnen gehabt, war immer einsam gewesen, weil ihre Mitmenschen in erster Linie versuchten, sie, die Tochter aus reichem Hause, auszunutzen. Vielleicht war Clara, bevor sie Cleo mit Cleveringa betrog, einfach nett zu ihr gewesen. Und Betty stellte zudem eine Art Strohhalm dar, an den sie sich in ihrer Einsamkeit klammerte, ein Anker, der sie in Kontakt mit ihrer Vergangenheit hielt und mit der Welt, aus der sie kam. Und mit ihrer Tochter.

Wie hatte sie gelebt, nach der Zeit mit Boerman? Einsam und anonym, in einem Hotelzimmer ihren Groll schürend, mit keinem anderen Gedanken im Kopf als dem verzehrenden Hass auf den Mann, der ihr Geld gestohlen und ihr Leben ruiniert hatte?

»Worüber habt ihr beim letzten Treffen gesprochen?«

»Cleo war der Meinung, der Zeitpunkt der Rache sei gekommen. Cleveringa sollte Minister werden. Alle Zeitungen brachten Artikel über ihn, veröffentlichten Fotos, berichteten von seiner Vergangenheit und darüber, dass seine erste Frau auf so tragische Weise verunglückt war. Cleo war aufgebracht über seine Krokodilstränen. Sie wollte seinen Ruf und seine Karriere zerstören.«

»Dachte sie nicht daran, was es für ihre Tochter bedeuten würde, wenn ihr Vater im Gefängnis säße?«

»Sie hatte vor, Lonneke mitzunehmen und das Land zu verlassen, sobald sie alles hinter sich hatte.«

»Sagte sie auch, wann sie zuschlagen wollte?«

»Nein, aber sie liebte es dramatisch. Ich glaube, sie wollte es zum Zeitpunkt seiner Ernennung zum Minister tun. Sie hatte einen Plan. Vielleicht wollte sie eine Pressekonferenz geben und einen Staatsanwalt dazu einladen, so etwas in der Art hätte ich mir gut bei ihr vorstellen können.« Betty schüttelte den Kopf. »Sie war sehr angespannt, die ganze Angelegenheit wurde allmählich reichlich verbissen. Ich sagte ihr, sie solle um Gottes willen vorsichtig sein. Sie lachte darüber, aber es war nicht zum Lachen. Sie hatte sich allmählich in einen Zustand hineingesteigert … Ich glaube, dass sie gar nicht mehr klar denken konnte.«

Der Zustand, in dem verzweifelte Menschen Fehler begehen. »War sie besessen genug, ihm vorher persönlich unter die Nase zu reiben, was sie vorhatte?«

Betty zuckte mit den Schultern. »Wenn ich das gewusst hätte, hätte ich versucht, sie davon abzuhalten, oder dafür gesorgt, dass ich dabei gewesen wäre. Aber sie hat nichts gesagt und ich wusste es nicht.«

»Du hast nichts unternommen.«

»Wie meinst du das?«

»Cleveringa wurde Minister, es gab keine Pressekonferenz und keinen Skandal und du hörtest nichts mehr von ihr.«

Betty schwieg, aber ihr Gesichtsausdruck verriet etwas von den untergründigen Schuldgefühlen, die an ihr genagt haben mussten. Sie hockte sich mit bloßen Füßen auf die Matratze und lehnte sich gegen die Wand. Ihre Hände suchten nach dem Handtuch und sie rieb ihre Handflächen daran ab, als würden sie schwitzen. »Was hätte ich denn tun sollen?«, fragte sie dann.

»Fandest du es nicht merkwürdig?«

»Ich dachte, sie hätte es sich vielleicht anders überlegt.«

»Ich weiß nicht, ob ich mit dir als Rückendeckung in ein dunkles Gebäude hineingehen würde«, sagte ich ausdruckslos.

»Du kannst von mir aus denken, was du willst. Ich weiß wirklich nicht, was ich hätte tun können. Hätte ich vielleicht Scholte fragen sollen: Wo ist Cleopatra geblieben? Oder hätte ich zur Polizei gehen sollen? Ich bin doch nicht lebensmüde. Außerdem hätte mir niemand geglaubt. Cleo ist offiziell bei der Flugzeugkatastrophe ums Leben gekommen. Ich habe wirklich gedacht, sie hätte es sich anders überlegt, möglicherweise wegen Lonneke.«

Natürlich hatte sie tausend gute Gründe, sich nicht verantwortlich zu fühlen und nichts an diesem nagenden Schuldgefühl tun zu müssen. Sie zuckte kurz mit den Schultern und setzte sich, um die Joggingschuhe anzuziehen, die Nel in ihre Tasche gepackt hatte.

»Ich habe dir alles erzählt, was ich weiß«, sagte sie ohne aufzuschauen.

»Vielleicht brauche ich dich noch.«

»Das kann sein, aber ich werde niemals als Zeugin vor Gericht aussagen. Das kannst du dir abschminken. Ich sorge für die Bewachung in Buchenstein, das ist alles.«

»Und was ist mit Cornelis?«

»Ich werde es ihm schon erklären.«

»Wenn er mir in die Quere kommt oder der falschen Person gegenüber den Mund aufmacht …«

»Cornelis ist der Einzige, dem ich vertraue«, unterbrach sie mich hastig. »Wenn du ihn festhältst, bekommst du größere Probleme, als wenn du ihn mir überlässt.«

»Ist das die große Liebe?«

»Schon seit der höheren Schule.« Sie erwiderte standhaft meinen Blick. »Der einzige Fehler, den er je gemacht hat, war, eine andere Frau zu heiraten.«

Ich nickte. »Also gut. Versuch' nicht, herauszufinden, wer die anderen Leute hier sind und wo du gewesen bist.«

Sie nahm die Reisetasche und ich hämmerte gegen die Tür. Ich bedeutete Gerrit mit einer Handbewegung, dass er seine Sturmhaube aufbehalten sollte, und übernahm die Pistole von ihm. Die Eingangstür wurde völlig von den Heckklappen des Lieferwagens abgeschirmt.

Ich setzte meine Sturmhaube auf, bevor ich die andere Kühlzelle öffnete, die Pistole in der Hand. Van Berkel stand auf.

»Wir bringen dich wieder zurück. Tut mir Leid wegen der Unannehmlichkeiten. Betty wird dir erklären, warum es am besten ist, dass du diesen kleinen Zwischenfall möglichst schnell wieder vergisst.«

Van Berkel hatte den Blick auf meine Pistole gerichtet. Ich gab ihm seine Brieftasche zurück und er ließ sich schweigend zum Lieferwagen eskortieren.

Gerrit schloss die Heckklappe und zog sich die Haube vom Kopf. Ich folgte seinem Beispiel. »Und jetzt wollen wir nur hoffen, dass es klappt«, sagte ich. »Ich fahre voraus.«

Eine Stunde später hielten wir an der Stelle neben der gepflasterten Straße, wo wir uns in der Nacht zuvor getroffen hatten. Gerrit wendete den Lieferwagen und blieb sitzen. Ich klopfte an sein Fenster.

»Was ist denn nun schon wieder?«, fragte er.

»Nichts. Vielen Dank noch mal.«

Er grinste und drehte das Fenster hoch. Bevor ich die hinteren Türen öffnete, zog ich mir die Sturmhaube wieder über den Kopf, weil ich mir den kleinen Vorteil bewahren wollte, dass van Berkel mein Gesicht nicht gesehen hatte.

»Buchenstein liegt dahinten.«

»Ich weiß, wo Buchenstein ist«, murmelte Betty und sprang von der Ladefläche.

»Bleibt nicht stehen und schaut euch nicht um. Denkt an die Salzsäulen.«

Sie machten sich sofort auf den Weg. Van Berkel trug Bettys Tasche. Gerrit fuhr weg. Das Paar schaute sich nicht um. Ich stieg in meinen BMW und zog mir die Haube vom Kopf. Im Rückspiegel beobachtete ich, wie die beiden Geliebten immer kleiner wurden. Ich startete den Motor und dachte daran, dass ich großes Glück gehabt hatte.

Viel Glück, aber noch keinen Mörder.

12

»Ich habe ein Päckchen für dich angenommen«, sagte Setsuko, die sich auf halbem Weg die Treppe hinauf zu ihrer Dachwohnung befand. »Kommst du auf eine Tasse Tee mit hoch?«

»Bekomme ich sonst das Päckchen nicht?«

Ihre japanischen Augen. »Eine Dame hat es überbracht. Sie war sehr nervös. Sie wollte wissen, wer ich sei, und ob sie mir vertrauen könne. Ihr Name sei Lonneke, hat sie gesagt. Ist es etwas Geheimes?«

Sie drehte sich um und ging die Treppe hinauf, so dass ich ihr wohl oder übel folgen musste.

Als Folge meiner früheren Erfahrungen pflegte ich in meinen Taschen Zuckerstücke aus Cafés aufzubewahren. Ich versuchte unauffällig, eines aus dem Papier zu wickeln und mir in den Mund zu stecken, während sie den grünen Tee in dünne Porzellantassen einschenkte und sich mit der Eleganz einer Geisha neben mich hockte, um meine Reaktion zu beobachten. Sie erwischte mich natürlich sofort, als ich den Tee durch die Zuckerstückchen in meinem Mund filterte.

»Ist der Tee nicht gut?«, fragte sie.

»Er ist sehr bitter«, antwortete ich.

Sie sah enttäuscht aus. »Der Tee ist genauso, wie er sein muss, weil er auf dem Dung von Menschen wächst, die nur öligen Fisch essen, z. B. Makrele. Der Teepflanzer gibt diesen Menschen den Fisch und sie geben ihm ihren Dung, so sind alle zufrieden.«

Sie ging zu einem Lackschränkchen und holte ein flaches Päckchen heraus. Ich bedankte mich bei ihr für den Tee und entschuldigte mich für meinen überstürzten Aufbruch.

In dem Päckchen befanden sich zwei Videobänder mit Aufklebern, beide mit dem Datum 13.6.83. Das eine Band war mit der Aufschrift *Cleveringa,* das andere mit *Cleveringa Rest* beschriftet. Zwischen den beiden Kassetten lag ein dünnes schwarzes Adressbuch und ein doppelt gefaltetes Stück Papier:

Ich habe nach dem ›Belegten Brötchen‹ gesucht, aber bisher nichts gefunden. Habe jedoch in einer Schublade in Buchenstein dieses alte Adressbuch entdeckt; an einigen Stellen stehen die Buchstaben BB.
L.

Ich blätterte das Büchlein durch. Der Name seines Besitzers stand nicht darin, aber ich nahm an, dass die spitze Handschrift von Cleveringa stammte. Natürlich waren zahlreiche Namen von Niederländern eingetragen, aber bei mindestens der Hälfte handelte es sich um Namen von Ausländern. Ich stellte fest, dass sich kreuz und quer durch das Alphabet verschiedene ausländische Namen fanden, hinter die die Buchstaben BB gekritzelt waren. Es standen keine Adressen dabei, nur Telefonnummern. Außerdem waren sie alle durchgestrichen. Die Gründe dafür wurden mir klar, als ich auf einer Reserveseite am Ende des Buches eine Reihe von vierzehn Namen und Telefonnummern fand und einen der Namen wieder erkannte, den ich zuvor durchgestrichen gesehen hatte.

Sie waren in einer Liste untereinander geschrieben worden, jedoch ohne die Buchstaben BB dahinter.

Ich rief CyberNel an, schaltete meinen Fernseher ein und machte es mir auf dem Sofa bequem, um mir die Videobänder anzusehen. Das erste war eine Kopie des geschnittenen Sendebandes und dauerte nicht länger als zehn Minuten. Offenbar war alles mit der Filmkamera gedreht, wie es damals noch üblich war, und später auf Videokassetten überspielt worden.

Die Bilder liefen ohne Kommentar, der wahrscheinlich später aufgesprochen und auf dem Tonband abgemischt worden war. Allerdings hörte man natürliche Hintergrundgeräusche, etwa die dezenten Klänge einer kleinen Kapelle, die kurz in der großen Eingangshalle von Buchenstein zu sehen war. Kellnerinnen liefen herum und ich erhaschte einen Blick auf Glinka. Um zu zeigen, dass das Fest ursprünglich draußen hatte stattfinden sollen, zeigte die Kamera eine Aufnahme von Buchenstein im Regen und schwenkte dann hinüber in Richtung Auffahrt, wo auf halbem Wege das Festzelt verlassen und trübsinnig unter den tropfenden Buchen stand. Es waren zahlreiche Politiker im Smoking anwesend, mit Ehefrauen in festlichen Kleidern, ich erkannte einige Gesichter früherer Minister und Parlamentsmitglieder wieder. Auch Barend Scholte war fünfzehn Jahre jünger.

Hélène Cleveringa äußerte sich mit lächelnder Zurückhaltung, als man sie fragte, wie sie sich als Gattin eines Ministers fühle. Der Premier erklärte optimistisch, dass sich das Außenministerium bei Josef Cleveringa in guten Händen befinde.

Der Berichterstatter interviewte Cleveringa über die internationale Politik und die Europäische Gemeinschaft, aber Cleveringa wimmelte alle seine Fragen ab. »Wir sollten erst warten, bis ich offiziell mein Amt antrete.« Oder: »Das werden wir schon sehen, wenn es so weit ist.« Oder: »Das ist nicht der richtige Moment, um über

Politik zu sprechen.« Ich versuchte, eine unterschwellige Atmosphäre der Bedrohung auf diesem Fest zu entdecken oder ein nervöses Verhalten des jüngeren Cleveringa, aber ich konnte nichts dergleichen feststellen.

Das Band endete mit Lonneke, die von Gästen umringt mit ihrem Vater tanzte. Sie war zehn oder elf Jahre alt, ein langbeiniges Füllen in einem schönen blauen Kleid. Die Gäste applaudierten, als ihr Vater sie hochhob und herumschwenkte, ein fröhliches Bild, das zu Recht, als *freeze frame* von Vater und Tochter, ans Ende des Sendebandes montiert worden war.

Ich wollte gerade das Band mit dem Restmaterial starten, als CyberNel eintraf. Ich reichte ihr das Adressbuch. »Das hier stammt von Buchenstein. Die durchgestrichenen Namen mit BB stehen alle noch mal hinten drin.«

Nel schaute sich das Büchlein an. »Internationale Kontakte vielleicht? Diese Nummer hier beginnt mit 66, das ist Thailand. Und hier, die 62 für Indonesien. 216 ist meiner Meinung nach Tunesien ...« Sie runzelte die Stirn. »Ich werde sie überprüfen. Los, schalte das Band ein.«

Ich drückte auf den Startknopf.

Das Restband bestand aus zusammenhanglosen Aufnahmen, die meist abrupt endeten oder weitersprangen, weil die Passagen für das Sendeband herausgeschnitten worden waren. Auf dieser Kassette befand sich eine längere Außenaufnahme, die Autos zeigte, die durch das Tor fuhren und unter den Buchen parkten. Als die Kamera einen Schwenk über das Gelände zur Eingangstür von Buchenstein vollführte, sah man hinter dem verlassenen Zelt kurz ein kleines Stück des zukünftigen Tennisplatzes: ein baureif vorbereitetes Rechteck mit einer niedrigen Verschalung darum herum, ein kleiner Bulldozer und Metallpfähle für den späteren Zaun.

Wir schauten uns die Menschen an, die durch die Eingangshalle kamen und Hände schüttelten, redeten und lachten. Einmal war Betty zu sehen, die zu einem Mann mit Walkie-Talkie ging und mit ihm sprach. Sie sah aus, wie sie auf Malta ausgesehen haben musste, hier allerdings in einem dunkelblauen Kostüm.

Wieder studierte ich die Gesichter von Cleveringa und Barend Scholte, um festzustellen, ob sie besorgt oder beunruhigt wirkten, etwa weil einer von ihnen gerade Cleopatra umgebracht hatte. Doch ich sah nichts Besonderes. Es wurde gelacht und geraucht. Es war natürlich genau wie in Kinofilmen, in denen man Gesichter nach Belieben manipulieren kann. Wenn ein Schauspieler neutral aus einem Fenster schaut und man die Szene mit düsterer Musik unterlegt, wirkt er, als habe er soeben den Krieg oder einen Seelenverwandten verloren, während derselbe Gesichtsausdruck mit einer fröhlichen Musik den Eindruck erwecken kann, er habe ein Vermögen im Lotto gewonnen.

Hier wurde jemand Minister, also waren alle fröhlich. Cleveringa tanzte mit seiner Tochter. Der Teil, wo er sie hochhob und herumschwenkte, war herausgeschnitten worden, aber die Kamera war weitergelaufen und so sahen wir das Restmaterial nach dem *freeze frame*. Cleveringa schwenkte Lonneke noch einmal herum und stellte sie dann wieder auf die Füße, mit dem gespielt komischen Gesicht eines Vaters, der entdeckt, dass seine Tochter zu groß und zu sehr Dame geworden ist. Er nahm sie an der Hand und tanzte weiter mit ihr. Andere Paare begannen, seinem Beispiel zu folgen.

Nel packte mich am Arm, als wir auf dem Bildschirm sahen, wie sich Barend Scholte plötzlich zwischen die tanzenden Menschen drängte und seinem Freund etwas ins Ohr flüsterte. Cleveringa blieb stehen. Es folgte unverkennbar ein Moment des Erschreckens, doch er hatte seinen Gesichtsausdruck rasch wieder unter Kontrolle. Er zauberte ein Lächeln für Lonneke auf seine Lippen und murmelte etwas. Die Kamera folgte ihm, als er mit entschuldigendem Kopfnicken nach links und rechts hinter

Barend Scholte zum Seitenausgang eilte. Die Kamera schwenkte zurück auf den Premier, der Hélène Cleveringa zum Tanz aufforderte.

Nel nahm mir die Fernbedienung aus der Hand und spulte das Band ein Stück zurück.

»Das muss nicht unbedingt etwas zu bedeuten haben«, sagte ich. »Geschäfte. Ein Anruf.«

Sie hielt das Band an, Barend Scholte war im Bild. Ich bildete mir ein, undeutlich das Glitzern von Regentropfen auf den Schultern seines Smokings zu entdecken.

»Oder unerwarteter Besuch?«, fragte Nel.

»Vor hundert Zeugen?«

Nel stand vom Sofa auf, um das Band aus dem Videorekorder zu holen und das Sendeband wieder einzulegen. »Das ist doch genau das, was sie wollte? Sie hat zu Betty gesagt, dass es Zeit würde für ihren großen Moment der Rache. Ich habe diese Periode durchgecheckt von dem Zeitpunkt ihrer Mitteilung an Betty bis zu dem Tag, an dem Cleveringa ins Ministerium einzog, um seinen Ministerposten anzutreten. Es hat nur eine wirklich dramatische Gelegenheit gegeben. Eine Pressekonferenz wäre eine Handgranate gewesen, das hier dagegen die reinste Atombombe.«

»Wenn sie von dem Fest wusste.«

»Betty hat sie über alles informiert und das Fest war schon lange geplant, als sie Cleo zum letzten Mal sah. Jetzt mach doch mal einen Punkt.«

Nel spulte das Band mit hoher Geschwindigkeit zu den Außenaufnahmen vor. Wir sahen die Autos, die an der Einfahrt entlang, durch das Tor hindurch und wahrscheinlich bis an den Straßenrand geparkt waren, das verregnete Zelt und durch die dahinter liegenden Bäume ein Stückchen Tennisplatz.

»Natürlich stand jemand unten am Tor«, sagte Nel, »um die Einladungen zu kontrollieren und Krethi und Plethi abzuwimmeln.«

»Bestimmt hat das Ministerium seinen eigenen Sicherheitsdienst zur Verfügung gestellt.«

Sie hielt das Band an und zog ein Stück Papier zu sich hin. »Wie ist die genaue Lage?« Sie begann, eine grobe Skizze zu entwerfen. »Hier ist das Tor, das Torhäuschen, die Einfahrt. Überall Autos. Das Zelt steht links? Der Tennisplatz dahinter. Kann man ihn vom Haus aus sehen?«

»Nein. Der Kameramann hat ihn erst auf halbem Wege von der Einfahrt aus ins Bild bekommen.« Ich nahm ihr den Bleistift aus der Hand und zeichnete den Tennisplatz weiter weg ein, schräg hinter dem Zelt, hinter den Buchen und vom Haus abgeschirmt durch Vogelkirschen und Rhododendren. »Ich weiß, was du denkst, aber es gibt zu viele Zeugen.«

»Dasselbe muss Cleopatra auch gedacht haben«, murmelte Nel. »Dass sie kein Risiko eingehen würde, wegen all dieser Leute. Sicherer als eine Pressekonferenz. Die hätte sie ankündigen müssen und es wäre eine gewisse Zeit vergangen, in der sie angreifbar gewesen wäre.«

Ich hatte den Gedanken an eine Pressekonferenz schon lange wieder verworfen, wie es jeder getan hätte, der seinen Verstand benutzte. Cleo wurde von Hass verzehrt, aber sie war nicht verrückt. Was sollte sie tun – die Presse anrufen und mitteilen, sie verfüge über belastendes Material, mit dem sie den zukünftigen Minister zu Fall bringen könne? Sich als die tot geglaubte Frau Cleveringa zu erkennen geben? In beiden Fällen hätten die Zeitungen ihr erstens nicht geglaubt und zweitens anschließend Cleveringa um einen Kommentar gebeten. Und Cleveringa hätte Gegenmaßnahmen ergreifen können, einen kleinen Unfall arrangieren, abhauen, wie auch immer.

Was sonst? Ihre Bombe bei einem Staatsanwalt in einem anonymen Büro platzen lassen? Nel hatte Recht. Wenn Cleo großes Theater wünschte, war das Fest die allerbeste Gelegenheit.

»Also kein Telefonanruf?«

Nel schaute mich an. »Oder ein Telefonanruf vom Tor aus? Ich habe Betty mit einem Walkie-Talkie gesehen. Alle Jungs waren mit Ohrstöpseln ausgerüstet. Der Premierminister ist anwesend. Es gibt Sicherheitsmaßnahmen.«

»Das meine ich.«

»Ich weiß genau, was du meinst, aber die Überwachung konzentriert sich auf die Innenräume des Hauses. Wenn Scholte persönlich zu Cleveringa hingeht, kann es nur der Mann am Tor gewesen sein.«

Ich schaltete den flimmernden Fernsehschirm aus. »Trotzdem kann ich mir das ganze Szenario immer noch nicht so richtig vorstellen.«

Nel stand vom Sofa auf und ging zur Balkontür. Sie schaute auf die Skizze in ihrer Hand. »Cleopatra erscheint am Tor.«

»Wie denn? Zu Fuß? Mit dem Taxi?«

»Ich glaube, sie hätte ein eigenes Transportmittel vorgezogen. Vielleicht einen Mietwagen. Der Wachmann am Tor hält sie an.«

»Hallo, ich bin Frau Cleveringa?«

»Ich glaube nicht, dass sie ihre Überraschung an den Torwächter verschwendet hätte. Warum nicht einfach Frau Teulings? Oder Liz Taylor?«

»Und er erkennt sie nicht.«

»Jeder kennt das Gesicht von Hélène, sie ist die Frau des Ministers. Niemand kennt die Frau des Parlamentsmitglieds. Vor drei Jahren von der Bildfläche verschwunden. Sie könnte sich auch inzwischen die Haare rot gefärbt haben.«

»Was sie nicht hat, ist eine Einladung.«

»Ja. Sonst hätte der Mann sie durchgelassen, sie wäre einfach hineinmarschiert und würde heute noch leben.«

Nel schwieg abrupt, vor Schreck über ihre eigene Schluss-folgerung. »Scheiße«, sagte sie. »Eine solche Kleinigkeit!«

Es war fast unvorstellbar, dass eine geschmackvoll gedruckte Karte mit einer Einladung und einem handgeschriebenen Namen darauf den Unterschied zwischen Leben und Tod bedeuten konnte, aber es geschahen seltsamere Dinge. Alles wurde von grausamen Zufällen bestimmt.

Ich schaute regelmäßig in den Rückspiegel, als ich in Richtung der Utrechter Brücke fuhr. Ich konnte nichts Verdächtiges entdecken, aber als ich direkt am Ende der Brücke die A2 verließ, nahm ich zur Sicherheit den Jan Vroegopsingel und fuhr um den Volksgartenkomplex ›Amstelglorie‹ herum. Dann parkte ich irgendwo und wartete eine Zeit lang, bevor ich zu der zwischen üppigem Grün verborgenen Hausbootsiedlung im Knick zwischen Amstel und Duivendrechtse Vaart zurückfuhr. Ich parkte meinen BMW und spazierte an Zäunen aus rostigen Rohrkonstruktionen und Maschendraht entlang, wobei ich durch Bäume und Sträucher spielende kleine Kinder und trocknende Wäsche erspähte.

Ein Hund fing an zu bellen, als ich das quietschende Gartentor von Rinus Verheul öffnete. Ich blieb stehen, bewegte meine Arme nicht und vermied es, dem großen Schäferhund, der vom Hausboot sprang und bellend den Plattenweg entlanggerannt kam, in die Augen zu schauen. Das soll angeblich das Sicherste sein. Wenn ein Hund überhaupt denken kann, könnte er die Hände für zusätzliche Köpfe halten und Augenkontakt kann ihn aggressiv machen.

Der Hund blieb ebenfalls stehen. Er hörte auf zu bellen. Er sah alt aus, war aber offensichtlich gut abgerichtet. Er hatte sein Herrchen gewarnt und würde mich nicht angreifen, solange ich mich an die Regeln hielt und brav wartete.

Das Hausboot bestand aus einem hölzernen Rechteck auf einem Stahlunterbau, möglicherweise mit einer

Schicht Beton im Boden – eines der Boote, wie sie in Serie gebaut werden. Es war zwar keineswegs neu, aber gut in Schuss. Alle paar Jahre ein frischer Anstrich.

Man konnte auch deutlich sehen, dass der Mann hier gern wohnte. Es hatte ein kleines Paradies daraus gemacht. Der Garten war nicht breiter, als das Boot lang war, aber etwa fünfzehn Meter zu beiden Seiten waren mit Flechtpaneelen abgeschirmt, an denen Rosen wuchsen. Verheul pflanzte nur Blumen an, vor allem eine ungeheure Vielfalt an Buschrosen, Rosenstöcken und Kletterrosen in allen Farben. Marga hätte sich hier eine Lektion in Gartenpflege abholen können.

Endlich ging die Tür auf.

»Herta, zurück!«

Ein Name für einen pensionierten Polizeihund. Herta kehrte prompt zurück und setzte sich neben ihr Herrchen. Laut Nels Angaben war Verheul achtundsechzig Jahre alt und seit acht Jahren Witwer. Er war mindestens einen Meter neunzig groß und mager, mit wenig beamtenhaftem, langem grauen Haar, das er auf dem Rücken mit einem Bändchen zu einem Pferdeschwanz zusammengebunden hatte. Dadurch kamen seine knochige Stirn und seine mageren, glatt rasierten Wangen noch stärker zur Geltung. Er trug eine Cordhose und ein grün kariertes Hemd und er sah gesund aus. Den meisten Wachleuten wird der Argwohn mit der Zeit zur zweiten Natur, aber Verheul wirkte eher gleichgültig, als habe er sich nach seiner Pensionierung eine etwas weniger strenge Sicht der Dinge zu Eigen gemacht.

»Ich glaube nicht, dass ich etwas brauche«, sagte er.

Der Hund spitzte die Ohren, als ich einen Schritt nach vorne machte. »Ich bin gekommen, weil ich mich kurz mit Ihnen unterhalten möchte.«

»Worüber?«

»Alte Erinnerungen?«

Er schüttelte den Kopf. »Sie glauben vielleicht, alle alten Knacker seien ganz wild auf Erinnerungen. Aber wenn ich schwatzen wollte, ginge ich in den Seniorenclub. Da ich dort allerdings nie hingehe, werde ich wohl auch kein Bedürfnis nach Geschwätz haben.«

»Haben Sie früher auch für Privatfirmen gearbeitet?«

Er stieß einen abwertenden Laut aus. »Wollen Sie mir etwa einen Job anbieten?«

Ich ging noch einen Schritt weiter. Der Hund behielt mich mit zusammengekniffenen Lidern im Auge. »Ich würde es gerne wissen, bevor wir weiterreden.«

»Ich habe Ihnen das mit dem Reden doch gerade versucht zu erklären ...«

Ich unterbrach ihn. »Es ist ziemlich wichtig.«

»Für wen?« Verheul verließ die Laufplanke und betrat den Plattenweg. Der Hund folgte ihm. »Ich habe nie für eine andere Firma gearbeitet als den Staat. Ich bin pensionierter Staatsbeamter«, sagte er mit einem gewissen Spott.

»Sagt Ihnen der Name Henkelman etwas?«

»Wachleute für Firmen und Privatpersonen sowie so genannte Sicherheitsberater. Du hast noch zwei Minuten, dann gehe ich mir ein Ei braten und mache ein Mittagsschläfchen.«

»Haben Sie jemals für Henkelman gearbeitet?«

»Nein. Da muss es sich um einen anderen Verheul handeln.« Er wollte sich umdrehen.

»Ich bin Max Winter, Privatdetektiv.«

Er blieb stehen und fing spöttisch an zu lachen. Ich schob die Hand in meine Innentasche, hielt aber in der Bewegung inne, als der Hund aufstand.

»Herta ist in Pension, genau wie ich«, erklärte Verheul. »Aber sie hat nichts verlernt.«

Ich wartete, bis er den Hund mit einem leisen Schnalzgeräusch wieder zum Sitzen aufgefordert hatte, und holte meinen Ausweis hervor. Er nahm ihn nicht an.

»Ich glaub dir ja schon«, sagte er. »Solange ich nicht weiß, worum es sich handelt, habe ich keinen Grund, neugierig zu sein; meinetwegen könntest du auch der Postbote sein.«

»Sagt Ihnen der Name Buchenstein etwas?«

»Ich lese Zeitung und sehe fern«, antwortete er prompt. »Das ist doch das Haus, wo sie das Skelett unter dem Tennisplatz gefunden haben?«

»Ich arbeite an dem Fall.«

»Dann werde ich mir jetzt mein Ei braten gehen, denn du bist nicht auf dem Laufenden. Es war dieser Serienmörder.«

»Es war nicht der Serienmörder«, erwiderte ich.

Er hatte seine Hand bereits auf die Balustrade gelegt. »Sehr schön, aber das geht mich nichts an.«

»Außer dass Sie auf Buchenstein waren, als der besagte Tennisplatz angelegt wurde«, sagte ich. »Ich rede vom Juni 1983, dem Fest des Ministers, auf dem auch der Premier anwesend war und Sie zusammen mit Jan Mosling das Eingangstor bewachten und die Gäste kontrollierten. Dusenberg war der Teamchef.«

Verheul stand mit dem Gesicht zu mir und kniff die Augen zusammen, als würde ihn die Sonne blenden. »Woher weißt du das alles?«

»Ich kenne eine Hexe, die mit Computern umgehen kann. Die Gästeliste befindet sich im Archiv des Außenministeriums und Dusenberg ist darauf als Chef des Sicherheitsteams angegeben. In Ihrer früheren Dienststelle wiederum kann man Informationen über alle Teams finden, mit denen Dusenberg gearbeitet hat. Sie waren fünf Jahre lang in seiner Mannschaft, bis 1986. Sie haben fast immer das Tor übernommen, zusammen mit Jan Mosling.«

Er schwieg so lange, dass ich schon dachte, er sei weggetreten. Mit einem kleinen Zucken erwachte er aus seiner Trance. »Auf deinen Platz, Herta«, sagte er.

Der Schäferhund lief ohne Eile am Boot entlang und sprang auf das Vorderdeck.

Ich ging zur Laufplanke. Verheul trat einen Schritt zur Seite und drückte die grüne Eingangstür für mich auf, um mich vorgehen zu lassen. Ein Regenmantel und ein Schirm hingen in dem kleinen Flur, von dem drei Türen abgingen. Verheul öffnete die linke und bedeutete mir mit einer Handbewegung, dass ich ins Wohnzimmer gehen sollte. Ein Sofa, ein Fernseher und vor dem großen Fenster auf der Flussseite ein Tisch mit Stühlen und einer geknüpften Tischdecke. Eine Pfeife lag in einem sauberen Kristallaschenbecher. An der Wand hingen gerahmte Fotos und ein Wandteller des Garderegiments der Grenadiere. Auf den Regalbrettern unter der Fensterbank zum Ufer hin standen einige Bücher, auf der Fensterbank Grünpflanzen und das Telefon auf einem Wandbrett. Alles hier sah altmodisch, solide und pieksauber aus.

»Möchtest du auch die Küche und das Schlafzimmer sehen?«, fragte Verheul ironisch.

Ich sagte lächelnd: »Sie haben es schön hier.«

»Du bist früher Polizist gewesen.«

»Bei der Kripo. Ist aber schon eine Weile her.«

Er nickte. »Ich habe Kaffee gekocht.«

Er verließ den Raum und kehrte gleich darauf mit einem Tablett zurück, auf dem Tassen und Kaffee in einer Glaskanne standen. »Seit meine Frau nicht mehr da ist, mache ich alles selbst. Man gewöhnt sich daran. Man muss sich ja daran gewöhnen. Herta leistet mir Gesellschaft. Ich gehe zum Supermarkt in der Rijstraat einkaufen und spiele zweimal die Woche mit ein paar Bekannten Billard. Die Ansprüche werden immer geringer, je älter man wird.« Verheul nickte zum Fenster hin. »Katie hatte Kartoffeln, Salat und Stangenbohnen angebaut, aber ich habe mir gedacht: Was soll ich mir den Rücken kaputtmachen für die paar Kilo, wo Kartoffeln doch fast nichts kosten. Du kannst Rinus zu mir sagen.«

Ich nahm mir etwas Milchpulver aus einer Porzellandose. »Wohnst du hier schon lange?«

»Seit dreißig Jahren. Katie erbte ein wenig Geld und das hier war genau das, was sie wollte. Ich war nicht gleich begeistert, aber sie hatte wirklich Recht. Hier lebe ich ganz ungestört.«

Er trank einen Schluck Kaffee. »Daran hat sie natürlich auch gedacht. Sie hat sich überlegt: Wenn der alte Knacker je allein dasteht, ist er hier besser aufgehoben als in einer Mietwohnung. Dabei bin ich noch nicht einmal ein Naturmensch. Ich musste mir Bücher über Rosen kaufen.« Er schaute durch das Fenster an der Uferseite und wurde plötzlich still. Dann sagte er bedauernd: »Das hätte ich schon viel früher tun sollen.«

Er nahm ein Päckchen Pfeifentabak und fing an, seine Pfeife zu stopfen. »Ich hoffe, du hast nichts gegen den Gestank.«

Ich holte meine Gauloises hervor, während er bedächtig ein Streichholz an seine Pfeife hielt und mich dabei die ganze Zeit beobachtete. »Warum hast du mich das mit Henkelman gefragt?«

Ich zögerte nicht lange. Wenn ich mich in Verheul irrte, sollte ich wohl lieber anfangen, Rosen zu züchten. »Es dreht sich um eine komplizierte alte Geschichte, in die Leute aus seiner Firma verwickelt sind. Ich wollte ganz sichergehen, dass du nicht einer von ihnen bist.«

Er schüttelte den Kopf. »Zu meiner Zeit hörte man gelegentlich, er habe nur wenig Skrupel, wenn man ihm genügend Geld bot – und ich rede nicht nur von Industriespionage. Aber unter Kollegen wird viel erzählt.«

Eine schwarze Fliege brummte am Fenster herum. Verheul stand auf, nahm eine Fliegenklatsche und setzte mit einem gezielten Schlag ihrem Leben ein Ende. »Ich hasse Fliegen!« Er schob die sterblichen Überreste auf die Klatsche und ließ sie in einen Blumentopf fallen.

»Ich mag sie auch nicht besonders«, bemerkte ich nur der Form halber.

Er setzte sich wieder hin und nahm seine Pfeife in die

Hand. »Ich glaube nicht, dass ich dir helfen kann«, sagte er. »Ich habe von dieser Sache in der Zeitung gelesen. Natürlich dachte ich, verdammt, du warst zu der Zeit dort. Aber es war ein großes Fest, auf dem der Ministerpräsident und mindestens hundert andere Leute anwesend waren – nicht gerade ein geeigneter Ort, um einen Mord zu begehen.« Er kratzte sich mit dem Zeigefinger zwischen den glatten Strähnen des graublonden Haars auf seinem Schädel. »Bei mir bist du an der falschen Adresse.«

»Kannst du dich noch an diesen Tag erinnern?«, fragte ich.

»Weißt du, was passiert, wenn du älter wirst? Du kannst dich an Dinge von früher besser erinnern als an die Dinge, die erst gestern geschehen sind. Es liegt am Gehirn, eine Art Korea-Syndrom. Wer soll denn da verscharrt worden sein, wenn nicht diese Irma Wie-heißt-sie-Noch aus Kampen?«, fragte er.

»Das kann ich leider nicht sagen.«

Verheul zog an seiner Pfeife. Er hatte natürlich Verständnis für mich; er kam aus einer verwandten Branche und wusste, was undichte Stellen bedeuten konnten.

»Es regnete«, sagte er, als habe er die ganze Zeit an nichts anderes gedacht als an Buchenstein. »Ich übernehme immer das Eingangstor, das ist richtig. Zusammen mit Jan Mosling. Geschlossene Konferenzen, geheime Sitzungen – das war wieder etwas anderes, obwohl ich auch einmal beim Soestdijkteam dabei war wegen Koninginnedag. Wir hatten ein Schutzzelt aus unserer eigenen Ausrüstung mitgebracht, vier Stangen und ein Segeltuch darüber, zwar an drei Seiten geschlossen, aber mit Plastikfenstern darin.«

»Wann fing das Fest an?«

»Zuerst kommen die Catering-Firmen, die Floristen und so weiter, denen schauen wir immer genau auf die Finger, und wir schicken einen Mann raus, um sie abzufangen. Ich glaube, die Gäste trafen ab etwa vierzehn Uhr ein. Wir hatten eine Gästeliste und sie mussten ihre Einladungen vorzeigen.«

»Weißt du noch, wie es dort aussah?«

»Augenblick.« Er legte seine Pfeife in den Aschenbecher und kniff sich in die Stirn, um sich zu konzentrieren. »Eine lange Einfahrt mit hohen Bäumen. Jan hilft dabei, das Parken zu koordinieren. Angestellte mit Schirmen bringen die Gäste zur Eingangstür.«

»Es gab ein Festzelt.«

»Ja, aber wir hatten schlechtes Wetter, deshalb fand das Fest drinnen statt.«

»Hast du den Tennisplatz gesehen?«

»Als wir unsere Runde über das Gelände machten, mittags um zwölf, zusammen mit einer blonden jungen Frau, der Ehefrau des Chauffeurs.«

»Liesbeth? Betty?«

»Kann sein.«

»Kannst du dich noch an den Tennisplatz erinnern?«

»Nicht so richtig, nein. Die Baustelle lag offen. Wenn man das Gelände kontrolliert, achtet man auf andere Dinge. Wir sind daran vorbeigelaufen, auch an der Mauer und am Fluss entlang. Henk kontrollierte den Teepavillon am Ufer. Das war ein schwacher Punkt, deshalb musste dort jemand postiert werden, um verirrte Ruderboote oder dergleichen abzufangen.«

»Aber es verirrte sich niemand?«

»Nein.«

»Also muss jemand an dir vorbeigekommen sein.«

»Der Mörder?«

»Oder das Opfer, falls der Mörder bereits anwesend war.«

Er schüttelte den Kopf. »Ich kann mich an nichts Verdächtiges erinnern. Dreißig oder vierzig Fahrzeuge. Sie standen bis draußen am Straßenrand.«

Alles stimmte. Er tat wirklich sein Bestes, um sich diesen Tag wieder vor Augen zu rufen, und benutzte kleine Details als Griffe, an denen er sich im Tunnel seines Gedächtnisses entlanghangelte.

»Kamen Nachzügler?«

»Um halb vier waren die meisten eingetroffen. Auch ein Fernsehteam war gekommen, mit einem Sendewagen, der genau vor der Eingangstür stand. Der Regen hielt den ganzen Tag an.«

»Hatten alle eine Einladung?«

Er runzelte die Stirn.

»Wenn du dich nicht mehr von selbst daran erinnern kannst, bist du als Zeuge für mich nutzlos«, sagte ich. »Ich kann es dir nicht suggerieren, denn in diesem Fall wischen sie vor Gericht den Fußboden mit dir auf.«

»Warum sollte ich denn aussagen müssen?«

»Du oder Jan Mosling.«

»Jan war nicht dabei.«

»Wobei?«

»Du suchst doch nach einer Person ohne Einladung?«

Ich lachte in mich hinein. Er hatte natürlich schon darüber nachgedacht, seit er in der Zeitung über die Leiche unter dem Tennisplatz gelesen hatte. Was immer er auch behauptete: Er hatte hier abgesehen von seinen Rosen nur wenig mehr als seine Vergangenheit. »Ich glaube, es war so gegen vier. Das Fest war in vollem Gange, die Leute tanzten. Wo war Jan Mosling?«

»Bei Henk im Teepavillon. Aber es gab überhaupt kein Problem mit dieser Einladung.«

»Du kannst dich also noch daran erinnern?«

»Ich kann mich sogar noch an ihren Namen erinnern, und zwar, weil sie zufällig genauso hieß wie meine erste Freundin. Lettie Boerman.«

»So hieß sie also?«

»Nein, ihr Vorname war nicht Lettie. Aber sie sah Lettie sogar vom Profil her ähnlich. Sie trug einen Hut mit einem kleinen Schleier dran – wie nennt man die noch?«

»Einen Voile.«

»Genau.«

»Was genau ist geschehen?«

Verheul lehnte sich zurück und schloss die Augen. »Es goss in Strömen. Ein Auto kommt an, ich nehme meinen Schirm und gehe hin.«

»Was für ein Auto?«

Er schüttelte den Kopf. »Eine Frau am Steuer. Sie möchte durch, sie hat keine Einladung, ist aber eine Freundin des Hauses. Ich frage sie, ob sie sich ausweisen kann. Sie gibt mir ihren Führerschein. Clara Boerman. So hieß sie. Sie hebt ihren Schleier, damit ich ihr Gesicht mit dem Foto vergleichen kann. Ich habe sie noch gefragt, ob sie zufällig mit den Boermans aus Assen verwandt sei, wo Lettie herkam.«

»Was antwortete sie?«

»Sie habe keine Verwandten in Assen. Sie wollte durchfahren. Ich sagte ihr, sie solle einen Moment warten. Ich rufe Dusenberg über das Sprechfunkgerät. Er sagt, warte einen Moment, es kommt gleich jemand. Kurz darauf kommt dieser Freund des Ministers; ich kann mich an seinen Namen nicht mehr erinnern.«

»Barend Scholte?«

»Kann sein. Er winkt mir zu, steigt zu der Frau ins Auto und sie fahren durch das Tor.«

»Kannst du dich daran erinnern, wie Frau Boerman reagierte?«

»Nein.«

»Ich nehme an, du hast auf ihrer Seite des Autos gestanden?«

»Ja, aber sie saß drin … Ich kann mich nicht mehr daran erinnern, der Mann stieg ein und sie fuhren los.«

»Scholte musste seinen Schirm zuklappen, die Autotür öffnen – er wird doch irgendetwas zu ihr gesagt haben?«

»Nicht dass ich wüsste. Ich kann mich an die Frau nur deshalb erinnern …«

»Weil sie deiner Freundin ähnlich sah?«

Er presste die Kiefer aufeinander. »Nein. Weil dort zu der Zeit jemand ermordet und vergraben wurde, ohne Kopf und Hände. Ich habe in meiner Dienstzeit einiges erlebt, aber so etwas nicht.«

»Hast du gesehen, wo sie hingefahren sind? Es war doch alles zugeparkt?«

Verheul zog seine Stirn in Falten. »Nein, zu der Zeit nicht mehr. Einige Leute waren schon wieder gegangen, die von der französischen Botschaft und noch ein paar andere; sie waren wohl nur kurz zum Händeschütteln gekommen.«

»Du hast also nicht gesehen, wo sie den Wagen parkten?«

»Nein, ich stand wieder in meinem Zelt und ich habe wohl auch nicht so darauf geachtet.«

»Hast du sie auch wieder hinausfahren sehen?«, fragte ich.

Er schaute mich eine Weile schweigend an. »Das Problem ist, dass das überhaupt nichts zu sagen hat«, antwortete er dann. »Ich habe sie nicht wegfahren sehen, weil ich nicht darauf geachtet habe. Wir achten mehr auf Leute, die kommen, als auf Leute, die gehen. Zwischen sechs und sieben sind die Gäste in Scharen aufgebrochen, das Tor stand offen, die Arbeit war erledigt. Ich kann dir da absolut nicht helfen.«

Ich zog das Foto aus Meulendijks Akte hervor. »Ist das Frau Boerman?«

Er nahm mir das Foto aus der Hand und starrte es einige Zeit an. »Na ja, sie hatte diesen Voile vor dem Gesicht und ich habe sie nur kurz im Profil gesehen. Könnte sein.« Er gab mir das Foto zurück. »Von vorne sieht sie nicht aus wie Lettie. Aber die würde ich wahrscheinlich auch nicht mehr erkennen, falls sie mir auf der Straße begegnete, selbst wenn sie noch achtzehn wäre wie damals.«

CyberNel lag auf dem Balkon und schlief. Im späten Nachmittagslicht sah sie geheimnisvoll und zugleich zerbrechlich aus, sie lag mit angezogenen Knien in meinem Liegestuhl, die Katzenaugen geschlossen, die Krallen eingezogen. Ich rüttelte sie vorsichtig an der Schulter.

Sie blinzelte mit den Augen. »Sehe ich da etwa ein zufriedenes Gesicht?«

»Rinus Verheul war eine Goldmine. Besser gesagt: sein Gedächtnis.«

»Wir gehen also nicht zu McDonald's?«

»Du hast etwas Besseres verdient.«

Jetzt war sie hellwach. »Das Fischrestaurant in der Utrechtsestraat.«

Ich grinste. »Gerade habe ich noch gedacht, dass du in deinem früheren Leben eine Katze gewesen sein musst.«

Nel erhob sich aus dem Stuhl. »Ich reserviere uns einen Tisch, wenn du mir in der Zeit eine Cola mit jungem Genever einschenkst.«

Ich verzog das Gesicht. »Ist das dein Ernst?«

Sie zog die Augenbrauen hoch und ging in mein Büro. Ich hatte keinen jungen Genever, fand aber eine Flasche mit einem Rest Rum. Damit gab sie sich auch zufrieden.

»Du hast also alles herausgefunden?«, fragte sie, als wir einander gegenüber auf dem Balkon saßen.

»Nein, aber wir können davon ausgehen, dass Cleopatra tatsächlich das Fest für ihre Überraschung ausgewählt hat.« Ich erzählte ihr, was ich bei Verheul in Erfahrung gebracht hatte. »Sie hat keine Einladung, also meldet Rinus über Funk an Dusenberg, dass eine Frau Boerman am Tor wartet. Ab hier müssen wir raten. Dusenberg will den Minister nicht belästigen, also geht er zu Scholte. Der riecht sofort Lunte, als er den Namen Boerman hört. Er eilt zum Tor und steigt zu Cleo ins Auto. Von dem Moment an, wo sie von Rinus wegfahren, müssen wir wieder spekulieren.«

Nel zog die Stirn in Falten. »Es muss zwischen dem

Eingangstor und der Haustür passiert sein«, sagte sie. »Scholte war ein alter Freund und vielleicht gab es für Cleo keinen Grund, ihm nicht zu vertrauen. Sie halten auf dem Seitenstreifen der Auffahrt. Der Torwächter ist wieder in seinem Schutzzelt verschwunden. Scholte schafft es, sie dazu zu überreden, dass sie zuerst mit Cleveringa spricht.«

»Und dadurch ihren großen Auftritt verdirbt?«, fragte ich. »Damit wäre sie nie einverstanden gewesen.«

»Vielleicht benutzte er Lonneke als Argument. Dieser Schock für ihre Tochter. Wie dem auch sei: Irgendwie kriegt er sie aus dem Auto und ins Festzelt.«

»Warum in das Zelt?«, fragte ich.

»Fällt dir ein geeigneterer Ort ein? Er musste aus dem Auto heraus; es hätten Leute vorbeikommen können. Außerdem sind mir kalte Schauer den Rücken heruntergelaufen, als ich dieses Zelt gesehen habe.«

»Okay«, sagte ich. »Du glaubst also, er lockt Cleo ins Zelt und sagt dann: Warte hier, ich gehe Josef holen. Warum sollte Cleo brav dort warten? Scholte geht dieses Risiko nicht ein. Jeden Moment kann ein Zeuge auftauchen. Scholte ist das Gehirn. Für ihn steht genauso viel auf dem Spiel wie für Cleveringa.«

»Moment mal«, sagte Nel. »Du willst Scholte. Warum?«

Ich seufzte. »Ich weiß es nicht. Das Ganze ist doch bisher reine Spekulation. Vielleicht spielt bei mir die altmodische Vorstellung eine Rolle, ein Mann habe Probleme damit, die Mutter seiner Tochter umzubringen.«

Sie seufzte spöttisch. »Du bist doch wirklich lange genug bei der Polizei gewesen.«

»Stimmt. Ich meine, Cleveringa hätte Schwierigkeiten. Mein Polizistenverstand sagt mir aber vor allem, dass Scholte dieses Risiko nicht eingeht. Scholte erwürgt sie, versteckt sie unter einem Stück Segeltuchplane, geht zum Fest zurück und meldet seinem Freund, dass im Zelt ein kleines Problem liegt.«

»Dann würde Cleveringa nicht hinausgehen.«

»Nein, natürlich nicht, braucht er auch gar nicht. Sie stecken nur für einen Moment die Köpfe zusammen. Sie können ja schlecht anfangen, im Matsch zu graben, solange das Fest noch in vollem Gange ist. Der Rest wird nachts erledigt. Cleos Auto fällt auf, deshalb fährt Scholte es weg, als alle anderen auch fahren, und stellt es irgendwo ab. Am nächsten Tag bringt es jemand zurück zur Mietwagenfirma, kein Problem. Niemand stolpert über Cleo. Nachts machen sie sich ans Werk. Alles schläft. Übernachtete Scholte auf Buchenstein?«

»Aber wir haben keine Beweise«, sagte Nel.

»Wir haben Rinus, der Frau Boerman hat ankommen sehen, und wir haben die Röntgenaufnahme. Oder meinst du, wir sollten Glinka fragen, ob ihr Fleischermesser und Hackebeil aus der Küche fehlten?«

Nel machte plötzlich ein trauriges Gesicht. »Ich weiß nicht, warum diese Mistkerle das unbedingt tun mussten«, sagte sie niedergeschlagen.

»Sie hätte theoretisch noch gefunden werden können, bevor der Beton sie sicher bedeckte. Die ganzen Niederlande wussten von dem Serienmörder. Zwei Wochen vor dem Fest war wieder eines seiner Opfer gefunden worden, in einer Baugrube bei Nijmegen. Alle schlafen und sie brauchen das Grundstück nicht zu verlassen.«

»Und sie hinterlassen keine Spuren.«

»Wie würdest du es denn machen?«

Nel schnaubte. »Ich versetze mich nicht so gern in diese Situation hinein.«

»Natürlich haben sie alles genau durchdacht. Zuerst graben sie das Loch. Sie bringen die Leiche hin und führen alles dort aus, in dem Loch. Keine Spuren. Sie haben einen Plastiksack dabei, in den sie alles hineinstecken, ihren Kopf, ihre Hände, die Kleidung und ihre Tasche mit den Papieren. Dann schaufeln sie das Loch wieder zu.« Mir fiel etwas ein. »Scholte hat Medizin studiert, er kennt sich in Anatomie aus. Sie haben es nicht mit einem stumpfen Beil oder mit einer Kettensäge getan.«

»Das macht die Sache doch gleich viel menschlicher.« Nel biss sich angeekelt auf die Lippen und wandte sich ab.

»Es regnet, selbst Fußspuren fallen am nächsten Tag nicht mehr auf. Der Beton wird darüber gegossen. Der Plastiksack liegt in Scholtes Kofferraum, zur späteren Verbrennung in seinem Heizkessel.«

»Es ist Juni«, bemerkte Nel mit kriminalistischer Genauigkeit.

»Keine Haarspaltereien. Es gibt hundert Arten, diesen Sack loszuwerden, und es ist hundert Mal einfacher, als eine komplette Leiche verschwinden zu lassen. Scholte ist Segler. Vielleicht liegt der Sack mit Steinen beschwert auf dem Grund eines der tiefsten friesischen Seen.«

»Und Hélène liegt im Bett und fragt sich nicht, wo ihr Ehemann bleibt?«

»Ich weiß nicht, was Hélène denkt. Sie ist müde vom Fest und schläft. Oder sie denkt: Mein Mann kann vor Aufregung nicht schlafen, weil er Minister geworden ist. Er trinkt wohl noch ein Gläschen mit seinem besten Freund.«

Das Klingeln des Telefons schreckte mich aus meinen Überlegungen auf.

Lonneke war am Apparat. »Haben Sie die Videokassetten erhalten?«

»Ja, vielen Dank. Ich wollte sie mir gerade anschauen.«

»Und?«

»Wie ich schon sagte, ich werde sie mir anschauen. Mehr habe ich im Augenblick nicht zu melden.«

»Und was ist mit der Schweiz?«, fragte sie ungeduldig. »Hat die Reise keine neuen Ergebnisse gebracht?«

»Ich arbeite dran. Lonneke, ich habe jetzt wirklich keine Zeit, ich rufe Sie an, sobald ich etwas Konkretes zu berichten habe.« Ich legte auf. Ich konnte ihr nicht erklären, warum ich sie auf diese Weise abfertigte.

Nel schaute mich verwundert an. »Warum hast du ihr nichts erzählt?«

»Ich habe es auf der Brücke in Muiden versprochen«, sagte ich.

13

Das Autotelefon blinkte, als ich die Europalaan entlangfuhr.

»Scheiße«, sagte Nel in mein Ohr. »Ich glaube, ich weiß, zu wem du unterwegs bist. Halt mal bitte kurz an.«

»Warum?«

»Weil wir etwas vergessen haben.«

Natürlich konnte ich nicht einfach irgendwo anhalten, deshalb bog ich in eine Seitenstraße ein und parkte auf dem einzigen freien Stück, das ich finden konnte, vor einem Schild mit der Aufschrift EINFAHRT FREILASSEN.

»Was haben wir vergessen?«

»Die Sachen von Cleo. Sie muss doch Beweismaterial gesammelt haben, um Cleveringa fertig zu machen.«

»Daran habe ich durchaus gedacht«, erwiderte ich.

Nel ignorierte es. »Ich höre gerade das Band von deinem Gespräch mit Betty ab. Sie hat Berichte an eine Postfachadresse geschickt. Wo befand sich diese Adresse?«

»Habe ich vergessen zu fragen.«

»Du bist mir ja ein schöner Detektiv!«

»Hör mal«, sagte ich frustriert. »Diese Sachen liegen nicht in einem Postfach. Vielleicht hatte sie sie bei sich; in diesem Fall hat Scholte alles vernichtet.«

Nel protestierte mit einem zischenden Geräusch. »Cleo war nicht dumm. Sie hat die Sachen sicher versteckt, mit dem Auftrag, sie im Falle ihres Ablebens an die Königin oder wen auch immer zu schicken.«

»Ja, aber nach wessen Tod?«, erwiderte ich ungeduldig. »Sie konnte schlecht sagen, sie sollten nach dem Tod von Cleopatra Cleveringa geöffnet werden, denn die war schon tot.«

»Sie brauchte ja nicht zu sagen: nach meinem Tod«, sagte Nel dickköpfig. »›Hören Sie, Meneer, wenn ich dieses Päckchen innerhalb von einem Monat nicht abholen komme, schicken Sie es dann bitte an die und die Adresse?‹«

Daraufhin war ich erst einmal still. »Aber es ist nicht abgeschickt worden«, sagte ich dann lahm.

»Dann ist es noch dort, wo sie sich versteckt hatte, und zwar in der Nähe dieses Postfachs.«

Ich schaltete den Motor aus.

»In diesem Päckchen steckt das Mordmotiv«, behauptete Nel hartnäckig. »Wir haben die Leiche, den Ort, die Gelegenheit. Wenn wir das Motiv haben, und ich meine damit etwas Schwerwiegenderes als Bigamie oder eine schwangere Geliebte, dann haben wir auch den Mörder. Da bin ich mir ganz sicher.«

»Scholte hat bestimmt auch daran gedacht. Er brauchte nur eine Hotelrechnung oder den Kassenbon eines Geschäfts bei Cleo zu finden, um dahinter zu kommen, wo sie sich versteckt gehalten hatte. Er hätte zehn von Henkelmans Leuten darauf ansetzen können.«

»Sie haben dieses Postfach aber nicht gefunden, sonst wären sie auch auf Betty gekommen. Max, mach doch noch diesen einen Versuch, bevor du zu Meulendijk gehst. Dahin warst du doch unterwegs?«

Das musste ich zugeben. »Er hat die nötigen Beziehungen, um die Justiz einzuschalten, bevor Scholte und Cleveringa Wind von der Sache bekommen und sich absetzen.«

»Frag Betty, wo dieses Postfach war. Es kann dich höchstens einen Tag mehr kosten.«

Jemand tickte an mein Seitenfenster. Ich drückte auf den Knopf für den Fensterheber und beugte mich über den Beifahrersitz. Eine wütende Oma steckte den Kopf durch das geöffnete Fenster: »Hier können Sie nicht parken! Mein Mann muss gleich hier rein!«

»Ich bin sofort wieder weg«, versprach ich.

»Das Schild hängt doch nicht umsonst da«, schimpfte sie.

»Stimmt, Mevrouw. Es tut mir sehr Leid. Soll nicht wieder vorkommen.«

Ich schloss das Fenster, notierte Bettys Telefonnummer und versprach Nel, dass ich sie zurückrufen würde.

Ich dachte mir eine Ausrede aus für den Fall, dass Tom ans Telefon gehen würde, aber ich hatte Betty am Apparat.

»Betty, hier ist Max«, sagte ich. »Bist du allein?«

»Höchstens eine Minute«, antwortete sie. »Was willst du?«

»Nur eine Kleinigkeit. Die Nummer von diesem Postfach und die Adresse, wo du die Berichte ...«

»Postfach Nummer zwölf in Milsbeek.«

»Wo liegt Milsbeek?«

»Keine Ursache«, sagte sie mit einer Freundlichkeit, die unüberhörbar für die Ohren von jemand anderem bestimmt waren, und legte auf.

Ich rief Nel an und erzählte ihr, was ich erfahren hatte. »Milsbeek liegt im äußersten Zipfel von Limburg«, sagte Nel, »und ich fahre mit. So kann ich dir Gesellschaft leisten und helfen, Missverständnisse zu vermeiden.«

»Was für Missverständnisse?«

»Du kannst es auch Nachlässigkeiten nennen«, sagte sie. »Außerdem habe ich die Namen aus dem Adressbuch überprüft. Weißt du, worum es geht? Schlicht und einfach Devisenschwindel.«

Nel erklärte es mir, als wir in Richtung Süden fuhren. »Stell dir vor, du würdest es schon eine Woche vorher von einem Insider der Zentralbank erfahren, wenn der Thailändische Baht um zehn Prozent sinkt. Dann kannst du zum Beispiel *short* gehen, wie man das nennt. Du nimmst schnell wie der Blitz bei den Thailändern einen kurzfristigen Kredit auf und kaufst dafür zum Beispiel D-Mark. Sobald der Baht gefallen ist, bezahlst du den Kredit zurück und steckst dir die zehn Prozent Gewinn in die Tasche. Das macht bei einer Million glatte hunderttausend. Wenn sie mit BB und über die Tochtergesellschaften auf geschickte Weise zehn Millionen hier und fünf Millionen dort investiert haben, kommt man schon auf ein hübsches Sümmchen.«

»Die Frage ist, ob sich beweisen lässt, dass das, was sie taten, illegal war oder einfach nur gewöhnliche Spekulation.«

»Wenn Cleo diese Liste der Justiz übergeben hätte, säßen Scholte und Cleveringa inzwischen im Gefängnis. Bei den Namen handelt es sich um die Tippgeber, verteilt über die halbe Welt. Alle sind Funktionäre in Finanzministerien oder bei Nationalbanken, also die Leute, die als Erste wissen, was mit ihrer Währung geschehen wird, ob die Staatsbank die Zinsen erhöht oder eine Abwertung bevorsteht. Jeder, der diese Liste sieht, ahnt sofort, was dahinter steckt, und es brauchte nur einer von ihnen ein Geständnis abzulegen. Cleveringa hat diese Leute wahrscheinlich während seiner Zeit als Minister angeworben oder vielleicht sogar schon, als er noch im Auslandsausschuss saß und in der Weltgeschichte herumreiste. Sie erhielten natürlich eine fette Beteiligung.«

Das klang plausibler als Waffenhandel oder Drogen. Man würde eher dazu neigen, einen Wirtschafts- und Finanzminister solcher Machenschaften zu verdächtigen, aber der Außenminister war dafür natürlich in einer ebenso günstigen Position. Er war der Mann des Auslands und fiel außerdem weniger auf.

Wir fanden Milsbeek an der alten Provinzstraße von Nijmegen nach Venlo – ein grünes Dorf mit freundlichen Straßen, die Häuser aus Backsteinen der umliegenden

Ziegelbrennereien gebaut. Die kleine Dorfpost lag auf der Ecke einer dieser Straßen. Daneben befanden sich ein paar Geschäfte. Es waren mehr Fahrräder als Autos unterwegs und es gab hier kein Parkplatzproblem.

Eine etwa fünfzigjährige Dame in einem beigefarbenen Wollkleid saß am kleinen Schalter. Sie war in ein Gespräch mit einer jüngeren Dorfbewohnerin vertieft, die ihrem Kleinkind in einem Buggy einige der Prospekte, die in der Post auslagen, zum Spielen gab, um es zu beschäftigen. CyberNel schlenderte zur Wand neben dem Schalter und begann, das Rechteck mit den Postfächern zu studieren, während ich mich höflich hinter der Frau anstellte und ihrem kleinen Sohn zugrinste, der gerade in einen Prospekt über Safer Sex hineinbiss. Die Frau sah mein Grinsen, riss ihrem Kleinen den Prospekt aus dem Mund und murmelte, dass sie jetzt aber wirklich losmüsse.

»Grüße an Jan Peter«, rief die Postangestellte ihr nach und rückte ihre Brille zurecht, um mich besser sehen zu können. »Bitte schön.«

Ich wartete, bis Nel den Buggy vorbeigelassen und die Tür hinter der jungen Frau geschlossen hatte. »Ich bin auf der Suche nach einer Dame, die hier 1983 ein Postfach gemietet hat. Ist das noch nachzuvollziehen? Wir versuchen, sie ausfindig zu machen.«

Sie schaute mich befremdet an und ich reichte ihr meine Meulendijkkarte.

»Ihr Name ist Clara Boerman. Sie ist damals verschwunden; ich arbeite für ihre Tochter.«

Die Frau schaute CyberNel an. »Sind Sie ihre Tochter?«

Nel zögerte keine Sekunde. »Nein«, sagte sie. »Ich bin für den Staatsanwalt tätig.«

»Es ist allerdings lange her.«

»Das sagte der Staatsanwalt auch«, antwortete Nel niedergeschlagen. »Er hat gesagt, es sei ein Wunder, wenn man das in einem Dorf wie Milsbeek noch überprüfen könne.«

Sie trug dick auf mit dem Staatsanwalt. Aber die Leute möchten immer gern beweisen, dass sie besser sind, als die Großkopferten von ihnen denken.

»Dann vergisst er unsere alten Verzeichnisse«, sagte die Dame gereizt. »In Milsbeek wird nichts weggeworfen.« Sie stand rasch auf und verschwand in einem kleinen Flur.

Ich lächelte Nel zu.

Die Postdame kam mit einem ramponierten Register zurück. Sie blätterte es durch. »1983«, murmelte sie. Sie fand, was sie suchte, und kontrollierte die Seite davor. »Nummer zwölf. Von Januar an mit monatlicher Kündigungsfrist gemietet, Frau C. Boerman. Bis Ende Juli. Nein, warten Sie, es wurde von Juni an nicht mehr benutzt, aber wir haben es bis August für sie weitergeführt. Es machte uns nichts aus; unsere Postfächer werden nur selten gemietet.«

Ich hatte mein Notizbuch gezückt und fragte wie nebenbei: »Sie hat sich natürlich ausgewiesen?«

»Ja.« Sie schaute ins Register. »Hier steht ihre Passnummer. Eine Adresse in Frankreich.«

Ich runzelte die Stirn. »Wollte sie, dass ihre Post dorthin weitergeleitet wurde?«

»Nein, natürlich nicht.« Die Dame warf mir einen vorwurfsvollen Blick zu. »Postfächer dürfen nur von den Mietern persönlich geleert werden, auch hier in Milsbeek.« Sie schaute wieder in das Buch und sagte: »Sie wohnte im Hotel *de Plasmolen*, das ist hier ganz in der Nähe.«

»Fantastisch«, sagte Nel. »Könnte es sein, dass nach Mitte Juni noch Post für sie kam, die nicht mehr abgeholt wurde?«

»Das weiß ich wirklich nicht mehr. Ich weiß nur, dass wir das Postfach im August wieder freigegeben haben, denn das steht hier.«

»Wird die Post an den Absender zurückgeschickt, wenn niemand mehr kommt, um das Fach zu leeren?«

»Wenn ein Absender draufsteht. Ansonsten heben wir sie noch eine Weile auf und vernichten sie dann. Wir öffnen sie garantiert nicht.«

»Selbstverständlich nicht«, sagte ich lächelnd.

Das Hotel *de Plasmolen* erwies sich als großes, flaches Gebäude mit breiten Seitenflügeln und weitläufigen Terrassen. Es lag hundert Meter von der Straße entfernt hinter einem von Rasenflächen umringten Weiher, in dem sich eine kleine Insel mit einer Trauerweide befand. Ein einsamer Schwan schwamm um die Insel herum.

Der Besitzer erinnerte sich sofort an Clara Boerman. »Sie hat hier drei Monate lang gewohnt«, sagte er. Er runzelte die Stirn. »Sind Sie Verwandte von ihr?«

Ein echter, ein lebendiger Zeuge! Ich fuhr mit der Hand in meine Innentasche. »Frau Boerman ist im Juni desselben Jahres verschwunden und ihre Tochter versucht herauszufinden, was mit ihr geschehen ist.«

Er ignorierte meinen Ausweis und fragte besorgt: »Ist sie denn nicht nach Frankreich zurückgekehrt?«

»Nein.«

»Oh.« Er schüttelte den Kopf. »Ich habe nie mehr von ihr gehört. Sie war eine nette Frau. Ich habe mich oft mit ihr unterhalten. Sie bewohnte eines der schönen Zimmer auf der Rückseite. Ich glaube, sie hatte im Leben viel durchgemacht. Sie tat mir ein bisschen Leid.«

»Können Sie sich noch gut an sie erinnern?«

»Ja, natürlich. Es war das einzige Mal in meiner ganzen Laufbahn als Hotelbesitzer, dass hier jemand drei Monate lang wohnte und dann ganz plötzlich verschwand.«

»Hat sie über ihre Probleme gesprochen?«

Wieder schüttelte er den Kopf. »Sie war sehr angespannt. Sie sagte, sie wolle hier ein bisschen zur Ruhe kommen. Ich glaube, dass sie Schwierigkeiten mit ihrem Mann hatte. Wir haben hier gut für sie gesorgt. Sie wollte inkognito bleiben. Was ist mit ihr geschehen?«

»Das wissen wir noch nicht«, sagte ich. »Wann haben Sie sie zum letzten Mal gesehen?«

»Ich kann mich nicht an das genaue Datum erinnern, aber es war Mitte Juni.«

»Hat sie Gepäck zurückgelassen?«

»Ja. Wir haben ihren Koffer nach Frankreich geschickt. Das war die einzige Adresse, die wir von ihr hatten, in La-Grande-Motte.« Er zögerte. »Sie blieb öfter einmal ein paar Tage weg, aber diesmal kam sie nicht wieder und ich war ein wenig beunruhigt, weil sie mich um diese Sache mit dem Brief gebeten hatte.«

Ich schaute Nel an. Ungerührt erwiderte sie meinen Blick. Sie hatte es nicht nötig, Salz in die Wunde zu streuen.

»Sollten Sie diesen Brief abschicken?«, fragte ich.

»Ja, ich kann mich deswegen noch so gut an alles erinnern, weil sie mich am Abend, bevor sie wegfuhr, darum gebeten hat.« Er seufzte und schaute mich an. »Man denkt sich: So ein Brief, der ist doch für den Fall gedacht, dass einem etwas zustößt, aber warum hätte sie vor irgendetwas Angst haben sollen? Sie sagten, sie sei verschwunden … Aber dieser Brief muss doch angekommen sein? Stand denn da nicht alles drin?«

»Vielleicht«, sagte ich. »Was war es denn für ein Brief?«

»Es war ein dicker Umschlag. Ich sollte ihn für sie aufbewahren; sie wollte ihn Ende der Woche wieder abholen. Falls sie nicht zurückkäme, sollte ich ihn per Einschreiben abschicken. Das habe ich dann getan.«

»Auch nach La-Grande-Motte?«

»Nein, nach Amsterdam. Ich weiß es nicht mehr so genau, aber er war an einen Staatsanwalt adressiert. Ich habe noch einen Witz darüber gemacht, sie würde doch wohl nicht ins Gefängnis kommen?« Er schwieg für einen Moment, als er daran zurückdachte. »Das habe ich natürlich keine Sekunde lang ernsthaft geglaubt«, sagte er dann. »Sie war nervös, aber sie war eine vornehme Dame. In meinem Fach erwirbt man mit der Zeit schon ein bisschen Menschenkenntnis.«

»War der Umschlag nur an irgendeinen Staatsanwalt adressiert oder stand auch ein Name dabei?«, fragte Nel.

Der Hotelbesitzer runzelte die Stirn. »Ich glaube nicht, dass ich den Beleg noch habe, aber es stand ein Name darauf. Van der Molen? Molendijk?«

Mein Unterkiefer klappte herunter.

»Meulendijk?«, fragte Nel.

»Ja, so hieß er. Meulendijk.«

»Logisch«, meinte Nel. »Er war damals der bekannteste unbestechliche Staatsanwalt in den ganzen Niederlanden.«

»Lass mich mal einen Moment in Ruhe.«

Ich ließ den Schlüssel des BMW los, lehnte mich im Sitz zurück und starrte durch die Windschutzscheibe auf die Rasenflächen und den großen Weiher mit dem Schwan, ohne wirklich etwas davon wahrzunehmen. Meine Ohren dröhnten.

»Ich habe da eine Komplotttheorie«, schlug Nel vor.

Ich schnaufte. Ich brauchte ihre Komplotttheorie nicht, um zu begreifen, warum Meulendijk mir diese Sache aufgehalst hatte. Ich war nur ein Außenstehender, ein besserer Laufbursche, ein ehemaliger Kriminaler von der Sorte Arbeitstier, den sie an einen Schreibtisch verbannt hätten, wenn er nicht von allein gekündigt hätte. Ich hatte in meiner Vergangenheit keine spektakulären Fälle aufzuweisen, die ich dank meiner überragenden Intelligenz oder meines außergewöhnlichen Einfallsreichtums gelöst hatte.

Ich dachte an den Geruch von sinnloser Routinearbeit, abgekartetem Spiel und Paranoia, der dem Fall anhaftete, als Meulendijk mir den Auftrag erteilte. Vielleicht hatte er diesen Geruch absichtlich und von vornherein verbreitet, genauso wie er mich speziell für den Fall ausgewählt hatte. Ohne es ausdrücklich zu sagen, hatte er mir zu verstehen gegeben, dass es in erster Linie darum ging, eine Kundin zufrieden zu stellen, mit Berichten, die zeigten, dass sie nur die Flöhe husten hörte. Er hatte die Sache laufend bagatellisiert und ließ mich die Ermittlungen unverzüglich einstellen, sobald die Polizei Hugo Balde als den Täter präsentierte. Für mein Ego war die Vorstellung wenig schmeichelhaft, auf diese Art und Weise missbraucht worden zu sein.

»Max Winter macht schon keinen Ärger«, murmelte ich. »Ist das deine Komplotttheorie?«

»Warum hat er dir den Fall übergeben?«

»Mir gibt man eben die Fälle, die nicht gelöst zu werden brauchen.«

Nel schaute mich von der Seite an. »Du brauchst jetzt nicht mehr in Selbstmitleid zu versinken als unbedingt nötig.« Sie tätschelte mir die Hand, um mich zu trösten. »Meiner Meinung nach sind wir doch weiter gekommen, als es vermutlich in seiner Absicht lag.«

»Hauptsächlich dank deiner Mitarbeit. Lass uns zusammen eine Detektei aufmachen. Du kannst Direktorin werden und ich mache die Deppenarbeit.«

Sie kicherte.

Ich dachte daran, wie ich dreimal kurz davor gewesen war, Meulendijk zu beichten, dass ich auf eigene Faust an dem Fall weiterarbeitete, und ihn um Hilfe zu bitten. »Ich kann mich nicht mit dem Gedanken abfinden, dass Meulendijk auch nur indirekt etwas mit Mord zu tun haben sollte.«

»Das konntest du dir von Cleveringa auch nicht vorstellen.«

Ich schüttelte den Kopf. »Das ist etwas anderes. Cleveringa fühlte sich persönlich bedroht, da kommt man auf die abartigsten Ideen.«

»Vielleicht fühlte sich Meulendijk auch bedroht oder hat ebenfalls vom Devisenhandel profitiert?«

»Das kann ich mir absolut nicht vorstellen.«

»Woher hatte er dann das Geld für dieses schicke Firmengebäude? Oder hat er genauso klein angefangen wie du?«

»Nein. Er hat groß angefangen. Vor sechs Jahren.«

»Vor sechs Jahren.« Ich sah, wie sie nachrechnete. »Ungefähr ein Jahr zuvor könnte BB mit dem südafrikanischen Rand das große Los gezogen haben. Der ging unter wie ein Backstein, als de Klerk Mandela freiließ und der ANC an die Regierung zu kommen drohte.«

Ich schüttelte hartnäckig den Kopf. »Das war 1990, aber Cleopatra hat den Brief an Meulendijk schon 1983 abschicken lassen. Meulendijk konnte nicht wissen, dass Cleo ermordet werden würde oder bereits ermordet worden war, als er den Umschlag empfing. Oder vielleicht hat er ihn ja gar nicht erhalten.«

»Jetzt hör aber auf! Per Einschreiben!«

»Dieser verdammte Wasserkopf«, schimpfte ich und startete den BMW.

14

»Hallo, Bernard«, sagte ich.

Meulendijk kniff die Augen zusammen, weil er mich in der Einfahrt seines Hauses im Reiche-Leute-Viertel nicht gleich erkannte. Ich trat in den Lichtkreis der Straßenlaterne. Sein Gesichtsausdruck veränderte sich und er schaute sich unwillkürlich um, als wolle er seinen Fahrer zurückrufen, aber der Mercedes war schon eine halbe Straßenlänge entfernt.

»Max? Was ist denn?«

»Ich muss dich sprechen.«

»Wer ist das?«

»Das ist meine Partnerin, könnte man sagen. Es erschien mir ratsam, eine Zeugin bei mir zu haben.«

Nel sagte nichts. Sie sah sehr konservativ aus in ihrem Kostüm. Hohe Absätze waren ihr zu weit gegangen, aber sie trug ein als zeeländische Brosche getarntes Mikrofon an ihrer Bluse und einen Rekorder in ihrer Handtasche. Ich trug eine flache Mappe mit Reißverschluss unter dem Arm und die Beretta in der Tasche, für den unwahrscheinlichen Fall, dass Meulendijk blutrünstig werden würde.

»Zeugin?« Meulendijk wirkte verwirrt. »Für was?«

»Der Fall Cleveringa. Können wir mit reinkommen oder möchtest du das hier draußen besprechen?«

»Der Fall ist abgeschlossen. Ich habe dich davon abgezogen.«

»Du meinst mit Hilfe der Jungs aus Muiden?«

»Muiden? Ich weiß nicht, wovon du ...« Er schüttelte den Kopf. »Komm morgen in mein Büro. Ich glaube, dass meine Frau mit dem Essen ...«

»Wir haben auch noch nicht gegessen«, sagte ich. »Vielleicht kann sie ja zwei Teller für uns dazustellen, aber ich könnte mir denken, dass du dieses Gespräch lieber vertraulich führen möchtest.«

Er schaute mich an, als wisse er überhaupt nicht, was er von dem ganzen Theater halten sollte.

»Du hast im Juli 1983 ein Einschreiben aus Limburg erhalten«, sagte ich. »Ich will nur wissen, was du damit gemacht hast. Beziehungsweise warum du an der Vertuschung eines Mordfalls mitgewirkt hast.«

»Von Mord ist mir nichts bekannt.«

»Der einzige Grund, warum ich noch nicht beim Staatsanwalt sitze, ist, dass auch ich das kaum glauben kann. Meine Partnerin ist zwar absolut nicht meiner Meinung, aber ich will es zuerst von dir hören. Du weichst meiner Frage aus.«

Ein Nachbar kam mit einem Stammbaumafghanen an der Leine vorbei. »Guten Abend«, grüßte er.

Ich hatte nicht den Eindruck, dass Meulendijk den

Mann sah oder hörte. »Kommt mit«, sagte er und ging uns mit raschen Schritten voraus zu seinem Haus.

Es war ein gediegenes Haus, weder billig noch allzu teuer und gewiss nicht protzig. Eine Lampe über der Haustür ging automatisch an, als wir uns dem Portal näherten. Der Flur roch nach dem Bohnerwachs für die Holzverkleidung, dem Reinigungsmittel für die Glasscheibe in der Zwischentür und der speziellen Pflanzenseife, mit der die Blätter der Sansevieria abgewaschen wurden. Dahinter lag ein größerer Flur mit zwei weiteren Sansevierien, in den eine breite Treppe mit einem dunkelbraunen Läufer und glänzenden Treppenstangen aus Kupfer mündete.

Frau Meulendijk kam aus einer Tür heraus. »Bernard ...« Sie stockte, als sie uns sah. Sie war eine gepflegte Frau um die sechzig, mit weißem Haar, das ihr in einem Pagenschnitt bis zur Mitte der Wangen fiel. Sie hatte eine gesunde Haut und helle Augen, mit denen sie Nel und mich verwundert anschaute. »Besuch?«, fragte sie.

»Es tut mir Leid«, sagte Meulendijk. Einen Augenblick hatte ich den Eindruck, er wolle uns vorstellen, doch dann winkte er uns zu einer Tür weiter hinten. »Du musst dich noch einen Moment gedulden«, sagte er zu seiner Frau.

»Soll ich Kaffee bringen?«, bot sie an.

Ich schlug ihr Angebot im Namen aller aus und schloss die Tür von Meulendijks Büro hinter mir. Es war ein kleiner Raum, altmodisch und beklemmend durch das schwere, antike Mobiliar und Gardinen aus grünem Samt, die bereits zugezogen waren. Eine große Stehlampe und indirekte Beleuchtung warfen ein staubiges Licht auf einen massiven Eichenholzschreibtisch mit einer Unterlage aus grünem Leder, auf dunkle Gemälde und Schränke mit Büchern hinter Glas.

Nel setzte sich neben mich auf einen Armsessel mit aufrechter Lehne und betrachtete fasziniert die schnurgerade Trennlinie im schwarzen Haar Meulendijks. Sie behielt die Tasche auf dem Schoß.

»Du hast den Fall nicht abgeschlossen«, schlussfolgerte Meulendijk.

»Ich arbeite für Lonneke Cleveringa.«

»Das ist nicht besonders anständig. Dein Vertrag …«

»Über Ethik können wir gleich noch sprechen«, sagte ich. »Ich werde dir erst Bericht erstatten, wie es sich gehört. Wir können beweisen, dass die Frau unter dem Tennisplatz nicht Irma aus Kampen ist, sondern Frau Cleopatra Cleveringa.« Ich holte das Röntgenfoto aus meiner Tasche und schob es ihm über den Schreibtisch zu. »Sie hat sich 1972 in der Schweiz das Bein gebrochen. Sie war mit einem Freund dort und ist sechs Wochen geblieben, so lange, bis der Gips wieder abgenommen werden konnte. Deswegen hat niemand etwas von dem Beinbruch gewusst, auch Cleveringa nicht. Schon damals war die Kommunikation zwischen den Eheleuten gestört. Cleveringa hatte sie ausschließlich wegen ihres Geldes geheiratet.«

Meulendijk nahm das Foto und hielt es mit beiden Händen vor das Licht der Stehlampe.

»Das Original befindet sich in der Schweiz«, bemerkte ich.

Er schaute mich mit gekränktem Blick an, als würde ich tatsächlich glauben, er sei dazu fähig, Beweismaterial zu vernichten.

»Cleveringa hatte eine Geliebte, eine junge Belgierin, die von ihm schwanger wurde. Er kaufte sich von ihr mit Cleopatras Geld frei und schickte sie nach Malta. Das war 1980. Cleo kam dahinter und wurde so böse, dass sie mit ihrem Freund durchbrannte, demselben wie damals in der Schweiz. Ihr Flug nach Teneriffa war ein Ablenkungsmanöver; sie wollte für eine Weile untertauchen und die Scheidung beantragen. Der Flugzeugabsturz bot ihr die Chance, ganz zu verschwinden und eine viel grandiosere Rache zu planen. Sie hasste ihren Mann und wollte ihn völlig vernichten. Dass er eine Geliebte mit einem unehelichen Kind hatte, war natürlich noch nicht ausreichend, und aus der Tatsache, dass er eine illegale Doppelehe einging, als er 1982 Hélène van Staveren heiratete, hätte er sich herausreden können, indem er sich dumm stellte. Allerdings wusste Cleveringa, dass seine Frau noch lebte, weil sie ihn am Abend vor seiner Hochzeit anrief.«

»Ist das wahr?«, fragte Meulendijk entsetzt.

»Hundertprozentig. Ich habe eine Zeugin, die alles genau mitverfolgt hat. Cleo wollte aber nicht nur seinen Ruf ruinieren, sondern ihn auch ins Gefängnis bringen. Zusammen mit seinem Freund Scholte hatte Cleveringa seit seiner Studentenzeit eine GmbH mit dem etwas dämlichen Namen ›Belegtes Brötchen‹. Er benutzte Cleos Geld für Investitionen, die jedoch schief gingen. Danach kamen sie auf die Idee, mit Devisenschwindel Geld zu machen, wofür sie sich die Kontakte zu Nutze machten, die Cleveringa im Ausland aufgebaut hatte.«

»Spekulation ist nicht strafbar«, bemerkte Meulendijk.

Ich lachte leise. »Ich glaube nicht, dass er auch nur die geringste Chance gehabt hätte, Minister zu werden, wenn bekannt geworden wäre, auf welche Weise er ein Vermögen verdiente. Er besaß ein Netzwerk von Tippgebern in acht oder zehn Ländern, Leute in Zentralbanken und Wirtschaftsministerien, die hohe Belohnungen für Hinweise auf die Entwicklung ihrer Währung kassierten. Wenn dir das System nicht klar ist, kann Nel es dir erklären.«

Meulendijk machte ein ernstes Gesicht und schaute Nel an. »Ich glaube, ich verstehe es schon.« Er lehnte sich nach vorn und stützte sein Kinn auf beide Daumen. Er beherrschte sich vorbildlich. Das überraschte mich. Ich war mir ganz sicher, dass er sich an den Brief von Cleopatra erinnern konnte.

»Cleo wollte ihn in aller Öffentlichkeit demontieren und wählte zu diesem Zweck den Zeitpunkt seiner Ernennung zum Minister. Die gesamte Politik befand sich auf einem Fest auf Buchenstein, inklusive Ministerpräsident und Fernsehteam. Wir haben das Hotel ausfindig gemacht, von dem aus sie an jenem Morgen aufbrach, und wir haben einen Zeugen, der Cleopatra auf Buchenstein hat ankommen sehen. Sie besaß keine Einladung und wurde von Scholte am Tor abgeholt. Scholte hat sie ermordet, bevor sie die Haustür erreichten. Nachts haben sie sie dann unter dem Tennisplatz vergraben.«

»Kannst du das beweisen?«

»Alle Begleitumstände, ja. Der Mord ist eine logische Schlussfolgerung.«

Meulendijk schwieg eine Weile. Es war so still, dass ich meinte, die Laufgeräusche des Kassettenrekorders in Nels Tasche zu hören.

»Du warst nicht untätig«, sagte Meulendijk dann.

Es klopfte leise an der Tür und Frau Meulendijk erschien in ihrer fast naiven Freundlichkeit in der Türöffnung. »Bernard, wird das …«

»Emma, lass uns allein«, sagte Meulendijk mit unerwarteter Schärfe.

»Oh, pardon.« Die Tür wurde eilig wieder geschlossen.

Ich wechselte einen Blick mit Nel und sagte: »Bevor Cleopatra zu diesem Fest fuhr, hat sie in ihrem Hotel einen Umschlag in Verwahrung gegeben, mit der Bitte, ihn per Einschreiben an Staatsanwalt Meulendijk in Amsterdam zu senden, falls sie nicht innerhalb einer gewissen Zeit wieder zurückkäme. Sie kam nicht zurück und der Mann tat, worum sie ihn gebeten hatte. Er besitzt sogar noch den Einlieferungsschein.«

Seine Schultern sackten ein wenig in sich zusammen und er rieb sich mit seinen langen Fingern über die Wangen. »Ja«, sagte er. »Aber was hätte ich …«

»Ich nehme an, dass du in diesem Moment nicht

wusstest, dass Cleopatra ermordet worden war, aber als man vor zwei Monaten dieses Skelett gefunden hat, muss es dir doch sofort klar gewesen sein«, sagte ich.

»Ich weiß nicht, ich ...«

»Du hast diesen Umschlag doch erhalten?«

»Ja.«

»Was hast du damit gemacht?«

Er schüttelte den Kopf. »Ich konnte doch nicht ...«

»Bernard, ich finde es heraus, das schwöre ich dir.«

»Du verstehst das nicht.« Er nahm die Ellbogen vom Schreibtisch und setzte sich aufrecht hin. »Alles, was in diesem Umschlag steckte, war üble Nachrede und Verleumdung, verfasst in der Absicht, jemanden bloßzustellen, der gerade zum Außenminister ernannt worden war. Ich wusste noch nicht einmal, wo dieser Brief herkam.«

»Ach komm«, sagte ich ungläubig.

Er ging in Verteidigungshaltung. »Warum sollte ich lügen? Der Brief wurde vom Postamt Nijmegen aus verschickt. Der Absender war ein unlesbares Gekritzel. Jeder hätte das Einschreiben verschickt haben können.«

»Du kannst dich noch genau an alles erinnern. Du hast die Sache also untersucht.«

»Natürlich habe ich sie untersucht!«, fuhr er mich an. »Für wen hältst du mich eigentlich ...«

»In diesem Augenblick denke ich hauptsächlich daran, dass zwei Morde verhindert worden wären, wenn man auf diesen Umschlag angemessen reagiert hätte.«

Er starrte mich mit offenem Mund an. »Zwei Morde?«, flüsterte er.

»Einer 1990, an der Geliebten Cleveringas, der Mutter seines achtzehnjährigen Sohnes. Sie brauchte Geld und drohte Cleveringa, ihn als Bigamisten zu entlarven, weil sie wusste, dass Cleopatra 1983 noch gelebt hatte. Vor einem Monat wurde dann ihre belgische Freundin ermordet, um zu verhindern, dass sie mich auf die Spur von Cleos Beinbruch in der Schweiz brachte.«

»O mein Gott«, murmelte er.

»Scholte und Cleveringa konnten sich nicht die kleinste Untersuchung erlauben. Hier ging es schon lange nicht mehr nur um Bigamie, noch nicht einmal um diese Spekulationen. Es ging darum, den Mord an Cleopatra zu vertuschen. Ich glaube, dass Scholte der Kopf ist, und er bedient sich für die Drecksarbeit der Firma Henkelman, von der du vermutlich schon einmal gehört hast.«

»Ja, natürlich ... Die Justiz hat sie schon lange im Visier.« Er rieb sich über die Stirn. »Ich habe getan, was mir damals korrekt erschien.«

»Nämlich?«

»Ich habe die Sache untersucht. Die Herkunft des Umschlags konnte nicht festgestellt werden. Ich konnte nicht beweisen, dass der Inhalt von Cleopatra stammte, und auch nicht, dass er echt war. Die Unterlagen hätten vordatiert sein können, es hätte sich um eine anonyme Verleumdung handeln können.«

»Was stand drin?«

»Dass Cleopatra noch lebe, dass Cleveringa sie mit ihrer besten Freundin betrogen habe, von der er sich, als sie schwanger wurde, mit einer halben Million von ihrem Geld freikaufte, dass er ihr Vermögen bei einer zwielichtigen Unternehmung in Italien verspielt habe und Bigamie beging, als er 1982 Hélène van Staveren heiratete.«

Ich schaute ihn erstaunt an. »Und das war alles?«

»Darauf lief es hinaus.«

»Das kann stimmen«, sagte Nel plötzlich.

Ich drehte den Kopf mit einem Ruck zur Seite und schaute sie an.

»Das Problem ist die lange Zeitspanne«, sagte Nel. »Wenn man nicht aufpasst, bringt man die Jahreszahlen durcheinander. Als Cleo 1980 verschwand, wusste sie nur, dass ihr Geld in ein italienisches Mafiaprojekt gesteckt worden war. Das ›Belegte Brötchen‹ ist aber erst danach in den Devisenhandel eingestiegen. Sie konnte nichts davon wissen und aus Scholtes Computer wurde sie nicht schlauer als ich, weil die Daten nach ihrem Verschwinden rundum abgesichert wurden.«

Meulendijk schaute Nel stirnrunzelnd an. »Brechen Sie etwa in Computer ein?«

Mit unergründlichem Blick starrte Nel auf den grünen Samtvorhang.

Arme Cleo, dachte ich. Auch ohne die Devisenspekulationen hatte sie genug in der Hand, um Cleveringa zu Fall zu bringen, aber nur, wenn sie persönlich damit aufwartete. Auf dem Papier wirkte alles wesentlich unbedeutender.

»Sie ist also nur ermordet worden, weil sie ihn seinen Ministersessel hätte kosten können?«, fragte ich.

Nel schüttelte den Kopf. »Durch ihre Anschuldigungen wäre die Justiz garantiert auch auf die Idee gekommen, sich das ›Belegte Brötchen‹ näher anzuschauen, und das konnten sie sich nicht leisten.« Sie schaute Meulendijk an. »Was hat sie über dieses Projekt in Italien berichtet?«

Meulendijk schüttelte den Kopf. »Es war üble Nachrede«, sagte er plötzlich, als habe er für sich selbst einen Beschluss gefasst. »Ich habe eine diskrete Untersuchung durchgeführt. Ich hatte den Namen seiner Geliebten, aber keine Adresse; ich wusste noch nicht einmal, dass sie aus Belgien kam. Leute verlieren Geld in Italien: Das ist kein Verbrechen. Ich habe alles Mögliche überprüft. Das Ehepaar hat in Gütergemeinschaft geheiratet. Der Richter hat die offizielle Todeserklärung für Cleopatra ausgesprochen, bevor Cleveringa Hélène van Staveren heiratete. Es ging um einen Minister. Diese Art von Vorfällen behandelt man mit Diskretion ...«

»Du willst damit andeuten, dass du nicht zu tief gegraben hast.«

Jetzt wurde er böse. »Im Nachhinein hat man leicht reden! Ich habe Ermittlungen eingeleitet, wie es sich gehörte!«

Ich verzog das Gesicht. »Und dann hast du Cleveringa informiert.«

»Ja, natürlich. Ich habe ihn dazu befragt. Er gab offen zu, dass er, bevor er Minister wurde, einen Teil ihres Geldes bei diesem Projekt durchgebracht hatte und dass sie ihm das nicht verzeihen konnte. Er ließ durchblicken, dass ihre Ehe schon von Anfang an nicht richtig funktionierte und dass sie bereits einen Geliebten hatte, als sie mit ihrer gemeinsamen Tochter schwanger war. Er war noch immer davon überzeugt, ebenso wie der Rest der Welt, dass sie 1980 bei diesem Flugzeugabsturz ums Leben gekommen war.«

»Aber der Umschlag bewies doch, dass sie 1983 noch lebte«, sagte ich heftig.

»Die Beweise waren keineswegs stichhaltig«, erwiderte Meulendijk.

»Und ihre Handschrift? Hatte sie nicht unterschrieben?«

»Der Brief war mit der Maschine geschrieben worden. Cleveringa lieferte zum Vergleich Proben von ihrer Handschrift vor 1980, doch der Experte konnte nicht zweifelsfrei feststellen, ob sie mit dieser Unterschrift identisch waren. Natürlich war inzwischen einige Zeit vergangen, die Person stand unter Stress, aber es hätte immerhin eine Fälschung sein können. Cleveringa war fest davon überzeugt, dass die Unterschrift gefälscht war. Er dachte, dass es sich um eine Racheaktion ihres Geliebten handeln könne. Er wusste nicht, wer dieser Mann war.«

Er sah meinen ironischen Gesichtsausdruck und wandte den Blick ab. »Ja, nun«, murmelte er. »Du hast wirklich leicht reden. Aber versetz dich einmal in meine Lage. Ich habe hier einen Minister mit makellosem Ruf, der mir ehrlich erzählt, wie es um seine Ehe stand, und der sein Bestes tut, um mir bei den Ermittlungen behilflich zu sein. Ein Experte erklärt, es könne sich bei der Unterschrift um eine Fälschung handeln. Cleopatra galt offiziell als tot. Bei der ganzen Sache schien es sich schlichtweg um Verleumdung zu handeln, mit der Absicht, den guten Ruf des Ministers zu beschmutzen und seine Karriere zu zerstören. Kannst du das denn nicht begreifen?«

Mir fiel auf, dass Meulendijk von seiner Gewohnheit abgewichen war, Sätze nicht zu beenden. Vielleicht formulierte er nur dann sorgfältig und mit Punkten und Kommata, wenn er in die Enge getrieben wurde oder Gründe hatte, sich wegen irgendetwas Vorwürfe zu machen. Seine Reaktion machte mich traurig.

»Ich war gerade erst fünfzig«, fuhr Meulendijk fort, als erriete er meine Gedanken und wolle sich noch weiter rechtfertigen. »Ich habe mir gedacht: Stell dir vor, du wärst Justizminister und so etwas …«

»Hattest du ein Ministeramt angestrebt?«

»Es wäre eine Möglichkeit gewesen.«

»Hat dir das damals jemand als Köder vor die Nase gehalten?«

»Nein«, sagte er mit traurigem Blick. »Du verstehst es immer noch nicht, dabei ist es so einfach. Ich dachte dabei nicht an mich. Für mich war das, was ich tat, einfach das Richtige.«

Er war die Verkörperung der korrekten Beamtenseele. Er hatte sich an die Anstandsregeln und Codes gehalten, an die Spielregeln des Milieus, in dem man davon ausgeht, dass Minister keine Straftäter sein können. Herren unter sich, aus demselben politischen Stall und mit demselben makellosen Stammbaum.

Ich seufzte deprimiert. »Aber du musst doch vermutet haben, dass es sich bei der Frau unter dem Tennisplatz um Cleo handelte.«

Er wich meinem Blick aus und wandte sich an Nel. »Ich hoffe, Sie verstehen mich nicht falsch, aber ich würde gern mit Max Winter etwas unter vier Augen besprechen.«

Nel zog eine Augenbraue hoch.

»Vielleicht hat Mevrouw die Bouillabaisse fertig«, meinte ich.

Nel stand auf und beugte sich über Meulendijks Kopf. »Ist das noch die echte Elvis-Presley-Brillantine?«

Meulendijk schaute sie verwirrt an. Nel kicherte und nahm ihre Tasche mit.

»Ich hoffe, dass die Dame den Mund halten kann«, sagte Meulendijk, als sie die Tür hinter sich geschlossen hatte.

»Mach dir darüber keine Sorgen. Was willst du von mir?«

Er zögerte. Die Sache lag ihm schwer im Magen. »Ich will keine großen Worte machen. Ich möchte, dass du deine Klientin wieder bei mir unterbringst.«

Ich lächelte. »Du meinst, dass es nie eine Unterbrechung gegeben hat und ich die ganze Zeit für das Büro Meulendijk gearbeitet habe?«

»Im Nachhinein betrachtet erscheint mir das als die beste Lösung«, sagte er.

»Du meinst, für dein Gewissen?«

Er lehnte sich zurück. »Ich gebe zu, dass ich mich geirrt habe, das muss ich ganz ehrlich sagen. Was kann ich sonst noch tun? Ja, natürlich habe ich an diesen Brief gedacht, als Lonneke Cleveringa uns einschaltete.«

»Und der Auftrag war dir unangenehm.«

»Ich konnte mich aber nicht weigern, ihn anzunehmen.«

»Also hast du ihn mir gegeben«, sagte ich bitter.

Er zögerte einen Augenblick und fragte dann: »Du hast den Fall doch gelöst?«

»Aber nicht mit deiner Hilfe.«

»Nein.« Er rieb sich über die Stirn. »Ich hoffte, ich würde mich irren. Dann kam die Polizei mit Hugo Balde. Der Mord entsprach seinem Modus Operandi und er legte ein Geständnis ab. Das war mein einziger Schwachpunkt oder mein Fehler, wenn du so willst, dass ich froh war, dass die Polizei den Fall mit Hilfe von Hugo Balde löste. Ich hoffe du kannst mir das verzeihen.«

Ich dachte an Cleopatra. Ich hatte Mitleid mit ihr, weil sie eine von Grund auf tragische Figur war. Verheiratet mit einem Mann, der nur ihr Geld wollte, ermordet, weil sie keine Einladung zu einem Fest vorweisen konnte, ihrer Rache beraubt, weil das, was sie an Beweisen hatte, im fantasielosen Gehirn von Meulendijk nur als haltlose Verleumdungen betrachtet wurde.

»Und warum sollte ich das tun?«

»Ich kann dir keinen einzigen Grund dafür nennen«, sagte er. »Du bist mir nichts schuldig.«

Ein bestechlicher Firmenchef hätte mir ein kleines Vermögen geboten, um seinen Ruf zu retten, doch Meulendijk wäre nie auf diese Idee gekommen. Er war ein Opfer seiner selbst geworden. Ich verspürte nicht das Bedürfnis, ihn zu ruinieren. Niemand war davor gefeit, irgendwann in seiner Laufbahn einmal etwas falsch zu beurteilen.

»Außerdem brauchst du mich«, sagte Meulendijk dann. »Jedenfalls, wenn du verhindern willst, dass die Täter Wind von der Sache bekommen und sich aus dem Staub machen. Ich bin der Einzige, der mit Oberstaatsanwalt Bremer regeln kann, dass der Fall mit der nötigen Diskretion abgewickelt wird.«

Ich musste beinahe darüber lachen. Er war nicht nur unbestechlich, sondern auch gewitzt. »In Ordnung, Bernard, ich arbeite für dich.« Ich fühlte mich übertrieben großherzig.

Er sah erleichtert aus und griff nach dem Telefon.

»Wen willst du anrufen?«

»Bremer. Vielleicht kann er uns heute Abend noch empfangen, sonst muss die Geschichte morgen zur Staatsanwaltschaft. Bei ihm zu Hause ist es sicherer.«

Der Sarg mit den sterblichen Überresten Cleopatras wurde in aller Stille exhumiert und nach Amsterdam gebracht. Der Knochenbruch stimmte mit der Röntgenaufnahme aus der Schweiz überein. Nach eingehender Beratung mit Dr. Grüber und einem Vergleich mit dem Originalmaterial war jeder Zweifel ausgeschlossen.

Meulendijk und ich sprachen stundenlang mit Oberstaatsanwalt Bremer und danach mit einer kleinen Gruppe von Leuten von der Leitstelle: Führungs- und Lagedienst, dem Mord- und dem Betrugsdezernat sowie einer etwas undurchsichtigen Figur aus dem Ministerium. Nel war auch dabei. Das Problem war, dass zwar alle Hinweise stimmten, aber der endgültige Beweis für den Mord ohne eine offizielle Untersuchung nicht erbracht werden konnte.

»Wenn ich ganz genau hinschaue«, sagte Bremer schließlich, »ist die Identität der Frau unter dem Tennisplatz das Einzige, was wir wirklich beweisen können. Niemand hat den oder die Mörder bei ihrer Tat beobachtet. Der fehlende Beweis kann nur durch Beschlagnahmungen erbracht werden. Und ohne ein Geständnis der Berufskiller bezweifle ich, dass die Morde in Malta und Belgien je nachgewiesen werden können.«

»Es sei denn, bei Scholte werden Beweise für Aufträge an Henkelman gefunden und du machst Henkelman zum Kronzeugen«, sagte Meulendijk.

»Deals mit Henkelman kommen für uns nicht in Frage!«, warf der Mann von der Mordkommission scharf ein.

»Dann vielleicht jemand, der für Henkelman arbeitet«, schlug der Mitarbeiter der Leitstelle vor. »Es ist eine große Firma. Die Leute mit den Decknamen arbeiten wahrscheinlich auf selbstständiger Basis, aber es gibt außer Henkelman bestimmt noch jemand anderen im Betrieb, der über Aufträge und Honorare Bescheid weiß. Wir brauchen nur eine Person, um die Sache aufzurollen.«

»Es gibt genügend Gründe für eine Untersuchung bei Henkelman und für einen Überraschungsbesuch bei Scholte, um den Computer zu konfiszieren, bevor er die Daten löschen kann«, meinte einer der anderen Kommissare.

»Hugo«, sagte Meulendijk, ohne mich dabei anzusehen, »wir haben sehr viel Arbeit investiert und diverse Zeugen ausfindig gemacht. Meiner Meinung nach musst du das Risiko eingehen.«

Bremer blieb weiterhin skeptisch. »Du weißt, dass sie die gerissensten Rechtsanwälte einschalten werden und die Sache vor Gericht auch wegen irgendwelcher Kleinigkeiten durchfallen kann.«

So diskutierten sie noch eine Weile hin und her und allmählich fühlte ich mich überflüssig. Sie brauchten mich nicht mehr. Ein Gefühl der Einsamkeit überkam mich. Für mich war der Fall abgeschlossen. Eine Zeit lang hatte alles einen Sinn gehabt; ich wusste, wo ich hinging und mit welchem Ziel. Selbst die lästige Routinearbeit, bei der nichts herauskommt, ist besser, als überhaupt keine Arbeit zu haben. Ich hatte noch nicht einmal mehr eine Klientin; ich empfand nur noch innere Leere und Selbstmitleid.

Sie merkten kaum, dass ich mich verdrückte.

Auf dem Bauernhof herrschte eine beklemmende Stille. Ich hatte Willem heute Morgen gemeldet, dass die Bewachung von Marga überflüssig geworden war. Marga machte einen bedrückten Eindruck. Ich nahm sie fest in den Arm und ließ meine Hände über diverse intime Stellen wandern, was sie wieder ein wenig aufmunterte. Sie lächelte mich an, aber ich sah, dass sie etwas auf dem Herzen hatte. Sie klammerte sich an mich fest, als sei ich ihr letzter Strohhalm.

»Was ist denn los mit dir?«

»Nichts. *Merde.* Ich vermisse die Jungs.«

Ich musste lachen. Sie hatte sich an die Anwesenheit von Männern und die große Aufmerksamkeit, die sie von ihnen bekam, gewöhnt: Joop, der mit gebratenen Hähnchen ankam, Willem, der von ihr das Töpfern schöner Frauen lernen wollte, das Chaos im Garten während des Baus der Garage, abends Mah-Jongg mit jungem Genever und dazu die hartnäckigen Versuche, ihren Volvo zu sabotieren, damit sie ihr einen Cherokee oder was auch immer andrehen konnten.

»Ich habe an Malta gedacht«, bekannte sie. »Und was du über Kartoffeln ernten gesagt hast und über die Winterabende vor dem Kamin auf dem Schaffell.«

»Du warst schon einmal verheiratet.«

»Zu kurz, er ist gestorben.« Sie seufzte. »Aber deine Ehe ist anders gelaufen, nicht wahr?«

»Meine Variante war ein zehn Jahre langer erbitterter Kampf gegeneinander. Ich hoffte sogar, sie werde eines Tages einen Unfall haben, und dann war ich am Boden zerstört, als mein Wunsch in Erfüllung ging. Ich fühlte mich an ihrem Tod mitschuldig. Was immer ich manchmal in einem Zustand geistiger Umnachtung behaupten mag – ich bezweifle, dass ich es ein zweites Mal täte. Vielleicht war deine Ehe so schön, weil sie nur kurze Zeit gedauert hat – zu kurz, um jämmerlich zu werden.«

Es machte sie traurig, aber nicht wütend.

Sie schüttelte den Kopf. »Man hat Freunde, seine Arbeit und Abwechslung, aber man vermisst das Zusammensein. Ich hätte das schon gerne wieder. Es müsste genauso sein wie beim ersten Mal.«

»Es wäre nie dasselbe«, erwiderte ich. »In diesem Leben kann man nichts kopieren. Alles ändert sich, weil die Zeit vergeht. Man wird älter, zynischer und weniger gutgläubig. Der eigene Argwohn wird zu einer sich selbst erfüllenden Prophezeiung.«

Sie schaute mich geringschätzig an. »Wo hast du denn diesen Mist gelesen?«

Ich grinste zurück. »Ich glaube, du solltest lieber ein Hotel für Gebrauchtwagenhändler aufmachen.«

Sie warf sich auf mich und biss mir in den Hals. »Morgen fahre ich zum Autopalast und mache allen dreien gleichzeitig einen Heiratsantrag.«

»Willem ist schon verheiratet und Gerrit ist noch zu jung. Da bleibt nur noch Joop übrig.«

Sie dachte kurz nach. »Joop ist mir zu gefährlich. Auf die Dauer.«

»Voilà.«

»Dann kaufe ich eben den verdammten Cherokee.« Sie legte ihren Kopf auf meinen Schoß und kniff mir in die Knie. »Fühlst du dich nie einsam? Ich meine so, dass du jemanden vermisst, nicht wegen Sex oder der besonderen Freundschaft, sondern einfach wegen der Nähe?«

»Doch«, gab ich zu. »Ich bin schließlich auch nur ein Mensch.«

Das Telefon klingelte. Marga stand auf und nahm den Hörer ab.

»Einen Augenblick bitte.« Sie legte die Hand auf die Muschel. »Deine Klientin. Wäre das nichts für dich? Sie ist dazu auch noch reich.«

»Aber einen Kopf größer als ich.« Ich nahm den Hörer. »Max Winter.«

»Max, ich versuche Sie schon seit Tagen zu erreichen!«

»Ich habe sehr viel zu tun.«

Sie klang wütend. »Damit lasse ich mich nicht abspeisen! Ich will wissen, wie es mit der Sache steht!«

»Sie erhalten so bald wie möglich meinen Bericht. Sie werden ihn über die Firma Meulendijk bekommen.«

Ich hörte ihren Atem. »Wieso?«

»Wir brauchen Meulendijk, um den Fall vor Gericht zu bringen.«

Die Stille auf der anderen Seite dauerte jetzt ein wenig länger. »Haben Sie in der Schweiz mehr über das gebrochene Bein in Erfahrung bringen können?«

»Ich habe ein Röntgenbild ausfindig gemacht, aber es muss noch mit dem Bruch verglichen werden. Mehr kann ich im Moment noch nicht dazu sagen.«

»Also war es meine Mutter?«, beharrte sie.

Ihr Ton gefiel mir nicht im Geringsten. »Sind Sie auf Buchenstein?«

»Ja.« Sie wurde wütend. »Ich habe gedacht, Sie würden für mich arbeiten. Warum erhalte ich keine Antwort auf meine Fragen?«

»Lonneke«, begann ich, aber sie legte auf, noch bevor ich etwas hinzufügen konnte.

Das Telefon klingelte erneut, sobald ich den Hörer auf die Gabel gelegt hatte.

»Bist du allein?«, fragte Meulendijk.

Ich schaute zu Marga hinüber, die unsere Teller und Gläser vom Esstisch abräumte. Ich war nicht allein und ich spürte, dass ich froh darüber war. »Was gibt's?«

»Wir haben eine Lösung gefunden, mit der Bremer leben kann«, sagte Meulendijk.

»Der Mann hat Angst, ins kalte Wasser zu springen.«

»Das muss er auch. Ich würde genauso reagieren ...«

»Ich weiß.«

Bernard schwieg und der Vorwurf stand einen Moment zwischen uns. Vielleicht sollte ich irgendwann damit aufhören, wenn ich unser Verhältnis nicht endgültig zerstören wollte. Er räusperte sich. »Heute Abend wird der Buchhalter von Henkelman verhaftet. Man hat ihn durchleuchtet; er ist der beste Kandidat. Auch wenn er nicht sofort auspackt, können wir ihn zwei Tage lang festhalten. Was er nicht weiß, ist, dass wir morgen früh bei Henkelman eine Razzia durchführen werden ...«

»Ihr wollt die beiden gegeneinander ausspielen«, sagte ich.

»Das ist das einzige Risiko, das Bremer einzugehen bereit ist«, sagte Bernard. »Das Betrugsdezernat ist auf die Idee gekommen und die Steuerfahndung arbeitet auch mit. Sie werden Henkelmans Akten konfiszieren aufgrund des Verdachts der Steuerhinterziehung, was gar nicht so abwegig ist, und Henkelman wird mitgenommen zum Verhör. Dem Buchhalter wird eine Kronzeugenregelung angeboten. Henkelman sagen wir, der Mann wäre bereit, auszupacken. Wenn diese Sache allerdings nicht innerhalb von achtundvierzig Stunden funktioniert, stehen wir mit leeren Händen da.«

»Das ist ein alter Trick, auf den Henkelman bestimmt nicht hereinfällt.«

»Wir setzen auf den Buchhalter. Man kann es so einrichten, dass er sieht, wie Henkelman in Handschellen hereingeführt wird. Zu dem Zeitpunkt ist er durch das nächtliche Verhör bereits mürbe.«

»Ich hoffe, ihr habt euch auch etwas ausgedacht, um …«

Er unterbrach mich. »Scholte und Cleveringa werden morgen früh beide zur selben Zeit unter dem Verdacht auf Betrug verhaftet. Sie sind jetzt zu Hause und werden überwacht. Bei Scholte wird gleichzeitig auch eine Hausdurchsuchung durchgeführt, um diesen Computer sicherzustellen.«

»Also kein Mordverdacht?«

»Nein, auf dem Papier ist ausschließlich von illegalem Devisenhandel die Rede, und zwar nur gestützt auf die Daten, die diese Nel herausgefunden hat. Während des Verhörs kommt dann allerdings auch der Mord zur Sprache.«

»Scholte wird dich auslachen«, sagte ich.

»Das glaube ich auch. Aber Cleveringa?«

Mir dämmerte, was er damit meinte. Cleveringa stammte aus einer alten, angesehenen Familie. Der Mann hatte diesen Grad von Gewissenlosigkeit einfach nicht in sich. Finanzielle Machenschaften, ja, das waren Dinge, die auf dem Papier und übers Telefon geregelt wurden, wie dieser aus dem Ruder gelaufene Studentenscherz. Vielleicht kam sogar noch eine ähnliche Haltung hinzu wie das frühere Motto der Adligen: *Quod licet Iovi non licet bovi* – was Jupiter erlaubt ist, ist noch lange nicht jedem Ochsen erlaubt –, weil sie nun einmal das angeborene Recht besaßen, reicher und mächtiger zu sein als die anderen. Josef Cleveringa war ein Opportunist und dazu fähig, sich alles Mögliche einzureden.

Mord war natürlich etwas anderes. Vielleicht hatte Scholte ihn vor vollendete Tatsachen gestellt und es fertig gebracht, ihn davon zu überzeugen, dass es keinen anderen Ausweg gegeben habe, was es dem Pragmatiker Cleveringa erlaubt hatte, den Mord zu verdrängen und seine Rolle einfach weiterzuspielen. Alle späteren Probleme, wie etwa der Brief aus Malta, überließ er einfach Scholte und wahrscheinlich wollte er nicht einmal wissen, welche Lösungen Scholte und Henkelman dafür fanden. Er war einfach ein unbeschreiblicher Heuchler.

Trotzdem musste für ihn eine Welt zusammengebrochen sein, als er aus dem Ausland zurückkehrte und erfuhr, dass Lonneke und Hélène auf eigene Faust aus dem Tennisplatz ein Schwimmbad machen ließen und der Bulldozer dabei das Skelett einer Leiche freigelegt hatte, die über fünfzehn Jahre lang im dunklen Keller seines Gedächtnisses verborgen gelegen hatte.

Bernard hatte Recht. Cleveringa würde alles zugeben.

»Hast du inzwischen noch einmal mit seiner Tochter gesprochen?«, fragte er.

»Sie weiß, dass der Fall wieder an dich zurückgegangen ist.«

»Hat es deswegen Probleme gegeben?«

»Ich glaube nicht. War das alles?«

»Ich halte dich auf dem Laufenden.« Er beendete das Gespräch.

Ich dachte an die bittere Ironie, die darin lag, dass die Tochter für die Ermittlungen bezahlte, durch die ihr Vater im Gefängnis landen würde. Ohne Lonneke wäre gar nichts geschehen.

Warum hatte sie die Sache ins Rollen gebracht? Marga hatte behauptet, kleine Mädchen würden mehr sehen, als man glaubte. Natürlich wusste sie, dass ihre Eltern keine gute Ehe geführt hatten, aber von da aus war es ein ziemlich großer Schritt, ihren Vater des Mordes zu verdächtigen. Hatten ihre Vermutungen mit der Reaktion ihres Vaters auf die anonyme Ansichtskarte begonnen, die ihr ihre Mutter aus Pisa geschickt hatte? Weil er jeden Gedanken daran, dass sie noch leben könnte, von vornherein von der Hand wies? Hatte es noch weitere Kleinigkeiten gegeben, falsche Bemerkungen, Gereiztheit, wenn sie von ihrer Mutter sprach, die in ihr einen Widerwillen gegen ihren Vater erregten, der sich nach und nach in Argwohn verwandelte?

Der Gedanke kam in mir auf, dass Lonneke vollendete, was ihre Mutter geplant hatte. Sie trat in die Fußstapfen ihrer Mutter, die in den letzten Jahren nur noch von einem Ziel besessen gewesen war: sich an ihrem Mann zu rächen.

Ich schaute hinaus. Es war schon dunkel. Marga wirtschaftete in der Küche.

Ich nahm den Hörer vom Telefon.

»Haus Buchenstein«, meldete sich eine Stimme.

»Spreche ich mit Glinka?«

»Ja?«

»Hier ist Max Winter. Ist Lonneke in der Nähe? Es ist dringend.«

»Lonneke ist … Einen Augenblick bitte.«

In ihrem Zögern lag etwas Beunruhigendes.

Zweimaliges Klicken. »Lonneke.«

»Hier ist Max. Ich habe darüber nachgedacht und Sie haben Recht; ich hätte Sie früher informieren sollen.«

»Das wird kaum mehr nötig sein.«

Ihre Stimme klang irgendwie unecht, fiebrig. Meine Unruhe wuchs. »Können wir uns irgendwo treffen? Ich könnte jetzt direkt zu Ihnen kommen.«

»Warum sollten Sie? Schicken Sie mir einfach Ihren Bericht und die Rechnung.«

»Haben Sie mit Ihrem Vater gesprochen?«

»Worüber ich mit meinem Vater spreche, ist meine Sache.«

»Er ist doch zu Hause?«

»Mein Vater ist in seinem Arbeitszimmer und ich glaube nicht, dass er das Bedürfnis hat, mit Ihnen zu telefonieren. Auf Wiederhören, Max.«

Sie unterbrach die Verbindung.

15

Die Hälfte der Fahrtzeit hatte ich das Telefon am Ohr. Nach Auskunft seiner Frau war Bernard noch im Büro. Ich wählte seine direkte Durchwahl, aber es war besetzt. Nach drei weiteren Versuchen war immer noch besetzt, so dass ich die Dame am Empfang anrief.

»Es tut mir Leid, er hat ein Gespräch auf der anderen Leitung«, sagte sie.

»Sie müssen es unterbrechen, es ist dringend!«

»Aber ich kann doch nicht einfach ...«

»Sie werden große Schwierigkeiten mit Ihrem Chef bekommen, wenn Sie mich jetzt nicht sofort durchstellen!«, schnauzte ich sie an.

»Also so was ...«, hörte ich sie empört murmeln. Sie klickte mich weg, aber die Verbindung wurde aufrechterhalten. Fünf Sekunden später hatte ich Meulendijk am Apparat.

»Max, was ist denn los?«

»Bernard, ich bin auf dem Weg nach Buchenstein, ich glaube, dass unsere Klientin ihren Vater informiert hat. In diesem Fall warnt er womöglich Scholte.«

»Verdammt!« Das war so ungefähr der einzige Kraftausdruck, zu dem sich Meulendijk hinreißen ließ.

»Kannst du Bremer dazu bringen, dass er Scholte umgehend verhaftet?«

»Das bezweifle ich. Unser Plan steht und fällt mit dem präzisen zeitlichen Ablauf. In diesem Moment wird der Buchhalter von Henkelman verhaftet.«

»Dann befürchte ich das Schlimmste. Scholtes Telefon wird doch hoffentlich angezapft?«

»Ja. Und sowohl Scholte als auch Cleveringa werden observiert. Sie können nirgendwo hin.«

»Ich würde Bremer ans Herz legen, wenn nötig direkt einzugreifen. Wenn Scholte einen Anruf von Cleveringa erhält, haben wir vielleicht drei Minuten, bis er die Daten auf dem Computer löscht, und dann kann Bremer die Sache mit dem Devisenhandel vergessen.«

Er wurde nervös. »Ich werde ihn anrufen. Ich bleibe weiterhin hier erreichbar.«

Ich konnte keine Spur vom Observationsteam entdecken, aber das hieß wahrscheinlich nur, dass sie Ahnung von ihrem Fach hatten. Ich ging davon aus, dass sie meinen BMW mit Ferngläsern im Auge behielten und sich über Funk miteinander berieten.

Als ich mich dem geschlossenen Tor näherte, leuchteten automatisch Lampen auf. Ich stieg aus dem Auto aus und drückte auf die Klingel im Pfeiler neben der ebenfalls geschlossenen Fußgängerpforte. Ich stellte mich so hin, dass ich für die darüber angebrachte Kamera gut sichtbar war.

Betty erschien auf der anderen Seite des Tores. »Max?«, fragte sie mit gedämpfter Stimme.

»Ich möchte zu Lonneke. Kannst du mir das Tor aufmachen?«

Sie warf einen ängstlichen Blick hinter sich. »Max, wir haben den strikten Befehl, dich nicht hereinzulassen. Cleveringa ist zu Hause, ich kriege den größten …«

»Betty, ich muss sofort mit Lonneke sprechen!«

Eine Gestalt tauchte hinter ihr auf. »Was ist hier los?«

Betty warf mir einen kurzen Blick zu und öffnete mir dann die kleine Pforte. »Alles okay, Tom, das ist Herr Meulhof, ich kenne ihn, er hat eine Verabredung mit Lonneke ...«

»Hast du dir seine Papiere zeigen lassen?«

»Ja«, sagte sie ungeduldig. »Schon dreimal.« Sie kam durch das Tor nach draußen. »Ich begleite ihn. Mach jetzt das Tor auf.«

Sie gab mir ein Zeichen, dass ich einsteigen konnte, und ging um den BMW herum auf die Beifahrerseite. Tom wirkte verstimmt, nahm aber seine Fernbedienung zur Hand, um die Alarmanlage auszuschalten und das Tor zu öffnen.

Meine Scheinwerfer wanderten über die Buchenstämme. »Das wird gewaltigen Ärger geben«, murmelte Betty.

»Das glaube ich nicht«, sagte ich. »Morgen ist alles vorbei.«

»Scheiße. Und ich?«

»Du brauchst dir keine Sorgen zu machen. Du musst höchstens eine Erklärung abgeben, dass du Cleo 1983 gesehen hast, falls das nötig sein sollte. Du wirst keine Schwierigkeiten bekommen, der Oberstaatsanwalt hat es mir garantiert.«

Vor dem Haupteingang hielt ich an. Ich stieg aus und schaute an dem Gebäude hoch. Hinter einem schwach erleuchteten Fenster schob jemand eine Gardine beiseite.

Betty drückte auf die Klingel. Glinka öffnete die Tür. Ihre Augen verengten sich, als sie mich erkannte.

»Melden Sie sich am Tor, wenn Sie wieder hinausmöchten«, sagte Betty höflich und eilte zu Fuß die Auffahrt zurück.

Glinka geleitete mich mit mürrischem Gesicht durch die Vorhalle in die große Eingangshalle, in deren hinterem Teil sich die mit kunstvollen Schnitzereien verzierte Freitreppe befand. Hélène kam aus dem Salon, wo sie mir bei jenem ersten Treffen Cognac serviert hatte, als alles noch nach einem Irrtum aussah.

Ihre Augen blitzten kurz auf. »Ich meine mich daran zu erinnern, dass Sie hier nicht willkommen sind«, sagte sie.

Sie tat mir Leid. Morgen würde für sie eine Welt zusammenbrechen. »Ich komme nicht zu Ihnen«, sagte ich freundlich. »Und ich wäre auch nicht hierher gekommen, wenn es nicht äußerst dringend wäre. Ich möchte zu Lonneke.«

Sie schaute mich mit starrem Blick an und wandte sich zu Glinka um. »Wo ist Lonneke?«

»Ich glaube, oben bei den Kindern. Cleo hat ein bisschen Fieber, vielleicht eine kleine Grippe.«

Cleo, dachte ich. Genannt nach ihrer Großmutter, die sich hier etwas Ernsteres zugezogen hatte als eine Grippe.

»Sagen Sie ihr einfach, dass Max Winter hier ist.«

Glinka lief schwerfällig zur Treppe und stieg die Stufen hinauf.

Hélène blieb bei mir stehen. Sie wirkte unsicher. Ich dachte schon, sie wolle mich etwas fragen, doch dann nickte sie mir kurz zu und kehrte in den Salon zurück.

Ich stand in der großen Halle. Hier hatten Vater und Tochter getanzt, dort hatte die Kapelle gespielt. Jetzt herrschte bedrückende Stille. Durch die dicken Läufer hörte man noch nicht einmal, dass jemand die Treppe herunterkam.

Lonneke war nervös. »Vielen Dank, Glinka. Du brauchst keinen Kaffee zu kochen, Herr Winter geht gleich wieder.«

Glinka verschwand kommentarlos.

Lonneke straffte den Rücken. »Was wollen Sie hier?«, fuhr sie mich an.

Ihre Augen verrieten sie. »Sie haben mit Ihrem Vater gesprochen«, sagte ich.

»Ich kann sprechen, mit wem ich will«, sagte sie herausfordernd, aber ihre Stimme zitterte.

»Was haben Sie ihm erzählt?«

Der Schuss fiel in dem Moment, als sie ihren Mund öffnete. Ich sah noch, wie sich ihr Gesicht verzerrte, bevor ich einen unterdrückten Fluch ausstieß und zur Treppe rannte.

Ich riss wahllos eine Tür auf, die nur angelehnt war. Cleveringa hing zurückgeneigt in seinem schwarzen Ledersessel, die obere Hälfte seines Körpers außerhalb des gelblichen Lichtkegels seiner Bürolampe, so dass ich seinen Kopf nicht sofort sah, der unnatürlich nach hinten in den Nacken gekippt war. Eine doppelläufige Jagdbüchse lehnte zwischen seinen Beinen an seinem Unterleib.

Als ich auf ihn zu lief, sah ich, dass der hintere Teil seines Schädels herausgeschlagen war. Es roch nach Blut, Knochensplittern und Gehirnmasse, die an das Glas des Bücherschranks hinter ihm gespritzt war und auf den Fußboden tropfte.

Unten hörte ich Hélène schreien: »Josef! Josef!«

Ich drehte mich um. Lonneke stand schweigend in der Tür. Das Licht aus dem Flur fiel ihr ins Gesicht, aber ich konnte nicht erkennen, ob sich Mitleid darauf widerspiegelte oder Triumph oder beides. Sie zeigte keine Überraschung und plötzlich wurde mir klar, dass sie mit diesem Verlauf gerechnet hatte.

Ich hörte die Frauen im Flur. »Mach die Tür zu!« Ich ging auf sie zu und muss bedrohlich gewirkt haben, denn sie drehte sich um. Ich schloss die schwere Tür, wodurch die panischen Stimmen von Glinka und Hélène abrupt verstummten.

An der Innenseite steckte ein Schlüssel und ich schloss ab, bevor ich wieder zum Schreibtisch zurückkehrte. Der Hörer lag neben dem Apparat. Ich nahm ihn auf und hörte das Besetztzeichen. Ich drückte auf die Gabel und anschließend auf Wahlwiederholung. Nummerntöne in meinem Ohr. Eine Frau nahm sofort ab.

»Wibaudstiftung.«

Ich zog die Stirn in Falten. Also nicht Scholte. »Hier spricht Max Winter«, sagte ich. »Erhielten Sie heute Abend einen Anruf von Meneer Cleveringa?«

»Ja, vor ein paar Minuten erst.«

»Für wen war das Gespräch?«

»Darf ich erfahren, weshalb Sie das wissen möchten?«

Ich erblickte einen Umschlag, der halb unter einem Buch verborgen auf dem Schreibtisch lag. Ich zog ihn zu mir und las die Adresse. »Ich arbeite für den Staatsanwalt in Amsterdam«, sagte ich. »Sie können ihn gerne anrufen, aber dadurch verlieren wir nur unnötig Zeit.«

»Oh. Meneer Cleveringa wollte Frau Teulings sprechen …«

Jetzt dämmerte mir etwas. »Die alte Frau Teulings?«

»Ja, aber sie kann keine Telefongespräche mehr führen. Sie liegt … Wir bezweifeln, dass sie den Morgen noch erleben wird.«

»Und das haben Sie ihm gesagt?«

»Ja. Er wollte, dass wir ihr eine Botschaft übermitteln. Von Josef, dass es ihm Leid täte und ob sie ihm vergeben könne.«

»Vielen Dank«, sagte ich und legte auf.

Der Umschlag war nicht verschlossen. Er war an Oberstaatsanwalt Bremer adressiert. Ein Blatt Papier befand sich darin, beschrieben mit der kleinen, altmodischen und sauberen Handschrift des Exministers.

Ich wählte die Nummer von Meulendijk. Er hob sofort ab.

»Bernard, der Minister hat Selbstmord begangen. Ich habe hier sein vollständiges schriftliches Geständnis. Ich faxe es Bremer zu.«

Er schwieg einen Augenblick. »Er hat diesen Ausweg …«, sagte er dann. »Vielleicht …«

Er war so durchschaubar wie Glas. »Ja, ja, die Herren unter sich. Aber Scholte ist der eigentliche böse Genius.«

»Hat er ihn gewarnt?«

Ich blickte den toten Mann an. Mich beschlich das merkwürdige Gefühl, dass er seinem Freund den Mord an Cleo nie hatte vergeben können und dass er ihm diesen Ausweg nicht gegönnt hatte. »Wahrscheinlich nicht«, sagte ich. »Aber ich würde ihn trotzdem lieber sofort verhaften lassen, bevor er von dieser Sache hier Wind bekommt.«

»Bleib da und sorge dafür, dass alle die Finger vom Telefon lassen. Ich regele den Rest.« Bernard legte auf.

Ich faxte das Geständnis Cleveringas von seinem Apparat aus an Bremer und schob das Original zurück in den Umschlag. Bevor ich die Tür aufschloss, steckte ich ihn in meine Tasche.

Hélène und Lonneke standen im Flur. Von irgendwoher im Haus hörte man weinende Kinder und Glinkas beruhigende Stimme. Hélène wollte das Arbeitszimmer betreten, aber ich hielt sie zurück.

»Sie können nichts mehr für ihn tun; es tut mir Leid.« Ich schloss die Tür ab und steckte den Schlüssel in die Tasche. »Ich habe die Justizbehörden benachrichtigt und man wird alles Nötige veranlassen.«

»Ist er tot?«, fragte sie. Sie sah sehr bleich aus, aber ihre Augen waren trocken.

Ich nickte. »Soll ich Ihren Hausarzt benachrichtigen?«

Sie schüttelte den Kopf. »Warum hat er das getan?«

»Wir sollten jetzt besser nach unten gehen.«

Ich nahm ihren Arm, aber sie schüttelte mich ungeduldig ab. »Sie könnten mir wenigstens meine Frage beantworten«, sagte sie heiser. »Die Frau unter dem Tennisplatz, war das Cleopatra?«

»Ja.«

»Hat Josef sie ermordet?«

»Ich glaube, dass er sich zumindest mitschuldig fühlte.«

Sie starrte mich mit einer merkwürdigen Mischung von Gefühlen an, darunter auch Hass, ohne im Moment genau zu wissen, gegen wen sie ihn richten sollte: auf mich, weil ich ihre Welt zerstört hatte, oder auf ihren Mann oder auf das Schicksal, das ihr vorbestimmt hatte, einen Mörder zu heiraten. Sie schaute Lonneke an, die starr und schweigend daneben stand.

»Du hattest also Recht«, sagte sie.

Lonneke wandte den Blick ab.

Hélène presste die Lippen zusammen und ging die Treppe hinunter. Wir folgten ihr, aber als sie durch die Halle in den Salon ging, hielt Lonneke mich zurück. »Lassen Sie sie. Sie machen alles nur noch schlimmer.«

Wir blieben stehen und schauten uns an. Meine Klientin lächelte vage und unergründlich, genau so wie Cleopatra mich nun schon seit Wochen anlächelte.

»Wo befindet sich die Telefonzentrale?«, fragte ich.

»Niemand wird telefonieren«, sagte Lonneke. »Es gibt nichts mehr, weswegen man telefonieren müsste.«

Ich warf einen Blick auf den Apparat, der sechs Meter Marmor von mir entfernt auf einem antiken Beistelltischchen stand. »Wie bekomme ich eine Verbindung zum Kutschenhaus?«

»Mit der Zweiundzwanzig, aber sie haben bestimmt nichts gehört, sonst wären sie längst hier.«

Sie hatte natürlich Recht. »Ist noch anderes Personal im Haus?«

»Nein, nur Glinka.«

»Wir brauchen jetzt nur noch abzuwarten«, sagte ich. »Ich könnte einen Cognac gebrauchen.«

Sie nickte und ging voraus in ein kleines Nebenzimmer mit einem offenen Kamin, der nicht brannte. Es ähnelte der Art von deprimierender Lounge, wie man sie noch in englischen und irischen Hotels auf dem Land findet, mit einem Ledersofa und sogar einem Fernseher. Lonneke öffnete ein Büfett und holte Cognac und Gläser heraus. Sie verrückte einen Sessel, um die Halle im Blickfeld zu behalten. Sie reichte mir ein Glas.

»Sie machen ja einen relativ ruhigen Eindruck«, bemerkte ich.

Lonneke ging zurück zum Büfett, nahm das Glas, das sie für sich eingeschenkt hatte, und trank schweigend einen Schluck. Der Schrecken war vorüber, falls es überhaupt einer für sie gewesen war. Sie wirkte vollkommen beherrscht.

Mir fiel ein, dass meine Klientin jetzt außer Vollwaise auch die Alleinerbin war.

»War das Ihre Absicht?«, fragte ich.

»Sie meinen, von Anfang an?« Sie schüttelte den Kopf.

»Was haben Sie zu ihm gesagt?«

»Dass ich schon immer gewusst habe, dass meine Mutter nicht mit diesem Flugzeug abgestürzt war. Dass ich seit jeher vermutete, er habe sie ermordet, und dass ich mir ganz sicher war, als man das Skelett gefunden hat. Dass ich eine Untersuchung habe durchführen lassen und dass ich es jetzt auch beweisen könne.«

»Was sagte er dazu?«

»Nichts. Er saß nur da und starrte mich an. Manchmal haben Menschen einfach überhaupt keinen Ausdruck in den Augen.« Sie setzte sich aufs Sofa.

»Als seien sie gar nicht bei sich?«

»Ja, so in der Art.«

»Er hat noch versucht, Ihre Großmutter anzurufen.«

Einen Augenblick lang wirkte sie zehn Jahre jünger – und verletzlicher. »Warum?«

»Um sie um Vergebung zu bitten.«

»Ein bisschen spät.« Der Moment der Schwäche war schon wieder vorüber und sie gab einen höhnischen Laut von sich. Lonneke wusste genau, was sie wollte.

»Befand sich die Jagdwaffe in seinem Arbeitszimmer?«

»Ich habe sie ihm nicht gebracht«, antwortete sie spöttisch. »Vielleicht hatte er sie immer in Reichweite.«

»Er ist Ihr Vater«, murmelte ich. »Er ist tot.«

Sie schaute mich an und machte eine Pause, als wolle

sie Atem schöpfen. »Was hätte ich denn tun sollen?«, fragte sie. »Sollte ich warten, bis sie kommen, um ihn zu verhaften? Bis er für den Rest seines Lebens hinter Gitter wandert?«

Ich konnte mir die Frage nicht verkneifen: »Aber genau das wollte Ihre Mutter doch erreichen?«

Lonnekes Gesichtsausdruck wurde angespannt. »Ich hatte gedacht, Sie würden das meiste begreifen«, sagte sie dann. »Das hier ist etwas, das vorübergeht. Das andere dagegen wird nie vorübergehen.«

Sie ähnelte beiden Elternteilen. Sie besaß die Veranlagung zur verbissenen Obsession wie ihre Mutter und den Sinn für Pragmatismus ihres Vater. Ich dachte an Hans Metz. Von mir würde sie nicht erfahren, dass sie einen Halbbruder hatte. Was mich betraf, sollte sie das ruhig erst in der kalten Atmosphäre eines Gerichtssaals zu hören bekommen, wenn die Geschichte in allen Einzelheiten erörtert wurde. Wenn sie ihren Halbbruder nicht in ihrem Leben gebrauchen konnte, würde sie sich vielleicht entscheiden, ihn einfach zu verdrängen, genauso, wie sie eines Tages verdrängen würde, dass ihr Vater Selbstmord begangen hatte, und genauso, wie ihr Vater den Mord an seiner Frau irgendwo im tiefen Keller seines Gedächtnisses begraben hatte.

Lonneke würde immer auf den Füßen landen. Trotzdem musste ich auch an die junge Frau denken, die sich auf der Brücke an mich geklammert und mir versichert hatte, sie sei nicht so kalt und selbstsicher, wie ich vielleicht denken mochte. Ich verspürte Mitleid mit ihr, weil sie genauso einsam war wie ihre Mutter.

Wir hörten Autos ankommen und Türen schlagen.

Ich stand auf. »Sie ähneln Ihrer Mutter«, sagte ich.

Sie schaute mich überrascht an. »Danke.«

Ich eilte zur Haustür. Männer stiegen aus Autos und einem geschlossenen Kleinbus. Betty und Tom waren auch dabei.

Bremer gab mir ein Zeichen, zu ihm nach draußen zu kommen. Er ging vor, bis wir uns auf halbem Weg zwischen Haus und Eingangstor befanden. Ich schaute die Bäume an und mir wurde bewusst, dass ich von hier aus den Tennisplatz hätte sehen können, wenn es nicht so dunkel gewesen wäre. Aus dem stattlichen Gebäude fiel genügend Licht nach draußen, so dass ich Bremers gerunzelte Stirn erkennen konnte.

»Hatten Sie das beabsichtigt?«, fragte er.

Ich schüttelte den Kopf. »Mir ist jemand zuvorgekommen.«

Er fragte mich nicht, wen ich meinte. Schließlich erfahren Staatsanwälte ganz von selbst, was sie wissen wollen. »Scholte wurde verhaftet«, sagte er. »Henkelman auch.«

»Es lief also alles nach Plan?«

»Ja, alles in Ordnung.« Er nickte zum Haus hinüber. »Ich kann nicht behaupten, dass ich über diesen Vorfall besonders traurig bin.«

»Das erspart allen eine Menge unerfreulichen Theaters«, sagte ich, bitterer, als meine Absicht gewesen war.

Er schaute mich nachdenklich an und sagte: »So ist es nun mal im Leben, junger Mann.«

Ich tippte grüßend mit meiner Hand an eine imaginäre Polizeimütze und ging zu meinem Auto.

Krimis aus den Niederlanden

***Henk Apotheker:* Ayse ist weg**
Deutsche Erstausgabe ISBN 3-89425-511-0
Arnheim: Im ›Türkenviertel‹ verschwindet ein 4-jähriges Mädchen.
»Apothekers Schreibkunst, die auch eine Heilkunst ist, hat einen lebenswarmen Kern: Es ist das Mitgefühl mit ihren Figuren.« (Die Zeit)
»Henk Apotheker konfrontiert den Leser in seinem Krimi nicht nur mit erschreckenden Geschehnissen, vielmehr erzählt er auch die Geschichte ›seines‹ Arnheims. Darüber hinaus zeichnet er mit ironischer Feder ein zeitgenössisches Sittengemälde seiner Landsleute. Kurz gesagt, ein Krimi, der spannend und deshalb lesenswert ist.« (NRZ)

***Felix Thijssen:* Cleopatra**
Deutsche Erstausgabe ISBN 3-89425-504-8
Privatdetektiv Max Winter wird in ein Geflecht aus Korruption, Erpressung, Ehebruch und Rache hineingezogen.
»Ein routiniert geschriebener Krimi mit dichter Atmosphäre und gut gezeichneten Charakteren, der bis zur letzten Seite fesselt.« (ekz-Informationsdienst)
»Hier werden europäische Elemente in einem äußerst spannenden und guten Krimi verknüpft. Die Empfehlung des Quartals!« (Briefmarken-Hammer)

***Felix Thijssen:* Isabelle**
Deutsche Erstausgabe ISBN 3-89425-513-7
Was als romantische Liebesnacht begann, endet als Tragödie: Der Liebhaber der jungen Isabelle wird vor ihren Augen erschossen, sie selbst schwer verletzt. Als die Ermittlungen der Polizei ins Stocken geraten, bittet die Witwe des Toten Max Winter um Hilfe. Eine Erbschaft, ein Waisenhaus und eine Adoption bringen den Privatdetektiv und seine Freundin CyberNel auf eine Spur, die nach Frankreich führt.

***Jac. Toes:* Auf der Strecke geblieben**
Deutsche Erstausgabe ISBN 3-89425-506-4
Der Anwalt Fred Benter und der Journalist Donald de Wacht kommen einer vertuschten Affäre aus den achtziger Jahren auf die Spur und geraten dabei selbst in Lebensgefahr.
»Subtil die Morde, subtil aber auch die Personen, die letztlich für Aufklärung sorgen.Toes baut dabei Spannung auf, die den Leser fesselt, ihn nicht mehr loslässt.« (Emsdettener Volkszeitung)
»Jac. Toes erzählt mit viel Liebe zum Detail. Sein Krimi ist mit Humor und Ironie gewürzt, auch was die niederländische Heimat des Schriftstellers angeht.« (NRZ)

***Jac. Toes:* Tief gesunken**
Deutsche Erstausgabe ISBN 3-89425-516-1
In der Arnheimer Mafia rollen Köpfe. Eine Abrechnung unter Kriminellen? Oder hat die Polizei ihre Finger im Spiel? Fred Benter, Donald de Wacht und die Polizistin Yvon Matiber kommen einer Verschwörung auf die Spur, die ihren Ursprung in politischen Ambitionen und verletzter Eitelkeit hat.

grafit

Eifel-Krimis von Andreas Izquierdo

Der Saumord

ISBN 3-89425-054-2

In Dörresheim geschieht Seltsames: Die vielversprechende Zuchtsau Elsa wird aufgeschlitzt, und die preisgekrönte Kuh Belinda begeht Selbstmord. Jupp Schmitz, Reporter des ›Dörresheimer Wochenblattes‹, glaubt nicht an einen Zufall. Bei seinen Recherchen legt er sich nicht nur mit dem mächtigen Fabrikanten Jungbluth an, sondern zieht den Haß aller Dörresheimer auf sich und gerät schließlich selbst unter Mordverdacht. Einzig Jupps Jugendliebe Christine hält zu ihm.

»Der Saumord ist eine Geschichte mit haarsträubenden Bildern, urkomischen Szenen und seltsamen Typen. Eine Geschichte voll ernster Inhalte, menschlicher Schwächen und echter Freundschaft.« (Blickpunkt)

Das Doppeldings

ISBN 3-89425-060-7

Eine wertvolle Münze aus der Antike wird gestohlen. Dann taucht sie wieder auf, wird wieder gestohlen. Eine Menge Leute scheinen sie besitzen zu wollen. Auch Jupp Schmitz, Redakteur des »Dörresheimer Wochenblattes«, macht sich auf die Suche. Derweil kämpft die »IG Glaube, Sitte, Heimat« für die Schließung des kürzlich eröffneten Bordells.

Jede Menge Seife

ISBN 3-89425-072-0

Der kanadische Seifenopern-Spezialist Herb Buffy soll der schlappen Serie »Unser Heim« quotenmäßig auf die Sprünge helfen. In den Colonia-Studios und beim Außendreh in Dörresheim beginnt eine dramatische Krimi-Oper. Die Serienhelden werden entführt, Reporter Jupp Schmitz in einer Scheune in Dörresheim halbtot geschlagen.

Schlaflos in Dörresheim

ISBN 3-89425-243-X

Hat ein Geilheitsvirus die Ställe der Dörresheimer Bauern befallen? Verfügt ›Föttschesföhler‹ Martin über die Viagra ähnlichen magischen Kräfte? Ein düsteres Familiendrama bildet den Hintergrund dieser Ermittlungsburleske voller Komik und Sprachwitz.

grafit

Krimis aus Skandinavien

Kirsten Holst: **Du sollst nicht töten!**
Deutsche Erstausgabe ISBN 3-89425-501-3
»Die dänische Queen of Crime: Kirsten Holst sorgt mit ihrem Krimi für Hochspannung.« (Neues Deutschland)
»Ironische Dialoge und die für skandinavische Schreibweise typische Schnörkellosigkeit lassen die grausamen Taten zeitweilig vergessen. Lesegenuss pur.« (ekz-Informationsdienst)

Kirsten Holst: **Wege des Todes**
Deutsche Erstausgabe ISBN 3-89425-510-2
»Die Charaktere sind sorgfältig gezeichnet, ihre Sprache ist authentisch und klar und die Atmosphäre sachlich und lebendig – zugleich ein bisschen wie ein Wallander-Krimi und doch mit ganz eigener Note. Bitte mehr davon!« (Lit4you.de)

Kirsten Holst: **In den Sand gesetzt**
Deutsche Erstausgabe ISBN 3-89425-517-X
Der Tote am Strand war ein Ekel – das ermitteln die Kommissare. Aber wer hat das Ekel wirklich umgebracht?

Harri Nykänen: **Schwärzer als ein schwarzes Schaf**
Deutsche Erstausgabe ISBN 3-89425-515-3
Der finnische Unterweltkönig Nygren und der berühmt-berüchtigte Raid sind in einem alten Mercedes unterwegs durch Finnland und hinterlassen deutliche Spuren. Doch bevor Kommissar Jansson die beiden stoppen kann, wird Nygren im tiefsten Lappland erschossen aufgefunden …

Outi Pakkanen: **Macbeth ist tot**
Deutsche Erstausgabe ISBN 3-89425-509-9
»Outi Pakkanen erzählt äußerst fesselnd und temporeich. Stilistisch sicher baut die Autorin den Spannungsbogen und bevölkert die psychologisch dichte Handlung mit lebendigen Charakteren. Spannend und stimmig bis zum Schluss.« (marktplatz.dortmund.de/buchtipps)

Outi Pakkanen: **Party-Killer**
Deutsche Erstausgabe ISBN 3-89425-519-6
Auf dem Gipfel ihres Erfolgs feiert Bestsellerautorin Laura Halonen ihren 40. Geburtstag. Einen 41. wird es nicht mehr geben.